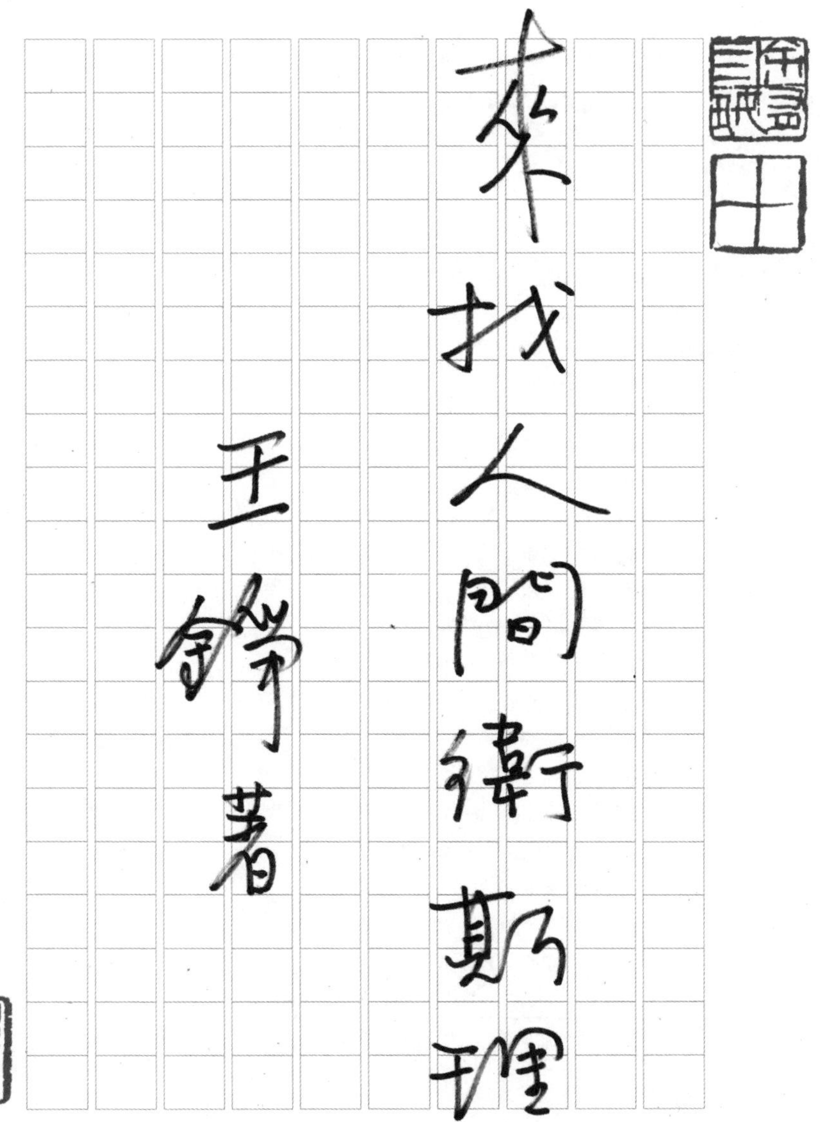
來找人間衛斯理
王錚 著

書　　名 來找人間衛斯理——倪匡與我

作　　者 王錚（藍手套）

扉頁題字 倪匡

封面設計 徐秀美

內文插圖 上揚Design/ 戴東尼

印章篆刻 金灰

責任編輯 吳惠芬

美術編輯 郭志民

出　　版 天地圖書有限公司
香港黃竹坑道46號
新興工業大廈11樓（總寫字樓）
電話：2528 3671　傳真：2865 2609
香港灣仔莊士敦道30號地庫（門市部）
電話：2865 0708　傳真：2861 1541

印　　刷 亨泰印刷有限公司
柴灣利眾街德景工業大廈10字樓
電話：2896 3687　傳真：2558 1902

發　　行 聯合新零售（香港）有限公司
香港新界荃灣德士古道220-248號荃灣工業中心16樓
電話：2150 2100　傳真：2407 3062

出版日期 2022年8月 / 初版

ISBN ： 978-988-8550-47-0

謹以此書
獻給我最敬愛的
倪匡先生

天上神仙有難題

來找人間衛斯理

目錄

第一篇　緣起

第二篇 追尋

第三篇 旅途

第四篇　相聚

第五篇　諸友

第六篇　序幕

第七篇　盛會

第八篇 倪學

番外篇 秘辛

倪序：腦電波的不明作用

常假設，人和人是否能成為知心好友，或至少可言談甚歡，都是由於腦電波的不明作用所致。這種不明作用，或可進一步假設為電波頻率相合，則自然一拍即合；否，則相互之間，看對方便雖無過犯面目可憎，必然話不投機半句多了。而奇妙的是，這種相合與否的情形，甚至不必當面交流，就算只通過文字，也能形成。我和小友王錚（藍手套）、董鳳衛（大鱷魚精）等，就是由於這樣的緣份相識相知的，竟然成為年屆古稀之後的新相知，是真正相處言談之時不覺自己年老對方年輕的忘年交，腦電波的不明作用之奇妙，提供了無窮想像的廣闊天地。

從第一次相會至今，已逾十年，藍手套事事詳記，極有心思，竟然可以集而成冊，亦可算是一奇，能博大眾一粲，腦電波不明作用的作用也算不白作用了。（此句大是贅口，但推敲再三，又似乎並無不妥，哈哈。）

倪匡

二〇一六、三、四

香港

推薦序：倪匡是奇人，其書是奇書

倪匡本人可能都不知道，古龍對他的科幻小說，尤其「衛斯理系列」的評價之高，遠超過當時在歐美風靡大眾、在台港也開始受到推崇的現代西方科幻名家，如艾西莫夫（Isaac Asimov）、亞瑟·克拉克（Arthur C.Clarke）等大師級人物。

有一次，我向古龍抱怨已很久沒看到愛不釋手的小說，他又許久未開新稿，所以我開始鬧「書荒」了；古龍的回應是：近來武俠確實沒有令人眼睛一亮的新書，但「倪匡是奇人，他的科幻小說是奇書，你不妨找來看。」因為古龍和我算是忘年之交，故有段時期，倪匡從香港來台與他歡聚時，古龍會邀我也加入；但慚愧的是，由於從未上手讀過，我竟不知倪匡科幻是這般精彩迷人。

古龍推薦我從「衛斯理系列」的《頭髮》看起。赫！真是不看不知道，一看不得了，我看了這本之後，簡直意猶未盡，欲罷不能；但其時倪匡科幻尚只有香港版，故立即向古龍借了倪匡送給他的全部科幻贈書，一本本認真翻讀。古龍聞悉我廢寢忘食在讀倪匡作品，露出「果不其然」的會心微笑，說道：「你現在知道倪匡的魅力了吧！」我答道：「不管理論家、文評家怎麼說，至少從一般人的閱讀趣味而言，倪匡作品遠超過我原先認真看待過的艾西莫夫等科幻大師。」

現在回想起來，倪匡科幻的設想之奇妙、懸念之靈活、情節之流暢，在在引人入勝，令人閱讀時大有先獲吾心的快感，而其對外星人、創世紀的各種懸想、臆測，更是時而精思入神，時而異想天開。無怪乎在大眾文學的領域，如同金庸、古龍一樣，倪匡作品也有無數愛好者在追讀、賞析，甚至收藏、研究。

我有幸和古龍、倪匡及金庸均相熟，從親身經歷的印證，古、倪確是豪氣淩雲的性情中人，金庸則是城府深沉的理性人物，但三位皆是百年罕見的天才型作家。我曾熟讀古、金的全部武俠作品，及倪匡的主要科幻小說；最終，我的看法是：這三位名家的成熟期代表作品，在華文小說史上均有不可磨滅的地位，而且，他們諸多代表作的精彩程度簡直是「殆天授也」，殊非世俗大師名家所能企及。

倪匡和古龍的交情，眾所周知，或許正由於古龍對我另眼相待之故，倪匡愛屋及烏，對我也傾蓋如故，信任有加。我尤其感念當年出版事業曾一度風雨飄搖之際，他對我毫無保留的相挺。這樣的俠氣豪情，是古龍本色，也是倪匡風格！

本書作者王錚從耽讀倪匡小說，到廣蒐倪匡作品，到打探倪匡訊息，再到尋索倪匡蹤跡，親睹倪匡丰采，然後與朋友一起成為倪匡的忘年之交……他在書中娓娓道來，其波濤起伏、曲折離奇，時而令人揪心掛念，時而令人會心一笑。而倪匡的俠氣豪情，倪匡對自己作品的側面評述，在王錚及其朋友終於和倪匡、各地倪友及眾多「倪粉」相會之後，自然都一一躍然紙上。

如今，《來找人間衛斯理》可視為一次綜合性的深度回應。眾裏尋他千百度，尋到的，是千金難買的俠氣豪情，天馬行空的思痕心影，以及趣味相投的人間情誼！

台灣風雲時代出版社社長
著名文化評論家
陳曉林

友序一：生生不息

一個故事是否影響深遠，看看它有多少衍生物，不難判斷個八九不離十，例如《星際大戰》的衍生商品，只能用族繁不及備載來形容。

衛斯理家族的故事也不遑多讓，除了許多電影、電視劇和廣播劇，以及若干小說之外，還有幾個特殊的衍生物，相較之下更值得一提。

第一個衍生物是個美麗的誤會，且說倪匡多年前逛書店，赫然發現書架上立着一本《奮進的衛斯理》，不禁大喜過望！怎料翻開一看，才驚覺此衛斯理是個古人。這段耐人尋味的巧遇，後來成為《謎蹤》這本書的橋段。

第二個衍生物，是開衛斯理研究先河的兩本書《我看倪匡科幻》與《細看衛斯理科幻小說》，出版於上個世紀的八十年代初。或許是領先時代太多，當時並未造成風潮，如今回顧至為可惜。

隨着網絡時代來臨，衍生物不再限於紙本，「龍幻的衛斯理世界」、「倪學網」和「最愛衛斯理」這幾個網站都是活生生的例子。據說後者也是衛斯理本人的最愛，因為這個網站有個潛規則：只準講他的好話，否則必遭圍剿。

再回到出版物，為了慶祝《鑽石花》五十大壽，「倪學七怪」於二〇一三年合力編纂了一本《倪學》，至今仍是衛斯理研究的經典之作。

五年後的今天，欣見《來找人間衛斯理》從電子檔化為鉛字，是為最新的衛斯理衍生物。下一個衍生物是什麼呢？希望是江湖盛傳的《倪匡筆下的一百零八將》！

《衛斯理回憶錄》作者
葉李華
二〇一八中秋

友序二：有幸遇上王錚兄

十多歲開始閱讀倪匡先生的小說，幾年之間，差不多把他所有已成書的作品都看完了；期間陸陸續續新出的書，自然也都即時買入，就算由他的小說衍生出的漫畫和電影，也沒錯過。

當你十分喜歡看一位作家的作品時，同時也會對於他的個人感到興趣——他的成長歷程如何？出身自怎樣的家庭？他是如何入行的？如何構思出那些精彩的作品？他最喜歡自己哪部作品？平時又有什麼嗜好？……如此種種，對於書迷來說，既神秘又有趣，間或作家會在他的文章中透露出一鱗半爪，讀者看到了，已經感到興奮。在那時期，偶像總是遙遠的，像上述的事情，我們一班倪迷，主要只能透過沈西城所寫，幾本關於倪匡的小書《細看衛斯理科幻小說》、《我看倪匡科幻》和《金庸與倪匡》來了解。

到了倪生替雜誌撰寫自己的傳奇，有了《倪匡傳奇》（又名《見聞傳奇》）該書，我們對他的背景，才有了個比較整體的概念。之後倪生多次在電影中客串，又有電視台幾輯《今夜不設防》的節目出現，我們和他又再接近一點。倪生移民美國，後再回歸，之後常受大眾傳媒的訪問，但是他的曝光雖多，我們再能閱讀到的驚喜內容卻不多，很多次記者所問所寫，都是一些老讀者早已知道的訊息，記者若肯先花些時間在網上尋找，已經可以找到答案了。每次見到有這種情況，都為記者捉到鹿不懂脫角而扼腕興嘆。——幸好後來，有了王錚兄的出現。

王錚兄能與倪生相識相知，對於倪迷來說，是種福氣，因為他對於倪生的種種資料，從幼小到老大，從寫作到其他，都感興趣，而且每當想到一個疑問，又不怕向倪生直接詢問，於是在他的刨根究底下，讓我們可以發現到倪生的更多更多。而且他還可以用許多新穎的方式，把他的發現跟我們分享。曾與錚兄合作《倪學》一書，他既有〈衛斯理故事一百零八將〉，又有令人咋舌的〈人物關係圖〉，都是很好的例子。我知道每個人都有自己的專長，不過一般來說，創意高的朋友都不愛細碎重複的工作，王錚兄創意縱橫，而又不怕把無數的資料整齊排列而成簡明易讀的格式，兩方面的才能兼備，真是難得。

今天，得知錚兄把他與倪匡先生相識的故事，以小說形式寫出來，這個點子，別開生面，又是一個看得出他的天才之例子。作為倪迷，對於他在工餘百忙中仍抽空寫成這書，除了敬佩，還有感謝。

錚兄厲害！

第三屆台灣倪匡科幻獎首獎得主
小說《皇陵的秘密》作者
《倪學》作者之一
「倪學七怪」之一
龍俊榮
二〇一八年十一月二十七日

友序三：盡情

喜愛衛斯理的人多，談論的也不少，而藍手套特別之處，在於一字：「盡」。他花七年時間周遊列國，以衛斯理全部小說名為題，拍攝一百四十五幅照片。又在沒有倪匡先生舊居地址的情況下，與大鱷魚精哥兒倆在上海尋尋覓覓，更只因為《鑽石花》提過香港的離島長洲，就特地前往。他更撰寫了一系列「倪學研究叢書」，探索角度層出不窮，可見對倪作的熱愛，沒有盡頭。

全書洋溢着真摯的「情」，主軸是藍手套由衛斯理的小讀者慢慢成為忘年交的經過。讀他的文字，腦海中躍現出妙語連珠的倪匡先生，其豁達胸襟和率性行為，活靈活現。筆下一眾倪友，各具特色。大家聚散有時，甚或只曾在網絡交流，其相知相交，被藍手套由心而發地鑄刻在字裏行間，細緻動人。眾人因虛構的衛斯理而認識，建立實實在在的情誼，由虛到實，堪稱奇緣。

《來找人間衛斯理》，不單止描繪倪匡先生的丰采，更寫出處事盡無止境　待人用心情真的態度。藍手套寫得盡情，讀者看得盡興，絕非只限老友。

「倪學網」網主
《倪學》作者之一
「倪學七怪」之一
紫戒
二〇一八、十二、二
一個地方

友序四：
書中出現的一位人物寫的序

我跟手套兄的認識，要數到數年前由「帶頭大哥」施仁毅發起的「衛斯理五十週年展」活動，我們來自五湖四海的一班倪匡迷組成了所謂的「倪學七怪」。經過長達一年的展覽籌備，大家已經混得很熟了。而且基於「喜歡衛斯理科幻小說的人不會是壞人」這個大原則，大家自然成為了知心好友，幾乎每一次他來香港也會一起去倪老家坐一會兒，有時候我也帶着手套兄在香港四處走走。

手套兄對倪匡的了解確實比我深，他和大鱷魚精兩人不但走訪了倪匡兒時的居所，也搜集了大量曾在報紙或雜誌上刊登　但未有出版成書的作品，這種熱誠令我拜服不已，只是不知道他倆的資金來源，上海二老的太太們大概要去看一下他們的錢包了。

今次他的這本作品，據說曾多次談及小弟，這令人甚感好奇。以往我寫小說時也有用過朋友的名字作為角色的名字，但第一次在別人的書中談及自己，總覺得怪怪的，尤其對方並不是女生，就更令人驚訝了。大概，只能用「兄弟之情」來形容了吧？

我已經急不及待想看到這作品印刷成書了！

小說《末日洪荒》作者
《倪學》作者之一
「倪學七怪」之一　甄偉健（鳥鳥）
二〇一八、十二、四

友序五：心中的書

近來俗務纏身，與朋友們幾近失聯，一日手套兄忽然來電，神秘兮兮地讓我看他發來的郵件，口中雖然應允，但隨即把事情拋在了腦後。

數月後乘高鐵赴京公幹，猛然憶起此事，趕緊打開郵箱在浩如煙海的文件堆中找出該封郵件，不看則已，看了第一行，便覺一股熱血直沖腦門，若非身處公共場合，定會大呼出聲。手套兄在相隔不到一年的時間內，居然又寫出一大組文章，集結稱為「藍手套與倪先生」！之後，便如頑童得了八寶飯，在莫名激動中急速瀏覽咀嚼這一篇篇的文字，渾不知已過了長江黃河。在將臨帝都華燈初上的時分，長吁了一口氣，看完了最後一行。

如果把與手套相識相知的這些年頭比作是一本珍貴耐讀的書，那扉頁上必然會有向倪匡先生致敬這一句。沒錯，從少年時期便共同追尋先生的腳步，直至人到中年，可就像心中的其他書籍一樣，這一本的許多情節也已漸漸模糊，而手套卻將他心中的那一本，完全呈現在了讀者眼前，在這裏大家不僅能看到真實的倪匡先生，還可以看到一個至情至性的藍手套。

看着看着，眼中的書已朦朧，心中的書，卻愈發清晰了。

《倪學》作者之一
《倪匡妙語連珠》編者之一
「倪學七怪」之一
董鳳衛（大鱷魚精）
二〇一五、二、八　上海

自序：想來也有資格

早有把自己與倪匡先生交往經歷寫下來的念頭，卻始終未曾動筆。

這故事，必須從我小時候第一次讀到衛斯理小說開始講起，延續至今，數十年的光陰，一時間又豈能說得盡。

直至在香港的機場，讀了亦舒的散文集《我哥》之後，才逐漸知道，該如何來寫自己與先生的故事。

不必有什麼跌宕起伏的情節，也不必用花裏胡哨的文字，只需如訴家常般娓娓道來，就已經是篇很好看的文字。

最初，有不少香港文壇名人寫下多篇關於倪匡先生的隨記，後來，蔡瀾又集中寫了倪匡先生在三藩市的小故事，再後來，又有亦舒的散文集《我哥》結集出版。這些與倪匡先生關係熟稔的人，用自己的筆，寫下了他們心中的先生。

我與倪匡先生相交多年，想來也有資格寫寫我心目中的先生。

奮筆疾書之下，驚覺那些昔日往事，竟清晰如昨！

王錚（藍手套）

二〇一四、十一、十九 上海

第一篇

緣起

那時，少年和鳳衛誰也沒有想到，命運的紅線已悄悄地將他們和衛斯理這個神秘的男子繫在了一起。

第一章　少年

六月才過了沒幾天，暑氣就已經在城市的大街小巷中彌散開來。光是坐着不動，渾身也感覺汗津津的，匆匆趕路的人們，只怕早已濕透了衣襟。

遠處疾馳而來一輛單車，如風般在車流中穿梭。踩單車的少年，臉上滿是汗水，神情卻顯得興奮，微微上揚的嘴角，不時流露出一絲笑意。

灰白色磚牆的建築漸漸映入眼簾，單車少年更是興奮，把踏板踩得飛快，渾不顧飛灑的汗水已滴落下來。

耳邊隱隱傳來路人的驚呼：「這孩子，騎那麼快，太危險！」

單車少年只當沒有聽到，心中卻暗暗好笑：「你們哪知道我的心情！」

一個瀟灑的轉彎，單車衝進那棟灰白色大樓的院子。少年把單車往角落一扔，飛奔着跑進大樓。

跨過台階，一股肅穆的氣氛撲面而來，安靜得幾乎令人窒息，開足的冷氣則讓人彷彿一下子從赤道來到南極。

少年不由得打了一個寒顫，剛想拾步往前，突然肩上被人拍了一下，回頭一看，原來是新近結交的朋友，隔壁班級的鳳衛。

「嘿，你也來借書嗎？」鳳衛湊過來輕聲問道。

「是啊。」少年心不在焉地回答。他藏着心事，並不想和鳳衛多聊，只是快步向前走去，可鳳衛並未覺察，又緊緊跟上來。

「你知道嗎，昨天我在這裏借到一本很好看的書！」鳳衛一臉興奮，他急着將自己的發現告訴少年，聲音不由得提高了幾分。

櫃枱上，從厚厚的一大摞書之後，突然露出一張嚴肅的臉：「同學，圖書館內請不要大聲講話！」

少年嚇了一跳，趕緊低下頭去。鳳衛看了看那位管理員，調皮地吐了吐舌頭，拉着少年躲進旁邊一列列的書架中。

「你剛才說借到什麼書？」少年低聲問。

「書名很古怪，叫做《眼睛》。」鳳衛故作神秘地眨眨眼。

少年一驚，彷彿被人踩到了尾巴，連聲問道：「眼睛？什麼眼睛？你在哪裏找到的？」

鳳衛嘿嘿一笑，笑聲中充滿了得意：「昨天我來圖書館，逛了一圈沒看中喜歡的書，正有點鬱悶，沒想到隨意一抬頭，卻發現角落那個書架的頂上似乎影影綽綽有什麼東西。我一時好奇，攀着書架爬上去一看，原來是一本書。」

少年垂着頭，似乎正仔細聽鳳衛說話。鳳衛興高采烈然而又不得不壓低聲音繼續往下道：「不知道是誰把這本書藏在書架頂上，我既然發現，當然不會客氣，這書被藏得這麼好，一定有原因。嘿嘿，借回去一看，果然好看得要命！」

少年抬起頭，若無其事地道：「你只看到這本《眼睛》嗎？」

鳳衛笑道：「當然還有！一共四、五本呢，不過我把這些書轉移了地方，那個人肯定找不到。來，我帶你去！」

圖書館內一片肅靜，鳳衛帶着少年快速繞到倒數第三列書架前，左右看看，並沒有人注意他們，於是蹲下來，然後又趴到了地上。

少年被他的舉動嚇了一跳：「你幹什麼？」

鳳衛趴着，從喉嚨裏勉強發出聲音：「別急，一會兒你就知道。」

只見他伸長手臂，從書架底部與地板的夾縫中掏出幾本書來。

少年眼尖，已然看到那些綠色的封面，心中一陣激動。

鳳衛爬起身，拍拍身上的灰塵，揮着手中的那幾本書，一臉得意：「我藏在這裏，沒人找得到，誰也不會想到要趴在地上找書的。」

少年瞪了他一眼，並不答話。

鳳衛手臂一彎，搭在少年肩膀上，笑道：「我們是好朋友，當然要一起分享。」

說着，先自挑了一本《蜂雲》，然後問少年：「你想看哪本？」

少年毫不猶豫：「我要看《眼睛》！」

鳳衛一笑：「原來你要看我昨天借的那本啊，待會兒讓管理員直接登記一下就好，書你先拿着，免得被別人捷足先登。」

少年點點頭，伸手接過書，緊緊抓住。

鳳衛彎下腰，剛想把其他幾本書塞回老地方，突然背後一股大力傳來，一個趔趄，手一鬆，那些書全部散落到地上。

抬頭一看，推他的竟是少年，鳳衛頓時大怒：「你幹嘛！」

沒想到少年反而埋怨：「你把書都撞到地上，還不快撿起來！」

鳳衛怒從心頭起，剛想發作，卻看到少年衝他直眨眼，一時摸不着頭腦，緩緩神定睛一瞧，在少年身後，圖書管理員正走過這一列書架，冷冰冰的目光掃向他們。

鳳衛頓時醒悟，原來少年是在幫他打掩護！於是一邊嘴裏嘟囔着：「這麼兇幹嘛，我又不是故意的。」一邊裝模作樣地將那幾本書塞進書架。

管理員眼神不善，盯着他們看了一會兒，「哼」地一聲，又走開了。

少年從書架後探出頭去，看着管理員回到自己的座位，然後向鳳衛點點頭。鳳衛迅速趴到地上，將書藏回書架底下。站起身，向少年笑着拱了拱手，小聲道：「多謝啦！」

少年也笑，擺擺手：「小事一樁，何須客氣。」

經過這一場虛驚，兩人之間的關係無形中拉近許多，少年決定把自己的秘密告訴鳳衛。

「我說……那個……告訴你一件事。」少年喃喃道。

「什麼事？」鳳衛已急不可待地翻看起手中那本《蜂雲》，頭也不抬。

「這個……」少年還有些扭捏，「將這些書藏在書架頂上的那個人，其實就是我啦。」

鳳衛一愣，抬起頭盯着少年看了半晌，突然「哈哈哈哈」發出一陣大笑。

少年趕緊捂住他的嘴，可是已經遲了，圖書管理員再次出現在兩人面前，一副怒氣衝衝的樣子：「我注意你們倆很久了，你們鬼鬼祟祟地到底在搞什麼！」

少年連忙向管理員打招呼：「對不起對不起！」

鳳衛不敢再出聲，但又忍不住笑意，一手捧着肚子，一手扶着書架，身子不斷顫抖着，看起來倒像是肚子疼一般。

少年指指鳳衛，對管理員道：「我同學身體不舒服，我們不是故意的，實在對不起。」

管理員「哼」了一聲，又盯着兩人看了幾眼，實在也看不出什麼名堂，悻悻然道：「你們再大聲喧嘩的話，我就要請你們出去！」

少年連聲諾諾，等管理員走後，狠狠瞪了鳳衛一眼，壓低聲音道：「別笑啦！」

鳳衛忍得很辛苦，好半天才止住笑：「原來書是你藏的。」

少年轉臉望了一下四周，低聲道：「要不是我藏起來，這幾本書早被人借走了。」

鳳衛又笑了起來，當然，這次不敢大聲，只小聲哼哼唧唧着：「你還說，藏得這麼差，被我一下就找到。」

少年又瞪了他一眼，不再說話。

在櫃枱辦理借書手續的時候，管理員的臉色一望而知，極為不善。她惡狠狠瞪着少年和鳳衛，萬分不情願地在借書卡上作了登記，將書重重地拍在桌上。

少年唯恐管理員變卦，趕緊拿起那本《眼睛》，放進書包。而鳳衛，手中的《蜂雲》也早已翻看了一小半。

走出圖書館大樓的時候，他們甚至還能感受到來自背後，管理員那冷峻的目光。

大街上，陽光依舊熱辣。少年和鳳衛並肩踩着單車，邊騎邊聊。沒騎多遠，已經陰乾的衣服再度濡濕起來。

鳳衛一隻手握着車把，另一隻手伸過來勾着少年的肩頭：「不過也別說，這書真的很好看，虧得你發現。」

少年的單車晃了一下，隨即抓穩車把，不好意思地笑了笑：「我也是被這些書的書名吸引，才試着借一本回去，沒想到竟如此好看。」

鳳衛接口道：「所以你就把這些書藏起來……」

少年臉一紅：「我也知道這樣不好，但是我怕被別人搶先借走，所以才……」

鳳衛哈哈大笑：「那有什麼，我不是也和你一樣。」

頓了頓又道：「你發現沒有，這些書大多數都是兩個字書名的。」

說到這些書，少年的興奮勁又起來了：「是啊，像《地圖》、《迷藏》、《犀照》、《鬼子》這些書名，給人一種非常古怪的感覺。」

鳳衛笑：「不古怪怎麼能吸引人？」

少年道：「書名本身很普通，但卻散發出一種古怪的感覺，讓人忍不住想去了解它背後的故事。」

鳳衛點頭：「一個好的作者就應該有這樣的本事，能夠牢牢抓住讀者的心。哎，對了，別說書名，就連作者的名字也很古怪，明明是中國人，卻起個外國名字。」

少年笑笑：「我也注意到了……」正想說下去，鳳衛突然一指前方的綠燈：「啊呀，我得在這裏轉彎，我們明天再聊吧。」

少年有些意猶未盡，但還是「嗯」了一聲，向鳳衛揮揮手，踩着單車繼續向前去。

回到家，少年從書包裏取出那本《眼睛》，扉頁上，印着作者的照片：戴着眼鏡，歪着頭，咧着嘴笑。看起來，是個開心的中年男子。

衛斯理。

少年默默將這個名字牢記在心裏。

戴着眼鏡，歪着頭，咧着嘴笑。看起來，是個開心的中年男子。

第二章 鳳衛

少年低着頭走在回家路上，昨晚看的小説中那些恐怖情節還在腦海中盤旋，冷不防肩膀上有一條手臂搭上來，少年嚇了一大跳，趕緊回過頭去。

在他身後的，卻是鳳衛。

「一起走啦。」鳳衛笑着説。

少年吁了口氣，點點頭，兩人並肩而行。

不一會便來到公交車站。站台上擠滿了人，有不少同學，互相打着招呼，但更多的是匆忙的大人。

等了好久，才緩緩駛來一輛車。車門剛一打開，如潮的人群猛地湧了上去。

鳳衛個子矮小，動作靈活，早已混在人群中上了車。而少年卻是個慢性子，拖在最後，好不容易才擠上去。

鳳衛踮起腳，從車廂角落露出半張臉：「拜託幫我買下車票哦。」

少年應了一聲：「買完後，車票就放在我這裏，不給你嘍。」

只聽到鳳衛的笑聲從人群中傳來：「你打算像那天一樣，再和我打一架嗎？」

那一天，天氣異常悶熱。空氣中沒有一絲風，漫天的烏雲壓在頭頂，壓得人喘不過氣來。大家都盼着趕緊下一場雨，好舒緩一下這惱人的情緒。

可烏雲壓了大半天，偏是不見一滴雨水。

路旁的行道樹上，知了好不知趣，仍扯着嗓子嘶啞地喊叫。這叫聲，令人更覺煩躁。

車站的站台上同樣擠滿了人。少年照例站得離人群遠遠的，無聊地踢着腳邊的小石子。

車來了，人群如潮水般一湧而上。剛才還在站台上懶洋洋等車的人們，突然一下子變成了最勇猛的戰士，互相擠着，想要衝在最前面，場面混亂不堪。

誰都想第一個上車，可車門只有那麼大，急切間反而誰也上不了車。大人被擠得東倒西歪，倒是個子矮小的學生們，身手靈活，在縫隙中殺出一條血路，率先擠上車。

少年站在原地沒有動，望着混亂的人群，嘴角一撇，輕輕「哼」了一聲，神色間滿是不屑。

等到人潮差不多都湧上車，少年這才不緊不慢地瞅準一個空檔，從人縫中擠了上去。

車門在身後艱難地關上，將車廂中的人們與外界暫時隔離開，逼仄的空間更是令人喘不過氣。

少年被擠在車門旁，緊挨着售票員的座位。

「同學，幫我買下車票。」一個聲音突然從角落傳來。

少年努力別轉頭，向那聲音看去。人縫中，露出半張戴着眼鏡的臉。

「給你車票錢。」那眼鏡男生努力移動着身體，握着一元硬幣的手堪堪從人群的縫隙中伸過來。

少年也努力伸長手臂，好不容易才接過那一元錢。

「謝謝。」眼鏡男生說道。

「不客氣。」少年笑了笑。

接過售票員遞來的車票，少年順手往口袋裏一塞，稍稍改變了一下站立的姿勢，好讓自己舒服一些。

「同學，把車票給我。」眼鏡男生的聲音再度響起。

「我已經放在口袋裏，現在人那麼多，待會再給你吧。」少年實在懶得再伸手。

「快給我！」眼鏡男生的聲音顯得不耐煩起來。

「人這麼多，我手都抬不起來，怎麼給你？」少年也有點不高興。

眼鏡男生不作聲了。

不一會，車到站，下去不少人，車廂頓時寬敞許多。

少年剛鬆了口氣，忽然眼前一花，胸口一緊，衣領已被人揪住。抬頭一看，竟是剛才那個眼鏡男生！

「車票拿來！」眼鏡男生惡狠狠道。

「抓我衣服幹嘛！」少年努力扭動着想甩開眼鏡男生的手。

「誰讓你不給我車票！」眼鏡男生毫不鬆手。

「你抓着我我怎麼給你？」少年一推，想擺脱眼鏡男生的糾纏，可偏偏眼鏡男生力氣不小，一時間掙脱不得。

車又到站，少年猛地一揮手：「沒空和你胡鬧，我要下車了！」

眼鏡男生本不欲放手，但車門狹窄，容不得兩人同時通過，無奈只好鬆手。

少年下車時，從口袋裹摸出車票，捏成一團，回頭用力向眼鏡男生扔去。

只聽見眼鏡少年一聲怒吼，像是被紙團打到了臉。

少年快步離去，沒想到眼鏡男生的聲音從後面響起：「你給我站住！」

少年雖然有些後悔自己剛才的舉動，但在眾目睽睽之下卻又不願服軟，怒道：「你跟着我幹嘛！」

「這條路是你家的啊！」眼鏡男生衝上來就給了少年一拳。砸在胸口，好不生疼。

少年不甘示弱，一掌反推回去，將眼鏡男生推了個趔趄。

眼鏡男生大吼一聲，撲上來揪住少年，兩人拉扯到一起。

旁邊的路人有勸架的，也有看熱鬧的，可是兩個少年人一旦頂起牛，卻是任誰也拉不開的。

突然，一滴雨水落到了眼鏡男生的頭上。隨即，又是一滴。緊接着，一滴一滴，越來越快，越來越密。雨水如同打翻的水缸，瞬間澆濕了一切。

就像是約好一樣，少年和眼鏡男生同時大叫一聲，撒腿就往路邊商舖的屋簷下跑去。

等站定後，兩個人你看看我，我看看你。少年的頭髮濕漉漉地垂在額前，順着臉頰往下淌水。眼鏡男生的襯衫則像剛從洗衣機裏撈起來一樣，緊貼着皮膚。

少年突然忍不住「噗哧」一聲，笑了出來。眼鏡男生眨眨眼，也跟着笑起來。

「你住在這附近？」少年問道。

「不是，我要去圖書館。」眼睛男生摘下被淋濕的眼鏡，邊擦邊道。

「巧了，我也要去圖書館。」少年笑着伸出手去。

眼鏡男生愣了一下，將眼鏡重新戴上，看了看少年，先是有些遲疑，然後也伸出手去：「也好，那就搭伴一起去吧！」

大雨很快過去，太陽又開始火辣辣地曬着大地，兩個人的心中也火辣辣地洋溢着熱情。

日後，當朋友們聊起他倆友情的開端，都會笑着把這次事件稱為「公交車之戰」。

公交車猛地一個急剎車，將少年的思緒從往事中拉了回來，突然發現鳳衛不知何時已擠到自己身邊。

「你在發什麼呆？」鳳衛問少年。

「我在想那天我們打架的事。」少年笑道。

「還好意思說，都是你不給我車票才會打起來的。」鳳衛也笑。

「你知道我本想等車廂裏空一點再給你的。」少年道。

「你也知道那天我被老師罵了心情不好呀。」鳳衛道。

「怪不得，拿我當出氣筒啊！」少年道。

「你看起來比較好欺負的樣子嘛。」鳳衛哈哈大笑。

少年「哼」了一聲，假裝生氣，鳳衛笑得更大聲。

「對了，那些書你都看完了嗎？」鳳衛換了個話題。

「你説衛斯理的小説？都看完了。」少年點點頭。

「你覺得怎麼樣？」一提到衛斯理三個字，鳳衛就開始興奮，「你説，那些古怪的故事是不是真的發生過？」

少年想了想：「看起來像是真的，如果不是真的發生過，誰又能想得出那麼古怪的故事呢？」

鳳衛有些遲疑：「如果説是真的，那作者的經歷也太豐富了，他每天過的，都是什麼樣的日子啊？」

少年忍不住笑起來，腦海中又浮現出那個戴着眼鏡，歪着頭，咧着嘴笑的中年男子形象。

鳳衛猛地揮揮手：「不去管它，反正無論是真是假，這些故事都很好看。」

「不但好看，而且還很嚇人。」少年補充道。

「你覺得嚇人？」

「那些故事，氣氛實在太詭異，就像是自己身邊發生的一樣，讓人渾身發抖。」

「那是你膽子太小！我倒覺得還好，不是很嚇人。」鳳衛面帶嘲笑。

「你難道不覺得那本《眼睛》非常恐怖嗎？」少年不信。

「只是有點小恐怖而已。」鳳衛臉色略微變了一下，但還是硬撐着。

「我是睡覺前看的，結果半夜起來上廁所，總覺得黑暗中有隻『眼睛』在盯着我，企圖爬到我身上來，可嚇壞了！」雖是大白天，少年說起來仍覺得不寒而慄。

「哈哈，你這膽小鬼！沒有嚇尿床嗎？」鳳衛絕不放過任何一個可以吐槽好友的機會。

少年瞪了他一眼，繼續道：「還有《蜂雲》也很嚇人，最後那個紫醬紅色黏稠狀的怪物，出場時的情形真是恐怖絕倫！」

鳳衛點點頭：「那怪物倒真的有點嚇人。」

少年趕緊抓住機會反擊：「該不會你被嚇尿床了吧？」

鳳衛大叫：「才怪！」

兩個人你一言我一語聊個不停，嘻嘻哈哈完全沉浸在屬於他們的世界中。

那時，少年和鳳衛誰也沒想到，命運的紅線已悄悄地將他們和衛斯理這個神秘的男子繫在了一起。

結果半夜起來上廁所，總覺得黑暗中有隻「眼睛」在盯着我。

第三章 文廟

上海這座城市，之所以會被人們稱作「魔都」，其中很大一個原因，在於它那多變的氣質。

有時，它崇尚的是燈紅酒綠的拜金主義，而有時，它又充滿了儒雅知性的書卷氣質。兩種截然不同的風格，在同一座城市中自然展現，令人覺得不可思議，魔力十足。

而地處城市南端的文廟，則又是另一番景象。拜金主義和書卷氣質在這裏相遇、融合，你中有我，我中有你，渾然一體，成為一道獨特的風景。

每到週日，天才微亮，書商們便已各自駕車從城市的四面八方趕來文廟，將一車一車的書籍在舊書市場的攤位上鋪排整齊，做着開張的準備。

然而，還未等他們的準備工作全部完成，一些心急的讀書人，也已自城市的四面八方趕到文廟，開始在一個個書攤前挑選起自己心儀的書來，唯恐遲了片刻，好書便會被別人搶走。

偶爾，書商們會樂得做做人情，將一些比較普通的舊書，打折半賣半送給相熟的顧客。但更多的時候，看到的則是書商和讀書人，為了一本稀有的珍品書，討價還價爭得面紅耳赤。

不要以為書商只懂賺錢不懂書，他們對珍品書價值的認識，遠比讀書人清楚得多。什麼書開什麼價，書商心裏自有一本賬，能賣一千元，絕不會只開價九百九十九元！

這時，讀書人是走是留，端看口袋鼓脹程度。真心喜歡這書，而又有點閒錢的，咬咬牙，便也買下，沒錢的，纏着書商死泡硬磨半天，多半還是望書興嘆。

這些故事，說起來波瀾不驚，但其中的酸甜苦辣，除了讀書人自己，又有誰能真的了解？

少年和鳳衛都是酷愛看書的人，而且一看起書來便廢寢忘食，這也導致他們的學習成績經常處於驚險過關狀態，被父母訓斥責罵更是家常便飯。

但是，只要有書看，他們就會忘記一切。

他們能成為很要好的朋友，「公交車之戰」、「藏書事件」雖是緣起，但究其根源，兩人都愛書成痴才是主因。對衛斯理小說的喜愛，更使得他們的友情有了共同的依託。

那幾本衛斯理小說，不知被他們借來看了多少遍。到後來，圖書館的管理員已熟識他倆，甚至當他們借閱別的書時，都會開玩笑道：「怎麼，今天你們不『衛斯理』啦？」

然而，圖書館裏那些衛斯理小說，早被他倆看了個滾瓜爛熟，那種想看新故事而不得的心情時刻煩擾着他們。

於是，他們決定去文廟碰碰運氣。

少年和鳳衛的家相隔不遠，都在上海城西，可是，離南市的文廟卻很有段距離。那個年代交通並不發達，要去文廟，得換乘好幾輛公交車，極為不便，對他們來說，最便捷的莫過於踩單車，反正年輕，有的是力氣。

兩人出發得不算早，再加上一路上說說笑笑，等趕到文廟時，已近晌午。

這時的文廟，早已人山人海，熱鬧非凡。兩人不由得興奮起來，約定了會合時間，各自分頭去逛。

鳳衛一個箭步竄入人群，不一會兒，就失去了蹤影。少年則信馬由繮，在書山人海中慢慢逛着，拿起這本書翻翻，又捧起那本書看看，雖然沒發現衛斯理小說，但是，在暖暖的陽光下漫步書海，這種感覺，還是令少年的心情非常愉快。

逛得有些累，少年便找一個石階坐下。石階旁的地上，散落着一些書，書商百無聊賴地靠牆坐着，時而吸上幾口手中的煙，時而望着天空發呆，看來他的生意並不好。

少年抬腕看看手錶，離會合還有不少時間，於是信手從地上拿起一本小說隨意翻看起來，也好打發這片刻的無聊。書商翻翻眼皮，看了少年一眼，發現不是揮金如土的大顧客，便換了個坐姿，繼續發呆。

一本小說匆匆翻完，少年站起身，舒展一下筋骨，正想離去，突然遠遠望見鳳衛在人群中穿梭，東張西望，像是在尋找自己。少年趕緊揮手，大聲招呼鳳衛。

鳳衛看到了少年，從人群中跳着揚起手，大聲說着什麼，但是隔着遠，少年聽不清，想來大概是說時間差不多，可以回去了之類，於是緩步向鳳衛走去，時不時地向路過的書攤又再看上幾眼。

鳳衛一路小跑過來，拉着少年返身就跑，邊跑邊埋怨：「你動作太慢！」

少年一愣：「這麼急做什麼？」

鳳衛道：「帶你去看一樣好東西，晚了被別人買走就看不到了！」

少年有些好奇：「什麼好東西？莫不是衛斯理？」

鳳衛嘿嘿一笑：「看到你就知道。」

少年隨着鳳衛跑到一個書攤前，鳳衛道：「到了！」

少年低頭望去，這裏與其說是書攤，不如說是角落裏的一個地攤更加合適。

鳳衛蹲下身，從雜亂的書堆中摸出一本書，向少年晃了晃：「你看，就是這本！」

少年接過一看，是一本舊舊的、巴掌大小的書，封面上印着書名《禍根》，旁邊則是作者的名字。

「衛斯理！」少年大叫。

鳳衛站起身，搭着少年的肩膀，得意地道：「怎麼樣，沒見過這本吧。」

「藏在這種小書攤裏的書，你也能找到，我真是服了你。」少年翻開書看了看，突然驚道，「這書是香港版的！」

鳳衛點頭：「看繁體字對我們來說不成問題。」

少年轉頭壓低聲音問：「你想買？」

鳳衛又點頭：「我想買，但不知道會不會很貴。」

這時，地攤老闆開口了：「兩位小朋友，你們到底買不買？不買的話就把書放下，給你們翻舊了我還怎麼賣！」

鳳衛一瞪眼，裝出一副很老練的模樣：「誰說不買了！多少錢？」

老闆翻着眼睛看看我們，突然咧嘴一笑：「我看你們還是學生，拿零花錢買書也不容易。這樣吧，五十元，這本書你們拿去。」

要知道，在那個時代，我們每個月的零花錢才不過十元。

鳳衛頓時跳起來：「五十元！那麼貴！我看你是不存心賣吧。」

老闆又咧開嘴笑，露出滿口的大黃牙：「同學，你看清楚，這可是香港帶進來的書，有錢你都買不到！」

鳳衛恨得直咬牙，卻又不知說什麼好。想了想，把少年拉到一旁。

「怎麼，不買了？」少年問道。

鳳衛神情沮喪，抬頭看了一眼少年：「我把這個月的飯錢都算上，也只有二十來元，怎麼買得起？」

少年立刻道：「我這裏也有一點錢，加在一起，五十元應該湊得出。」

鳳衛頓時喜形於色，勾住少年的脖子，剛想轉身，忽然又想到什麼，咬牙道：「就算湊得出五十元，也不能就這樣便宜了老闆！」

「對，我們得和他還還價。」少年道，「我看這老闆生意並不好，好不容易等來我們這兩個顧客，不敲一筆才怪。不如我們假裝離去，看老闆如何反應。」

「這個辦法好！」鳳衛偷笑，但轉念一想，卻又擔憂起來，「萬一老闆識破我們的計策怎麼辦？」

少年嘆氣：「那也只好花五十元買了。」

兩人商量完，心情忐忑地緩步離去。

走了一步，老闆沒有反應，走了兩步，老闆沒有反應，走了十來步，老闆還是沒有反應。

鳳衛的臉色越來越沮喪，忍不住剛想回頭，老闆的聲音終於在背後響起：「喂，小朋友，別走！這樣吧，你打算出多少錢？」

鳳衛立刻轉身，衝到老闆跟前道：「三十元，你賣不賣？」

老闆晃了晃腦袋，眼中閃過一絲狡黠的笑意：「算了算了，看你這麼誠意，就賣給你吧！」

鳳衛二話不說，掏錢拿書。

少年拍拍鳳衛的肩膀：「這個月的午飯我請你！」

鳳衛大笑：「這本書我今天看完明天就給你！」

在文廟偶然淘到一本港版衛斯理舊書，少年和鳳衛很是欣喜了一陣，但畢竟杯水車薪，難解心中之渴。而且，從那以後，衛斯理就好像在這個世界上消失了一樣，再也找不到他寫的新故事，也沒有任何關於他的消息，兩人想盡辦法，依然一無所得。

衛斯理這個名字，漸漸成了一個難以追尋的影子……

而地處城市南端的文廟，則又是另一番景象。

第四章 來信

歲月猶如白馬過隙，轉眼即逝。我與鳳衛早已告別校園，步入社會，從前的青澀少年華麗轉身，成為西裝革履的職場新鮮人。

這些年來，我們的人生軌跡各不相同。我一直待在上海，在父母和親戚的照顧下，畢業後順風順水踏入金融行業。而鳳衛在初二的下半學期，就跟隨父母去外地支教，在偏遠山區歷經千辛萬苦，直到高中畢業才獨自重回上海，在著名的大商場內找了份營業員的工作。

在那些離別的日子裏，不管各自的遭遇如何，是好是壞，我們一直保持着每星期通一次信的習慣。在那個沒有電腦，也沒有網絡的年代，手寫的書信，是我們心靈的慰藉，遠方有個好朋友一直牽掛着自己，這種感覺現在回想起來，依然令我感到無比溫暖。

這些珍貴的信件，至今仍被我視作至寶，好好地收藏在自己的百寶箱中。

某一年暑假，鳳衛突然從外地返滬，一下火車便直奔我家，告訴我他將回滬定居的好消息，我心中的激動簡直無法用言語來表達。

我們熱烈地擁抱着，感受和好友重逢的喜悅。鳳衛開玩笑道：「可惜的是，我們不能再每星期通信了。」

我哈哈大笑，比起可以時常見面的喜悅，不能通信這點小遺憾，又算得什麼。

鳳衛依舊住在爺爺家，和我家只隔了兩條街，隔三岔五便到我家來串門，我也有事沒事總上他家去玩耍。

當年的圖書館已搬遷到郊區，原址上興建起地鐵，人們的生活越來越便捷，日子也越來越好過。

那麼多年過去，上海的變化非常大，我們的變化也非常大，唯一不變的是愈久愈醇的友誼，當然，還有那顆愛書的心。

那天晚上，我正在燈下看書，讀至酣處，忽然聽到一陣急促的門鈴聲。

「這麼晚了，是誰啊？」老媽一臉疑惑。

「誰知道。」我不情願地放下手中的書，起身去開門。

門才打開，鳳衛便一頭撲將進來，滿臉興奮之色，揮舞着手中的東西，叫道：「來信了！來信了！」

我一頭霧水，愣愣地看着他。

「衛斯理的來信！」鳳衛激動地大喊。

我一下子還沒有反應過來，老媽已經湊過來打招呼：「原來是鳳衛啊。」

鳳衛撓撓頭：「阿姨好，不好意思，那麼晚還來打擾你們。」

老媽笑着擺擺手：「沒事沒事，你們慢慢聊，我去看電視，不陪你們了。」

我從背後推着老媽：「不用你陪，趕緊看電視去吧。」

老媽笑呵呵地逃走，我忙將鳳衛拉進房間，關上門急問：「你剛才說什麼衛斯理的來信？」

鳳衛興沖沖地把手中的東西往我懷裏一塞：「你自己看！」

我接過一看，是一封航空信件，收件人寫着鳳衛的名字。

我滿是疑惑，抬頭看着鳳衛，希望能從他臉上找到解答。

鳳衛滿臉興奮：「你還記得我們當年在文廟買到的那本港版衛斯理舊書嗎？」

我點點頭，用一個月的飯錢才換來那本《禍根》，怎麼可能忘記。

鳳衛嚥了口口水，繼續道：「那本書我一直放在爺爺家，前陣子閒來無事，又找出來重新看了一遍，突然發現書後還有一頁版權頁，上面印着香港出版社的地址，以前一直沒有注意。」

我「嗯」了一聲，往前傾了傾身體。

鳳衛接着道：「那家出版社叫做『勤＋緣』，挺好聽的名字。我看着看着，突然有了一個想法……」

我心中好奇，不知鳳衛葫蘆裏究竟賣的什麼藥，但又不想催他，只好用焦急的目光給予暗示。

鳳衛看着我，哈哈一笑：「別急，這就說到重點了。我按照那地址，寄了一封信，信封上寫明煩請出版社轉交衛斯理收。」

我忍不住一聲低呼。

鳳衛得意地道：「幾個月後，我收到了衛斯理的回信。」

我急忙道：「信呢？快拿給我看看！」

鳳衛哈哈大笑：「你手中的不就是。」

我一愣，再看看自己手中捏着的航空信，不禁也哈哈大笑起來。

鳳衛道：「趕緊把信拿出來看吧。」

我興奮地應着，抽出信紙打開，信紙右上角赫然寫着「鳳衛小友」四個字。

看到鳳衛被如此親切地稱呼，一陣醋意掠過心頭。

繼續看下去，字跡潦草得可以，要非常仔細才能辨認得出。

「你去年十一月寄的信，我到今天才收到，我浪跡海外，能收到你的信，可以說是一個奇跡了……」

誰說不是奇跡呢？

隔了近十年，突然又有了衛斯理的消息。如此突然，又如此叫人歡喜！

「你的信令我很感動，至於不知說什麼才好……你們都那麼喜歡我的小說，真叫人高興……」

我很好奇，笑着問鳳衛：「你在信裏寫了些什麼？」

鳳衛道：「也沒有什麼特別的，就隨便寫了一些我對衛斯理小說的喜愛之情。」

我沒有再問下去，暗自猜想，既然衛斯理寫的是「你們」，鳳衛的信中，一定也有提到我吧，心中突然升起一股莫名的感動。

我貪婪地讀着這封信，思緒彷彿又回到了少年時代，浮想起那段追逐衛斯理的美好時光。

讀完來信，我抬頭向鳳衛望去，他的目光裏充滿了激動，我明白，那是一種想與好友分享的喜悅。

我心中感動，嘴上卻假意埋怨：「這麼好的事，你也不早點告訴我。」

鳳衛急忙分辯：「不是不告訴你，只是我寫信請出版社轉衛斯理收的想法太過異想天開，本以為必然石沉大海，所以也就沒有和你說。沒想到隔了幾個月，竟然收到回信，正是撞到大運！這不，我剛收到信就立刻來找你了。」

我哼了一聲：「還算有良心。」

鳳衛見我面色不善，一句話剛到嘴邊又縮了回去。

我大叫：「還有什麼話，趕緊從實招來！」

鳳衛吐了吐舌頭，並不答話，只是從包裹掏出一本小巧的書，遞給我。

我幾乎是用搶的一樣把書拿過來，定睛一看，原來是一本繁體版的書。

書的外觀嶄新挺括，裝幀精美，一看就讓人愛不釋手。暗紅色的封面上印着書名《爆炸》二字，旁邊是作者名「衛斯理」。

鳳衛道：「你快翻開扉頁看看。」

我打開一看，不由得發出一陣呻吟，只見扉頁上龍飛鳳舞的一個簽名：「倪匡」。

天啊，竟然還有簽名！

我幾乎要流下口水來，腦海中早已一片空白，只是呆呆捧着書，一動不動地站着。

鳳衛輕輕推了我一下：「喂——」

我這才回過神來，結結巴巴問道：「這個『倪匡』……難道……就是衛斯理？」

鳳衛大笑：「對啦，我也剛知道，原來衛斯理只是筆名，作者真正的名字，叫做倪匡！」

我顫動着嘴唇，不知說什麼好。鳳衛突然嘆道：「沒想到，那些我們以為是作者親身經歷的故事，原來都是編出來的，衛斯理的想像力實在太豐富了！」

我無言地點點頭，手卻緊緊抓着那本書，不住地撫摸那漂亮的封面。

鳳衛彷彿感覺到了什麼，繞到我身後，拍拍我的肩膀：「這本書你先看，看完再給我。」

我心中感謝鳳衛的好意，想對他笑笑，但咧開嘴才發現這笑容實在不怎麼漂亮。

我不想讓鳳衛看出我的失落，但實在，我又怎可能不失落！

好友得到了偶像的親筆信和簽名書，而我，卻還是兩手空空。那種羨慕，從內心深處一下子湧上來，令我無法遏止。

不過，雖然羡慕，倒還不至於心生嫉恨，對於鳳衛的幸運，我由衷地替他高興。

我們又聊了一會兒，鳳衛把書留下，再次拍了拍我的肩膀，邁着輕快的腳步離去。

我在屋裏踱來踱去，心情久久未能平復。

突然間，腦中閃過一個念頭，頓時大叫一聲，暗罵自己愚蠢！

鳳衛能寫信給衛斯理，為什麼我就不能？

一念至此，精神陡地振奮起來，趕緊找出筆，在信紙上畢恭畢敬地寫下一行字：

「衛斯理先生尊鑒——」

第五章　丁丁

第二天，才吃過午飯，鳳衛又摸上門來。

我把昨晚寫好的信拿給他看，鳳衛才看了第一句，便哈哈大笑起來：「你這句『衛斯理先生，我仰慕你已久』實在太肉麻。」

我臉一紅，想把信從他手上搶回，鳳衛笑着躲開：「你別難為情，我和你差不多，肉麻話沒少寫，仰慕一個自己喜愛的作者，也是很正常的事。」

看完信後，鳳衛拍了拍我：「放心吧，衛斯理既然會給我回信，也一定會給你回信的。」

我聳聳肩：「借你吉言，但願老天保佑！」

鳳衛又從包裹拿出一樣東西來：「吶，我上午去把衛斯理的回信複印了一份，給你留作紀念。」

我心中一喜，沒想到他竟如此貼心。

鳳衛順手拉了把椅子坐下，取過我放在書桌上的那本《爆炸》，自顧自地看起來。趁這機會，我將鳳衛複印給我的衛斯理回信又仔細讀了一遍。

昨晚心情過於激動，信讀得太快，猶如豬八戒吃人參果，囫圇吞下，事後回想，竟想不起是何滋味，如今重讀，自然要細細品味。

這仔細一讀，倒又讀出點新名堂來。

在信中，衛斯理特別提到一個人：

「介紹你認識一個朋友，他叫丁丁，是一位極出色的青年人，我和他通信有年，近來因居無定所，才沒有聯絡……他有許多我的書，如果你保證借了還的話，我想拿我的信給他看，他應該肯借給你，你們都那麼喜歡我的小說，真叫人高興。」

在「借了還」三個字旁邊，還特別用圈標註出來，我不禁噗哧一笑。

鳳衛聽到我在笑，忍不住抬頭疑惑地看看我。

我指着信笑道：「你看到嗎？衛斯理介紹一位新朋友給我們呢。」

鳳衛一愣神，但立刻反應過來，笑道：「你不提我差點忘了，我來找你，也是想和你商量，我們什麼時候去拜訪一下這位丁丁？」

鳳衛的提議正中我下懷，且不說結交新朋友本就是件開心的事，光是知道能借到許多衛斯理的小說，就足夠令人興奮的了。

鳳衛忽然嘆了口氣：「我原以為收到衛斯理的回信已經很了不起，沒想到居然還有人能和衛斯理通信有年，真不知他是何方神聖。」

我心中也泛起一陣感慨。人外有人，天外有天，這個世界比我們想像中要廣闊得多。

「能得到衛斯理青睞的人，想必一定很厲害。」鳳衛感嘆，「而且他還擁有許多衛斯理的書，太讓人羨慕了！」

我道：「先別激動，萬一人家不肯借，你不是空歡喜一場。」

鳳衛一瞪眼：「我們拿衛斯理的親筆信去見他，他敢不借？」

我笑道：「你那麼兇，誰敢借給你？」

鳳衛忍不住哈哈大笑起來：「你比較溫柔，借書的任務就交給你。」

擇日不如撞日，看看時間還早，我們當下決定，立刻就去拜訪丁丁。

萬航渡路是上海西區的一條小馬路，舊稱極斯菲爾路。這條路，狹長而幽靜，路旁有許多極具上海特色的小弄堂，丁丁就住在其中的一個弄堂裏。

弄堂裏的樓群，已有一定的歷史，斑駁的牆面彷彿訴說着歲月的變遷。弄堂走到底還有一個游泳館，看得出是後來新建的，和那些樓群，頗有些格格不入。

我突然有點緊張，這個丁丁會不會性格高傲，不好相處？這樣想着，腳步不由躑躅起來。

鳳衛見我有些遲疑，向我投來詢問的目光。我將心中的擔憂和他一說，鳳衛大笑：「你又想太多，衛斯理既然把丁丁介紹給我們，那他必然是個喜歡交朋友的人。」

我還是有些猶豫，鳳衛從背後推了我一把：「都到人家家門口了，你還磨蹭什麼！」

底樓的大門半掩着，從門縫中望去，裏面黑乎乎的什麼也看不清。我敲了敲門，沒有任何反應。

鳳衛不耐煩地推開我，一步跨上前，直接推門進去，藉着門外射進的一縷光線，總算看清了門內的情形。

那是一個公用的灶披間，一排煤氣灶靠牆挨個擠着，白粉牆被油煙薰得黃一片黑一片。有些煤氣灶背後的牆上，貼着大幅彩色廣告紙，本是為了保護牆壁不被油煙污損，但時間一久，廣告紙濺上各種湯汁，被浸潤出一個個窟窿，反而顯得更加污糟。

這是所有上海舊式樓房的標準配置，這裏的居民，屋內沒有獨立的廚房，要做飯煮菜，就必須到底樓的公共灶間，一戶一個煤氣灶，互不影響。

每到做飯時間，東家煮肉西家蒸魚，大家擠在一起，家長里短，有說有笑，倒也其樂融融。

看到這種情形，我有點吃驚。原以為能和衛斯理經常通信的人，住的地方就算不是豪宅，起碼也應該是寬敞的獨立公寓，沒想到丁丁居然住在這樣的舊式樓房中！

但是，這樣的環境，卻讓我安心不少，原先心中丁丁那高不可攀的形象，也變得親和許多。

踏上狹窄的樓梯，我頓感逼仄，唯恐不小心，腦袋便會撞上天花板。

丁丁的家，就在二樓左側第一間。鳳衛輕輕敲門，一陣雜亂的腳步聲響過，一位中年婦女出現在門後，看着我們，滿臉疑惑。

「阿姨您好，請問丁丁在嗎？」鳳衛毫無怯意，大聲説道。

「你們是……」中年婦女謹慎地問。

「我們是衛斯理介紹來的……」鳳衛話音未落，屋內一個響亮的聲音已然喊道：「媽，快請他們進來！」

屋子很小，卻十分整潔，看得出，這裏住了一位能幹的母親。

屋子的一角，有一間小閣樓，丁丁自窗戶中探出了頭：「你們快上來！」

這麼小的屋子，居然還能隔出一間閣樓，我不禁暗暗稱奇。

我們向丁媽媽微笑行禮，上了小閣樓。

閣樓中擺着一張書桌，一張小床，牆上還釘着三層木板，權當書架。

丁丁個子很高大，年紀與我們相仿，滿臉雀斑，戴着眼鏡，一頭寸髮顯得十分精神。

原來他這麼年輕，和我之前的想像完全不同，我有些意外。

閣樓實在太小，三個人擠坐在床沿，連轉個身都會碰到對方，我們只能盡量避免有大幅度的動作。

丁丁微笑道：「我家實在太小，請你們不要介意。」

完全沒有回應主人，我們的注意力，早就被書架裏的書所吸引！

雖然有些不禮貌，但在這些書的面前，我和鳳衛，實在已沒有更多的心思去想別的事情。

書架上那一排排，赫然全都是衛斯理小說！

那些書排列得整整齊齊，書脊上還有編號：1、2、3、4……最大的編號，是80。

從來不知道，衛斯理的小說，竟有那麼多，我們看得眼都直了！

鳳衛早就忍不住，也不待主人同意，便伸手隨便取下其中一本，急急翻閱起來。

我見鳳衛如此猴急，心中有些緊張，唯恐冒犯了主人，不肯借書給我們，那可糟糕。

趕緊拉了拉鳳衛，給他一個責難的眼神，轉過頭問丁丁：「我們觀賞一下這些書可以嗎？」

丁丁似乎很能明白我們的心情，微笑着揮揮手：「當然沒問題，你們慢慢看。」

書架上那麼多衛斯理小說，早就讓我眼花繚亂，不知道該先挑哪一本看才好。我索性不急於將書從書架上取下，而是欣賞起那三排整齊的綠白色書脊所帶來的視覺享受。

那是香港明窗出版社出版的衛斯理小說，全部口袋本大小，每一本的書名，都很吸引眼球。

鳳衛拿着一本書，在一旁捅捅我：「你看你看，這本就是我們看過的《透明光》。」

我一看，封面上畫着一個透明的人形，可不正是《透明光》，和我們在圖書館看到的簡體版相比，封面大不一樣。

鳳衛翻到最後一頁，又道：「你看書的最後，好像沒有完呢。」

我湊上去一看，果然，故事並沒有完結。

這是怎麼一回事？我們看過的《透明光》可是一個完整的故事啊。

丁丁笑着解釋：「香港版的《透明光》故事，是拆成上下集出版的，你們手裏的這本《透明光》是上集，下集改名叫做《真空密室之謎》，就是編號 11 的那本。」

鳳衛急忙從書架取下《真空密室之謎》，打開一看，果然，故事又接續了下去。

原來香港版的衛斯理小說還有這樣的設計，真是別具風格。

丁丁道：「有幾個故事寫得太長，出版社將其拆成上下集，書的厚薄才能保持一致，放在書架上才漂亮。」

鳳衛急問：「還有哪些？」

丁丁道：「像《地底奇人》、《妖火》、《藍血人》、《連鎖》這些，也都是拆成上下集的。」

鳳衛咋舌：「那麼多，記也記不住。」

丁丁看到我們驚訝又激動的樣子，不禁笑道：「你們想看的話，我可以借給你們帶回去的。」

主人如此大方，客人自然也不會客氣，但主人一定想不到，在客人心中，其實很想將這些書洗劫一空。

哈哈哈哈！

那是香港明窗出版社出版的衛斯理小說，全部口袋本大小，每一本的書名，都很吸引眼球。

第六章　尋寶

和丁丁這樣一位「衛斯理老前輩」聊天，實在是一件很令人愉快的事情。丁丁對衛斯理故事的熟悉程度，根本不是我和鳳衛可以相比的。我們這才知道，原來衛斯理的世界，竟如宇宙般浩瀚！

而丁丁書架上那些港版衛斯理小說，更是令我們垂涎三尺。

這些年來，我們除了偶然在文廟買到過一本《禍根》，便再也沒有發現。

那一次的收穫，對我們來說，真是可遇而不可求。

後來，我和鳳衛也曾多次去文廟淘寶，希望上天能再次眷顧我們，可幸運之神彷彿消失在無邊無際的宇宙中，從此不見蹤跡。

我們一次次地追尋，又一次次地失望。雖不至於思念成疾，卻也牽掛至今。

在丁丁家見到那麼多衛斯理小說後，我們壓抑多年的情緒開始迸發。即使在聊得正歡時，我們的眼光也始終沒有離開過書架上的衛斯理小說。

丁丁把這一切全看在眼裏。他也是愛書人，當然能夠體會我們的心情，所以，在我們離開前，他給了我們一個驚喜。

雖然這驚喜，只是一條簡單的訊息，但是，在上世紀九十年代初期、那個資訊貧乏的年代中，這樣的訊息實在太珍貴！我和鳳衛如獲至寶，本想立刻行動起來，但看看窗外天色已晚，便約定第二天下班後再作行動。

冬季的夜，來得特別快。走出公司大門的時候，還能見到一絲落日餘暉，到家後，已然天色漆黑。不過短短十分鐘，彷彿兩個世界。

我匆匆吃着晚飯，心中有事，吃什麼都不知其味。草草填飽肚子後，在老媽一連串「路上當心，早點回來」的關照聲中，我跳上單車，一溜煙地衝了出去。

原以為自己提早五分鐘趕到約定地點已經很好，沒想到遠遠就看見鳳衛在上海商城門口東張西望，還不時抬腕看錶。

鳳衛下班比我晚，到的卻比我早，定是沒吃晚飯！這傢伙，竟如此急切，我趕緊大聲招呼他。

鳳衛看到我，向我招招手，也不等我停好單車，便已轉身快步先進了商城。

我一路小跑追上他，鳳衛卻還嫌我動作太慢。我心中暗自好笑，都已到門口，還如此猴急。

上海商城離我們的家不遠，踩單車不過十來分鐘的路程。就當時而言，這裏算得上是一個高檔商業區，平時進出的，都是些開着名貴汽車、穿着華麗衣衫的人。這樣的地方，離我們的生活圈很遠，雖然有時也會路過，但從來高山仰止，不曾踏足其中。

然而今天晚上，我和鳳衛卻要到這家商城去闖一闖。

上海商城的入口處，有一個很大的圓形拱門，氣勢不凡，好像一座宮殿。兩邊有着進出的車道，正中則是一道盤旋向上的階梯，二樓有不少商鋪和飯店亮着耀眼的燈光。

商城一樓的左側，有一家小小的屈臣氏超市，這，才是我們的目的地。

丁丁告訴我們，這裏的商舖，大多面向外籍顧客，所以常有些進口東西在賣。別看這家屈臣氏超市毫不起眼，店裏卻有一個書架，專門出售從香港進口的書籍，其中有着大量的衛斯理小說。

丁丁說，他的那些衛斯理小說，就是在這家屈臣氏超市買齊的。但那已是幾年前的事，如今有沒有仍在出售，不敢妄言，要看我們的造化。

這個消息，猶如一道甘霖，滋潤了我們乾涸已久的心。

在那個年代，港台版書籍相當罕見，罕見程度堪比哈雷彗星，若非有親戚在海外，普通老百姓很難買到，甚至連看也鮮有機會看到。

可如今，不但有可能看到港版衛斯理小說，還有可能買到，而且更是「大量的」，我和鳳衛興奮得都要昏過去了。

雖然丁丁說，那已是幾年前的事，但我們還是滿心認為這些衛斯理小說必然是我們的囊中之物，想都不會去想還有買不到的可能。

按鳳衛的脾氣，當時就想去屈臣氏「尋寶」。但那天在丁丁家逗留得太晚，等省起時，已過了商城關門的時間，只好延遲一天。

整個白天，我都心不在焉，不斷想像着將那些衛斯理小說擁入懷中的情形。

我猶如此，鳳衛可想而知。

閒話少說，我們急急衝進超市，東張西望，繞來繞去，只見一列列商品貨架琳琅滿目，可就是不見書架的影子。

「會不會是丁丁的消息有誤？」鳳衛有些焦急。

「應該不會，丁丁很明確地說是上海商城裏的屈臣氏超市，這裏又沒有第二家屈臣氏，我們再仔細找找。」我安慰他。

又繞了一圈，還是沒有找到，鳳衛狠狠跺着腳，一臉沮喪。看着他焦躁的模樣，我也有些不安起來，難道真是我們的造化不夠，衛斯理小說幾年前就已經賣完了？

不行，不能就這樣放棄，我得去問問營業員。

剛轉過身，就看到營業員站在櫃枱旁，用眼角的餘光看着我們，一見我轉身，趕緊移開目光，顯是剛才一直在偷偷觀察。

這時正是晚飯時分，生意冷清，整個超市除了我們沒有別人，我們在貨架前繞來繞去，神色慌張，而我們的衣著，又實在不像是有錢人，營業員有提防之心，也是正常。

營業員猛見我們直奔他而去，臉上露出一絲緊張的神情，但這神情一閃而過，便又立刻恢復正常，露出職業笑容問我們：「你們要買些什麼？」

鳳衛急道：「這裏可有賣書？」

營業員一聽我們原來是來買書的，頓時失了興趣，隨手一指：「吶，在那邊。」

我隨着他的手指望去，沒看到什麼，便又問了一遍。

營業員有些不耐煩，伸手指道：「就在那個貨架後面的角落裏。」

我仔細看，才發現有個小小的書架立在角落裏，還沒我人高，被琳琅滿目的商品擋着，不注意的話真發現不了。

走近一看，書架雖小，卻也分了四層，幾十冊口袋本大小的衛斯理小說正靜靜地在書架上等着我們！

從丁丁那裏聽到消息的時候，我們已經開始激動，恨不得立刻趕來。而當真正看到這滿書架的港版衛斯理小說，那種興奮的感覺，再也按捺不住，如火山猛然爆發，周遭一切事物彷彿都已不存在，腦子裏空空的，什麼也無法去想，什麼也無法去看，只有那種極度的興奮感，在體內不停盤旋飛舞。

這種奇妙的感覺，即使現在想來，都會令我心潮澎湃，一如當年。

我和鳳衛呆立了很久，只聽得「咕嘟」一聲，不知是誰咽了一口口水，這才緩緩回過神來。

我們互望着，壓低聲音一陣歡呼，營業員從我們身邊走過，用一種古怪的眼光瞥了我們一眼，我們已無暇理他。

書架上的衛斯理小說和在丁丁家中看到的一樣，綠白色的書脊整齊排列着，但可惜編號七零八落，看來經過這幾年，已經售出不少。

不過對我們來說，丁丁家的書再多，也只是丁丁的，而這裏的書，雖然有缺，卻是我們真正可以擁有的！

我從書架上隨手取下一本，小心地摩挲着。

港版的書籍，裝幀實在精美。小巧的開本已然討人喜歡，極富設計感的封面又很合衛斯理故事那種詭異的氣氛，看久了簡體書的簡陋粗糙，乍一見這等蘭心蕙質，怎不叫人心動！

第七章 得寶

「這麼多書，怎麼辦？」鳳衛問我。

「先看看價格。」多年前在文廟淘書的那一幕又湧上我的心頭。

將書翻到封底一看，果然，一本書標價五十大洋，和當時地攤老闆的開價一樣。

那麼多年來，書價沒漲是件好事，但是，這次可不是只有一本書，而是滿滿一書架的幾十本！

要知道，我和鳳衛剛入職場，工資本就不多，再扣去上交父母的部份，幾乎沒有什麼剩餘，要買下書架上的所有衛斯理小說，簡直就是奇談。

我倆頓時如同冷水澆頭，滿腔熱情化作輕煙幾縷。

來之前根本沒想過的金錢問題，在現實面前終於成了問題。

翻遍錢包，兩人合在一起也只有兩百多元，最多買三五本書，錢包便要見底。

我們面面相覷，眼中寫滿了「怎麼辦？」

若是沒有看到這些書，倒也眼不見為淨，既然已經看到，內心的佔有欲頓時燃起，轉眼已成燎原之勢，豈是三五本書可以遏止的！

怎麼辦？怎麼辦？怎麼辦？

心愛的書就在面前卻又買不起，這種滋味實在折磨死人。看着鳳衛一臉的沮喪，我知道，我的神情比他好不了多少。

雖然知道沒錢，但我還是不由自主地再一次打開錢包，希望能變出點錢來。我把裏裏外外每一個夾層都翻了個遍，猛然看到一樣東西，一下子福至心靈，有了主意。

我強行抑制住自己的喜悅，從錢包的夾層裏摸出這樣東西，朝鳳衛晃了晃：「我想起來了，還有這個！」

鳳衛被我晃得頭暈，索性一把從我手中搶過去：「什麼東西？」

定睛一看，原來是一張信用卡。

鳳衛大喜：「哈哈，我們就用信用卡買吧。」

然而，當激動的心情過去以後，我猛然又想起了另一個問題：我雖然有信用卡，但是，我的卡裏卻是一分錢也沒有的！

雖說用信用卡可以透支消費，但這錢，最終還是要還，我能還得出嗎？

鳳衛見我突然又躊躇起來，不知何故，急問：「還有什麼問題？」

我垂下頭，老實交代：「我卡裏沒錢。」

鳳衛大口吐血（我腦中的畫面）：「那你說啥呀！」

我看看鳳衛，又看看手中的信用卡，內心不住地天人交戰。

如果就這樣兩手空空離去，肯定不甘心。但是，要把書架上的衛斯理小說全部買下，那也不可能，那麼，有沒有什麼折中的辦法呢？

我默默盤算着下個月可能拿到手的收入，如果沒有意外，應該能和本月持平。那樣的話，透支一千元來買書，下個月可以還得起。而一千元，可以買二十本書，雖然離全部買下還差得遠，但至少已可緩解我們的飢渴。

打定主意後，我把想法告訴鳳衛，鳳衛緊鎖的眉頭終於紓解，但還是有點疑惑：「真的沒有問題嗎？你下個月肯定還得起透支嗎？」

我又仔細盤算了一遍，點頭道：「沒問題，買二十本書，我們各挑十本，看完後交換。」

鳳衛大喜：「好，萬一你不夠錢還，我下個月發了工資，可以補貼你一部份。」

有鳳衛這句話，我的心情一下子輕鬆不少，長長地吁了口氣。

終於可以好好挑選自己喜愛的書了，我細細觀賞着，突然發現，除了那些有編號的衛斯理小說之外，還有一些沒有編號，書名都是四個字的書。

我感到好奇，抽了一本出來。

剛拿在手，便看到封面上畫着一個搔首弄姿、衣衫不整的妖艷女子，我嚇了一大跳，手一鬆，差點把書掉在地上。

左右看看，鳳衛正在埋頭看書，而營業員也在櫃枱前百無聊賴地發呆，根本沒有人注意我。

我再次把書捧好，仔細端詳起封面上那妖艷女子來。

只見那女子仰着頭，閉着眼睛，朱唇微啟，頭髮散亂地披着，雙手攏在腦後，豐滿的胸脯高高聳起，一襲薄紗根本遮不住她曼妙的身材。

封面上方，印着書名《尋找愛神》，還有作者的名字衛斯理。

我翻了幾頁，故事的主角是一個叫做「原振俠」的醫生，這個名字我似乎有些印象，但一時又想不起曾在何處見過。

再翻看了其他幾本，主角都是「原振俠」，封面也都是各式各樣的半裸女子，充滿情色意味，看來，這是專屬他的系列故事。

我心中暗想，這位原振俠，一定是個風流倜儻的人。

轉過頭看鳳衛，只見他手裏捧滿了書，兀自不覺，還在從書架上拿，我笑着喊他：「喂，夠了夠了！」

鳳衛如夢初醒，不好意思地笑笑，然而並沒有將多出來的書放回書架的打算。

我把原振俠的幾本書遞給他：「你快看，這些是衛斯理寫的其他故事。」

鳳衛這才將手中的書擱在一邊，接過原振俠的書。

才一接過書，鳳衛的反應和我幾乎一樣，手一抖，差點把書掉在地上。然而他立刻又吹了一個短促的口哨，壞笑着看了我一眼，打開書，翻看起來。

「不知道這個原振俠的故事好不好看？」我雖然是問

鳳衛，但更像在自言自語。

「要不我們也買兩本看看？」鳳衛建議。

「好！」我爽快地答應，「衛斯理小說那麼好看，他寫的其他故事，一定不會差到哪裏去。」

要從幾十本書中挑二十本，對我們而言實在不是件容易的事。看看這本也喜歡，看看那本也想要，哪一本都捨不得放下。

最後不得不狠狠心，挑了一些光看書名就非常有吸引力的書，像《玩具》、《仙境》、《紅月亮》、《狐變》之類。

準備去結賬時，鳳衛還在不住回頭望向剩下的書。我不禁好笑，從背後推了他一把：「別看啦，留得青山在，不怕沒柴燒。下次再來買吧。」

鳳衛咬咬牙：「但願不要被別人買走才好。」

我們滿心歡喜捧着書去結賬，不料營業員卻冷冷地道：「POS 機故障，不能刷信用卡。」

我一下子傻了眼，不能刷信用卡？這麼高檔的商城居然不能刷信用卡？

「什麼叫不能刷信用卡？機器故障為什麼不早點去修理！」鳳衛按捺不住，猛地叫起來。

營業員兩手一攤：「我也沒辦法，你們要麼付現金，要麼去找老闆理論。」

鳳衛大怒：「你們老闆在哪裏？叫他出來！」

也許是聲音太響，驚動了店長。他從不知哪個角落突然冒出來，滿臉堆笑地勸道：「別生氣別生氣。」

說着回頭瞪了營業員一眼，又對我們道：「機器壞掉也沒有辦法，我們一早就打了報修電話，但始終忙音，實在不好意思。這樣吧，商城出門右拐，有家銀行，你們不如去那裏取了錢再來買吧。」

「他媽的！」我不由得在心中大爆粗口，「卡裏要是取得出錢，我早就付你現金，也不用刷卡了！」

可是，伸手不打笑臉人，店長不住道歉，令我們發作不得。我嘆了口氣，拉了鳳衛轉身就走。

鳳衛急道：「怎麼能這樣算了？」

我苦笑：「不是算了，是拉你和我一起去自動取款機取款。」

鳳衛瞪了店長和營業員一眼：「書留着，我們馬上回來！」

我心中又是一陣苦笑。我沒有告訴鳳衛的是，雖然信用卡裏沒錢也可以提取現金，但那和透支消費不同，透支取現是要付利息的。

但事到如今，又怎肯再退縮。我明知要扣利息，仍拉着鳳衛去取錢，付了書款。

背着一大包書騎在回家路上，我們突然感到一陣風蕭蕭兮易水寒的悲壯情懷，彼此互望一眼，止不住地苦笑。

第八章　大俠

那晚，當我手捧新買的「原振俠」小說，挑燈夜讀時，往日的一樁趣事漸漸浮上心頭……

那是一個沒有電腦也沒有網絡，甚至連影碟機都還沒有發明的年代。每個家庭唯一的娛樂，是租上幾盒錄像帶，在漫長的夜晚用來消磨時間。

錄像帶出租行業，是種很有趣的社會現象。

一般來說，幹這行的，總有親戚朋友在海外，能接觸到海外電視台播放的精彩節目，才有可能翻錄後帶回內地，靠出租錄像帶賺點小錢。

像這樣的行業，勢必不能大張旗鼓。別說做廣告，就連掛招牌也絕對不可以，只能私底下偷偷進行。不然，被有關部門知道，錄像帶充公沒收不說，搞不好還要吃官司！

所以，錄像帶出租行業，是沒有店舖的，就在自己家的客廳一角，放一排書架，陳列着各種內容的錄像帶。大家也都是靠口耳相傳的方式，來獲知他們的存在。

很神奇的是，不知道為什麼，幾乎每個住宅小區，總會有一兩戶人家，從事這種行業。這種行業的興起，成為普通百姓的福音。他們的客源，便來自附近的住戶。

雖然是非法生意，不過並沒有人會愚蠢到去投訴舉報。畢竟在那個封閉的年代，誰都想讓自己的日子過得開心一點，而持續有精彩節目可以欣賞，正是使日子過得開心的最簡單辦法。

當時的電影院，公開放映的電影少之又少，且大多不怎麼好看。若是想看精彩節目，首選自然是租錄像帶來看。

這些錄像帶，租借費並不昂貴，一般幾塊錢便可以租一整套劇集。但是，需要支付一定金額的押金，以免有人貪小，借了錄像帶不還，以低廉的租借費換取價值更高的錄像帶，那老闆可要蝕老本。

來的若是鄰居或熟客，老闆也會通人情地免收押金。對於手頭並不寬裕的學生族，則以抵押學生證的方法來代替押金。

我家附近，就有一戶人家，專門做出租錄像帶的生意。

他家的錄像帶，內容非常齊全，從歐美大片到港台電視劇，應有盡有。

有的熟客甚至還能從老闆手中偷偷借到一些看了能讓人「身體的某個部位突然起了反應」的片子。

搵食不易，老闆為了招攬更多生意，也真是動足腦筋。

我是他家的常客，幾乎每隔兩三天就會去借一大堆錄像帶。幾個月下來，他家的錄像帶已被我看了個遍，我不住催促老闆：「趕緊進點新貨吧！」

老闆兩手一攤：「我也想趕緊進新貨啊，但總得等機會。」

過了幾天，終於到了一批新片源。

我聞訊而至，老闆笑臉相迎：「快來快來，有新片了，就在這邊架子上，你慢慢挑。」

我抬頭觀瞧，架子上舊的錄像帶已被撤下，換上的是嶄新的節目。每一盒錄像帶的盒脊上，老闆都用馬克筆寫着片名，字跡歪歪扭扭，猶如喝醉酒一般。

「好醜的字！」我暗中腹誹。

「有沒有喜歡的？」老闆渾然不覺，仍笑嘻嘻地看着我。

我左看右看，選擇困難症發作，一時不知選哪一部片子才好。

老闆見我猶豫不定，便指着一套劇集向我推薦：「你可以看看這部，最近借的人蠻多的。」

我順着他手指的方向看去，只見那一排錄像帶的盒子上，都寫着「原振俠」三個字，序號從一到十，看來集數挺多，可以消磨不少時光。

我從架上取下錄像帶，問老闆：「這部片子什麼內容？」

老闆隨口道：「香港古裝武俠劇啦。」

我看看片名中那個「俠」字，點點頭，老闆說的應該沒差，於是又問：「好不好看？」

老闆愣了一下，答非所問：「這片子是黎明和李嘉欣主演的，李嘉欣你應該知道吧，大美女哦。」

「我又不是不識字，盒子上都寫着誰是主演，還用得着你說，我是問好不好看？」我沒好氣地道。

「這個……這個……我還沒看過。」老闆支支吾吾。

「你沒看過怎麼知道是誰主演？」我不依不饒。

「人家告訴我的不可以啊。」老闆有些發急。

那模樣實在好笑，我忍不住又逗他一句：「其實我喜歡黎明多一些。」

「隨你喜歡啦。」老闆一臉無奈。

我還想再逗逗他，沒想到老闆見我難纏，一閃身躲進裏屋去，換他老婆出來。他老婆面相兇惡，我不敢再多說什麼，趕緊借了錄像帶走人。

老媽見我提了一大包錄像帶回來，跟在後面問：「又借了什麼好片子？」

我隨口道：「是一部叫做《原振俠》的香港武俠劇。」

老媽嗔道：「怎麼又是武俠劇，也不借點生活劇來看看。」

我忙道：「知道啦知道啦，下次一定幫你借。不過這個武俠劇是黎明和李嘉欣主演，應該不會差。」

老媽撇撇嘴，閃身進了廚房。我回到自己的小房間，往床上一躺，望着天花板暗自思量：香港的電視劇向來喜歡拿歷史人物戲說，這部《原振俠》不知道又是根據古代哪位大俠的故事改編的？

太史公的《遊俠列傳》中，不記得有這樣一位人物，或者是我孤陋寡聞，其人出自別的古籍也未可知。

好奇心起，翻身下床，打開書櫃，找出收藏着的十幾本古籍，逐本查閱。直到老媽催促着開飯，我仍未找到哪本書記載有號「原振」的大俠，無奈之下只得作罷。

晚飯後，全家人一起坐在電視機前觀賞《原振俠》，畫面一出現，我不禁啞然。

難怪翻遍古籍找不到號「原振」的大俠，這位「原振俠」哪是什麼古代大俠，根本就是個現代醫生！

我忍不住拍腿大笑，老媽不知緣由，瞪了我一眼：「看片子安靜點行不？」

我邊笑邊點頭：「行，行。」

劇集繼續播放着，黎明和李嘉欣這一對帥哥靚女，也着實令人心曠神怡。爸媽沉浸其中，我卻思緒飄散。

虧自己還號稱讀書破萬卷，沒想到卻在這「原振俠」身上鬧了個大笑話，還好沒人知道。我偷偷吐了吐舌頭，卻完全沒注意到片尾字幕飄過四個大字：原著倪匡。

我合上「原振俠」小說，從回憶中醒來，終於想起，為什麼看到「原振俠」這個名字，會有種熟悉的感覺。

電視劇《原振俠》講的什麼內容，早已不復印象，唯這段小插曲，每每想起，總令我覺得好笑不已。

不知不覺間，我對這位古怪而俊俏的醫生產生了一種奇特的感情……

第二篇

追尋

那麼多年來，衛斯理，你到底在哪裏？為什麼不再回我們的信？你可知道我們找你找得好辛苦！

第九章　小友

鳳衛又收到了衛斯理的回信！

得知這個消息後，我心中真如打翻了五味瓶，喜怒哀樂百感交集。

喜的是好友再次收到衛斯理的回信，值得高興；怒的是衛斯理也太偏心，兩次都回信給鳳衛；哀的是自己運氣太差，一封回信都收不到；樂的是又能讀到衛斯理的信，了解到他最近的境況。

鳳衛照例第一時間帶着信來找我，見我的神情並不如他想像中般喜悅，當然能猜到我在想什麼。他拍拍我的肩膀，表示安慰：「你別難過，先看信再說。」

我瞥了一眼信紙，上款寫着：「丁丁、鳳衛及諸位小友收」，不禁苦笑，說起話來也滿是濃濃的酸味：「諸位小友，這算是給我的安慰獎麼？」

鳳衛又拍了拍我：「別着急，再往下看。」

我心想，名字都沒提及，只是「諸位小友」中的一份子，還能有什麼期待？但繼續往下看，卻看到一段令我振奮的文字：

「同時由出版社轉來上海王錚來信，他對我的小說頗有興趣，且收書甚多，可以聯絡交流。請代告訴他，我不另覆信了，但我很多謝他的來信。午夜酒醒，念及天涯有諸小友，樂何為之。」

衛斯理提到了我的名字！

自己的名字，平時是看慣了的，並沒有什麼特別的感覺。但由衛斯理寫來，這名字卻變得有些奇怪。看在眼裏，有點熟悉又有點陌生，像是在說自己，又像在說別人，一時竟有些發呆。

「喂！怎麼沒反應啦？」鳳衛推了我一把。

我猛地從椅子上跳起來，兩手抓住鳳衛的肩頭，用力地搖晃着：「衛斯理有收到我的信！」

鳳衛被我突如其來的舉動嚇了一跳，大叫：「你別是高興得瘋了吧。」

我啐了一口：「你才瘋了呢！」

雖然如此，但我仍感到有點遺憾。畢竟，我只是「諸位小友」之一，而鳳衛，卻連着收到兩封衛斯理的回信，甚至還有一本簽名書。他已經遠遠走在我的前面。

當然，我並不嫉妒鳳衛，我只是有那麼一點不服氣。也許，只有當我也收到衛斯理的回信和簽名書以後，這種情緒才會消除吧。

鳳衛不知道我的小心思，笑着對我道：「你看，叫你先別難過吧，衛斯理沒有忘記你。」

我不想讓自己的情緒沉浸在那種遺憾中，畢竟，收到衛斯理的回信，是非常值得高興的事。我反手勾住鳳衛的脖子，笑道：「衛斯理讓我們可以聯絡交流，來，我們現在就來交流交流。」

鳳衛一把拍開我的手，大笑道：「交流個屁啊！」

既然信的上款還寫有丁丁的名字，那自然是要把信給丁丁看的，於是，第二天一早，我們又聚集在丁丁家。

丁丁樂呵呵讀着信，丁媽媽在一旁忙前忙後地招待我們，還不時湊過來看一眼信上的內容。

丁丁被媽媽的舉動弄得有些不好意思，放下信道：「老媽，你這樣子我沒法好好看信啦。」

丁媽媽笑道：「你第一次收到衛斯理回信時，還主動拉着我一起看，現在倒不讓我看了，真是兒大不理娘啊。」

我和鳳衛在一旁偷笑，丁丁聳聳肩，乾笑幾聲，表示無奈。

我好奇地問丁丁：「你當初是怎麼會想到和衛斯理通信的？」

鳳衛叫道：「對啊對啊，我們都認識好幾個月了，你還沒有和我們説過呢。」

丁媽媽笑着插嘴：「他呀——」

才説了兩個字，丁丁急道：「媽，你別影響我們聊天，我的故事讓我自己來説。」

丁媽媽笑了笑：「好好好，我不打擾你們，你自己給小夥伴們講講吧。」

丁丁看着媽媽走開，這才清清嗓子，開始講述他的故事。

故事是從一個周末的早晨開始的。

那一天，已經連着下了好幾天雨的上海終於放晴，丁丁在家裏悶了一個星期，人都快發霉了。一見到太陽露臉，便趕緊騎上單車，直奔阿姨家。

丁丁去阿姨家不是沒有原因的。丁阿姨比丁媽媽年輕許多，性格熱情開朗，喜歡新鮮事物，所以，丁丁和阿姨的感情也特別好。

丁阿姨是個喜歡看書的人，書架上的藏書五花八門。丁丁最喜歡坐在阿姨家的沙發上安靜地看書，阿姨也非常疼愛這個愛看書的外甥，經常會推薦一些自己喜歡的書給丁丁。

上一次，阿姨推薦給丁丁的，是一位名叫「衛斯理」的作者寫的小說，丁丁一捧起書就再放不下。

阿姨見丁丁看得入迷，不禁笑道：「原來你喜歡看這類小說，這書是隔壁萱萱的，下次我再去問她借幾本，我也覺得挺好看。」

丁丁一聽，大聲叫好。

由於連日陰雨，丁丁一直沒有機會再去阿姨家。在家發呆的時候，腦中總是想着衛斯理的小說。好不容易挨到周末放晴，丁丁一刻也不想多等，踩着單車衝到阿姨家。

阿姨從書架上拿了一本和上次不同的衛斯理小說遞給丁丁，一邊隨口說道：「好像聽萱萱說過，她和這個作者還有書信往來呢。」

丁丁聽了，頓時激動起來，央着阿姨把萱萱介紹給他認識。

阿姨笑着摸摸丁丁的頭：「我到隔壁看看，不知道萱萱在不在家。」

不一會，阿姨回來，滿臉笑意：「萱萱在家，但她不想見陌生人，我說不是陌生人，是我外甥，她這才答應。」

丁丁大喜，跳起來，拉着阿姨就往外走。阿姨笑着提醒丁丁：「萱萱是個很內向的女生，你要好好跟她相處。」

一個身材矮小、穿着樸素、臉上長着許多痘痘的女生正在屋門口等着丁阿姨。

阿姨對她笑笑，把丁丁從身後拉過來：「萱萱，這是我的外甥，他也很喜歡衛斯理的小說，你們好好聊聊。」

萱萱點點頭，將丁丁帶進屋內，屋內只有她一個人。

她指指沙發，示意丁丁坐下。丁丁東張西望着，好奇地問道：「你父母不在家嗎？」

她點點頭，不說話。

丁丁又道：「你借給我阿姨的衛斯理小說真好看，還能再問你借幾本嗎？」

她又點點頭，還是不說話。

丁丁繼續找話題：「聽阿姨說，你和衛斯理有書信往來？」

她仍然點頭不說話。

丁丁有些尷尬，他自認在女生面前從來不怯場，但是，面對不說話的女生，他倒真不知如何是好。

這種沉悶的氣氛逐漸蔓延，令人尷尬。

丁丁決定再努力一次，站起身道：「能讓我看看你和衛斯理的通信嗎？」

萱萱想了想，從抽屜裏取出一封信，遞給丁丁。

丁丁接過信，心中無比激動。兩手顫抖着將信看完後，向萱萱提出一個大膽的要求：「可以把衛斯理的聯絡方法給我嗎？我也想和他寫信交流。」

萱萱沒想到丁丁會那麼直接地向她提出這樣的要求，猛地一怔，然後盯着丁丁看了半晌，終於用很輕的聲音說了一個字：「好。」

說完，又補充：「你等一下。」

聲音細不可聞，可丁丁還是聽見了。

萱萱從抽屜裏取出一本通訊錄，又拿出一張白紙，攤在桌子上，沙沙寫起字來。

未幾，將紙遞給丁丁。丁丁接過一看，上面抄了一個地址，想來應該就是衛斯理的通信地址。

丁丁向萱萱連聲道謝，她點點頭，臉上始終沒有一絲表情。

幾個月後，丁丁收到了衛斯理的回信。和回信一起的，還有一千元港幣。

信裏說，因為知道丁丁還是學生，特地寄一千元資助他買書。

丁丁不由得愣住，沒想到衛斯理居然會寄錢給自己。如此豪爽大方，簡直就和故事裏的衛斯理一模一樣！

丁丁不敢告訴母親，偷偷去找阿姨商量。

阿姨見丁丁到來，笑道：「是不是不知道一千元怎麼花？」

丁丁奇道：「你怎麼知道？」

阿姨衝着隔壁努努嘴：「萱萱也收到了，信裏說給你們倆一人一千呢。」

丁丁笑道：「沒想到衛斯理竟然對一個素未謀面的人這麼大方。」

阿姨道：「他真是個怪人，難怪會寫出那麼多古怪的小說。」

正說着，突然有人敲門。阿姨開門一看，門外站着的，正是萱萱。

萱萱見丁丁也在，朝他點點頭，然後把手裏的一本書塞給阿姨，返身又回到自己屋子。

丁丁望着萱萱的背影對阿姨道：「這個萱萱也很古怪，一句話也不說。」

阿姨笑道：「別說萱萱，你也一樣，不然怎麼會迷上衛斯理小說？」

「就是，那麼古怪，當心交不到女朋友。」

丁媽媽的笑聲突然從身後響起，把丁丁和正聽他憶述往事的我和鳳衛嚇了一跳。

丁丁嗔道：「媽媽，你又偷聽我們講話！」

「我哪有偷聽！」丁媽媽趕緊分辯，「我剛給你們切了水果端來，正好聽到你說什麼古怪。」

丁丁從媽媽手中接過托盤，放在茶几上：「媽媽，現在你總可以不要再聽了吧。」

丁媽媽看看丁丁，又看看我和鳳衛，笑着轉身離去。

鳳衛看到丁媽媽走遠，突然露出一絲詭異的笑容：「那你們後來有沒有發展？」

「什麼發展？」丁丁一愣，隨即反應過來：「你說萱萱？」

「不然還能是誰？」我笑道。

「像萱萱這樣不說話的女生，我就算想發展也無從發展起。」丁丁搖搖頭。

「那就是想過要發展的嘍？」鳳衛一臉壞笑。

丁丁臉一紅，大叫：「你們兩個太八卦！」

第十章　原點

日子一天一天地過去，平凡而又瑣碎。生活中沒有什麼亮點，人也懶懶提不起勁來。

然而，生活就是這樣，在大段大段無聊的時光中，偶爾也有那麼幾個令人愉快的日子。這樣的日子，會讓人感到生命的美好。

我跨上單車，懷着非常愉快的心情，在愚園路上不疾不徐地騎着。

愚園路是上海西區一條靜謐的馬路。路不寬，兩旁種着高大的梧桐樹，茂密繁盛地生長着。枝葉從路旁伸展出去，遮蔽了馬路上大部份的天空。陽光從枝葉中漏下來，星星點點，灑在路面，幻化出幾分夢幻色彩。

我和鳳衛分別住在愚園路的東西兩端。馬路西端的盡頭處，有一個不起眼的小弄堂。從弄堂進去，走到底，就是鳳衛家。

我把單車停好，衝着樓上大喊一聲：「快來開門！」

鳳衛從二樓窗戶露出頭來，叫道：「我在看片子，你自己進來。」

話音未落，自我頭頂出現一道漂亮的拋物線，一串鑰匙自天而降。

我趕緊伸手接住，開門，上樓。

鳳衛正坐在電視機前，見我進屋，摁下暫停鍵：「來，考考你，猜猜我在看什麼片子？」

我朝電視屏幕一看，只見一輛吉普車正撞向一堵土牆，掀起漫天黃沙。

這樣的畫面，任何動作片中都有，叫人怎麼猜得出。

我大叫：「你耍賴，連一個演員都沒有露面，讓我怎麼猜？」

鳳衛哈哈一笑，又摁下遙控器，快進了幾分鐘，將畫面停格：「這下有人了，再猜。」

我一看，場景變成一家小飯店，也的確出現了很多演員，但仔細一看，卻都是些群眾演員，不禁又大叫：「你還是耍賴！這種群眾演員誰認得出！」

鳳衛大笑，繼續快進，然後道：「這下可以猜了吧。」

我定睛瞧看，只見屏幕上一雙男女正在沙漠中打鬥，男子英武雄偉，女子煞氣逼人。

我看了幾秒鐘，猛然叫道：「《海市蜃樓》！」

鳳衛撫掌大笑：「答對了！」

我不知道為什麼鳳衛會想起要看這部老電影，用疑惑的眼光望着他。

鳳衛解釋：「我前幾天正好看完一個衛斯理故事，叫做《虛像》，突然想起這部老電影就是根據《虛像》改編的，於是找出碟片重溫一下。」

我笑道：「好的，那你慢慢重溫，我先走了。」

鳳衛一把拉住我，大叫：「喂喂喂，怎麼剛來就要走？你來找我，肯定有好事。趕緊説，不要吊胃口，我不看就是。」

説完，一按遙控，關了電視機。

鳳衛的模樣讓我忍不住好笑，我從包裹取出薄薄的一封信：「看看這是什麼？」

鳳衛以一種不怎麼確定的語氣問道：「難道是衛斯理的回信？」

我用力點頭，指着信封上我的名字，大聲道：「這次終於輪到我！」

鳳衛也大叫：「趕緊拿來看！」

我裁開信封，將信紙展開，攤在桌子上和鳳衛一起閱讀。

信雖然寄給我，但內容實則還是寫給「諸位小友」的。

信的第一句就寫道：

「王錚的書架上書甚多，有《天龍八部》，可見品味。」

我得意地看了鳳衛一眼。鳳衛勾着我的肩膀問：「你給衛斯理寄了照片？哪一張？」

我道：「就是那張以我家書櫃為背景的照片，書櫃正中恰好是一套金庸作品集。」

「我記得，那張照片還是我幫你拍的呢！」鳳衛叫道，「你那個書櫃頂天立地，想必一定能給衛斯理留下深刻印象。」

「人家是大作家，我這點微末道行怎麼能入他的法眼？」我有點不好意思。

「你別妄自菲薄。你這藏書量就算比不過衛斯理，也遠比大多數人強。」鳳衛鼓勵我。

我連連擺手：「人外有人，天外有天，做人還是謙虛一點的好。」

鳳衛笑笑，想了想又道：「聽說衛斯理曾替金庸續寫過《天龍八部》，難怪會特別提到這部小說。」

我嘆息：「還聽說衛斯理續寫的那段在出單行本時被金庸刪去，真不知哪裏可以看到！」

言談間兩人一陣唏噓，於是繼續看信，信中突然又冒出一句：

「鳳衛寄來的廣告有奇趣，真好白相。」

「你給衛斯理寄了什麼有趣的廣告？」我非常好奇。

「你等着，」鳳衛神秘地一笑，「我把那廣告複印了一份，這就拿給你看。」

說着，走到書桌前，從抽屜裏翻出一大張紙，遞給我：「你猜猜看，為什麼衛斯理會說這廣告有奇趣。」

又叫我猜，難道今天是猜謎大會？

我心中不住吐槽，接過一看，原來是一張臥室裝潢的廣告。

畫面中有一張大床和一個床頭櫃，地上舖着地毯，天花板上則有一盞大吊燈。

我仔細地看着，心知其中一定另有乾坤，但苦思冥想良久，還是看不出這廣告和衛斯理有什麼關係。只好認輸：「猜不出，你說吧。」

鳳衛得意地道：「你來看。」

我順着他的手指看去，在廣告中的床頭櫃上，放着一冊書。

我道：「這不就是一本書嘛，和衛斯理有什麼關係？」

鳳衛道：「你再仔細看。」

我湊近再看，那冊書很小，封面上依稀印着書名。仔細辨認，竟是一本名叫《毒誓》的小說，也是衛斯理故事中的一冊！

「這麼小的字，誰看得出！」我不服氣。

鳳衛哈哈笑着，指着信道：「你看這句。」

在信中，衛斯理接着寫道：

「你們真細心，若不說明，我是看不出來的。」

鳳衛笑道：「你和衛斯理一樣，還不高興嗎？」

我狠狠白了他一眼，繼續看信，衛斯理在信中問我們：

「你們尋常對話，用上海話還是普通話？我這個老上海，自言自語之際，仍習慣用上海話。所以，我一般只回上海小朋友的信。手臂痠痛，少寫一個字好一分也。」

我一聲低呼，轉頭看看鳳衛，他也一臉驚訝。

看來，給衛斯理寫信的書迷還真不少，天知道他們都是通過什麼途徑得到衛斯理的地址。也許和我們一樣，通過出版社轉寄，也許又是什麼別的方法。

我們真是幸運，恰好屬於「上海小朋友」的範圍，不然可就收不到衛斯理的信了。

不過，讓我們沒想到是，衛斯理竟也是上海人！

一直以為他是香港作家，必然是香港人，誰知道竟會是上海人。頓時，一種親近感油然升起。

鳳衛突然問道：「不知道衛斯理在上海還有沒有親戚？」

我想了想：「也許還有，下次我們寫信問問他。」

鳳衛笑道：「如果有的話，找機會前去拜訪拜訪，說不定還能和衛斯理攀攀親戚。」

我大笑：「難道你想認乾爹嗎？」

這下輪到鳳衛白了我一眼。

我們一邊看着衛斯理的回信，一邊互相開着玩笑。笑聲在鳳衛的小屋中瀰散，一切看起來是那麼開心，我們完全沉浸在這種愉悦的心情中。

可是，如同世上所有的幸福一樣，每一次總是姍姍來遲，又匆匆而去。我和鳳衛誰也沒有想到，這是我們最後一次收到衛斯理的信！

我和鳳衛曾討論過很多次，為什麼會這樣？難道是衛斯理不願意和我們交朋友？還是嫌我們頻頻寫信打擾了他的正常生活？

無論怎麼猜測，始終得不到圓滿的答案。我們非常不甘心，卻又無可奈何。

一封封的信寄過去，計算着漂洋過海的日期，每一天的等待都成了煎熬。煎熬若有結束的一天，總也算是值得，但這煎熬，沒有結束的時候。

寄出去的每一封信，都如同石沉大海，沒有任何回音。直到有一天，我們終於心灰意冷，再也提不起興致寫信。

原以為從此可以與衛斯理長久聯絡，沒想到，只不過短短半年，一切又回到了原點！

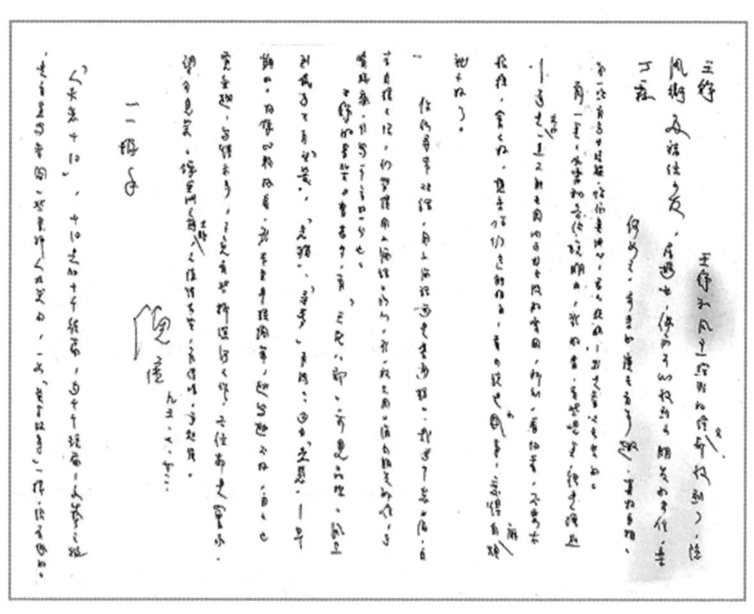

信雖然寄給我，但內容實則還是寫給「諸位小友」的。

第十一章　三聯

當上海的書店還都是國營的「新華書店」時，淮海路上新開張的「三聯書店」無疑給愛書的人們帶來一股新鮮空氣。

新華書店是老牌的國營書店，和其他國營企業一樣，暮氣沉沉。沒有競爭，沒有壓力，書店裏有些什麼書，除了讀者，完全沒人關心。有時候，甚至連讀者自己都不關心。

每一間新華書店的格局幾乎都一樣。書店裏，靠牆擺着一列高大的書櫃，書櫃前站着營業員。在營業員和來買書的讀者之間，橫貫着長長的玻璃櫃枱。這櫃枱，猶如一道不可逾越的鴻溝，將營業員和讀者分為陣線分明的雙方。

對於讀者來説，在買書前先翻閲一下，再決定到底要不要購買，原是天經地義的事，但在營業員的眼中，這些讀者卻彷彿個個都是增添他們工作量的麻煩製造者。

這樣的心態，使得這些營業員，在面對讀者提出的翻閲要求時，往往板着面孔，一臉不耐煩，有的，甚至一口拒絕。

若是翻看後決定不買，那營業員的臉色可就更加鐵青，難聽的話一句又一句地扔向讀者。

這樣的書店，又怎能獲得讀者的歡迎？要不是屬於國家扶植的壟斷性企業，恐怕早已倒閉。

好在時代總在不斷變化，所有的事物，隨着時代的變化，也在不知不覺中有了轉變。這其中，當然包括書店。

三聯書店便是這一轉變中的先行者。

九十年代初期，三聯書店脱離新華書店，一改舊式書店陰沉黑暗的氣氛，將店堂打造成全開放式的結構。還未進門，就能感受到三聯書店的與眾不同。

這裏燈光明亮，沒有將讀者和書櫃隔開的冰冷櫃枱，也沒有陰陽怪氣愛理不理的營業員。所有的書都敞開擺放着，讀者可以隨心所欲地翻閱自己喜愛的書籍，即使不買也不會有人來指責。

讀者幾時享受過如此的待遇，猶如貴賓一般被迎進書店，可以毫無顧忌地徜徉在書的海洋。結賬時，收銀枱的服務員又是滿帶笑容，用一句「謝謝光臨」恭送讀者離去。

這樣的書店，不火才怪！

開張第二天，我和鳳衛便早早前去捧場。一樓品種繁多的書籍已然看得我們眼花繚亂，二樓的港台書專櫃更是讓我們驚喜萬分。

正規書店出售港台版書籍，這還是破天荒第一遭！

我和鳳衛猶如跌入米缸的老鼠，貪婪地在書架之間來回穿梭。

突然，有一排書吸引了我的注意，《狐變》、《盜墓》、

《藍血人》……這不是衛斯理的小説嗎？

「快來快來！」我趕緊招呼鳳衛。

「發現什麼好東西？」鳳衛聞聲跑來。

我一指那排衛斯理小説：「你自己看。」

鳳衛一陣驚呼：「衛斯理！」

書架上的衛斯理小説，足有數十本。有些是我們已經有了的，有些卻是從未看過的。

我們從書架上取下一本，那書的開本比口袋版大得多，捧在手裏沉甸甸的。

仔細看，是台灣「風雲時代」出版，出版社的名字很氣派。

同樣是豎版繁體書，但因開本大，字體和字距也相應變大，閱讀起來非常輕鬆。

月白色的封面十分簡潔，封面上方印着書名，下方則有一幅小小的方形插畫，給這素雅的封面帶來一絲靈動。

我們一下子就喜歡上了這種設計。大幅的留白，同樣帶給人非常神秘的感覺。而大開本，似乎更適合收藏的需要。

工作這些年，多少有了點積蓄，再也不用為沒錢買書而煩惱。若是能買齊一整套衛斯理小説來收藏，那將是多麼愉快的一件事！

我們衝着書架不斷伸手，轉眼間，懷中已捧了一大疊書。

我和鳳衛相視一笑，雖然和衛斯理失了聯絡，但對他的熱愛，這些年來始終沒有中斷過。

屈臣氏超市裏的那些港版衛斯理小說，經過我們這幾年不斷地購買，已然售罄。眼見店主毫無再進貨的意思，我們只能無可奈何地斷了糧。

事隔多年，能在書店裏再次見到衛斯理小說，欣喜程度雖不及當初，卻也足夠我們樂上好一陣子。

書的價格一如既往，五十元一本。但可惜的是，書架上的衛斯理小說編號零零落落，並不齊全。

我問店員：「衛斯理小說只有書架上這些嗎？」

店員微笑：「這個我不太清楚，我帶你們去問經理吧。」

小小的經理室坐着一個中年人，用疑惑的眼光看着我們。

鳳衛客氣地問：「請問您是這裏的經理嗎？」

那中年人點點頭：「你們有什麼事嗎？」

鳳衛道：「我們想買整套的台版衛斯理小說，不過外面書架上並不齊全，請問店裏還有沒有其他的？」

經理不假思索道：「店裏只有這些。不過你們真要想買，我可以幫你們去和台灣出版社預定。」

聽得經理如此說，我和鳳衛大是高興。鳳衛趕緊道：「那就麻煩您幫我們預定吧。」

經理從辦公桌抽屜裏拿出一本記事簿：「來，把你們想買的書名寫在這裏，還有你們的聯繫電話和地址。」

我們按照書後的目錄，把書名一一寫下。

經理遞上他的名片：「有消息我會打電話通知你們。」

我接過名片看了看，鄭重地放進口袋，問經理：「不知道多久能有消息？」

經理看看我：「一個星期左右吧。」

我和鳳衛懷着滿心激動，千恩萬謝地告辭。

這一個星期，真是等得人心焦。然而再心焦也沒有用，經理始終沒有打來電話。

等到周末，鳳衛實在忍不住，也不打電話，直接拉着我趕往三聯書店，找經理打聽消息。

只不過隔了一星期，經理就彷彿已經不認識我們，還是用那種疑惑的眼光看着我們：「你們有什麼事？」

鳳衛搶着道：「經理，我們上周來過，請您幫忙預定台版衛斯理小說。」

「哦，哦，原來是你們啊。」經理像是終於恢復記憶，「你們定的書還沒有消息，再等等吧。」

我也有些焦急：「還要等多久呢？」

經理聳聳肩：「這個不好說，要看台灣那邊的情況。」

既然經理這麼說，我們也沒有別的辦法，只好等吧。這一等，又等了一個月，依然一點消息也沒有。

我和鳳衛再次去三聯書店找經理，經理對我們苦笑：「台灣那邊一直沒有消息，我也沒辦法。你們先不要着急，有消息我會打電話給你們的。」

經理的態度非常誠懇，我們想想也不能怪他，只好悻悻然離去。

一個月過去，沒有消息，兩個月過去，沒有消息，半年過去了，還是沒有消息。

期間我們也打過幾次電話給經理，但答覆始終是「再等等」。

我和鳳衛知道希望渺茫，但還是心存僥倖，再一次去三聯書店找經理。

沒想到這一次，經理室的門緊閉着，敲了半天沒人開門。

我問店員：「你們經理呢？」

店員道：「經理早就辭職了。」

鳳衛急道：「那我們向經理預定的書呢？」

店員搖搖頭：「那你們要去問經理。」

鳳衛勃然大怒：「經理都辭職了你讓我們到哪裏去問！」

店員見事不妙，趕緊腳底抹油：「我不知道，我還忙着，對不起對不起。」

我們呆立當場，竟不知說什麼好。

過了一會兒，我拍拍鳳衛肩膀道：「算了，走吧。」

鳳衛抬頭看了看緊閉着的經理室大門，恨恨跺着腳，大有一腳踢上去以發洩怒氣之意，我趕緊拉着他離去。

這次雖然沒能預定成功，但至少已有了希望。我暗自思量着，隨着社會風氣日漸開放，再次見到衛斯理小說應該也只是時間問題吧。

淮海路上新開張的「三聯書店」無疑給愛書的人們帶來一股新鮮空氣。

第十二章　表哥

從歷史上來看，一九九七年七月一日，無論如何，都注定是一個大日子。

這一天，香港這座城市，正式重新成為中國的一部份。熱烈歡慶的、淡然處之的、茫然失措的、倉皇離去的，各種各樣的情緒彌散在這座城市上空，形成一幅人世百相圖。

然而，這樣的歷史事件離我的生活實在太遙遠，遠得幾乎沒有一絲影響。

我唯一期待的，是即將從香港旅遊歸來的表哥。

表哥和我從小一起長大，感情非常深厚。而且他也是愛書之人，我們在一起，往往可以聊上一整天都不會膩。

九七將近，表哥突然興起去香港旅遊的念頭。美其名曰「去欣賞資本主義香港的最後一眼」，實際上只不過正好公司組織年度旅遊罷了。

這些年來，香港明窗出版社的口袋本衛斯理小說我收集得七七八八，剩下的一些，在上海已難再覓尋。而我又聽丁丁說，衛斯理仍在不斷筆耕，每年都會有兩三本新作問世，但新作的書名，卻不得而知。

所以，一聽到表哥要去香港，我雀躍不已。自己沒有機會去香港，但表哥去，幾乎等同於我去。有他幫忙，還愁衛斯理小說買不齊？

表哥對我的要求當然不會拒絕，不過他事先聲明：「會盡力去買，能否買到，不敢保證。」

話雖然這樣說，我卻毫不擔心。表哥向來聰明機靈，他既然答應，我相信他一定有辦法幫我買到。

表哥出發後，我夜夜翹首盼望，盼了一星期，終於盼到他回來。

本想當晚就去找表哥，但是老媽把我攔住：「你表哥剛回來一定很累，你最好第二天再去找他。」

我想想也是，只好強忍住心中的期待，輾轉反側了一夜。

第二天一早，我顧不得吃早飯，便匆匆趕到表哥家。出來開門的是姨媽，見到我，很是高興，指指緊閉着的臥室門，笑道：「你表哥是個懶蟲，到現在還沒起床。」

我心中雖然焦急，臉上卻仍帶笑容：「沒事，我等他。」

姨媽微笑着，帶我到客廳坐下，然後又去敲臥室的門，大聲叫着：「可以起床啦，你弟弟來找你啦！」

不一會兒，表哥慵懶的聲音自房內傳出：「這麼早就來……」

又過了一會兒，房門打開。只見表哥打着哈欠，揉着睡眼，一臉不情願地走出來。

看到我，嘆口氣：「大周末的，你也不讓我睡個懶覺。」

我陪着笑：「老哥，本來昨晚你剛下飛機我就想來找你，能忍到現在已經很不錯啦。」

表哥苦笑：「你先等我一會兒，讓我洗漱完再說。」

我連聲喏喏，往房間裏張望了幾眼，卻沒看到有書的樣子，心中有些不安。表哥不會沒有幫我買到吧？

表哥好整以暇地洗漱完畢，在餐桌旁坐下。

「書是買到不少，但有沒有齊全，我也不知道。」表哥一邊吃飯一邊對我道，「反正我把那家書店裏所有的衛斯理小說都買下了，待會兒你自己看。」

「書在哪兒？書在哪兒？」我一聲歡呼，急不可待地站起身四下尋找。

表哥見我的猴急樣，笑着放下碗，起身從書房拿出一個很大的旅行袋，重重往桌上一放：「這一袋都是你的衛斯理！」

居然有那麼多，真是出乎我的意料。我也顧不得感謝表哥，忙不迭將袋子打開。裏面裝的，滿滿的都是明窗出版社的口袋本衛斯理小說，有《影子》、《頭髮》、《木炭》……一共三十來本，幾乎全買齊了！

再往下翻，又看到最新的幾本，是香港勤＋緣出版社出版的《雙程》、《洪荒》，更是心花怒放，喜不自勝。

表哥裝模作樣地揉着肩膀，一個勁地喊酸。我趕緊笑嘻嘻地湊過去，也裝模作樣地在表哥肩頭捏了幾下。

表哥喝了口水，緩緩道：「你知道嗎，這次我差點回不來！」

「怎麼回事？」我一驚。

「還不都是為了幫你買這些書。」表哥白了我一眼。

「這些書怎麼了？」

「這些書被海關攔住啦！」

雖然明知這些書就在我面前，必然有驚無險，但聽到這話，我還是有些緊張，問道：「然後呢？」

表哥看了我一眼，道：「你也別緊張，書一本沒缺，只是費了一番手腳。」

我又替表哥捏了幾下肩膀，嬉皮笑臉道：「乞道其詳。」

表哥轉動了一下臂膊，開始慢慢道來：「我下了飛機，背着包跟着大部隊來到海關，海關人員一個個開包檢查，非常嚴格。」

我點頭暗忖，香港回歸前夕，海關肯定會比平時嚴格許多。

表哥道：「我又沒帶違禁物品，這些書也不是什麼政治、色情書，想來不會有問題，於是篤篤定定等着過關。」

我笑道：「那當然，我怎麼會拿違禁品來坑你。」

表哥瞪了我一眼，繼續講他的遭遇：「我本以為海關人員隨便看一眼就算，沒想到他們拿起這些書，居然一本本地仔細翻看起來。我又想最多浪費點時間，也就任由他們去翻，沒想到翻到那本書的時候，他們突然停了下來。」

說到這裏，表哥也停下來，在包裏翻找一陣，抓起一本書叫道：「對了，就是這本！」

我接過一看，原來是一本叫做《妖火》的衛斯理小說。只看封面，不用表哥說明，我已知道是怎麼回事。

表哥見我恍然大悟的表情，笑道：「你知道是怎麼回事了吧。」

「知道，知道。」我忍住笑用力點頭。

「就是因為這個封面！」表哥指着那本《妖火》說道，「海關人員一看到這個封面，眼神『刷』地亮起來！」

封面上，一個穿着露背透視裝的妖艷女子正作爬行狀，背上是一團燃燒的火。她的神情妖異而嫵媚，引人無限遐想。

我笑道：「他們肯定以為這是色情小說。」

表哥點頭：「他們查了那麼多人沒查出什麼違禁品，估計心有不甘。猛然間看到這本書的封面，頓時兩眼放光，精神百倍，興奮異常。」

表哥邊說邊模仿海關人員，瞪大了雙眼，裝出一副逮到獵物的神情，我不禁哈哈大笑起來。

表哥道：「他們指着書厲聲問我，這是什麼書！」

我有些好奇，表哥會怎麼回答呢？

表哥又喝了一口水，繼續道：「我買的時候沒有注意，這時猛然看到這個封面，也嚇了一跳。我沒看過這本書，裏面到底有沒有色情內容不敢肯定。但這種情形下怎能露出害怕的神情，不然沒事也會變成有事。想想你應該不會害我，所以就用很隨意的口吻對他們說，這只不過是科幻小說。」

我倒吸一口冷氣，聽表哥繼續說下去。

表哥道：「海關人員完全不相信，大概覺得如此曖昧的封面，怎麼可能只是科幻小說，一定有大量色情內容。我跟他們解釋，他們根本不聽。」

我正聽得興起，表哥突然停下來，舉起空杯遞給我：「幫我倒杯水去。」

我趕緊幫表哥倒了水，催促他繼續說下去。

表哥接着道：「海關人員把那本《妖火》翻來覆去看了好幾遍，找不出半點色情的內容。他們不死心，又把其他書也翻了個遍，仍是找不到有色情描寫的地方。他們非常惱火，彷彿覺得自己被戲弄了，用一種惡狠狠的眼光在我臉上掃來掃去。我心裏沒鬼，當然不怕他們。他們盯着我看了好一會兒，實在看不出什麼問題來，又交頭接耳了一陣，這才悻悻然把書還給我，放我過關。」

「你是沒看到，他們當時的神情，從異常興奮一下子變成垂頭喪氣，真是笑死人！」表哥一邊說，一邊配以肢體語言來表現當時的情形。

我雖然沒有親眼得見，但表哥惟妙惟肖的表演，讓我很有身臨其境之感，我被表哥逗得樂不可支。

表哥從我手中接過《妖火》，對着封面又端詳了半天，笑道：「這本《妖火》，我這輩子都不會忘記！」

封面上，一個穿着露背透視裝的妖艷女子正作爬行狀，背上是一團燃燒的火。她的神情妖異而嫵媚，引人無限遐想。

第十三章　時代

不知從何時起，上海街頭的大小書攤上，突然出現了各式各樣的衛斯理小說。

從「西藏人民出版社」到「內蒙古人民出版社」，從「青海人民出版社」到「延邊人民出版社」，都是些聞所未聞，偏遠省份的出版社。

我笑着對鳳衛道：「一看這些出版社的名字，就知道準是盜版。」

鳳衛表示同意：「雖然是盜版，但能普及衛斯理小說，也是好事。」

卻說這些盜版衛斯理小說，非常與時俱進。除了盜版舊作，還緊跟節奏，香港那邊新作才出版，不到一週，上海的書攤上必然出現翻印的盜版。

盜版商只為逐利，小說若不好看，若沒有市場前景，他們也不會盜印。從這一點而言，越受盜版商青睞，就越代表這是好看的小說。

有一些盜版衛斯理小說，封面完全照搬港版的設計，唯一的區別只是將豎版繁體字改成內地讀者習慣的橫版簡體字。

又有一些，將四五個故事合成一本書，以西方科幻插畫作為封面。雖然有些不倫不類，但四五個故事只賣一本書的價錢，卻又是窮書生們的福音。

不過，盜版畢竟還是盜版，在盜印的過程中，並無專人進行認真校對，免不了錯字連篇，很是無奈。

以上這些盜版，多少總有些可取之處。但是有一種盜版，卻非常可惡！

這種盜版，故意學正版衛斯理故事，用兩個字作書名，以混淆視聽。內容則純粹是槍手模仿衛斯理的文風，託名而寫的偽作。不知情的讀者看來，幾可亂真。

在這些盜版衛斯理小說中，製作得最好的，要數「青海人民出版社」和「西藏人民出版社」。

「青海社」的版本，翻印自台灣風雲時代出版社。甚至連書的序號也和台版一樣，將原振俠和亞洲之鷹羅開的若干故事與衛斯理故事混在一起，形成一整套的「倪匡科幻劇場」。

面對「青海社」的來勢洶洶，「西藏社」則以口袋本沉着應戰。

「西藏社」出版的全是新作，而且每本書後還附有一篇《小說王中王》的連載。

別看作者名不見經傳，他筆下的「小說王中王」，主角卻是衛斯理故事的作者——倪匡先生！

看衛斯理小說久了，自然而然會對作者本人產生興趣。這篇《小說王中王》，寫的都是倪匡先生日常生活的點點滴滴，正好為我們了解他打開了一扇窗。

盜版商這一策略，非常討好衛斯理的書迷。「西藏社」

的這套盜版衛斯理小說，也搶購至脱銷。盜版商日夜加印，才勉強滿足市場需求。

雖然這篇《小説王中王》，文筆非常一般，但由於作者極善捕捉八卦，正合普羅大眾的獵奇心態。所以，他筆下的倪匡故事，被許多讀者追讀談論。

文中既談到倪匡先生的創作歷程，又寫及他的風流韻事。創作歷程是虛寫，一筆帶過，全書高潮，皆在風流韻事中。

我們追着看完《小説王中王》的連載，對作者的描寫將信將疑。

鳳衛問我：「倪匡先生難道真如文中所寫，夜夜笙歌，對歡場女子一擲千金？」

我無從分辨真偽。但想到他曾寄錢給丁丁買書，可見是大方慣的，便笑着對鳳衛道：「文人風流自古有之，普通人風流是荒淫，才子風流則是佳話。」

鳳衛笑着點頭：「或許正因為倪匡先生放浪不羈，才能寫出那麼多稀奇古怪的故事。」

我也笑：「若是老古董一個，又怎會寫信和我們這些小朋友交流？」

託了盜版商的福，這股衛斯理旋風很是颳了一陣子。內地的衛斯理書迷，大約就是在那個時候培養起來的。

一時間，大街小巷中，只要是愛看小說的，幾乎人人追讀衛斯理，個個熱議倪老匡。

但可惜的是好景不長，彷彿在轉眼之間，這股衛斯理旋風和上海的大小書攤一起，突然消失了。

取而代之的，是另一個時代的到來……

科技發展的速度之快，遠遠超乎我們的想像。

個人家用電腦在不久前還只是科幻小說中的事物，但幾乎轉眼之間，人人都擁有了自己的電腦。

隨之興起的，是網絡時代。

大家的眼界一下子被打開。原來世界並非如此單調，原來五彩繽紛的事物離我們近在咫尺，觸手可得。人們的生活品質迅速提高，臉上的笑容也越來越燦爛。

我和鳳衛通過網絡，擴大了社交圈，生活變得前所未有地繁忙起來。

網絡是個好東西，網絡也是個壞東西。

面對網絡的衝擊，傳統的書店節節敗退。人們開始習慣在網上閱讀各類電子書，而紙質書，則被越來越多的人放棄。

那些小書攤首當其衝，經不住這時代的洪流，一家接一家地關門。而大書店，也好不到哪裏去。雖然仗着實力雄厚，苦苦支撐，但原來的店面，在不知不覺中，已闢出一半，經營起咖啡奶茶來，用以補貼賣書的虧損。

就在這樣的大環境下，我和鳳衛依然堅持着紙質書的購買與閱讀。對我們來說，紙質書不僅僅是吸收知識的媒介，更是一種生活習慣。

我們都是傳統的讀書人，只有將書捧在手中，感受着紙張和油墨的清香，心中才會覺得寧靜舒適。這種感覺，是電子書無法帶給我們的。

不過，我們也發覺，網絡自有它的妙處。在網絡上，我們看到了許許多多關於衛斯理小說的訊息。

打開電腦，輸入「衛斯理」三個字，就會顯示出無數的相關網站，內容豐富之極。有討論故事情節的、有資料彙編的、有小說下載的、有胡吹亂侃的，直看得人眼花繚亂。

在眾多網站之中，最有意思的，是「最愛衛斯理」論壇。那是一個開放式的、能讓大家暢所欲言的論壇。

有趣的是，雖說是暢所欲言，卻又有一個不成文的規矩：在這裏，只許説衛斯理的好話，不許説衛斯理的壞話。

乍看之下好像有些蠻橫，但仔細想想，其實也有道理。

論壇名為「最愛衛斯理」，當然是熱愛衛斯理小説的朋友聚集之處。你若不愛衛斯理小説，大可自建一個「不愛衛斯理」論壇，在那裏隨便怎麼批評衛斯理也不會有人來管你，何苦混在「最愛衛斯理」論壇裏討人嫌？

在屬於衛斯理書迷的論壇上註冊發言，我必須要想一個別致的網名。

看看論壇上大家的網名，都是些「齊白」、「亞洲之鷹」、「白素」之類。以衛斯理筆下人物作為網名，雖然也不錯，但總覺得缺少創意。我不願隨大流，於是苦苦思索。

想了好幾個網名，始終不滿意。鳳衛見我如此委決不下，不免送上嘲笑：「起個網名都如此糾結，還做什麼大事！」

我白了他一眼：「總比你胡亂起個什麼『大鱷魚精』的名字要好。」

鳳衛不服氣：「誰說我是胡亂起的？『大鱷魚精』這名字，聽起來多威風！」

我心中好笑，也趁機吐槽他：「難怪大家都喜歡鱷魚皮錢包。」

鳳衛悶哼一聲，卻也無法反駁。

由於一直沒有想到滿意的網名，也就遲遲未在「最愛衛斯理」論壇上註冊。

直到那天，閒極無聊，在網上重溫日本動畫《名偵探柯南》。當看到女主角小蘭給男主角新一親手織了一副藍色手套時，心中莫名生出一股溫馨。腦中靈光一閃，猛地一拍大腿，網名有了，何不就叫「藍手套」！

想起衛斯理有一個故事叫做《紅月亮》，我這個「藍手套」正好可以遙相呼應，心中很是得意。

第二天，鳳衛來電：「論壇上新註冊的那個『藍手套』就是你吧？」

我笑道：「是啊，我這網名如何？比你的『大鱷魚精』溫柔多了。」

鳳衛哼了一聲：「溫柔個屁，軟綿綿的，我大鱷魚精一把就能把你藍手套抓爛！」

我啼笑皆非：「你就知道嘴上佔便宜。不如我們比一比，看看過個幾年，到底是我『藍手套』的名字響亮還是你『大鱷魚精』的名字響亮。」

鳳衛不服氣：「比就比，還怕輸給你不成。」

那時，我們誰也不曾想到，「藍手套」和「大鱷魚精」會另有奇妙的際遇。多年以後，在衛斯理的江湖中，這兩個名字，竟也成為呼風喚雨的傳奇人物！

第十四章　冒牌

我目不轉睛地盯着電腦屏幕。

屏幕上，「最愛衛斯理」論壇的頁面打開着，我的目光完全被一個新帖子吸引住。

那是一個網名叫做「齊白」的朋友發的帖子。

「齊白」是衛斯理筆下的著名配角。熟悉衛斯理故事的朋友一定知道，這位齊白先生是衛斯理的好朋友，他神通廣大，也是世界三大盜墓高手之一。

論壇上的這位「齊白」當然不會是盜墓高手，但他既以「齊白」為名，想必對這個人物有着特殊的感情。

「齊白」發的帖子，標題極具挑釁意味：「那位先生，你能證明自己不是冒牌衛斯理嗎？」

我感到一陣奇怪，這個標題是什麼意思？那位先生是誰？冒牌衛斯理又是什麼玩意？

打開帖子看下去，只見「齊白」氣勢洶洶地質問着另一位網名叫做「那位先生」的朋友：

「『那位先生』你好！看到你發的一些帖子，字裏行間皆以衛斯理本人自居，請問你何德何能，敢自稱是衛斯理？如果你不服氣，覺得我冤枉你，那就請你拿出證據來證明自己的身份。但如果你無法證明，那就請夾起尾巴好好做人，不要再冒充衛斯理來欺騙網友們！」

措辭雖然激烈，卻也不失禮貌。

我不由得發出一聲冷笑，這類網絡惡作劇多如牛毛。我在其他網站上也曾見過這種人，自稱是衛斯理本人，在網上大吹其牛，結果被人追問，很快露了馬腳。其人卻仍硬撐着不肯承認，那種姿態，簡直令人發哂。

沒想到在「最愛衛斯理」論壇上，竟也會看到這種人，而且還用「那位先生」作為網名，更是令人氣憤。

要知道，在原振俠的故事中，衛斯理經常化名「那位先生」客串亮相。這位網友以「那位先生」為名，應該很熟悉衛斯理和原振俠故事，知道這個名字的奧妙所在。

打着「那位先生」的旗號，倒的確可以令一部份網友上當，「齊白」的憤怒大概也源自於此。不過，我想，在「齊白」的聲討下，這種冒牌貨應該很快就會銷聲匿跡吧。

我隨手把帖子發給鳳衛看，他回了一個鄙視的表情：「不知又是哪來的跳樑小丑，徒自惹人譏笑。」

大約過了一個多月，「齊白」又在論壇上發帖，標題依舊博人眼球：「**那位先生，我錯了，你真的是衛斯理！**」

怎麼回事？這是什麼情況？怎麼又冒出個真的衛斯理來？

我心中極度疑惑，趕緊打開帖子。帖子裏不着一字，只有一張大大的照片，我定睛觀瞧，不禁大吃一驚！

那照片中，有一封信。信的上款，是四個大字：「齊白先生」。

信中只有幾句話：「**閣下見信如晤，有此為證，如假**

包換，哈哈！」

落款是「倪匡」二字。

我不由得呆住了。這信上的字跡，我熟悉無比，正和多年前，衛斯理寄給我的回信中，那龍飛鳳舞的字，一模一樣！這毫不為忤的調侃語氣，也分明就是我熟悉的衛斯理口吻！

我的心潮開始澎湃，難道，「那位先生」竟真是衛斯理本人？

不過，我冷靜下來，仔細想了一想，心中還是有不少疑問。像衛斯理這樣的大人物，他又怎會屈身於這小小的論壇來和大家交流？那封回信會不會是偽造的？

我帶着疑惑，在論壇中搜索「那位先生」發過的所有帖子，希望可以從中找到一些線索。

屏幕上閃現出好幾頁和「那位先生」有關的內容，有些是他發的主題帖，有些則是他在網友的帖子下回覆留言。

看看發帖時間，都已過了很久，帖子早已沉到最下面，難怪我從來沒有注意到。

我仔細地讀着這些帖子，「那位先生」遣詞造句的習慣、說話的語氣，怎麼看怎麼就是衛斯理本人！

這下我開始激動起來，立刻在論壇上發了新帖：

「那位先生您好！一別多年，不知您還記得我嗎？我就是當年給您寄過照片的那位年輕人。照片的背景是我的書櫃，書櫃上那套《天龍八部》曾得到您的讚賞，您還記得自己是怎麼稱讚的嗎？」

如果「那位先生」真的是衛斯理本人，他一定會記得我當年寄給他的那張照片，以及照片中我那頂天立地的大書櫃。

第二天一早，我急急打開電腦，帖子下沒有任何回覆，我頗感失望。但這也在情理之中，只不過隔了一個晚上，「那位先生」不可能時時刻刻守候在電腦前就為了回覆我。

一直到下班回家，帖子終於有了回覆，回覆正是來自於「那位先生」。上來就先大笑四聲：「哈哈哈哈！怎麼不記得，『有天龍八部，可見品味』的就是你！」

我的心中一下子湧起了一種難以描述的情緒。喜悅、激動，還有一點點的委屈。

那麼多年來，衛斯理，你到底在哪裏？為什麼不再回我們的信？你可知道我們找你找得好辛苦！

完全沒有徵兆，沒想到在如此意想不到的情形下，我竟又聯繫上了衛斯理！

說這是緣份也好，說這是命運的安排也好，這一刻，我開始相信宇宙中，真有不可思議的事存在。

我趕緊回覆「那位先生」：「先生好！沒想到能在網絡上重遇您，我實在高興得不知道說什麼好了！」

「那位先生」很快就回覆道：「如今科技發達，交流起來方便之極，請把你的電郵地址告知，我們可以經常聯絡。」

時隔那麼多年，再度聯繫上衛斯理，已是一件奇跡般的事，而衛斯理在那麼多網友的關注下，竟主動邀我電郵溝通，那更是一種超級榮耀的待遇！

我立刻將自己的電郵地址告訴「那位先生」，五分鐘後，便收到了衛斯理的電郵：

「藍手套，哈哈，這名字有趣極了！現在有了電郵，傳統的書信就淘汰了。八年前也想不到會有這樣的發展吧！」

我對着電腦屏幕不斷傻笑，興奮得簡直快要飛上天，全不顧當下已是深夜，立刻打電話給鳳衛。

鳳衛是夜貓子，向來遲睡。果然，電話一響就接通，話筒那邊傳來電腦遊戲的背景音樂，顯得非常嘈雜。

鳳衛的聲音聽來極不耐煩：「我玩遊戲玩得正緊張，有什麼事，快說！」

我笑道：「我聯繫上衛斯理了！」

鳳衛還在繼續玩着遊戲，背景音樂的聲音緊張而激烈，他大叫道：「糟糕，死了一條命——我管你聯繫上誰啊——啊呀啊呀，又死一條——別影響我打遊戲！」

我一愣，怎麼回事？聽到了衛斯理的消息，他竟還能如此沉得住氣？

剛想罵他幾句，突然，話筒那邊一下子沒了聲音。隔了一會兒，鳳衛突然大叫：「你剛才說什麼？」

我一口老血差點沒噴出來，搞了半天，他根本沒在聽我說話！

我趕緊對着話筒大聲喊道：「我聯繫上衛斯理了！」

鳳衛的聲音微微有些顫抖：「不可能吧，你是怎麼聯繫上的？」

「你記得『最愛衛斯理』論壇吧？」

「當然，之前論壇上還說有人冒充衛斯理呢？怎麼了？」

「別說什麼冒充了，『那位先生』是真的衛斯理！」

「真的？你怎麼知道那是衛斯理本人？」

「因——為——他——給——我——發——郵——件——了。」我一字一頓加重語氣。

「趕緊轉給我看！」鳳衛大叫。

「你不是忙着要玩遊戲嘛。」我逗他。

「有了衛斯理，還玩什麼遊戲！」鳳衛大嚷。

我不禁大笑起來。對於我們來說，這注定將是一個難眠之夜。既然再度和衛斯理取得聯繫，嘿嘿，這次我們可不會讓你溜走了！

第十五章　夙願

時間過得真快，八年前還在用紙筆寫信給衛斯理，沒想到如今已然發展到用電郵來聯絡。

在這八年中，時代變遷的痕跡極為明顯。許多生活中原本理所當然的事物漸漸被淘汰，新的事物如雨後春筍般冒出頭來。而我，也已告別青蔥歲月，慢慢步向而立之年。

然而這八年間，始終有一樁心願縈繞心中，未能實現。

八年前，鳳衛得到了衛斯理的簽名書，而我，卻一直望書興嘆。

我不是沒有努力過，在寫給衛斯理的信中，我也曾大膽提出想要簽名書的要求。但是，回信中並未有片言隻語提到簽名書，衛斯理既未答應，也未拒絕，彷彿我的這個要求根本不存在一樣。

鳳衛見我沮喪，安慰我：「說不定衛斯理貴人多忘事，不如再試一次？」

我點點頭，為了達成心願，總要花些心思。

這一次，我耍了個小心機。

我利用空閒時間，替衛斯理畫了一幅漫畫像。參照的，自然是衛斯理小説扉頁上的照片。

自幼便喜愛畫畫，現在終於有機會一展身手。我下筆如有神助，不一會，衛斯理的樣子就躍然紙上。

我放下筆，左手舉起紙，右手舉着照片，放在眼前比較着。

畫中的衛斯理咧着嘴笑，照片中的衛斯理也咧着嘴笑。只是漫畫像多少笑得有些誇張，嘴也張得更大一點。

我覺得很滿意，於是，打電話給鳳衛：「有空到我家來吧，給你看一樣東西。」

不一會兒，鳳衛踩着單車趕到，興沖沖問我：「特地把我叫來，是什麼好東西？」

我把漫畫像遞給他，鳳衛接過看了一眼，又看看我：「你畫的？」

我點點頭。鳳衛笑着推了我一把：「你鬼主意還挺多，想用漫畫像換簽名書吧？」

到底是老友，一眼就看穿了我的心思。

我有點擔心：「不知道衛斯理會不會喜歡。」

鳳衛道：「換成我，一定喜歡的。」

我白了他一眼：「你喜歡又沒用，你的簽名不值錢。」

鳳衛不服氣：「幾百年後也是文物。」

我得意洋洋地將漫畫像隨信一起寄出，滿懷希望地等待着簽名書的到來。可是，沒有想到，不要説簽名書，就連回信也沒有盼到。

又等了大半年，信箱裏還是什麼都沒有。

這下我慌了，急忙找鳳衛商量。沒想到鳳衛也是一臉無奈：「我也有大半年沒收到衛斯理的信了。」

這是怎麼回事？難道我的死纏爛打讓衛斯理生氣了？所以再也不理我們？

怎麼想都沒有答案。於是愈發沮喪，覺得都是自己的錯。

鳳衛並不怪我，反而安慰我：「這大概就是緣份吧，有緣而聚，無緣而散，你也不要責怪自己。」

我長長地嘆了口氣。看來還是我和衛斯理的緣份不夠，沒有簽名書，我的心願始終只是心願。

八年來，沒有任何機會，這個心願便一直深埋在心底。

然而，八年後的今天，竟然出乎意料地通過網絡重新聯繫上衛斯理。我是否應該再次向他提出這個心願呢？

我的心中不停地在天人交戰，八年前的遭遇一直在腦中盤旋不去。若是提出心願，衛斯理又像八年前一樣，不理我們怎麼辦？

糾結了好幾天，還是難以做出決定。

倒是鳳衛比較看得開：「若是不敢提出，實現的可能性為零，如果提出了，至少有一半實現的可能。」

我把我的憂慮向他提出，鳳衛想了想：「我覺得以衛斯理的性格，應該不會為這種事生氣。當年沒有再收到回信，也許是別的原因。」

我也認真想了想，覺得鳳衛所說不無道理。衛斯理應該是一個心懷宇宙的人，怎會為這麼一點小事而生氣？

於是打開電腦，給衛斯理寫電郵：

「收到先生電郵，心中激動一如八年前……」

「八年前，我還沒有電腦，甚至於對電腦一竅不通。而如今卻和先生以電郵方式聯絡，想來甚是有趣，當年是無論如何想不到的……」

我停了一會兒，鼓了鼓勇氣，繼續寫道：

「先生，我有一個心願，在心中已藏了八年。我十分希望能得到您親筆簽名的衛斯理故事一冊，不知先生能否答應？」

還是怕衛斯理拒絕，於是以退為進又加上一句：「無論先生答應與否，我都深深感謝先生，謝謝先生的書給我帶來無盡的樂趣！」

懷着忐忑的心情，我點下發送鍵。

網絡時代的好處立時顯現出來，五分鐘後就收到了衛斯理的回郵！

衛斯理會怎樣答覆我？答應抑或拒絕？若是拒絕，我的無理要求會不會惹衛斯理生氣，以後再也不理我了？

我很緊張，不停地胡思亂想着，顫抖的手緩緩將鼠標移向郵件……

鼠標「咔嗒」一聲，郵件打開。

我定睛望向電腦屏幕，衛斯理的回覆簡單而明確：

「王錚小友，這裏類同小鎮，郵局甚遠。我會找機會寄書給你，但不知何日，總之一定會寄。網上溝通十分有趣，人類還是有進步的！」

哈哈哈哈，我喜出望外，大笑出聲。

與衛斯理的電郵，幾乎每隔幾天就互通一次。除了聊小說，也會聊些日常趣事。就這樣過了將近三個月，但是衛斯理答應的簽名書，卻一直沒有蹤影。我實在忍不住，再次發電郵詢問。

衛斯理大呼：「真正對不起，老年痴呆症發作，忘記了！不過錯有錯着，恰好可以寄最新出版的給你。本來可以說為了等新書出版才遲遲未寄的，但不必虛偽，對嗎？今天即寄，十天上下可收到，除非途中熱溶掉了。全球氣候升溫，其末日將近乎？」

我一邊好笑，一邊感嘆，還好斗膽問一下，不然還以為衛斯理反悔了呢。

第二天，在公司上班時，突然又收到衛斯理的電郵：「收到書請告訴我。收不到，再寄。」

看來書已寄出，我心中大喜，趕緊回郵。

同事從我身後走過，見我對着電腦屏幕不住傻笑，不禁奇怪，也俯下身想看個究竟。

一看到衛斯理三個字，同事不由得大叫起來：「你居然認識衛斯理？！」

我被同事嚇了一跳，趕緊回頭，用食指豎在嘴邊，做了個「噓」的動作。

同事回過神來，一邊「哦，哦」着，一邊壓低聲音問我：「這個衛斯理真是寫小說的那個衛斯理？」

我笑着點頭。同事流露出羨慕的眼神：「你太厲害了！」

我有點不好意思，擺了擺手。同事又盯着我的電腦屏幕看起來，反正我也沒寫什麼很私人的內容，於是由得他看。

同事問道：「衛斯理給你寄了簽名書？」

我點頭稱是，同事搓了搓手，一臉壞笑道：「不如你收到書也說沒收到，讓衛斯理多寄幾本，也好給我一本。」

我大笑，所謂損友，也不過如此吧。說實話，這主意倒還真的不錯。

我將此事當作笑話對衛斯理說，衛斯理的回郵也很幽默：「貴同事甚妙。」

我把這個好消息告訴鳳衛，他也很替我高興。

十天的時間，說長不長，說短不短，然而等待總是令人心焦。兩周後，簽名書寄到，既沒溶化，也沒被外星人劫走。

那是最新出版的一本書，書名叫做《死去活來》，是一個以「虛擬人」為主題的故事。

捧着書，看着扉頁上「王錚小友」四個字和「倪匡」的簽名，我仰天大笑，在心中不住叫着：我也是擁有衛斯理簽名書的人了！

心中夙願，一朝得償。那份痛快的感覺，美妙無比！

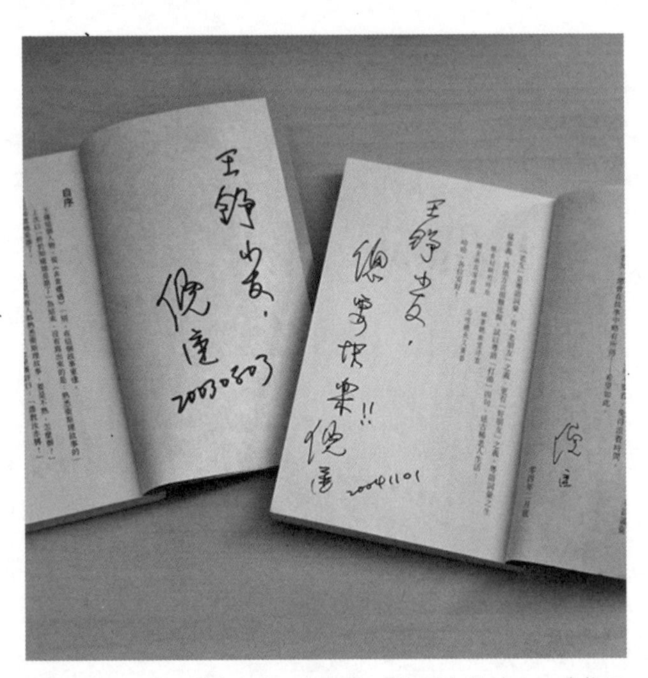

看着扉頁上「王錚小友」四個字和「倪匡」的簽名，我仰天大笑。

第十六章 怪屋

丁丁突然邀請我們吃飯，並神秘兮兮地再三囑咐，一定要到。地點安排在丁丁家，由丁媽媽掌勺。

我和鳳衛不知丁丁因何事要如此隆重，想來想去卻又猜不出原因，問丁丁，他神神秘秘不肯洩露，真是無奈。

赴宴當天，我們提早趕到。一進門，鳳衛就一把拉過丁丁，大聲問道：「到底什麼事？要這樣神秘？」

丁丁請我們先入座，然後清清嗓子：「其實，我馬上要出國了。」

我一驚：「出國？去留學嗎？」

丁丁點點頭：「對，我要去美國留學，下個月就要動身，所以臨走前，想和你們最後再聚一次。」

鳳衛嘆了口氣：「那麼突然，我們以後見面就難啦。」

丁丁倒是看得開：「不是還有網絡嘛。現在科技發達，想要見面，隨時可以視頻聊天，怕什麼。」

鳳衛一拍大腿：「對啊，我怎麼沒想到呢！」

頓了頓，忽又想起什麼似的，問道：「你是去美國哪個城市留學？」

丁丁道：「三藩市的史坦福大學。」

鳳衛猛地叫起來：「那不是和衛斯理在同一個城市！」

我也叫起來：「對啊，丁丁，你可以去見衛斯理啦！」

丁丁笑笑：「等我在那邊安頓下來，自然會找機會去見衛斯理，只不過不知道他願不願意見我。」

我道：「你比我們更早認識衛斯理，他豈有不願見你之理。」

鳳衛猛地握住丁丁的手，急切道：「你見到衛斯理，一定要代我們向他問好。對了，還有，要多拍點照片給我們看。」

丁丁忍不住笑起來：「我還沒出發，你們倒已替我安排好任務。」

我們一邊一個，搭着丁丁肩頭，壞笑道：「我們的希望都在你身上，你的擔子可不輕啊。」

丁丁也伸出手，一手一個，勾住我們：「你們放心吧！」

臨行那天，我和鳳衛一路送行到機場，與丁丁灑淚告別。

衛斯理隱居美國三藩市，日常生活的點點滴滴，透過網絡而流傳。

我與鳳衛時常交流着彼此看到的訊息。其中，最受我們歡迎的，是台灣交通大學物理學博士葉李華教授所發的文字及照片。

據稱，葉教授是衛斯理的忘年交，在美國留學期間，曾和衛斯理有密切往來。

他寫了不少有關衛斯理的生活趣事放到網上供大家閱讀。比起那些道聽途説的消息，葉教授的文字顯得真實而又難得。

與文字相配的，還有不少照片。

有一張衛斯理與葉教授的合影，兩人面帶微笑側身站立。衛斯理身形矮胖，和瘦高個的葉教授形成強烈對比，頗引人發笑。

照片的背景是衛斯理的居所，外形十分古怪。非要形容的話，就像是一個巨型的烤麵包爐，見過就很難忘記。

我們立刻把這訊息告訴丁丁。雖然沒有具體地址，但這麼奇特的屋子，想來在當地也不會多見，順着「烤麵包爐」這個特徵去尋找衛斯理的住所，應該可以減少一些難度。

丁丁有沒有找到「烤麵包爐」，我們暫時還不知道。但是，我和鳳衛卻在網上搜尋到一段和「烤麵包爐」有關的視頻。

那是一群人，在「烤麵包爐」裏採訪衛斯理的經過。

視頻中，衛斯理穿着隨意，腆着發福的肚子，帶客人們在家中四處參觀。

底樓客廳有個非常大的魚缸，裏面有各種各樣的熱帶魚。紅的藍的黃的橙的，五顏六色煞是好看。客人們在魚缸旁圍作一團，七嘴八舌。

有客人問：「記得以前，您曾收藏過許多貝殼吧？」

「是啊。」衛斯理先是點點頭，然後又想起什麼似的嘆了口氣，「現在沒有了，全部被我散掉。」

客人啊呀一聲：「那好可惜！」

「是，非常可惜！我這一生，做事從不後悔，但這件事情是例外。」衛斯理顯得有些懊惱，「也不知道為什麼，我忽然之間發神經把它們全都散掉，賣給別人，送給別人都有。」

客人好奇：「是發生了什麼事嗎？」

衛斯理有些茫然，想了想道：「好像並沒有發生什麼事。」

愣了片刻又道：「當時的日本天皇是海洋學家，也蒐集貝殼。不過，他的貝殼沒有我多。以前有一次，有人從南非帶來一枚珍稀貝殼，要去日本賣給天皇，結果被我得到消息，半途攔截，巨資買下。」

説到這裏又連連嘆氣，自言自語道：「唉唉，不知道怎麼回事，已經蒐集得很有成績，怎麼會突然就散掉的？」

客人也覺得遺憾，試着代為解釋：「大概是興趣移走了。」

衛斯理摸着自己的臉，一副捨不得的神情。我和鳳衛看了也覺得非常遺憾。

真的是興趣移走了嗎？對於這個解釋，我們不是很信服。我們寧願相信，那是因為衛斯理的貝殼收藏配額已用完。

直到多年以後，偶然讀到一篇衛斯理寫的舊文〈十年一覺集貝夢〉，才知道為什麼這些貝殼會全部散給別人。

這是後話，表過不提。有興趣的朋友大可上網找這篇文來看。

客人跟隨着衛斯理繼續參觀。二樓的廁所有個小窗，向外望去，可以看到著名的金門大橋。

衛斯理指着大橋正和客人們說些什麼，邊說邊笑。客人也跟着笑，但那笑容似乎顯得有些尷尬。我們仔細聽，可惜衛斯理的語速實在太快，完全聽不清他在說什麼。

鳳衛捅了我一下，笑道：「你說衛斯理會不會跟客人聊起他的那副對聯？」

我立刻會意，也回捅了他一下：「就知道你要說這事。那副對聯實在傳神，上聯是：舉頭望金門，下聯是：低頭看『小鳥』。在現場唸來，一定別有一番風味。」

鳳衛賊忒兮兮：「也虧衛斯理想得出來。」

我也一臉壞笑：「此聯不文程度，直追黃老霑！」

繼續看視頻，衛斯理帶着客人們來到頂樓。頂樓是一間很大的屋子，空空蕩蕩沒有傢俱。

抬頭望去，屋頂竟是玻璃的！藍天白雲一覽無遺，不用出門就能以天為被，以地為蓆，好生令人羨慕。

客人試着躺在地上，望向天空。不一會兒，站起身來，讚嘆道：「真好，躺在這裏可以和天地溝通，難怪您能寫出那麼多好看的小說。」

「好什麼，你不知道這屋頂的壞處！」衛斯理大笑起來。

「這麼漂亮的屋頂還有壞處？」客人無法相信。

衛斯理笑個不停：「我告訴你們，有一次，我打開屋頂，躺在地板上欣賞着藍天白雲。陣陣微風，吹得人薰薰然，正不知有多舒服的時候，突然下起雨來！」

「這倒有點破壞氣氛。」客人笑得有些尷尬。

「更糟的還在後面！」衛斯理瞪着眼，「我趕緊起來按電鈕，想把屋頂關上。沒想到屋頂的開關突然壞掉，這下好，大雨劈哩啪啦落進屋中，連房間帶人一起全部濕透！」

衛斯理一邊說，一邊手舞足蹈地比劃着當時的情形，模樣憨厚可笑。我和鳳衛笑得眼淚都迸了出來，沒想到衛斯理竟然還有這麼狼狽的時候。

視頻共有四段。衛斯理與客人聊貝殼、聊小說、聊往事，每每說到興起便旁若無人地哈哈大笑。我們看得非常過癮，於是發郵件告訴衛斯理這件事。

衛斯理得知在網上可以看到那麼多東西，非常驚訝，回郵問我：「是什麼網站？我也想看看。科學家真是偉大！那些客人是美國史坦福大學的教授，還有台灣大學教授，他們都很有趣。」

我將網址發給衛斯理，順便抱怨他語速太快，視頻中有好些對話完全聽不清在說什麼。

衛斯理苦笑：「我說廣東話帶上海口音，說上海話帶寧波口音，什麼語言都說不好，所以才創造了一個什麼話都會說的人過過癮啊！」

照片的背景是衛斯理的居所，外型十分古怪。非要形容的話，就像是一個巨型的烤麵包爐。

第三篇

旅途

想來若和你們見面，也必然有趣。我會長住香港，你們若有機會來香港，可在成行前電郵告知，我會告訴聯絡方法。

第十七章 軼事

和衛斯理電郵經年，在我們的心目中，他已漸漸褪去那份神秘，不再遙不可及。

由於興趣相投，我們幾乎忘卻彼此之間的年齡差距，而成為平等交流的朋友。在電郵中，我們無所不談，毫無禁忌。

幾年下來，倒也頗有些獨家的趣聞軼事值得一記。不過，如果將電郵原封不動摘錄，一來涉及隱私，二來有些雜亂。所以，我整理了一下，有些地方略加以潤色，讀之可更為順暢。

先來說個好笑的。

衛斯理看完那個「怪屋」的視頻後，一邊感嘆科技昌明一邊告訴我：「說起這棟屋子，其實還有個故事。」

我頓時來了精神，連聲問道：「什麼故事？什麼故事？」

衛斯理微微一笑：「在我還沒移民三藩市的時候，這屋子是屬於一位美國老太太的。」

我「嗯」了一聲，等他繼續往下說。

衛斯理道：「我初到美國，總要尋個長久的住所。中介帶我看了好幾處，我都不滿意。但是，當來到這棟屋子的時候，我一眼就看中。」

我笑着點頭：「這大概就是所謂的一見鍾情吧。」

衛斯理笑道：「我本想立刻就付錢，但中介勸我先不要急，進屋看看再作決定。我心想，看就看，反正這屋子我是買定了。」

頓了頓又接着説道：「中介按門鈴，開門的是一位老太太。看上去人很漂亮，氣質也好，我就和她聊起來。」

我笑問：「倪太有沒有吃醋？」

衛斯理一瞪眼：「那老太太都已經七十多歲，還有什麼醋好吃！」

我捂嘴偷笑。

「老太太告訴我，她年輕時是個舞蹈家。」衛斯理道。

「她跳的什麼舞？」我有些好奇。

「你一定猜不到。」

「芭蕾？探戈？森巴？恰恰？」

「哈哈，都不對。」

「難道是的士高？街舞？」

「還是不對。」

我再也猜不出，只好舉手投降。

衛斯理笑道：「我當時和你猜的一樣，我想總逃不開這幾種舞吧。」

我道：「就是啊，除了這些，還能是什麼舞？」

衛斯理猛地發出一陣大笑：「哈哈哈哈，告訴你，她跳的是大腿舞！」

「大腿舞？」我愣了一下，隨即反應過來，叫道，「大腿舞！」

衛斯理餘笑未停，邊喘邊道：「我當時的反應非常誇張，一下子跳了起來。結果把老太太嚇了一大跳，問我怎麼了，我只好連聲說沒什麼。」

我幾乎可以想像到衛斯理當時的樣子，跟着一起大笑。

笑了一陣子，衛斯理又道：「我問老太太這棟屋子的價格，老太太報了個數，把我嚇一跳，沒想到那房子竟那麼貴。」

我沒有問價格。但是，既然連衛斯理都說貴，那肯定遠超我想像。

衛斯理皺了皺眉：「這屋子主體結構雖然是全木，但內部的隔板卻都是刨花木板，一點也不結實，不知道為什麼要賣那麼貴。」

我道：「既然那麼貴，又不結實，那先生為什麼還要買呢？」

衛斯理嘆氣：「沒辦法，我一看就喜歡，只好任人宰割。」

我好奇：「那後來有沒有發生過坍塌事件？」

「要是有，我還能像現在這樣跟你聊天？」衛斯理瞪了我一眼，「不過，有一次我想在牆上掛一幅畫，釘子敲上去卻承受不住份量，畫才掛上去就掉下來。試了好幾次都不行。」

「那可怎麼辦？」我隨口問道。

「後來問了鄰居，我才知道。」衛斯理道，「原來在這木牆上每隔一段距離就有一個木榫，釘子要敲在木榫上才牢固。但那木牆看起來渾然一體，完全不知道木榫在什麼位置。鄰居說，得找專業人士幫忙。」

「真是麻煩，簡直像機關埋伏一樣。」我吐了吐舌頭。

「我打電話給專業人士，」衛斯理繼續道，「以為來的總是有經驗的老木匠，沒想到卻是兩個非常年輕的美國小伙。」

「難道小伙子把屋子弄壞了？」

「那倒沒有。他們雖然年輕，畢竟是專業的。他們帶來了專門找木榫的工具，這工具看起來毫不起眼，就像是一根短棍。」

「這怎麼使用啊？」

「我一開始也不知道。他們解釋說，木榫中暗藏鐵釘，那工具帶有磁性，一靠近，木榫就會自動翹起來。」

「竟然如此簡單！」

「果然，那工具才靠近木牆，就有一個木榫『啪』地翹了起來。」說到這裏，衛斯理又開始哈哈大笑，「我突然產生一種不文的聯想，忍不住笑起來。本來只是自得其樂，沒想到那兩個美國小伙居然立刻會意，跟着一起大笑。」

其實，大笑的豈止衛斯理和美國小伙，還有電腦前的我！

說完開心的，再來說件傷感的事。

話說，在上海灘的曲藝舞台上，有兩位著名的滑稽大師。他們的名字在滬上可謂無人不知無人不曉。他們是親兄弟，又是好搭檔。哥哥名喚姚慕雙，弟弟叫做周柏春。他們表演的滑稽戲，風趣幽默，滑稽而不庸俗，是大家茶餘飯後的極好娛樂。

姚慕雙形象高大正氣，周柏春則溫柔靦腆，兩種不同的風格在舞台上相得益彰，激發出特別的喜劇效果。

兩位大師，成名甚早。三十年代末，就已享譽江浙滬一帶。人氣之旺，絕不亞於現在的所謂天皇巨星們。數十年來，無人能超越他們。

一日，從報紙上獲知，姚慕雙先生因病去世，享年八十六歲。

我從小聽他們的滑稽戲長大，對姚周二位老先生很有感情。如今驟聞大師西去，心中頓時泛起陣陣傷感。突然想到，應該把這消息，告訴同樣喜愛聽滑稽戲的衛斯理。

衛斯理喜歡聽相聲，我早有耳聞。但是，他對滑稽戲的喜愛猶勝相聲，我卻是最近才知道。

在前不久的一次聊天中，我無意中提起這個話題：「先生可知道上海有一樣曲藝叫做『滑稽』麼？」

衛斯理一拍大腿：「豈止知道，我年少時常聽！」

我笑道：「原來先生是會家，那定然知道姚慕雙和周柏春兩位大師了。」

衛斯理道：「姚周二人的表演，非常精彩。全行以他們最出色，我豈能不知？」

我見衛斯理對滑稽戲如此熟悉，很是高興，大有找到知音之感：「我也非常喜歡聽他們的節目！可惜兩人年事已高，久不登台矣。只有買來若干影碟，才能看到他們多年前的演出。」

衛斯理叫道：「滑稽是我的頭等喜好。有他們的影碟？要找來看看，以尋找少年情懷！」

我笑道：「我和鳳衛都是滑稽愛好者。平時常聽姚周兩位大師的節目，也曾跟着錄音反覆揣摩。一些經典段子，已達倒背如流程度。閒暇時經常你一言我一語模仿他們，彷若小姚周。」

衛斯理笑道：「不信你倆會像姚周。」

我吐了吐舌頭：「先生不要拆穿，我只是比喻而已。」

衛斯理得遇知音，也頗覺興奮，告訴我一件陳年往事：「我年少時，曾兩三次寫信給姚周，要求拜他們為師。」

我初聞這等秘辛，好奇心頓起，忙問：「那後來呢？」

衛斯理訕訕道：「哪有什麼後來，根本沒有回音。」

我不住偷笑。這情形，豈不是和我當年日夜期盼衛斯理的回信一樣？

真沒想到，原來衛斯理年輕時也做過追星族。到我這一輩，又是一個輪迴。

我慢慢收回思緒，嘆了口氣，將姚老先生去世的消息告訴衛斯理。

衛斯理聽了，許久沒有回音。過了好一會兒，突然一聲長嘆：「我迷姚周的時候，姚大師不過三十歲左右。眨眼之間五十多年過去了！謝謝你告訴我。」

第十八章 邀請

丁丁在美國，不時有消息傳來。大多時候是關於他自己的學習和生活狀況，比如領到大額獎學金，交了好幾個外國女友之類，看起來小日子過得非常滋潤。從他發來的電郵中，我和鳳衛都能感受到他喜悅的心情。

好友一切順利，我們自然替他高興。只是，我們也很惦記，丁丁到底有沒有去三藩市尋找衛斯理。

問了好幾次，丁丁的回答都是：「最近實在太忙，等有空一定會去找衛斯理。」

然而過了將近一年，丁丁仍是「太忙」。

看來，我們的好友對衛斯理的興趣已然漸漸變淡。美國的自由生活，改變了他的興趣。

人各有志，不能強求。於是，我們也不再追問丁丁關於尋找衛斯理的事，就讓好友過着他喜歡的生活吧。

二〇〇六年，發生了一件大事。

衛斯理重返香港！

一直以為衛斯理會在美國終老，沒想到突然在網上看到他回香港定居的消息，我和鳳衛深感意外。畢竟衛斯理當年移民美國時曾發誓：再也不回中國人做皇帝的地方！

我們怕是假消息，急忙發電郵向衛斯理求證，衛斯理大笑：「我晚節不保！」

本來，我們一直把希望寄託在丁丁身上，盼着他能去三藩市尋找衛斯理，然後再通過他，和衛斯理作進一步的交流。

但是，一次次的失望，也讓我們知道，好友對衛斯理的興趣，配額已然用盡！

我們當然不會責怪丁丁，但心中的失望總是難免的。也許，和衛斯理作更進一步的交流，只是我和鳳衛的一個美麗幻想。

美國是如此之遠，去美國旅遊的費用又是如此之昂貴，我們根本不奢望自己有機會去到太平洋彼岸。

誰知道，衛斯理竟突然回到香港！我們之間的距離，從遙不可及，一下子近到令人可以想入非非的程度。我和鳳衛心中那點不熄的火苗，不由得再次燃燒起來。

鳳衛笑道：「丁丁這傢伙，不珍惜衛斯理在美國的時光，現在後悔了吧。」

我搖頭：「看他現在過得如魚得水，哪會後悔。」

頓了頓又道：「難道你想去香港找衛斯理？」

鳳衛道：「比起美國，至少去香港的可能性比較大。」

我道：「就算去香港，也不代表我們能見到衛斯理。」

鳳衛瞪了我一眼：「你別破壞我的夢想可以嗎？」

我哈哈一笑：「那也是我的夢想，只不過我比你更理性。」

鳳衛報以老大一個白眼。

雖然知道見衛斯理只是一個美麗的夢想，但有夢想總是件令人高興的事。

我平時素有寫作的習慣，喜歡將自己所看所想的東西，以文字訴諸筆端。這些年來，對於衛斯理的熱愛，我早已洋洋灑灑寫了不知多少篇文章。從自己如何開始迷上衛斯理小説一直到如今和衛斯理互通電郵，事無鉅細全都記錄下來。

而且，我還做了一件有趣的事。花上七年時間，以所有衛斯理故事的書名為題，拍攝了一組名為「我的衛斯理」的照片，用自己的方式詮釋衛斯理故事。

對我們而言，衛斯理的影響是巨大的。在逐漸形成自己人生觀價值觀的年紀，遇到了衛斯理，整個人生從此變得不一樣。

我們對衛斯理的感情，除了喜愛、敬佩之外，還有深深的感激。

那一日，興之所至，我把這些文章和照片通過電郵，統統發給衛斯理，希望他也能感受到我們對他的熱愛之情。

衛斯理很快就回電郵給我。他的反應，出乎我的意料：「看了傳來的文章和照片，感情真摯，令人感動。想來若和你們見面，也必然有趣。我會長住香港，你們若有機會來香港，可在成行前電郵告知，我會告訴聯絡方法。」

我一下子驚呆了！

我簡直不敢相信自己的眼睛，這是真的嗎？衛斯理真的在邀請我們去香港見面嗎？

發了一會兒呆，我忍不住放聲大笑起來，這等好事，怎能不與老友分享？趕緊打電話召喚鳳衛，聲音中壓抑不住的興奮：「快開電腦，我轉了一封郵件給你！」

鳳衛似乎察覺到了我的興奮：「馬上就開，有什麼好事嗎？」

我大笑：「天大的好事！」

鳳衛知道我平時說話少有誇張之語，既然我都說是「天大的好事」，必然是能令他歡欣鼓舞的消息，於是趕緊打開郵件。

過了一會兒，電話那頭傳來鳳衛的驚呼聲：「天哪，衛斯理的邀請！」

我笑道：「你的願望已然成真，請談談此刻的感想。」

電話那頭一時沒了聲音，過了一會兒，才聽到鳳衛長長吁了口氣：「百感交集，一言難盡，此刻只想乾杯慶祝！」

鳳衛兩年前曾去過香港，我卻從未去過。不過，自幼聽粵語歌、看 TVB 長大的我們，一直對香港文化抱有濃厚的興趣。

那裏有着充滿誘惑的美食。雲吞麵、雞蛋仔、煎釀三寶、鴛鴦奶茶，以往都只在電視劇中見到，這次有機會親自去嚐一嚐，光是想着已經口水直流。

再看維港的燈火、旺角的喧嘩、淺水灣的白沙灘、太平山的林蔭道，每一處轉角，每一條小徑，都散發着無盡的魅力。

還有那些二樓書店。獨特的文化地理環境，造就一間間雖然逼仄卻別有風味的小書店。對於愛書如命的我們，更是不可不去的朝聖之地。

當然，我們此次去香港，最主要的目的，還是和衛斯理見面。

喜愛衛斯理的讀者有千千萬萬，能和衛斯理通電郵已是天大的緣份，如今竟然還能親眼見到衛斯理，當年真是無論如何也想不到的！

我們在網上蒐集資料，做足準備，又訂了機票和酒店。一切安排妥當後，我發郵件給衛斯理，因過份激動而導致語無倫次。

「收到先生邀請真是喜出望外。先生願與我們見面太令人雀躍。我把這好消息告訴鳳衛，他激動得渾身發抖。我們來港前，會再聯絡先生。高興極了，給先生鞠個躬！」

衛斯理大笑：「別高興太早，見面後可能大失所望，不過是糟老頭一個，哈哈！」

花上七年時間，以所有衛斯理故事的書名為題，拍攝了一組名為「我的衛斯理」的照片，用自己的方式詮釋衛斯理故事。

第十九章　出發

三月春暖花開，正是出遊好時節。

聽說我要去香港見衛斯理，一眾朋友紛紛來求簽名書，就連表哥也來湊熱鬧。

明知表哥不是衛斯理書迷，但還是一口答應。畢竟當年的「妖火事件」令他擔驚受怕，總要找機會回報他。

不過事先聲明，能不能簽到絕不保證。畢竟這是第一次去見衛斯理，以見面為主要目的，簽名則隨緣。

出發前一周，鳳衛到我家確定各種出遊的細節，然後聯繫衛斯理。

衛斯理非常客氣：「兩位有事來港，順便探望就好，專程來，只怕會失望。」

鳳衛笑道：「先生太謙虛。我們來見你，高興還來不及，怎會失望。」

我也道：「正是，要不是為了見先生，我們怎會千里迢迢趕來香港？」

衛斯理大笑，又回覆：「哈哈，確定日期之後，請告訴我。」

我將日期告知，衛斯理問：「你們會住哪個旅館？」

我道：「我們定了九龍佐敦的一間家庭式賓館，這裏交通比較方便，附近也熱鬧。」

衛斯理道：「我知道這類賓館，好像唯一的好處是便宜。」

鳳衛笑道：「要的就是便宜。我們旅行資金有限，錢要省下來買書和享受美食。住宿什麼的，能將就就將就吧。」

衛斯理叮囑道：「那種賓館會比較混雜，你們要加強警惕。」

鳳衛頗不以為然：「香港治安比內地好得多，為什麼要警惕？」

我也笑道：「先生年紀大了，膽子卻變小了。」

衛斯理悶哼了一聲：「小心駛得萬年船！請在到港後打電話給我。」

我們齊道：「先生放心！」

出發那天，從清晨就開始下起濛濛細雨。我望着窗外，皺了皺眉。最不喜歡在雨天出門，濕嗒嗒很不舒服。

剛吃好早飯，便聽到有人敲門。我開門一看，果然是鳳衛。這傢伙，比約定時間早到半小時，改不了的急脾氣。

我看他頭髮微濕，不禁問道：「外面下雨，你沒打傘？」

鳳衛撇撇嘴：「這點小雨，打什麼傘。」

我有點擔憂：「去機場還有一大段路，行李要是被淋濕可不好。」

鳳衛倒很看得開：「我們的行李不過就兩個背包，而且出門立刻叫出租車，直達機場，幾乎淋不到雨，怕什麼？撐傘反而不方便。」

我笑道：「好好好，就依你。」

剛出門，一陣風吹過，夾着雨打在臉上，我不由得打了個寒顫。

事先查過天氣，得知三月的香港潮濕悶熱，我特地少穿幾件衣服，沒想到一出門就被上海的倒春寒欺了一把。

鳳衛笑道：「誰教你穿那麼少。」

我顧不得和他鬥嘴，趕緊鑽進出租車，這下暖和了。

按鳳衛的計劃，我們從上海坐飛機到珠海，然後再坐船去香港。我曾提出過反對意見：「為什麼不直飛香港，而要到珠海去繞一圈？」

鳳衛理由十足：「直飛香港機票比較貴，飛珠海則便宜不少。而且從珠海坐船去香港，只需一個小時。雖然多繞些路，多花些時間，卻可以省下不少錢用來買書。」

聽到可以省錢買書，我也就欣然同意。

飛機按時到達珠海機場。機身還沒停穩，悶熱的空氣便已從四面八方侵入機艙，暖洋洋的，和上海的寒冷完全是一天一地。

我穿的不多，尚覺有些微熱，鳳衛冬衣冬褲全副武裝，早已坐立不安。他不停用手搧着風，嘴裏嘟嘟囔囔地咒罵着。

一到機場大廳，鳳衛急不可耐地衝進洗手間。我笑着搖搖頭，在門外等他。

不一會兒，鳳衛笑嘻嘻走出來，上身只剩一件短袖恤衫。只見他步履輕快，彷彿卸下全身的負擔，不過，手上卻多出一個大袋子，裏面塞着厚厚一疊冬衣，看起來好不累贅。

這時，輪到我嘲笑他：「誰教你穿那麼多！」

我們臨行前曾在網上查過，珠海碼頭去香港的船每隔一小時就有一班。看看時間，已是中午十二點十分。

還剩下不到一個小時，我提議：「不如我們叫出租車去碼頭吧。」

鳳衛一瞪眼：「從機場到碼頭，車費起碼一百元，太貴了！」

我攤攤手，表示無奈：「那你說怎麼辦？」

鳳衛東張西望了一陣，突然指着前方道：「那兒有機場大巴，我們趕緊上去。」

也不容我反對，已小跑着跳上車。

我搖搖頭，苦笑一下，只好跟在他後面。

鳳衛回過頭得意洋洋地對我道：「大巴只要二十元，怎麼樣，划算吧！」

省錢是硬道理，我只好承認他贏了。

大巴搖搖晃晃地開着，晃得人昏昏欲睡。正迷迷糊糊之際，忽然聽到司機大喊一聲：「終點站到了！」

我和鳳衛揉揉惺忪睡眼，看看車窗外。還沒等分清東南西北，司機已在緊催，只好趕緊起身下車。

環顧四周，一臉茫然，哪有碼頭的影子？

鳳衛衝着司機大喊：「碼頭在哪裏啊？」

司機道：「這車只到市中心，不到碼頭。」

我差點吐血，一跺腳，埋怨鳳衛：「瞧你，都不問清楚就上車！」

鳳衛不服氣：「時間緊迫，等你問清楚，車早就開走了！」

我哼了一聲：「你這樣反而浪費時間。」

鳳衛顧不上和我爭辯，抬腕看看手錶，急道：「糟糕！離開船時間只剩下十五分鐘。」

我有些生氣：「誰讓你非要坐大巴，趕不及也只好等下一班船。」

鳳衛連連搖頭：「不好，那要多等一個小時。」

我剛想再埋怨他幾句，他卻突然一招手，一輛出租車戛然停在面前。還沒等我反應過來，鳳衛已坐進車裏，衝我大喊：「快上來！快上來！」

我趕緊上車。鳳衛對司機叫道：「去碼頭，趕快！」

司機回頭一笑：「OK！」載着我們一溜煙地往碼頭而去。

我又好氣又好笑，早知道最後還是要坐出租車，還不如一開始就坐呢。

出租車風馳電掣般地在車流中穿梭。好幾個路口，在幾乎馬上要轉紅燈的情況下，司機都憑藉着高超的車技，堪堪衝過去。

儘管如此，鳳衛還是不住從後排探頭對司機道：「怎麼還沒到？你開得太慢了，我們要來不及啦！」

司機苦笑：「老細，我已經踩盡油啦，再快就炒車啦。」

鳳衛道：「就是要你超車啊，幹嘛不超車？」

司機帶着哭腔道：「大佬，唔係超車，係炒車。」

我好奇，用很不標準的粵語問道：「咩叫炒車？」

司機被我們徹底打敗，嘆了口氣，用很不標準的普通話回答：「就是出車禍的意思啦。」

司機開得真的很快，只用了十分鐘，就把我們送到碼頭。

鳳衛背着包衝進售票廳，我跟在他後面，順便打量周圍的環境。

售票廳空蕩蕩的，一個人也沒有。透過玻璃窗，可以看到海鷗在海面上盤旋。窗外，除了海浪拍岸的聲音，還隱隱夾雜着渡輪馬達突突的響聲。

再看鳳衛，他早已買好兩張船票，頭也不回，向我一招手：「快！」

也不等我，低頭直向海關出口奔去。

我不由得大叫：「等等我！」

海關人員非常配合，想是對我們這種趕時間的遊客早已司空見慣。迅速地在港澳通行證上蓋章，連行李都不檢查，就揮揮手讓我們通過。

海關出口和渡輪之間，是一條狹長的、舖着鐵板的通道。遠遠已能見到甲板上，船員正在解着纜繩。渡輪的馬達聲越來越響，越來越急。

海關工作人員在我們身後衝船上大喊：「等下先，唔好開船住，仲有兩個！」

船員抬頭看看我們，手下卻一刻不停，仍在解着纜繩，彷彿把我們當作空氣一樣。

鳳衛跑在前面，腳下的鐵板通道被踩得咚咚直響，轉眼間，已然躍上渡輪。

我落在後面，看看周圍只剩我一個人，心中不由得一陣發慌，趕緊低頭發足狂奔。

鐵板在我腳下震動，馬達在我前方咆哮，鼻尖已能聞到鹹鹹的海風。鳳衛在甲板上焦急地望着我。終於，我也躍上了渡輪。

腳剛沾到甲板，便覺一陣晃動。渡輪伴着激起的水花，緩緩駛出海去。

我驚魂甫定，兀自喘個不停。身上不知是跑出的汗還是驚出的汗，衣服黏糊糊地貼在身上好不難過。

回頭再看時，只見船後一長溜白色的浪花，碼頭已然漸漸遠離。

第二十章 風波

經過剛開始的晃動，船身漸漸平穩下來。

船上乘客不多，我和鳳衛挑了臨窗的座位坐下。海風陣陣，吹在臉上，帶走陣陣暑意。

窗外是茫茫大海，除了偶爾飛過的海鷗，什麼也沒有。但我們仍難抑止心中的激動，一直看着那片象徵自由的大海。

「不知先生當年初到香港時是什麼心情？」鳳衛突然問我。

我想了想，道：「記得《小說王中王》裏有寫過，說先生是從內蒙古一路南下逃亡到香港的，想必不會像我們這樣優哉遊哉。」

鳳衛笑道：「我記得網上還有說先生是騎馬從內蒙古逃到香港的呢。」

我發出一陣不屑的笑聲：「怎麼可能！內蒙古離香港那麼遠，人還沒到，馬就已經累死，何況隔着大海。網上的說法，不可盡信。」

「說不定先生騎馬到深圳，再游泳去香港？」

「越說越離譜，你倒跳下海試試看。」

鳳衛探頭望了望無邊無際的大海，一吐舌，哈哈大笑起來。

一個小時之後，船抵達香港中環碼頭。

第一次踏上這片自由的土地，我的心中百感交集，又是新鮮又是激動又是感慨。

鳳衛帶着我左轉右拐來到入境大廳。我好奇地四處張望着，真想把身邊的一切都裝入眼中。

原以為香港的海關縱不是金碧輝煌，至少也該氣派十足。然而出乎我意料的是，香港的海關竟如此狹小，遠不如上海海關那般寬敞。

鳳衛見我發呆，拉了我一把：「快去排隊，我們還要辦入境手續呢。」

入境大廳裏，人潮洶湧。除了少數本地居民，大多都是遊客。以華人為主，夾雜着金髮碧眼的西方人，甚至還有包着頭巾的印度阿三和深色皮膚的黑人兄弟。

隊伍看起來很長，但卻不停在移動。不一會，就輪到我們。

鳳衛排在我前面，順利通過入境手續。輪到我時，卻發生了意外！

海關人員看看通行證，再看看我，又在電腦上不知輸入些什麼，最後喊來另一個同事，兩人交頭接耳一陣，又再瞥了我幾眼，眼神並不和善。

我被他們看得莫名其妙。雖然這是我第一次出境，但也知道眼前的情形並不正常。初時略有些不安，但冷靜想想，自己從碼頭走來入境大廳的路上，並無違反任何規則，心中倒也坦然，索性直視着海關人員的雙眼。

海關人員見我毫不驚慌的樣子，又轉過頭對那同事說了幾句。我完全不知道他們在說什麼，只見那個同事向我招招手，示意我跟着他走。

我抬頭想找鳳衛，正好見到他快步從入境處拐彎進入海運大樓。他步履飛快，渾不知身後的我已被海關攔下。我想大聲喊他，卻又不敢在海關造次，只好眼睜睜看着他消失在我面前。

我心中一片混亂，不知接下去該怎麼辦。伸手想問海關人員把通行證取回，他瞪了我一眼，狠狠搖着頭，只是讓我跟着走。

我無奈，只好跟着來到旁邊的休息區。那人倒也客氣，指指一旁的沙發，讓我「稍等片刻」。

休息區有六、七個人，有的坐着，有的站着，有的來回踱步，有的低聲打電話。雖然年紀各不相同，神態卻是一樣地侷促不安。

看到那麼多人和我一樣，在這裏等待，我多少感到一些安慰。

我在沙發一角坐下，猜測着剛才發生的一切。難道因為我是第一次來香港，有什麼特別的手續需要辦理？

胡思亂想了一陣，想不出個所以然。時間倒是已過去十分鐘，但並沒人來搭理我。

我又期盼着鳳衛能及時發現我的消失，回頭來找我。但看看入境處的出口，並無半個人影，我不由得焦躁起來。

站起身，東張西望一陣，看見旁邊有間小小的辦公室，於是走過去。

剛想敲門，突然不知從哪個角落冒出一個穿制服的人，把我攔住，嘰里咕嚕說了一通廣東話。

我原以為自己平時愛聽粵語歌，聽人說廣東話總沒有問題，沒想到唱和說完全是兩碼事，這人說的話我一句都聽不懂！

從肢體語言判斷，他應該是不讓我進那間辦公室。

那倒無所謂，我本來也不是非要進去，只是想找個人問問情況。他的出現，正合我意。

我見他轉身要走，忙拉住他問道：「還要等多久？」

那人朝我一瞪眼，我嚇了一跳，趕緊放開他的衣袖。他也不回答，只是指指沙發，語氣兇惡：「坐低！」

這句廣東話我倒是聽懂了，但我一點也高興不起來，垂頭喪氣回到沙發旁，悶悶地坐下。

旁邊的人低聲問我：「你是什麼事，被他們留在這裏？」

我看看他，聳聳肩：「我也不知道。」

我們這些人，就像被人遺忘了似的，沒有人來理我們，也沒有人多看我們一眼。我們就好像是一群透明人，根本不存在於這世界上。

又過了十來分鐘，終於有人走過來，向我招手。這次說的是帶着粵語腔的普通話：「你過來這邊。」

我跟着他再次回到入境處，海關人員把通行證還給我，擺擺手，示意我可以入境。

我有些忿忿不平。把我扣留那麼長時間，一句解釋也沒有就想打發我走，哪有這樣的事！

就算這裏是海關禁地，我也要問個清楚，不能就這樣不明不白算了。

我接過通行證，放進口袋，但是並不離去。

海關人員有些詫異，抬頭望向我。我雖然生氣，但還是保持禮貌，客氣地問道：「請問剛才到底是什麼情況，你們要扣留我那麼久？」

海關人員一愣，顯然沒想到在這種情況下，我居然不趕緊離開，還纏着他刨根問底。他又看了我一眼，有些不耐煩：「快走！」

我好聲好氣問你，你態度居然那麼惡劣！我憋了一肚子的火終於噴發出來，提高了嗓門道：「你這是什麼態度！」

我的聲音驚動了旁邊的工作人員，他看到這裏起了爭執，趕緊過來詢問：「怎麼回事？」

我沒好氣道：「剛才你們把我扣留大半個小時，到底是為什麼，總得給我一個說法。」我又一指那個海關人員：「我好好地問他，他卻態度惡劣地趕我走！」

工作人員聽了我一席話，倒也自覺理虧。他在那海關人員耳邊低聲說了些什麼，然後面帶微笑對我道：「先生您先別生氣，是這樣的，因為我們發現你的名字，和網上一個通緝犯的名字一模一樣，但是照片又對不上，所以花了點時間調查，讓你久等，真是不好意思。」

我嚇了一跳，敢情差點把我當作通緝犯，那還是別鬧，趕緊走吧。

剛走出入境大廳，就看見鳳衛在海運大樓裏焦急地來回踱步。見我出來，急忙迎上前問道：「發生什麼情況？」

我把剛才的情形一說，鳳衛大笑：「你可以去買彩票了！」

我一愣：「什麼意思？」

鳳衛笑道：「誇你運氣好唄。」

我立刻送他老大一個白眼！

第二十一章 電話

走出海運大樓，刺目的陽光一時讓我睜不開眼。

鳳衛興奮地對我叫道：「你看，這裏就是香港的中環！」

我抬眼望去，眼前的街道逼仄狹小，建築也顯得陳舊。我有點疑惑，難道這就是中環？怎麼和我想像中不太一樣？正納悶着，鳳衛早已轉過一條街去，我趕緊跟上。

只不過才轉了個彎，視野立刻變得開闊。只見一幢幢高樓鱗次櫛比，玻璃外牆閃閃發光。商店的霓虹招牌懸掛在半空，五顏六色煞是好看。我高興起來，這才是我心目中的中環啊！

街上人群絡繹不絕，行走速度極快，猶如螞蟻般穿梭在鋼筋水泥的叢林中。噹噹車的響聲不時在耳邊劃過，我不由得停住腳步，頗有種不知往哪兒去的感覺。

鳳衛見我猶如初進城的鄉下小子，笑着推了我一把：「走，我們去買電話卡。」

內地的電話卡和香港並不通用，所以想要和衛斯理打電話，必須先去買香港電話卡。

我跟着鳳衛穿過大馬路，又繞進一條小路。小路兩旁都是破舊的矮屋，卻照樣商舖林立。行人步履匆匆從店門前走過，有時也會在商舖中稍作停留。

中藥舖裏奇香撲鼻，燒烤店中焦香四溢，糕點屋內甜香誘人，書報攤前紙香輕拂，是另一番熱鬧景象。

我這才知道，香港的繁華原來不僅在高樓大廈間，更在小街陋巷中！

腳下的小徑斜斜向上，走慣平地的我頗有些不習慣。鳳衛回頭看看我，笑道：「看你平時缺乏鍛煉，才走這幾步路就不行了？」

我不服氣：「誰說我不行，我只是在慢慢欣賞街景而已。」

鳳衛道：「香港這個城市，依山而起，所以，很多馬路都是有坡度的。」

啊，原來是這樣。我點點頭，加快了腳步。我才不想被鳳衛嘲笑呢。

轉過街角，看到一家二手手機店，在那裏買了電話卡。我把卡插進自己的手機，按下衛斯理給我的電話號碼。

一陣「嘟嘟嘟」的聲音過後，突然出現一個女聲，說一口廣東話，語速極快，也不知說些什麼。

這大概是衛斯理家的傭人吧，我暗想，趕緊對着話筒道：「麻煩請倪匡先生接聽電話。」

誰知那個女子並不理我，還是不停重複着剛才的那句話。我完全聽不懂，一時不知如何是好，拿着手機，聽也不是，掛也不是。

鳳衛見我的表情突然變得尷尬，忍不住擠眉弄眼，以眼神詢問我到底發生了什麼事。我攤開手，搖搖頭，表示不知道。鳳衛心急起來，一把從我手中搶過手機，大聲道：「請問是倪匡先生嗎？」

幾秒鐘後，鳳衛的神情由疑惑變為大笑，指着我道：「你這個笨蛋！」

我一愣，不知鳳衛為什麼突然這樣説我。

鳳衛兀自笑個不停：「你剛才撥電話時有沒有在號碼前加上國際區號？」

我茫然道：「國際區號？那是什麼？」

鳳衛索性等笑痛快了，才又道：「在境外打電話，都要先撥國際區號，再撥電話號碼。所以你剛才聽到的女聲，只是香港電訊局的電話錄音，她是告訴你，你撥的電話號碼不正確。」

我有點不服氣：「我第一次出境，不知道也是正常的。」

鳳衛把手機還給我，拍着我的肩膀道：「來，加上區號，你重新撥號碼試試。」

我按鳳衛教的，撥通了衛斯理家的電話。

這次，鈴聲只響了兩三秒，電話那頭便傳來一個男子的聲音：「Hello！」

我頓時緊張起來，戰戰兢兢道：「請問倪匡先生在嗎？」

電話那頭的聲音有些疑惑：「我就是啊。請問你是哪位？」

我趕緊道：「先生，我是王錚！」

鳳衛也湊到手機旁，大聲叫道：「先生，我是鳳衛！」

我索性打開手機的揚聲器，好讓鳳衛也能參與對話。

衛斯理的聲音聽起來很高興：「啊，哈哈！你們已經到香港啦？」

我道：「是啊，我們從珠海坐船過來……」

還沒等我說完，鳳衛已搶着道：「我們才到不久，現在還在中環。」

衛斯理道：「哈哈，好啊好啊，你們現在有什麼安排？」

鳳衛直話直說：「我們打算去書店逛逛，買些先生的書來請先生簽名。」

衛斯理叫道：「啊呀，我的書你們不用買，到時送給你們就是。」

我當然要客氣一番：「先生的書我們要自己買才顯誠意。」

衛斯理笑道：「真的不用買，出版社送我的樣書有很多，家裏都堆不下。你們幫我清空，我感謝你們還來不及呢。」

鳳衛一臉笑意，向我眨了眨眼，大聲道：「太感謝先生，那我們就不客氣啦。」

衛斯理道：「當然不用客氣。對了，明天中午我已經訂好座位，我們一起午飯吧。」

我倆大是興奮，齊道：「太好了！」

衛斯理又道：「我訂的是怡東酒店，在銅鑼灣附近，你們認識嗎？」

鳳衛道：「不認識也沒關係，我們有地圖，可以查。」

我接道：「我們還有嘴，可以問。」

衛斯理笑着囑咐：「明天中午十二點整，我在酒店大堂等你們，不要遲到哦。」

我趕緊道：「先生放心，我們很有時間觀念，絕對不會遲到！」

衛斯理又道：「吃完飯，我們看情況再安排。銅鑼灣附近十分熱鬧，可以去逛一下。」

鳳衛道：「一切謹遵先生安排。」

衛斯理笑道：「那今天我就不打擾你們了，祝你們玩得開心！」

掛上電話，我轉過頭看看鳳衛，他也正向我看來。他的臉上寫滿激動與喜悅。我猜，在他眼裏，我臉上所顯露出的，大概也是相同的神情吧。

「衛斯理畢竟是上海人，說普通話有上海口音。」鳳衛笑道。

「是啊，感覺很親切。」

「聽口氣，能見到我們，衛斯理好像也很高興。」

「你又往自己臉上貼金。」我忍不住吐槽老友。

頓了一會，鳳衛感嘆道：「沒想到有一天，我們能真的見到衛斯理！」

我點點頭，沒有說話。

太陽漸漸收起耀眼的光芒，留下餘暉照着這片傳奇的土地。

我和鳳衛，佇足在香港的街頭，望着眼前的夕陽美景，激蕩的心情久久不能平復。

這一切，是如此夢幻，卻又如此真實！

我和鳳衛望着眼前的夕陽美景，激蕩的心情久久不能平復。

第二十二章　手印

這是一個很美的黃昏。

夕陽透過雲層，灑在維多利亞港的海面上，隨着海浪的起伏，如金碎般流動。

我倚着欄杆，什麼也不去想，把自己放空，欣賞這稍縱即逝的美景。

遊輪從眼前緩緩而過，打扮得花枝招展，宛如海港花魁一般。

「快看，快看！」興奮的遊客在岸邊高聲喊叫着，召喚自己的同伴。

「哇！好漂亮的船！」讚嘆聲中充滿了羨慕和期待。

鳳衛拍拍我：「我們去星光大道找先生的手印吧。」

我大聲道：「好！」

星光大道位於香港九龍尖沙咀東部的海濱花園。它效仿美國荷里活的星光大道，專門開闢了這樣一條步行道，用以表彰香港電影圈中的傑出工作者們。在這條步行道上，可以找到近一百位香港電影工作者的名字和手印，很多名字都是大家耳熟能詳的。

有導演、有演員、有編劇、有音樂人。能在星光大道上留下名字和手印，對一個電影工作者而言，是莫大的榮耀。而我們的衛斯理——倪匡先生，正是其中一位！

一般來說，大家認識倪匡先生，都是因為他的小說，但其實，他還是一位資深編劇。

在上世紀六七十年代，香港邵氏兄弟電影公司拍攝的電影風靡整個東南亞的時候，倪匡先生便已是邵氏公司的金牌編劇。據說，他當年曾為邵氏公司寫過三百多部劇本，真是一個令人嘆為觀止的紀錄！

如此耀眼的星光大道，當然早被我和鳳衛列為此次香港遊的必玩景點。

黃昏過後，天色暗得很快，星光大道上已亮起明燦燦的燈。入口處，那標誌性的明珠少女雕像傲然矗立。在燈光的照耀下，顯得儀態萬千。

大道上的遊客，並不因為夜晚的降臨而變少，反而愈加熱鬧起來。

我和鳳衛相視一笑，隨即隱沒在這如鯽的人潮中。

初時的一段路，路面上鑲嵌的，都是些「遠古」時代電影人的手印。遊客匆匆掠過，極少有人停下腳步。這些明星，看來已被這個時代所遺忘，孤獨地躺在星光大道的一角，多少顯得有些落寞。

我和鳳衛雖然也不認識他們，但還是停下腳步，默默唸着這些曾在香港電影史上呼風喚雨的名字。以影迷的身份，向他們致以崇高的敬意。

往前走，熟悉的名字漸漸多起來。

「哎，這是梁朝偉！」

「哈，那是劉德華！」

「我找到梅艷芳！」

「我發現鍾楚紅！」

「看，狄龍是也！」

「瞧，姜大衛在此！」

每有熟悉的名字映入眼簾，總會令我們激動不已，大呼小叫一番。

也不僅僅是我們，身邊每一位遊客，幾乎都和我們一樣，為發現自己喜愛的明星而雀躍歡呼。

我們一邊嬉鬧着，一邊尋找倪匡先生的手印。

雖然星光大道上群星薈萃，但在我們心中，倪匡先生才是群星中最閃耀的那一顆！

隨着我一聲大叫：「在這裏！」鳳衛忙停下腳步。

低頭望去，那是一格類似電影膠片般的金屬方框，嵌在地磚中。右側是一顆碩大的星星，左側則是先生的手印，上面還刻着簽名：倪匡。

和其他人相比，先生的手印小小的，但指關節卻異常粗大。

鳳衛笑道：「作家的手印就是和演員的不一樣。」

我也笑：「整天握着筆，指關節不變粗才怪。」

我們望着倪匡先生的手印，心情從未如此刻般虔誠，猶如朝聖的信徒，見到萬能的主。

鳳衛舉起相機，指揮着我：「你往右邊靠一些。」

我依言，移動腳步，然後蹲下身子，笑着伸出兩根手指，指向手印旁先生的名字。

快門「咔嚓」聲中，我和先生的手印完成親密接觸。不捨就此起身，又將自己的雙手，放在先生手印之上，比劃着大小。

鳳衛急道：「先幫我拍完照，你再慢慢欣賞啊！」

我笑着起身，一臉抱歉：「實在太激動，莫怪莫怪。」

鳳衛也蹲下身，學着我的樣子，將手指指向先生手印。

或許是太過激動，鳳衛臉上的表情顯得非常僵硬。我忍不住笑道：「你不要那麼死板，笑一笑可以嗎？」

鳳衛猛然扮了一個鬼臉，我趕緊按下快門。

不知不覺，天已晚黑。

我們遙望維港對岸，一幢幢高樓豎立在半山腰，透出星星點點的燈光。海面上，海鷗展翅滑翔而過，不時發出清脆的鳴叫。鹹鹹的海風拂過臉龐，濕潤而又輕柔。這如詩般的夜景，真教我們捨不得離去。

不知過了多久，鳳衛拍了我一下：「走吧。」

我點點頭，跟着鳳衛離去。沒走幾步，又回頭再望一眼這美景。鳳衛笑道：「看你依依不捨的樣子，我們明天再來。」

走在彌敦道上，車水馬龍，人如潮湧。兩旁商店林立，霓虹閃耀，一時間恍若身處上海南京路。我們不禁驚嘆，相隔千里的兩條馬路竟如此相像，彷彿時空交錯。

轉過路口，看到一家商務印書館。我倆的興奮勁又上來，渾不顧還沒吃晚飯，一頭鑽進書海。

我們在上海從未見過如此多的港版繁體書，只感到書海之大莫過於此。

鳳衛指着書架上一排衛斯理小說問我：「要不要買？」

我道：「既然先生說過會送給我們，那就先不買吧。」

鳳衛又指着旁邊的倪匡散文系列道：「先生的散文集倒是從未見過，買兩本看看如何？」

還沒等我回答，他已從書架上取下書，自顧自翻看起來。我有點哭笑不得，鳳衛與其說在徵求我的意見，不如說是喃喃自語。

我也從書架取下一本散文集，隨手翻閱着。先生的文章短小精悍，談文學、談時事、談生活、談情感，字字珠璣，令人頗多感悟。我們各自挑幾本買下，雖說只是「幾本」，卻也裝滿大半個背包。

回到賓館已過九點，由於事先和房東打過招呼，所以房間一直替我們保留着。

打開房門，我不由得驚叫一聲：「這麼小！」

房間內除了兩張狹小的單人床，竟一無所有！

鳳衛笑道：「你第一次來香港，才會大驚小怪。香港寸土寸金，想住大酒店，就得付大價錢。」

我苦笑：「怪不得房價那麼便宜，我還以為賺到呢。」

鳳衛笑道：「便宜沒好貨，好貨不便宜。」

深夜，窗外不時傳來紅綠燈變換的叮叮聲。起初覺得吵鬧，但習慣後，倒也別有一番風味。隨着這叮叮聲，我們在香港的第一夜，就這樣不知不覺地度過了。

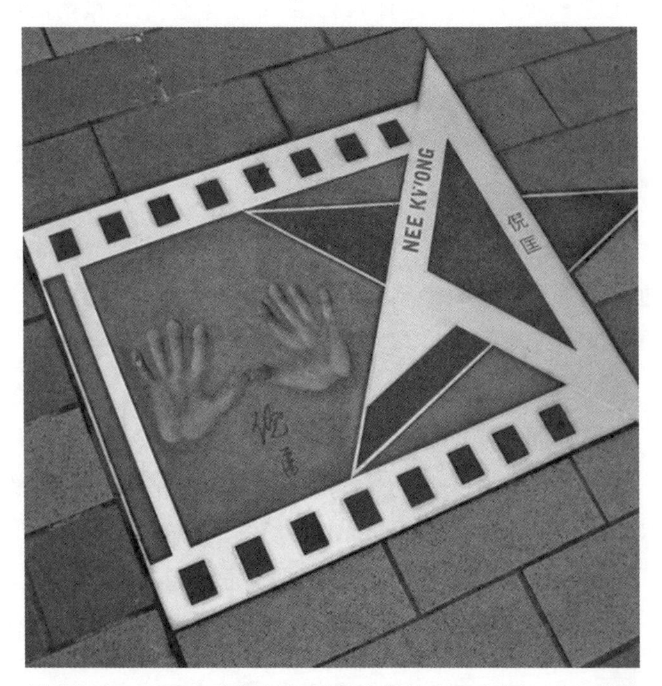

低頭望去，那是一格類似電影膠片般的金屬方框，嵌在地磚中，上面還刻着簽名：倪匡。

第二十三章　怡東

迷迷糊糊中，感覺有人在推我，耳邊傳來鳳衛的呼喚聲：「喂，懶鬼，醒醒，起來晨練去！」

我翻了個身，揉揉眼睛，慢慢從床上坐起來。望了望窗外，夜幕剛散，天色還是灰藍色，路上的街燈尚未完全熄滅，不由叫道：「這麼早！」

「六點，已經不早啦。」鳳衛擠過我身旁，伸手去開窗通風。

我又打了個哈欠：「我們去哪裏晨練？」

鳳衛道：「當然是維多利亞港。」

我抓抓頭皮，奇道：「昨晚不是剛去過？」

鳳衛道：「這你就不懂了，夜晚的維港和清晨的維港是不同的。」

我表示不解：「維港就是維港，有什麼不一樣？」

鳳衛不耐煩起來：「你別多問，去了就知道，趕緊刷牙洗臉！」

果然，剛出門，我就感覺到一個不同的香港。

天空朦朦亮，街上空蕩蕩，昨夜的喧囂不知去了哪裏。

我們從佐敦一路走到維港。地圖上看似很長的路，真的走起來，也不過十來分鐘。

維港的碼頭上是另一番景象。海風陣陣吹來，涼爽中帶着濕氣，寧靜的空氣中傳來輪船的汽笛聲，悠揚而綿長。

另一邊的星光大道，也變得空空蕩蕩，全不見昨日的擁擠。零星的晨練者從我們身邊跑過，腳步輕捷。我們互望着笑笑，也加入他們的行列。

先生的手印正安靜地躺在星光大道上，我們從它身邊經過，對它招招手，彷彿向老友致意。

海面上有海鷗飛過，有幾隻停在燈柱上。我好奇地湊近，不料卻驚動了牠們，一陣撲翅聲，再看時，早已飛走。

跑了一圈，尖沙咀的大鐘已指向七點半，腹中不由得咕咕叫起來。

鳳衛一拍我：「走，帶你去喝早茶！」

我們在附近的翠華餐廳找了座位坐下，慢慢品嚐着港式奶茶的香甜，聊着對香港這座城市的感受。等回過神來，時間已然不早。

鳳衛帶着我坐港鐵到銅鑼灣，這裏有好幾個出口，我們還沒有來得及研究到底該從哪個方向出去，就已被擁擠的人流挾裹着上到地面。

我跟着鳳衛一路走去，穿過幾條小巷，不知不覺來到一條上坡路。這地方看起來有些偏僻，我不由得停下腳步，取出地圖來查看。這一看，卻發現鳳衛走錯了路！

我趕緊喊住鳳衛：「別往前走啦，越走越遠，會來不及趕到酒店的。」

鳳衛回頭看看我：「怕什麼，這裏的路我熟，往前走再繞個彎就能到怡東酒店。」

我又仔細看看地圖。地圖上的怡東酒店，清清楚楚標明是在另一個方向，跟着鳳衛走，只會越走越遠。

我把地圖往鳳衛面前一送，指給他看：「你肯定搞錯了，地圖上畫的，明明是相反的方向。」

鳳衛看也不看，一把推開地圖：「我不會記錯的。」

看看我，又道：「你是相信我，還是相信地圖？」

我猶豫着，不知如何回答才好。

鳳衛不等我回答，已大步往前走去，邊走邊道：「我們打個賭，我按我的記憶走，你按地圖指示走，看誰先到怡東酒店。」

我有些不放心，嚅嚅道：「只有一張地圖，我拿走，你萬一迷路怎麼辦？」

鳳衛大笑：「我才不像你，沒有地圖就寸步難行。」

我有些惱火，悶哼一聲，把地圖塞進口袋。

就這樣，我們兩人選擇了不同的方向，分道揚鑣。我心中憋着一肚子不服氣，按照地圖的指示，向前走去。

從地圖上看，怡東酒店離目前所處的位置只有幾百米遠，心中暗想：照我的速度，至多十分鐘就可以走到，這次一定要讓鳳衛輸得心服口服。一時得意，開始哼起小調，腳步也變得輕快起來。

前方已能看到酒店的影子，我更是高興，加快腳步，走到近前。

抬頭看看，牆上掛着一塊鐵製的門牌，上面刻了一大堆英文字，寫着酒店的名稱，但其中並不見「怡東」二字。我撇撇嘴，原來是別的酒店，真是白高興一場。

不過，我毫不擔心，怡東酒店應該就在不遠處，我是贏定的！

我快步走着，又穿過兩條街。沿街還看到一家酒店，卻也不是我要找的怡東酒店。

我開始有點心慌，地圖上明明指示怡東酒店就在附近，為什麼偏偏找不到呢？

銅鑼灣附近的路況並不複雜，我沿着來時的路轉了好幾圈，但就是找不到怡東酒店。低頭看看手錶，指針毫不留情一秒一秒堅定地向十二點走去，我內心像被火燒一般的焦躁。

打賭輸給鳳衛還是小事，答應先生絕不遲到，若不幸食言，那可糟糕之極！

我有點後悔之前不該逞強和鳳衛分開，對於香港的道路，他始終比我熟悉。如果被他知道我現在的狼狽樣，真是無顏見江東父老。

正兀自着急，突然從身後竄出一輛出租車，「吱」地一個急剎車，停在我的前方。車門打開，有客人下車。

我眼前一亮，暗忖道：何不坐出租車，司機總該認識酒店所在。

趕緊跳上車，對司機道：「去怡東酒店！」

司機回頭看我一眼，又慢吞吞回過身去，並沒有發動汽車。

我有些着急，以為司機沒有聽清，趕緊大聲重複：「去怡東酒店！」

司機突然笑了起來，指着剛才那位客人走進去的地方，慢慢地道：「這裏就是怡東酒店。」

我一愣，什麼？這裏就是？趕緊打開車門，半探出身去，四下張望。

不對吧，這裏就是我一開始來過的酒店，我還特地看過那酒店的門牌，並沒看到「怡東酒店」四個字啊。

司機見我還在疑惑，笑道：「沒騙你，這裏就是怡東酒店，快下車吧。」

我將信將疑地下了車，再次來到酒店門前，仔細看那門牌。

突然間，我拍了一下自己的額頭，心中大罵自己愚蠢。

原來這怡東酒店的店名，是用英文標注的！我只顧找中文店名，卻對鐵牌上那行英文字完全視而不見，真是這輩子也別想找到了！

第二十四章　先生

走進怡東酒店，我抬頭看看牆上的鐘，指針恰好指向十二點整。

急忙環顧四周，不見鳳衛的身影。我心中暗喜：打賭贏了！但是，也沒看到衛斯理的身影，我又有些疑惑：難道先生遲到了？

我唯恐看漏，仔細端詳大堂裏的客人，沒有一位和我在照片中見到的衛斯理長得一樣。看來，先生是真的遲到了。

我想找個位子坐下慢慢等，但僅有的幾張沙發都已被人佔領，我只好站在顯眼處，如同竹竿般插着。

剛站定，就見鳳衛匆匆忙忙闖進酒店，我趕緊抬手招喚他。

鳳衛看看周圍的客人，問我：「先生還沒到？」

「沒到。」我笑着對他道，「我贏了！」

鳳衛一愣：「什麼贏了？」

我推了他一把：「我比你早到酒店啊！」

「贏了就贏了唄，反正我們也沒說好賭什麼。」鳳衛一臉壞笑。

「怎麼可以如此耍賴！」我大叫。

突然，酒店的邊門發出一陣喧嘩聲。我們趕緊扭頭看去，只見一位矮胖老者拄着拐杖，在眾人簇擁下走進酒店。

那不是倪匡先生卻又是誰！

先生一頭短髮，短的可以看到頭皮。鼻樑上架着眼鏡。身上很隨意地穿一件酒紅色襯衫，領口敞着，露出裏面的鵝黃色恤衫。下身則是一條黑色綢褲，褲管寬大，顯得鬆鬆垮垮。腳上着一雙涼鞋，卻又配着肉色絲襪，打扮極其隨性。

我們又是好笑又是激動，趕緊迎上前去。想開口說話，卻又期期艾艾不知說什麼好。

先生見到我們，臉上堆滿笑容，伸出手和我們一一相握：「讓你們久等。」

我們齊道：「不久不久。」

先生笑道：「不好意思，叫你們別遲到，我自己倒遲到。」

我們齊道：「沒關係沒關係。」

先生轉過頭指指身後，給我們介紹：「這是倪太，這是倪太的妹妹，這是……」

我原以為今天的午餐只有先生和我們倆，沒想到居然連倪太也在。心情突然一陣緊張，先生後面說的話一句都沒有聽進去。

鳳衛倒是不懼，大大方方走上前和倪太打招呼。我趕緊跟上，也向倪太問好。

倪太微笑着對我們點點頭，又開口和先生說了句什麼，便帶着親戚們快步上樓，將先生留給我們。

我和鳳衛一邊一個攙扶着先生慢慢跟在後面。

先生笑着告訴我們：「倪太説，那些親戚，她會招呼，我們不用理會。」

我有點不好意思：「那樣會不會很沒禮貌？」

「沒事，我們管我們男人聊，不和她們女人混在一起。」先生對我們擠眉弄眼，我暗自好笑。

「今天我們吃自助餐。這裏的自助餐味道不錯，我們多吃一點。」先生抬頭看看走在前面的倪太，掩嘴悄聲道，「反正倪太請客，不吃白不吃。」

我們被先生逗得笑起來。沒想到先生竟如此好玩，一點也不把我們當作外人。

先生跟着我們一起笑，笑了一會兒，問道：「你們是第一次來香港嗎？」

「我是第二次來，王錚是第一次。」鳳衛搶着道。

先生點點頭。

「我對香港這座城市仰慕已久，但這次親眼看到後，卻感覺不如我想像中繁華。」我實話實説。

「其實香港也就這樣，千萬不要被電影裏的香港所矇騙。」先生對我道。

二樓的樓梯口，服務生早已等候着。見到先生，畢恭畢敬彎腰鞠躬。我們站在先生旁邊，連帶着沾光。

先生笑着擺擺手，明顯一副熟客派頭。

服務生在前面引路，先生跟在後面。邊走邊對我們道：「我年輕時，經常一個人到這裏來。找個靠窗的座位，埋頭寫作。不少衛斯理故事就是在這裏誕生的。」

我倆一陣驚嘆，這酒店，原來還有這樣的典故！

服務生引我們入座。倪太帶着親戚坐在左邊一桌，已經開始大快朵頤。先生和我們在右邊那桌坐下，三個人自成一個小團體。

酒店的自助餐非常豐富，鳳衛不時起身去拿食物，我卻總覺得不好意思，將盤中食物吃完便不再取。

先生見了，大叫道：「你不要客氣啊，要吃什麼，我幫你去拿！」

鳳衛笑着插嘴：「他呀，最喜歡甜食。」

「甜食好，我也愛吃。」先生笑着，到料理枱上，取了滿滿一盤放在我面前，「這裏的巧克力瀑布蠻好吃的，你喜歡甜食就多吃點。」

我又驚又喜，能勞動鼎鼎大名的衛斯理親自幫我取食物，這種待遇，可不是隨便什麼人都能享受到的。

開心之餘，又泛起一陣感動，連忙向先生道謝。

「趁熱，快吃。」先生笑着擺擺手。

在見到先生之前，我們設想了許多種見面的場景，但絕對沒想到，竟是如此嬉笑胡鬧。

這樣的先生，對於我們，不像長輩，而更像是朋友。

來酒店用餐的客人很多。不時有人認出先生，上前打招呼：「倪生你好！」

先生微笑着對他們點頭揮手，一副司空見慣的表情。

也有人恰好帶着相機，詢問先生能否合影留念？先生來者不拒，全部答應。並把相機塞給我們，讓我們幫忙拍照。

拍完照，又指着我倆向他們介紹：「呢兩位係上海來嘅衛斯理專家。」

人家出於禮貌向我們頷首示意，我們非常不好意思，趕緊點頭回禮。

不知在別人眼裏，我們倆又是怎樣的形象呢？

和先生邊吃邊聊，說的自然是普通話。問先生還能不能說上海話，先生一撇嘴：「格哪能會忘記忒！」

於是我們半普通話半上海話的聊着。發現先生的上海話和我們說的又有所不同，那是一種老一輩上海人才會說的上海話。其中有些詞彙現在已不再使用，而我們說的新詞彙，也必須經過解釋才能讓先生聽懂。

席間聊了許多，聊小說聊生活，話題無窮無盡。聊得開心時，我們都捨不得離席去取食物。只想着能和先生多說一秒鐘的話也是好的。

也許因為當時太開心、太激動，人的精神一直處於亢奮狀態，如今回想起來，很多細節反倒已經記不真切。但是，和先生初次見面時那種激動快樂的心情，卻一輩子難以忘懷！

先生年輕時，經常一個人到這裏來，找個靠窗的座位，埋頭寫作，不少衛斯理故事就是在這裏誕生的。

第四篇

相聚

先生又是一陣大笑：「和你們聊天真開心，感覺不像第一次見面，彷彿已是多年的老友。」

第二十五章　漫步

酒足飯飽，倪太帶着親戚去逛街，將先生託付給我們。臨走時千叮嚀萬囑咐，先生笑眯眯應着。看在旁人眼裏，只覺一片伉儷情深。

先生問我們：「你們接下來可有什麼計劃？」

我和鳳衛互望一眼，然後會心一笑。我們全是一樣的心思：只想和先生多相處一會兒，別的什麼都無所謂。於是齊聲道：「全憑先生安排。」

先生大笑：「那好，你們到我家去，我們接着聊。」

我們一陣驚喜，能去先生家，真是求之不得。看來，先生也覺得意猶未盡。

攙扶着先生一路慢慢走回家。

銅鑼灣一帶非常熱鬧，常有上了年紀的街坊師奶認出先生，跟先生打招呼：「倪生，你慢行啦。」先生笑着一一回禮。我暗想，說不定這些街坊師奶也是從小讀着衛斯理小說長大的呢。

路過一條街，先生突然停下腳步，指指旁邊的一幢樓道：「你們看到這幢樓嗎？」

我和鳳衛抬頭看去，那是一幢很普通的樓房，門牌上寫着「海威大廈」四個字。

我們不知先生為什麼叫我們看這幢樓，疑惑地望着先生。

先生緩緩道：「我以前曾在這裏住過一段時日。」

鳳衛不禁「哇」地叫出聲來。

先生道：「別看這幢樓不起眼，但有個好處，它有一面是靠海的。」

我道：「能看到海景，房價一定不便宜。」

先生笑笑，又道：「不僅能看海景，有時候，漁民得了漁獲，會在樓下叫賣。我若有看中的魚，也不用下樓，把錢放在籃子裏，用繩子直接從窗口縋下去。漁民拿了錢，把魚放進籃子，我再拉上來。」

鳳衛拍手叫道：「好玩好玩！」

先生微笑着，似在緬懷昔日時光。過了一會，抬頭又看了一眼這幢自己曾經住過的大樓，微笑道：「我們繼續走。」

沒走多遠，前方忽然一陣喧嘩。定睛看去，有一群人聚在路邊，高舉着大幅標語，正在示威。還有人拿着喇叭，大聲説着什麼，聲勢頗為浩大。

我吃了一驚，在國內，何曾見過這種場面。若有人舉標語上街，還沒等展開，恐怕就已經被警察抓起來了。

鳳衛好奇問先生：「他們這樣示威沒問題嗎？」

先生看看我們，笑道：「你們在國內見不到這種情形吧。香港就是這一點比較好，你在大街上示威，只要不妨礙交通，不會有人來管。」

鳳衛環顧四周，又道：「你們看，大街上人們腳步匆匆，根本沒人多看他們一眼。」

先生笑笑：「他們説來説去就那一套，大家司空見慣，也就當他們是空氣。」

我也笑：「如此看來，他們倒是蠻可憐的。」

先生突然想起什麼，自己先「嗤嗤」笑起來，邊笑邊道：「這還不算什麼，上次才好玩呢。也是在這條街上，這群人舉着標語在示威。沒想到，在對面的馬路，另有一群反對他們的人也在示威。兩群人各自舉着喇叭，隔着馬路，互相對罵，情形非常滑稽。」

還沒説完，已經笑得上氣不接下氣。

先生的描述非常有畫面感，我們不難想像當時的情形，三個人站在街上一起大笑。

繼續往前走。在路口遇到紅燈，鳳衛恍若不見，舉步便闖，我一把拉住他，叫道：「香港是法制社會，我們得遵守交通規則，不能將內地的陋習帶過來丟人現眼。」

鳳衛不服氣，一指身邊的路人：「你看，別人不也在闖紅燈。」

我一看，果然不時有人不顧車流，硬闖而過。

不禁心中奇怪，轉頭問先生：「香港怎麼也會有不遵守交通規則的人？」

先生笑笑：「這有什麼奇怪。全世界都一樣，有人守規則，就必然有人不守規則。」

我又問：「那究竟是守規則的人多，還是不守規則的人多？」

「當然是不守規則的多！」話音未落，先生哈哈一笑，已逕自闖了紅燈。

鳳衛見先生帶頭，趕緊快步跟上，還不忘朝我扮個鬼臉。我無奈之下，只好緊跟其後，小跑着過了馬路。鳳衛一臉壞笑，神情得意，我卻尷尬不已。

又轉過一條街，先生停下腳步，伸手一指：「我家到了。」

我抬頭一看，那是臨街的一棟小寓所，門牌上寫着：「雲翠大廈」。

我們跟着先生進樓，過道十分狹窄，只能一個個地通過。

鳳衛道：「這裏好小啊，和我心目中的衛斯理家不太一樣。」

先生道：「當然不一樣！我是我，衛斯理是衛斯理。」

我立刻一句馬屁拍將上去：「在我們心目中，先生就是衛斯理，衛斯理就是先生。」

先生不置可否，突然笑道：「告訴你們一件好玩的事。」

一聽到有好玩的事，我和鳳衛又興奮起來。

先生繪聲繪色道：「有一天，我在街上散步，被一個帶着小孩的女人認出。她很激動地指着我對自己的小孩說，快看，那個人就是你最喜歡的衛斯理！」

鳳衛笑道：「先生的回頭率還真高。」

先生又道：「你們是沒看到，當時那個小孩的表情真是讓我終身難忘。」

我猜測道：「那小孩一定非常激動，説不定還纏着先生要拜師吧？」

先生沒有回答，只是笑着繼續道：「那個小孩盯着我看了半天。我從來沒有見過一個小孩子的臉上會有這麼豐富的表情——疑惑、憤怒、失望、悲傷……」

我有點奇怪：「見到自己的偶像應該高興才是，怎麼全是負面情緒？」

先生大笑：「可能因為他心目中的衛斯理，就像書中描寫的那樣，既會中國武術，又懂各國語言，上天入地，無所不能。沒想到他媽媽卻指着一個連走路都要拄拐杖的糟老頭，告訴他這就是衛斯理……」

鳳衛大笑：「幻想完全破滅！」

先生又道：「我見他這表情實在有趣，故意朝他眨眨眼睛。結果，他索性別過頭去再也不看我。」

我也大笑：「先生這是在殘害小朋友！」

先生裝作一臉無辜的樣子：「這不關我事啊。」

第二十六章 倪宅

從電梯出來，右邊的走廊到底，就是先生家。先生打開房門，領我們進屋。

屋內空蕩蕩的，傢俱並不多。我好奇地打量着屋內的情形。

客廳和餐廳是連成一體的長方形空間。在客廳靠窗的牆邊，立着一個很大的電視櫃。而餐廳正中，則擺着一張玻璃餐桌，另有兩三張椅子。除此之外，別無他物。

所以，房間雖然不大，看起來倒也顯得很空闊。

客廳和餐廳當中，有一條過道，通向內室。光線暗淡，看不清裏面的情形。

突然發現，客廳角落還堆着一隻紙箱，不知裏面裝了什麼東西。我頓生好奇，湊近仔細一看，紙箱上印着「金庸作品集」幾個字，不由得捅捅鳳衛，悄聲道：「好東西！」

鳳衛順着我的視線看去，不由低呼：「是金庸全集！」

先生見我們盯着那箱金庸小說指指點點，笑道：「我剛回港不久，東西還沒來得及整理，這套書只好先扔在角落裏，你們不要介意。」

我們有幸參觀先生家，開心還來不及，又怎會介意。

先生道：「我在美國的時候，金庸知道我喜歡他的小說，曾寄給我一套作品集。去年回香港的時候，本想帶回來，但是發覺太重。想想反正回來還能再問金庸要，就送給當地的朋友。」

鳳衛開玩笑道：「早知道這樣，不如我們來美國，先生就可以把書送給我們。」

先生大笑：「你們若來美國，光是機票錢就不知道能買多少套金庸作品集，豈不冤枉之極？」

我指指牆角的金庸作品集，接過話茬：「這套就是金庸剛送給先生的吧？」

先生又笑：「我回香港以後，找金庸要書。金庸居然不給，說之前送過我，這次就不送了，要我自己去買，我大罵他小氣。」

鳳衛道：「然後先生就去買了一套？」

先生叫道：「我才不花這冤枉錢！金庸不給，我就問查太要。我特地趁金庸不在家的時候去找查太，結果查太很爽快地送我一套。哈哈，還是女人好說話。」

我和鳳衛哈哈大笑。我倆是老友，當然能夠理解先生和金庸這對老友之間，那種無所顧忌開玩笑的深厚情誼。

先生既然不拘小節，我們也就非常隨意地在房間裏走來走去，四處參觀。

電視櫃上擺着一個大相框，裏面是一幅黑白照片。相中人五官清秀，氣質典雅，一時驚為天人！

我還在猜測着，鳳衛已開口問先生：「這位美女是誰？」

先生笑道：「年輕時的倪太。」

我們驚呆了。沒想到年近古稀的倪太，年輕時竟如此漂亮！

難怪先生當年一見傾心，拍拖沒幾個月便和倪太喜結連理。

倪太的照片旁邊還有一個小相框，裏面是一個女子和一個外國男人的合影。

我問先生：「這又是誰啊？」

先生道：「這是倪穗和她老公。」

我疑惑道：「倪穗是誰啊？」

先生哈哈一笑：「我女兒。」

我們只知道先生有個風流兒子叫倪震，沒想到原來還有一個女兒！

先生道：「倪穗比較低調，老早就嫁了個外國人，住在加拿大。我們在美國的時候，她常來陪倪太。現在我們回香港，她要再來，就沒那麼方便了。」

聽先生說着家裏的故事，感覺很是溫馨。

電視機旁還擺着幾本雜誌。我隨手拿起最上面一本翻閱，沒想到，剛拿起，就發現下面竟是一本舒淇寫真集。

而且還是裸體寫真！

我不好意思，趕緊把手中雜誌放下，蓋住舒淇寫真集。

先生見我慌張的樣子，笑道：「沒關係，你隨便看。」

看來這本裸體寫真集是先生時常翻閱的，所以才會放在顯眼處。然而如此堂而皇之，倪太居然也放任自流聽之任之，也是奇事。

鳳衛走過來，笑道：「你不看給我看。」

説着，一把抓過寫真集欣賞起來，一邊看還一邊嘖嘖讚嘆不已。

先生見鳳衛看得起勁，也大聲稱讚起舒淇來。眉飛色舞的樣子，哪裏像是一個七十多歲的老翁。

鳳衛捧着寫真集久久不捨放下，先生又笑道：「你要是喜歡，就拿去！」

鳳衛立刻大謝先生。我頓足捶胸，後悔剛才為什麼要假充正經，把寫真集放下，讓鳳衛佔了便宜。

先生繼續帶着我們參觀他的書房。

書房比之客廳，更是狹小。兩張書桌面對面放着，上面各有一台電腦。

先生告訴我們：「我和倪太一人一台電腦，面對面坐着，誰也看不到誰的屏幕。就算我當着她的面看 AV，她也不知道，哈哈！」

先生童言無忌，我們大笑不止。

鳳衛邊笑邊道：「聽説先生當年還有很多 AV 影碟，能不能讓我們參觀一下？」

先生笑道：「現在一張都沒有嘍。」

我大聲嘆息：「太遺憾啦！」

先生道：「我當年買了幾千張 AV 影碟，擺滿整個書櫃，有的甚至都沒拆封。不過，實在太多，帶不回香港，只好在離開美國前全部送掉。當時我在報紙上登廣告，原以為這些影碟全部處理完總需要一段時間，沒想到一放出消息，就有好多美國小伙找上門來索要。有的甚至是從很遠的城市特地趕來。不到一個星期，已經全部清空，哈哈哈哈！」

鳳衛大笑：「美國人也愛看 AV 嗎？」

先生笑着反問：「哪個男人不愛看？」

我也笑：「可惜可惜，我們不在美國。」

先生突然一拍大腿：「你等等。」

說着，在靠牆的一個小 CD 櫃裏翻了半天，找出兩張影碟，遞給我：「我想起來，這裏還有兩張 AV 碟片，是蔡瀾從日本買來送我的，你喜歡就給你。」

我不過隨口一說，先生居然當真，真是意外的收穫。

我將影碟放進包中，順便取出相機，對先生道：「請先生與我們合影留念。」

先生興致勃勃：「當然要合影！」

站到我們身邊，卻又想起什麼，看了看四周：「家裏亂七八糟的，不要緊嗎？」

我笑道：「亂七八糟才好，這叫原生態。」

先生哈哈大笑：「我們怎麼拍？」

鳳衛打量一下四周：「就以窗戶為背景，我們分別與先生合影。」

先生笑道：「好！」

鳳衛身材和先生相仿，又都剃了板寸戴着眼鏡，站在先生旁，乍一看像是祖孫倆。

我邊按快門邊取笑他：「還真像是個乖孫子。」

鳳衛保持笑容，等拍完後才狠狠瞪了我一眼。

輪到我時，由於我個子比較高，和先生站在一起，感覺頗為怪異。只好盡量蹲下身子，以一種半蹲半立的姿勢來配合先生，並叮囑鳳衛，只拍半身。

鳳衛故意將相機擺弄來擺弄去，就是不按快門。我半蹲着，久了雙腿自然發痠，急道：「你快點，我要撐不住了！」

鳳衛大笑：「你這姿勢太銷魂，讓我多看一會。」

先生也哈哈大笑，我一臉無奈，真是現世報！

由於我個子比較高，和先生站在一起，感覺頗為怪異。

第二十七章　老友

午後的陽光暖洋洋，透過窗戶舖進屋內，有一種慵懶的愜意。

我和鳳衛，還有先生，三個人圍坐在餐廳的玻璃桌前，嘻嘻哈哈聊着天。

聊了一會兒，先生起身倒水，笑着對我們道：「家裏沒準備什麼飲料，只好用白開水招待你們，想來你們也不會介意。」

我接過水杯喝了一口，笑道：「先生客氣，這叫有情飲水飽。」

先生復又坐下，將一隻腳擱在沙發椅的扶手上，坐姿極糟糕，只求自己舒服，不管別人觀感。

不過我們當然不是「別人」，先生如此不拘小節，正是已將我們當作自家人。

網上對先生的名字有各種說法，我們一直很好奇，這次能和先生面對面聊天，正好當面求證。

先生笑道：「其實，『倪匡』並不是我的本名。」

我開玩笑：「先生本名不會真是『衛斯理』吧？」

先生大笑：「當然不是。『衛斯理』也好，『倪匡』也好，都只是筆名。我本名倪聰，只不過『倪匡』這個名字比較出名，所以別人都以為是我的本名。」

鳳衛往前湊了湊，將手肘支在桌上，手掌托着下巴：「我一直想問先生，『衛斯理』這個名字，有什麼出處嗎？」

先生笑了笑：「也沒什麼出處。當年，我外出坐車，路過一個叫做『大坑』的地方。偶然看到路邊有一個『衛斯理村』，突然有了靈感，就把『衛斯理』當作系列故事主角的名字。」

我也拉了拉椅子，使自己離先生更近一些：「先生，那『原振俠』的名字有什麼典故嗎？」

先生搖頭：「那倒沒有，原振俠的名字是我隨便想的。」

我追問：「先生為什麼把原振俠設定為醫生呢？」

先生大笑：「如果是別的設定，你肯定又會問為什麼是那個。」

我有些尷尬，笑着吐了吐舌頭。

鳳衛又問：「先生，『倪匡』這個名字有什麼意義嗎？」

先生笑道：「哪來什麼意義！那是我偷懶，隨手拿了本字典，翻到哪個字就用哪個字作名字。結果，恰巧是個『匡』，於是便叫『倪匡』了。」

我打趣道：「等我以後有了孩子，也學先生隨手從字典裏點一個字給他當名字。」

先生突然大笑起來，指着我道：「如果點出來一個『屁』字，看你怎麼辦！」

鳳衛跟着起哄：「屁字還算好，你姓王，要是點出個「八」字，那才糟糕！」

我佯怒，但未及板臉，便已忍不住大笑起來。

先生站起身，招招手道：「你們跟我來。」

我和鳳衛相視一笑，知道先生這樣說，定是有好事。

跟着先生來到內室，地上攤着個大紙箱，我們低頭一看，箱子裏滿滿的都是書。

先生指指紙箱：「這些都是明窗出版社送給我的衛斯理小說樣書，你們挑喜歡的拿走。」

我們兩個書蟲，看到那麼多書，早已兩眼發直。先生話音剛落，我和鳳衛便蹲下身子，在紙箱中淘起寶來。

片刻間，桌上的衛斯理小說，便堆成兩座小山。

先生笑道：「我知道這些書你們都有，但這是新版，你們就當多收一個版本吧。」

不管有沒有，這些衛斯理小說可是先生送給我們的。對我們來說意義非凡，趕緊歡天喜地謝過先生。

有了書，當然還要請先生簽名留念。

先生望着那麼多書，笑道：「你們不會叫我在所有的書上都簽名吧。」

「不會不會！」我和鳳衛大笑，「不過，我們有一些朋友，也是衛斯理書迷，這次拜託我倆請先生簽名……」

怕先生拒絕，我趕緊補充：「不是很多，一共也就六、七位，要辛苦先生了！」

先生笑笑：「當然沒問題！」

大筆一揮，幫我們完成了對朋友們的承諾。

抬頭看看我們，又笑道：「你們倆呢？要簽哪些書？」

我們感激先生，也體諒先生年紀已大，只各自挑選一本衛斯理小說請先生簽名。

我挑了衛斯理的第一個故事《鑽石花》，這是衛斯理的首本戲，有紀念意義。鳳衛則選了他最喜歡的故事《透明光》，先生認真地替我們在喜愛的書上簽名。

簽完名字，又特地看了一下手錶，寫下一串數字。

我不解，問先生：「這數字是什麼意思？」

先生一本正經地解釋：「這是宇宙密碼。年月日時分秒，每個數字都是唯一的。過了這一秒，就再也回不去。」

本來極普通的數字，被先生這麼一說，突然變得神秘起來。

事先並沒有打算在香港買很多書，也沒有想到先生會送那麼多書給我們，所以，我倆各自只背了個書包就出發。

挑書的時候只顧挑得開心，如今面對如山似的書，卻發起愁來。要如何才能帶回家呢？

先生看我們又歡喜又為難的樣子，哈哈一笑：「你們跟我來。」

難道先生還嫌我們拿得不夠多，還要再送書給我們嗎？

我們疑惑地跟在先生後面。

這次，先生帶我們進了臥室，指着床對我們道：「你們幫忙把床板抬起來。」

我們不知道先生為什麼要我們抬床板，但想來先生自然有他的用意。於是一個在床頭，一個在床尾，把床板抬高了幾吋。

先生彎下腰，從床底下拖出兩隻旅行箱，對我們道：「可以把床板放下了。」

我們正抬得吃力，趕緊放下。

先生打開旅行箱，將裏面的衣物盡數扔到床上，然後把兩隻空箱子交給我們：「這兩隻箱子是我從美國回來時裝行李用的，現在已經用不着，你們拿去，看看能裝得下嗎？」

送完書，還送箱子，似先生這般慷慨的人，我們從未見過！

我有些不好意思：「先生，這太麻煩你啦。」

鳳衛也道：「我們把箱子拿走，那麼多衣服怎麼辦？」

先生擺擺手：「沒關係，就扔着吧，倪太會收拾的。」

既然先生這樣說，再客氣就顯得生分。我們欣然收下，心中對先生的敬愛又多添了幾分。

俗話說，來而不往非禮也，我們也有禮物要送給先生。

事先曾和鳳衛商量，到底送什麼禮物比較合適？

「太便宜的禮物送不出手，很貴重的禮物我們也送不起，必須動動腦筋才行。」我喃喃自語。

「先生是上海人，又那麼久沒回家鄉，不如送些和上海有關的禮物，先生一定喜歡。」鳳衛出主意。

「此計甚妙！」我大喜。

於是我們找來一九五七年和二〇〇七年兩個年份的上海地圖。前者是先生剛到香港時的年份，後者是我們這次來見先生的年份，都是頗具紀念性的時刻。

先生雖然立志不回中國內地，但人年紀大了，總會有思鄉之情。讓先生看看現今上海的變化，或可作遣懷之用。

另外，我們還編輯私印了《倪匡傳奇》一書送給先生。

這本書是先生舊作，絕版已久。我們好不容易在網上找到電子版。猜想先生可能沒有存書，於是精心校對，印成一冊小書。

先生接過我們的禮物，也是一臉驚喜。他仔細地翻閱着，嘴裏不住道：「謝謝，謝謝，你們太有心。」

我們暗暗高興，這禮物是送對了！

先生本來還想再跟我們聊一會兒，但由於晚上有檔節目要來採訪他，自覺體力不支，需要小睡片刻，便不留我們晚飯。

我們當然識相。能和先生相見，已是極大的緣份，不應再多求什麼。

臨走前，我們和先生打趣：「等以後結婚有了孩子，一定要帶來和先生同樂。」

先生哈哈大笑：「我有那麼長命嗎？」

我們異口同聲：「先生吉人自有天相！」

先生又是一陣大笑：「和你們聊天真開心，感覺不像第一次見面，彷彿已是多年的老友。」

我們也有同感。雖然是第一次見面，但在書中、在網上，我們和先生可是神交已久了呢！

第二十八章 淘書

回到上海，第一件事就是發郵件給先生報平安。

之後的一個月，除了不時和先生互通電郵，我幾乎把全部精力都用在整理藏書上。

原來的書櫃太小，而且早已塞得密不透風，這次又帶回來那麼多書，總得找地方放。思來想去，最後決定換一個大一點的新書櫃，以收納藏書。更換書櫃是個大工程，得先將所有藏書撤出，等新書櫃裝好，再放回去。花了好幾個星期，才重新整理完畢，望着書櫃中滿滿的書，內心非常滿足。

我的藏書中，有很大一部份是先生的作品。

起先，我和鳳衛買先生的書只是為了閱讀，但自從先生送了我們許多新版衛斯理小説之後，漸漸地，我們興起「藏」的念頭。

對先生的作品進行梳理研究後，我們才知道，原來除了衛斯理故事，先生還寫過大量的散文雜文、鬼故事、武俠小説以及奇情冒險小説。這些書，大多成書於上世紀六、七十年代，距今半個多世紀，絕版久矣。

對於這些絕版作品，以前根本連想也不敢想，芳蹤杳杳，全無覓處。但時代在進步，科技在發展。如今，網絡二手書店蓬勃興起，買絕版書，在技術上已不成問題。

當然，有渠道購買是一回事，要想真正買到這些絕版書，運氣和緣份也是不可或缺的。

收藏的過程有苦有樂，箇中滋味只有我們自己才知道。但是，當書到手的那一刻，喜悅的心情，真是比中了彩票還令人高興！

先生號稱是世界上寫漢字最多的人，這句話真不是亂吹。

經過我和鳳衛的深入研究，大致整理出一份先生的作品清單。這份清單中，有很大一部份作品，我們之前從未聽說過。

對於普通讀者而言，提到先生的作品，首先想到的不外乎衛斯理、原振俠、木蘭花等系列故事。對於我們，失傳已久的作品，則更值得去尋覓，去發掘。

其中有一本書，是先生以本名倪聰，和美國人 Rick Luther 合作寫成，書名叫做 *Cowries and Cones of Hong Kong*。

這本書，並非小說，也非散文，而是一本談論貝殼的學術專著。書中所有的貝殼照片，都由先生親自拍攝，因此顯得特別珍貴！

雖然珍貴，但若非先生的鐵杆書迷，估計也不會有興趣。所以，這本書的印數極少，就算在舊書市場上也從未見過。

我和鳳衛會知道有這本書，還要多謝一個叫做「倪學網」的網站。「倪學網」的網主紫戒，簡直就是衛斯理專家！網站上幾乎所有的文章都由他親自撰寫，都是關於衛斯理故事的各種點評和賞析，讀來言之有物，頗具見地。

在「倪學網」的一個專欄中，有介紹先生的各種作品，其中就有 *Cowries and Cones of Hong Kong* 一書。

我和鳳衛尋覓此書多年，從文廟書市到網絡舊書店都尋遍，始終未有所獲。久而久之，我們已不敢再作期待，一切只能隨緣。

那一日，我正閒得發悶，恰好鳳衛有空，便來我家小坐。

我們聊着聊着，又聊到這本書。一時興起，雖明知不會有結果，但還是在各大舊書網再多搜尋一遍，果然並無結果。

鳳衛突然靈機一動，提議道：「這本書既然是英文書名，不如我們去英文網站找找？」

這個提議一下子擊中我的心坎，我也不是沒有想到過，但我的英文水準實在糟糕，看到二十六個字母就頭疼，所以根本提不起精神去英文網站找書。不過鳳衛既然提起，那就勉為其難試一下。

我想了想，英文購書網站，我只知道美國亞馬遜，就去那裏碰碰運氣吧。

我打開網頁，在搜索框中輸入書名 *Cowries and Cones of Hong Kong*。知道這只不過是聊盡人事之舉，心中根本也沒有抱着希望，然而，鼠標點下，竟突然顯示出一長串的書來！

常常遇到這樣的情況，在網上搜尋一本書，顯示出來的結果大多是無關的內容，令人驚喜後又陷入更深的失望。所以，看到這一長串的書，我根本連眼睛都沒有眨一下。

但是，鳳衛在一旁卻大叫起來：「有了！」

有了？怎麼會！這麼多年都沒有找到的書，豈會如此輕易就有了？

我還在將信將疑，鳳衛已然搶過鼠標，點開其中一本書。

書的封面圖片放大出現在電腦屏幕上。

土黃色的背景，閃亮的貝殼，大大的「倪聰」二字，赫然竟真是那本 *Cowries and Cones of Hong Kong* ！

我不由得呆住，實在不敢相信自己的眼睛。

鳳衛大笑道：「這真是有心栽花花不開，無心插柳柳成蔭！」

更令人歡喜的是，在亞馬遜網站上，這本書並非孤本，竟然還有兩本！我和鳳衛，正好一人一本。

可一看價格，又嚇一跳。這兩本書售價雖然不貴，每本不過十美元，但運費卻高得嚇人，竟要五十美元！

折合成人民幣便是四百元。雖是絕版書，但賣四百元卻也偏貴。

我不由得糾結起來。鳳衛倒是想得開：「不要錯過機會，好不容易才找到這本書，四百元哪裏省不下來！」

這話說得倒也在理，我點點頭：「買！」

可是，面對着滿屏幕的英文，我們的頭又開始變大。

別說購買，就連購買的按鈕在哪裏都找不到，怎麼買？

鳳衛連連哀嘆：「早知道，當年就應該好好學英文。」

我忍不住吐槽：「當年是誰說，『好端端的中國人，學什麼外語』的？」

鳳衛一瞪眼：「你也一樣，誰都別笑誰！」

我們面面相覷，愣了一會兒。我突然有了主意：「都說網絡萬能，何不搜索一下有沒有教人如何在美國亞馬遜購物的攻略。」

鳳衛一拍大腿：「好主意，趕緊搜！」

輸入關鍵詞，出來上百條記錄，挑了一條比較詳盡的教程，按圖索驥，一步步操作下去。

鳳衛感嘆：「網絡真是方便，哪怕是英文白痴，都能在英文網站購物。」

我極仔細地按照教程操作着，核對着每一個單詞，唯恐一個不小心弄錯，四百元錢打水漂。

先註冊、登記收貨地址，再綁定付款用的信用卡，折騰了近一個小時。

當看到付款成功的字樣出現，我們總算放下心來。

一個月後，快遞漂洋過海送到我們手裏。望着這本來之不易的絕版書，我們心中的喜悅，想必只要是書迷，應該都能了解。

書拿到手，才知道這本書除了英文書名，還在封底印着它的中文名《香港之寶貝與芋螺》。一時高興，將書拍了照片放在「最愛衛斯理」論壇上炫耀。

沒想到幾天以後，有位書友發消息來感謝我：「多謝藍手套兄！」

我感到奇怪：「何謝之有？」

「多謝兄拍的照片。我按中文書名，在孔夫子舊書網上淘到這本書，萬分感謝！」

我不由得一捂臉，半晌說不出話來。

在孔夫子舊書網上，我不知搜尋過多少次，但每次都用英文書名搜索，總是一無所獲。沒想到這位書友用中文書名搜，竟然一搜就搜到！

真是天意，我回消息給他：「此書難得，恭喜恭喜！」順口又問一句：「你買這本書花了多少錢？」

答曰：「含運費人民幣三十元。」

我差點沒吐血！

我花四百大洋從美國千里迢迢買回來，沒想到他竟然只花三十元就在國內舊書網上輕鬆買到，真是人比人氣死人。

鳳衛安慰我：「各人有各命。」

我長嘆一聲：「要是早知道中文書名，我也可以在孔夫子舊書網買，能省一大筆錢呢。」

鳳衛笑道：「你造福別人也是功德一件。」

我除了苦笑實在不知道說什麼好。

第二十九章　禮物

某天晚上，我正沉浸於某部小說的情節之中，電話鈴聲突然響起。我非常不情願地放下手中書，起身去接電話，沒想到卻是鳳衛打來的。

鳳衛笑嘻嘻道：「我準備最近再去香港看望先生，你有沒有興趣一起？」

我精神猛地一振。去看先生我怎會沒有興趣？但仔細一想，心中卻又一陣黯然。最近公司有個任務要趕，我是主要負責人，脱不開身，真是無可奈何。

鳳衛得知我無法和他一起去見先生，好一陣唉聲嘆氣。

儘管不能和老友同行，心中癢癢如螞蟻囓心，但我還是開着玩笑：「我的肉體雖然無法和你一起去香港，我的靈魂會與你同在。」

「少噁心，你的靈魂還是好好陪你的肉體吧。」鳳衛笑着「呸」了一聲。

「請代我向先生致以最熱烈的問候！」我也笑。

「你放心。」鳳衛大聲道。

一個星期後，鳳衛自香港歸來，笑嘻嘻地打電話給我：「如果有空，晚上來我家，有好事告訴你。」

我好奇：「什麼好事？先告訴我吧。」

鳳衛笑道：「這種好事必須沐浴更衣，焚香禱告後才能説，哪能隨隨便便在電話裏説。」

我不禁又好氣又好笑，鳳衛説話向來誇張，也不知這次是什麼情況？

下班後趕往鳳衛家，一開門，鳳衛便大叫：「這次你要請我吃飯！」

我哈哈大笑：「請你吃飯當然沒問題，快説，是什麼好事？」

鳳衛神秘兮兮地笑着，手卻放在背後，顯然是拿着什麼東西。

我叫道：「什麼好東西？快給我看！」

鳳衛一笑，將手中事物遞給我。我接在手中仔細一看，這真是令我又意外又驚喜的禮物！

我大叫：「你這是從哪裏弄到的？」

鳳衛笑着，拉我在沙發上坐下：「當然是先生給的，你且聽我慢慢道來……」

和上次一樣，一個暖洋洋的午後，鳳衛陪着先生聊天。

聊到我們買的那本《香港之寶貝與芋螺》，先生大叫：「這本書連我都沒有，你們從哪裏找到的？」

鳳衛將我們淘書的情形一説，先生哈哈大笑：「你們兩個，能淘到那麼多我的書，也算是衛斯理專家了。」

頓了頓又道：「我認識的人當中，台灣的葉李華算一個，再加上你們倆，堪稱『宇宙三大衛斯理專家』。」

被先生如此稱讚，鳳衛心中自是得意，但表面上還要謙虛一番：「我們怎能和葉教授相比，他才是真正的專家。」

先生笑笑，站起身，慢步踱到書櫃前。翻了許久，找出兩張紙。

這紙，印着淺淺的方格，正是先生的專用稿紙！

鳳衛不知先生意欲何為，呆呆地望着先生。

先生又從筆筒裏拿出一支水筆，舖開稿紙，大筆一揮，寫起字來。

一張寫的是：董鳳衛先生者，衛斯理專家也！

另一張則是：王錚先生者，衛斯理專家也！

先生笑嘻嘻地將稿紙遞給鳳衛：「巧得很，這是我剩下的最後兩張專用稿紙。一張給你，一張給王錚。」

鳳衛這番驚喜，真是手腳不知往何處放，整個人都呆住了。半晌才猛省過來，伸手去接稿紙。

先生微笑着看鳳衛：「我還有一樣東西要送給你們倆。」

鳳衛說到這裏，停下來喝了口水。我也趁機展開稿紙仔細欣賞。先生的筆跡已不是第一次見到，但仍使我心潮澎湃激動不已。我完全能夠想像鳳衛當時的心情。

我們何德何能，竟得先生如此厚愛，稱我們為「衛斯理專家」。這稱號，對我們而言，又是何等榮耀！

鳳衛嘆道：「先生如此稱讚我們，只可惜我們並未做出什麼成績，空有這專家的頭銜，實在慚愧。葉李華教授已完成《衛斯理回憶錄》的寫作，看來我們也要做些什麼，才不負和他並列。」

我點頭：「不要說葉李華教授，其實『倪學網』網主紫戒先生，也比我們更有資格稱為『衛斯理專家』。只是先生不認識他，才讓我們佔了便宜。不過，先生給我們的這個稱號，可以看作是一種鼓勵。往後日子還長，不愁沒有機會做一番大事，以正『衛斯理專家』之名。」

鳳衛一拍大腿：「說得好！」

接着站起身道：「你稍等一會，先生還有一件禮物送給我們。」

不一會兒，鳳衛回到客廳，手中拿着三本書。先生送書，已不稀奇。我也沒什麼特別驚喜的感覺，隨手接過，往包裏一塞。

「你怎麼看也不看！」鳳衛大叫。

「不過就是衛斯理小說，回去慢慢看好了。」我懶懶道。

「你拿出來看看再說！」鳳衛不依不饒。

我心中奇怪，什麼書值得鳳衛如此激動？從包中取出，仔細一看，不由得叫出聲來。

這三本書，封面都是黑黑的底色，配着不同的插畫。但是，封面上的字，我一個都不認識！

這字，既非漢字，亦非英文，甚至也不是法文德文日文韓文，那是一串狀似蝌蚪一樣的文字。

「這是……阿拉伯文？」我抬起頭問鳳衛。

「這是泰文！」鳳衛笑道。

封面的左下方，有一個英文單詞：Wesley。

「衛斯理！」雖然英文不好，但這個單詞的發音我總是知道的，不由得低呼一聲。

「賓果！」鳳衛打了個響指。

當先生對鳳衛說，還有一樣東西要送給我們的時候，鳳衛也是滿腹疑惑，不知道會是什麼。

先生拄着拐杖，慢慢走進臥室，向鳳衛招招手，示意他進去。指指床，笑着對鳳衛道：「又要麻煩你把床板抬起來。」

鳳衛二話沒說，奮力抬起床板。這次沒我的幫忙，他一個人，多少有些吃力。

先生從床底捧出一個小紙箱，遞給鳳衛，裏面裝着六本書。

鳳衛有些好奇，什麼書要藏得那麼好？

拿起一本看看，黑色的封面，正中赫然畫着一隻極大的貓眼。眼神凌厲，頗具震懾力。

再看書名，一串蝌蚪文，一個字都不認識。

先生笑道：「這是泰文版的衛斯理小說，你手裏這本是《老貓》。出版社送給我，我轉送給你們留作紀念。你和王錚一人三本，絕對公平。」

鳳衛頓時驚喜交加。從來不知道衛斯理小說居然還有泰文版，若不是先生贈送，我們到哪裏去尋覓！

先生又道：「我這裏接待的朋友太多，這幾本書如果放在書架上，一轉眼就會被人拿走。我知道你們喜歡收藏各種版本的衛斯理小說，所以特地藏在床底，等你們來拿。」

聽着鳳衛的轉述，一股暖流湧入心間。

「怎麼樣，這算不算好事？有沒有讓你白高興一場？值不值得你請客吃飯？」鳳衛笑着問我。

「這是天大的好事！不要說一頓飯，這個星期的晚飯都由我請！」我大叫。

「也不要你請一個星期的晚飯，你親自下廚，請我吃一頓就好。」鳳衛笑道。

我用力拍着老友：「絕無問題！」

老友給我帶來如此大的驚喜，親自下廚請他吃頓飯又算得了什麼呢？

第二天晚上，我家狹小的客廳中，自然又充滿了歡聲笑語。

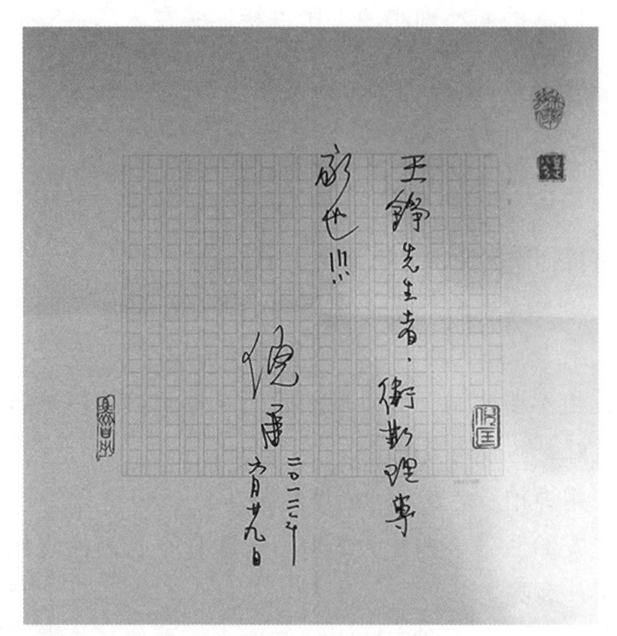

另一張則是：王錚先生者，衛斯理專家也！

第三十章　失聯

自從上次去香港會見先生之後，轉眼已過四年。

鳳衛一年前曾去看望過先生，我因工作繁忙，未能成行，一直引以為憾。最近手中一個項目恰告完工，有了一段假期，再去香港重會先生的念頭油然而起。

於是打電話問鳳衛：「喂，老友，有沒有興趣一起去見先生？」

原以為鳳衛必然歡呼雀躍，沒想到他卻一臉沮喪：「興趣當然有，只是沒時間。」

我一愣：「你做銷售，大把時間在外遊蕩，怎會沒空？」

鳳衛嘆口氣：「業績做得好，得領導賞識，升職加薪，做了華東地區總管，昔日隨意遊蕩的好日子一去不復返嘍。」

我笑着安慰他：「升職加薪是大好事，幹嘛唉聲嘆氣。上次我沒空，這次你沒空，大家也算扯平。不過你放心，我會替你問候先生的。」

掛了電話，我立刻發郵件給先生：「先生好，一別多年，甚是想念。我計劃下個月來港看望先生。不知先生哪天有空，方便我來叨擾？」

先生還是一如既往地熱情：「好極好極！我隨時都可以有空。近日搬了新居，正好請你來玩。」

出發前一天的晚上，我再次發郵件給先生。一來提醒先生別忘了我們的約會，二來也抒發一下自己的心情：「明日即將啟程，想想馬上又可見到先生，心中無比激動！」

先生很快回郵：「給你我新的電話號碼，你一到香港就打電話給我。」

卻說我這次赴香港，除了見先生，還想好好地玩一玩。四年前和鳳衛一起來，行程匆忙，未能領略香港地繁華景象之萬一，這次一定要彌補當年遺憾。

那種鴿籠般的賓館斷然不想再住，不過五星級大酒店也萬萬住不起。好在中間價位的酒店多如牛毛，我橫挑豎選，還是決定住在佐敦附近，畢竟念舊。

這家名為「新天地」的酒店價格不算貴，房間又寬敞，光是廁所，就比當年住的房間還大，一張床足可以睡三個人，窗台旁還有一張寫字枱，打開窗望去，彌敦道的街景一覽無遺。

我蹦到床上舒服地打了個滾，剛想去沖個澡，突然間想起先生的囑咐，趕緊翻身跳起，拿起電話聯絡先生。

這次我學乖了，在撥電話號碼前，先加上國際區號。鈴聲響過，沒想到話筒那端傳來的，和四年前一樣，仍是一個說粵語的女聲。

我一愣，怎麼加上國際區號，接通後還是電話錄音？這些年來，我的粵語精進不少，仔細一聽，電話錄音說的是「您撥打的號碼不存在。」

怎麼可能！我驚出一身冷汗，趕緊核對先生給我的電話號碼，沒錯啊。再試幾次，還是無法接通。

我的頭「嗡」地一聲變大，一時間不知所措。

我和先生之間，除了這個電話號碼，並無其他聯繫方式。而先生也已搬了新居，我沒有地址，無法直接上門，這可如何是好？

我心頭閃過一陣恐慌，之前完全沒有想到會發生這種情況，竟會和先生失聯！

我呆呆地坐在床頭，思考着對策，猛然間靈機一動，有了主意！

誰說我和先生之間除了電話，就沒有其他聯繫方式了？平時我們互相聯繫，靠的是什麼？

對了！就是電子郵件！

電子郵件雖然不是即時通訊工具，但總也是一種聯繫方式。在目前這種情況下，更是救我於水火之中的最佳辦法！

我趕緊來到酒店前台，那裏有兩台供客人免費上網的電腦。我打開郵箱，給先生發了一封郵件：

「先生，我已到香港，目前正在佐敦的酒店中小憩。先生給我的電話號碼無論如何打不通，無奈之下只能發電郵，望先生看到後速與我聯繫。」

鼠標按下，郵件送出，心中的焦急卻依然揮散不去。

天知道先生什麼時候會開電腦？若是先生一天不開

電腦，難道我就在這裏等一天？糾結良久，最後決定，等半個小時。若是先生在半小時內沒有回郵，那我就自去玩耍，晚上回酒店再說。

我坐在電腦前，目不轉睛盯着屏幕，不停地刷新，期待着奇跡的出現。

不知是我運氣好，還是先生心靈感應，及時接收到我的腦電波。總之，奇跡真的出現，十分鐘後我就收到回郵。

先生連連道歉：「年紀大了，居然連電話號碼也會弄錯。」

看看先生重新發來的電話號碼，有一個數字前後次序顛倒了。我哭笑不得，原來問題出在先生這裏。趕緊撥通電話，這次不再是錄音，切切實實是先生的聲音。

先生道：「有些不巧，白天我正好有些事，要勞煩你自己先安排節目，我們晚上八點再見，我給你新居地址，你直接過來吧。」

我並不介意：「先生有事儘管去辦，不必顧慮我，我也正好去逛逛二手書店，我們晚上見。」

逛二手書店的過程自不必多提，總之，等我從浩瀚書海中猛地驚醒時，天已漆黑，看看時間，將近八點。我匆匆在附近的池記雲吞狼吞虎嚥下一碗麵，便趕往先生家。

從港鐵北角站出來，按先生給的地址找去，拐過一個彎，就能見到先生新居的大樓。

比起繁華的銅鑼灣，這附近街上行人稀少，顯得冷清。明明只不過晚上八點，看起來卻有種已是深夜的感覺。

在夜幕下，這幢大樓顯得非常寧靜。玻璃大門內透射出的燈光，可以讓人看到整潔寬敞的大堂，明顯比當年的雲翠大廈要氣派許多。

我遠遠便望見先生正拄着拐杖，在樓梯口等我。趕緊三步併作兩步搶上前去，一把握住先生的手：「先生，我們又見面了！」

先生微笑着看看我：「夜裏風大，快上樓去！」

說完，拄着拐杖，轉身往台階走去，我趕緊上前攙扶。

走上十餘級台階，左側有一個很大的花園平台，平台上有幾條石椅，看來是給街坊鄰居們累了歇息用的。

先生繼續往上走，又走了十餘級台階，方才到達大堂。

我們坐電梯到四樓。電梯門打開，面前又是一個寬敞的大堂。穿過大堂，是一個比下面還要大的花園平台。從這裏遠眺，目光穿過高樓大廈的縫隙，可以看到大海。平台上種植着不少花草樹木，也有供人休憩的石椅。酷暑時節，在這裏乘涼，應是樂事一樁。

平台四周各有一座大廈，先生的家便在其中之一。

大廈管理員看到先生，趕緊開門，看起來對先生相當尊敬。她又用好奇的眼光打量着我，我笑着點頭致意，管理員趕緊回禮。

從這裏坐電梯再往上幾層，才終於到達先生家門口。

先生按門鈴，菲傭出來開門。鐵門滑過，室內的燈光透出走廊，我好奇地向屋內望去。

只見門口玄關處有一個三層的書櫃，上面整整齊齊擺着一些書。前方左右兩邊，分別是客廳和餐廳。客廳裏的電視機，正播放着不知什麼節目。

我跟着先生進屋，目光早被書櫃上的書吸引，不由得停下來觀賞。

先生哈哈一笑：「別急，進來慢慢看。這些書只要你喜歡，儘管拿走！」

豪氣萬丈，一如當年。

第三十一章　書迷

先生的新居我第一次來，屋內的擺設與雲翠大廈的舊居頗為不同。

舊居空蕩蕩，新家則擺滿傢俱。看來，雲翠大廈只是先生初回香港時的暫時落腳點。而這裏，應該會長住。

餐廳裏有一張大飯桌，圍着飯桌放了四張極大的皮椅，角落裏還有一個雜物櫃，幾乎佔滿了餐廳的全部空間。

飯桌上放着當天的報紙。先生雖然年紀大，但對時事新聞的關心，卻絲毫不減。

先生拉開一張皮椅先坐下，又招呼我不要客氣隨便坐。

菲傭從廚房端出一杯水來，放在我面前，好奇地打量我。

先生向她介紹道：「佢係我上海嘅朋友。」

菲傭是個年輕的女孩，笑着點點頭。但似乎有些害羞，立刻轉身回去廚房。

我有些奇怪，問先生：「菲傭聽得懂廣東話？」

先生哈哈一笑：「豈止聽得懂，她的廣東話說得比我還好！」

我不由得吐了吐舌頭。

先生道：「別看她是菲律賓人，但從小生長在香港，廣東話相當於她的母語。」

菲傭聽到我們在談論她，從廚房探出頭來，看看先生，笑一笑，又縮回去。

先生哈哈一笑：「我們不能說她壞話，她全聽得懂。」

我開玩笑：「那我們可以說上海話啊。」

趁先生高興，我從包裹翻出一本書：「先生，我白天在二手書店淘到一本你的絕版書，想請你簽個名。」

先生微微一笑，接過書來，細細觀看，不禁嘆道：「這書，連我自己都沒有了。你真厲害，居然還能找到。」

這本書，藍色封面，畫了一隻大鷹，書名《太虛幻境》。

先生低頭翻書，嘴裏不住發出「嘖嘖」聲。忽又抬頭道：「這本書好看，是我寫得最好的一部黃色小說。」

「原來竟是黃色小說！」我驚道，「我還沒來得及看呢。」

先生哈哈大笑：「當年我為了寫這本書，不知查閱了多少古籍，摘抄了多少詩詞，耗費極大的心力才完成。書中每一章的回目，都是集古人詩句而得！」

我還來不及讚嘆，先生又道：「當年倪震還在上小學時，有一次老師問他，你爸爸是幹什麼的？他竟然回答老師，我爸爸是寫黃色小說的。哈哈哈哈！」

這一下把我徹底逗樂。先生和倪震這對父子，實在太好玩了！

先生簽完名，想了一下，又在扉頁上寫下「此書精彩絕倫！」

寫完後，又端詳了幾眼，得意地大笑起來。

既然說到書，我們聊天的話題便索性全圍繞着書展開。

我首先向先生推薦最近剛看完的一本東野圭吾小說《異變十三秒》。雖是推理小說，卻披着科幻的外衣，其中對於人性的刻畫尤為深刻。

先生點點頭：「東野圭吾我知道，我也看過不少他的小說。」皺皺眉又道：「不過這個人很奇怪，作品質量參差不齊。好的極好，差的又極差。像《白夜行》，好看得不得了，但是，《白馬山莊殺人事件》這種，又讓我看不下去。」

我趕緊把網上看到的八卦消息告訴先生：「據傳聞說，東野圭吾有一個創作團隊，其作品並非全由自己創作。」

先生一拍大腿，叫道：「怪不得，這樣就解釋得通了！」

我又道：「日本人的小說無論好看與否，都有個通病，就是太囉嗦。」

先生又一拍大腿，笑道：「正是！有一次，我看一本日本推理小說，故事主角來到一條街調查案情。然後作者用了大量篇幅，將街上所有的商店都介紹了一番。」

我點點頭，認真聽先生說。

先生道：「我以為這些內容都和破案有關，耐着性子好不容易才看完。沒想到最後破案，這些內容根本一點關係也沒有，真不知道作者寫來幹什麼？」

說完，一臉氣呼呼的樣子。

我忍不住大笑起來，再看先生，早已笑得前俯後仰。自己能把自己樂成這樣，先生不愧是香港三個最好玩的男人之一！

笑過之後，我問先生：「不知先生是否記得，當年葉李華教授曾帶一本書給你，你讀後，『雀躍如頑童得嚐八寶飯』。」

先生大叫：「當然記得，那本書的書名是《古中國的X檔案》。」

我道：「我就是因為看了先生的介紹才特地去找那本書。找了許多年，最近才終於買到。挑燈夜讀，不忍釋卷！」

先生瞪大眼睛看着我，滿臉驚訝之色：「那本書早就絕版，你竟然能買到，本事真大！」

接着又道：「那書還有個副標題叫作『以現代科技知識解山海經之謎』，作者是馬來西亞人丁振宗，聽名字應該是華裔。」

我道：「那本書真的太精彩！作者的想像力超群，絕不在先生之下。」

先生笑道：「他比我厲害得多。把黃帝設想成外星人並不稀奇，很多人都有過這樣的想法，但他設想黃帝之所以被稱作『黃帝』，是因為黃帝的太空船從正面看，就像是漢字『黃』，從上面看又像是漢字『帝』，這就匪夷所思之極。」

我點點頭：「雖然聽起來好像有點瞎扯的味道，但他畫了圖，看起來還蠻像一回事。」

先生又道：「他還設想黃帝和蚩尤的大戰，是兩派外星人爭奪地球資源的戰爭。非但想像力豐富，而且言之鑿鑿，很有說服力！」

我非常同意：「雖然比先生晚了十幾年，但我終於也嚐到了這碗滋味絕佳的『八寶飯』，絕對心滿意足！」

先生感慨：「那本書的作者真了不起，設想之奇、格局之大，簡直驚天動地，他甚至說黃帝曾在東海引爆一枚氫彈！現在每當看到貨櫃碼頭像長頸鹿那樣的起重裝置，就立刻想到那就是山海經中的怪物。只可惜這樣的好書不受注意，真沒天理！」

這下輪到我嘆氣：「唉，不受注意的好書又豈止這一本。」

聊得口渴，我自去廚房續了一杯水，然後繼續。

先生常稱《蜀山劍俠傳》為天下第一奇書，我恰好看過此書，便和先生聊起來。

「我看《蜀山》之前，曾看過先生的縮寫版《紫青雙劍錄》，感覺還珠樓主的文筆比先生好上許多。」我大膽點評。

「豈有此理，我沒有動他文筆啊！」先生頓時一臉委屈，「我只是改寫而已，一開始就刪了它幾十萬字，直接切入綠袍老祖出場。」

「我倒是覺得被先生刪去的那幾十萬字很好看。刪掉後雖然精簡，但有點可惜。」我堅持自己的意見。

「開頭那些情節你能看得下去？」先生大叫。

「我看得津津有味。」我實話實說。

「你厲害的！」先生直搖頭，「中間還有很多看得人口吐白沫的情節啊！」

「日本人的小說看多了，再囉嗦的文章也不怕。」我笑道。

先生大笑，拉回話題：「書中有個紅髮老祖，還記得嗎？」

我有些疑惑，不知道先生為什麼會突然提起這個人物來，但還是點點頭：「記得。」

「紅髮老祖原來姓藍，苗人，似曾相識吧？」先生笑嘻嘻看着我，笑容裏似乎有點考驗我的意思。

作為衛斯理專家，我立刻有了反應，大聲道：「原來是藍家峒故人！」

先生笑道：「正是！我寫衛斯理苗疆故事，藍家峒的創意就是源自於此。」

原來如此，我從來也沒有想到過，衛斯理故事居然會和《蜀山劍俠傳》有這樣的淵源！

既然說到書，我們聊天的話題便索性全圍繞着書展開。

第三十二章　旋風

在香港待了幾天，也和先生暢聊了幾天，心滿意足地回到上海。

接着又是一段忙忙碌碌的日子，繁忙之餘，看看書，上上網，倒也算得逍遙。

這一陣子，網絡上突然興起「微博」這種社交方式，尤以新浪網的「新浪微博」為執牛耳者。

大家紛紛將自己日常生活拍成照片、寫成文字，發在微博上，和朋友們分享。我和鳳衛不甘落於人後，早早申請了賬號，所用的名字，自然還是「藍手套」和「大鰐魚精」。

在微博上，可以看到各式人等的奇聞趣事。大家或點讚或吐槽或支持或罵街，各種情緒任意抒發。

我和鳳衛商量，何不慫恿先生也來開微博。鳳衛非常興奮：「先生若是能開設微博，一定會吸引大量書迷捧場！」

我們興沖沖對先生說明，原以為按先生的性格，一定會欣然同意，沒想到先生聞之哈哈大笑：「我是電腦白痴，還是算了吧。」

鳳衛不死心：「只需簡單註冊一下就可以。」

先生又笑：「電腦白痴的意思就是真正的電腦白痴。若是懂得註冊，也就不是白痴了。」

我們頓時傻眼，先生既然無意，自然不好勉強，這件事就此擱下。

不料沒過多久，網絡上突然出現了以「倪匡」之名註冊的微博。我和鳳衛甚感奇怪，趕緊詢問先生。

先生無奈地苦笑：「微博是倪震替我弄的。我根本不會玩。手忙腳亂，不知如何是好，很是自找麻煩。」

哈哈，原來是倪震兄的功勞。兒子出面，老子當然沒辦法再拒絕。

先生嘴上說自找麻煩，玩得卻不知有多開心，第一天就連着發了好幾條微博：

「才上手，很生疏。」

「一早就來，新玩意，甚好玩。」

「絕對本人，如假包換。」

「發覺電腦顯示的時間不對，甚惆悵。」

有趣的是，最後這句「甚惆悵」，在網絡上竟迅速流行起來。

網友們紛紛模仿先生，每說一句話，句尾總會加上「甚惆悵」三個字。一時間形成一種「惆悵體」文風，好玩之極，想來先生也始料未及。

我和鳳衛將先生加為好友，先生自然也立刻加我們為好友。

被先生關注的好友不多，不過寥寥五個人。我們倍感好奇，能被先生關注的另外那三位，到底是何方神聖？

第一位赫然是蔡瀾先生。這位大神我們都熟知，是先生的多年老友，美食界、電影界的老前輩，名列第一位，我們服氣得很。

再看第二位，施仁毅先生，不認識。看個人簡介，香港遊戲產業創辦人、香港小說會創辦人，來頭不小。他的微博頭像笑容可掬，看起來非常有親切感，給我們留下很好的印象。

我和鳳衛此時還不知道，這位施仁毅先生日後將會和我們發生千絲萬縷的關係，並且成為我們的大哥，帶着我們做出一番激動人心的大事來。這是後話，表過不提。

接下來就是我和鳳衛。想到有千萬書迷欲求先生加好友而不得，我倆能成為先生好友，真是無比驕傲！

第五位是一個叫做「金貓仔」的朋友，上海人氏，其餘資料欠奉。

我和鳳衛猜測，先生原是上海人，這位「金貓仔」會不會和先生有什麼關係？

鳳衛笑道：「有機會倒是可以和他聯絡交流一番。」

先生自從有了微博，每天必照例早上一次，下午一次，發帖子和大家交流。

先生發的帖子內容豐富多彩。聊生活趣事，談過往經歷，評各類好書，笑世間百態。每天都有大量網友追看，還紛紛留言，欲和先生交流。

先生好脾氣，全無名人架子，逐一回答網友提問。言談風趣幽默不說，其中不乏深含哲理之語，很讓大家受用。

網友：「先生一直在聊好看的小說，那好看的定義是什麼？您又覺得什麼是好看的小說呢？」

先生：「問得好！『好看』沒有定義，更漫無標準，全憑看書人個人興趣愛好決定。不但人人可以不同，也可以截然相反。」

網友：「有許多名氣很大的小說，慕名買回，覺得看完應該會對自己有提升，可又實在看不下。看還是不看？」

先生：「千萬別浪費生命！曾努力看完一本世界出名華文作家得巨獎的作品，看得口吐白沫，後悔至今！」

又補充道：「青少年有大把生命配額在手，可以什麼書都看，以廣見聞。中年之後，必須揀自己覺得好看的看，不能為不好看的書浪費寶貴生命。老年人再去看不好看的書，是愚人愚行之最。」

網友：「一直想不明白，為什麼白素會愛上衛斯理這樣傲慢的男子？總感覺衛斯理冷血自私，自以為是，白素為什麼會愛上他？」

先生：「哈哈，你大概還沒有愛過。若愛過，就會知道愛是完全沒有道理可講的啊。」

網友：「我覺得你的一些短篇武俠寫得比衛斯理好看多了，而且看着就像是酒後創作的。」

先生：「你真識貨！」

網友：「你很可愛，可以尊稱你為文豪嗎？」

先生：「謝謝，別折煞小老兒。」

網友：「倪老師，你同意越老越有智慧，越老越精明這句話嗎？」

先生：「哈哈，一點也不同意。有人是越老越糊塗的，我就是。快杖朝之年了，還玩起微博來。有智慧乎？精明乎？」

網友：「倪老，您覺得西方文學要看的話先看哪些？卡爾維諾？」

先生：「真抱歉，對西方文學，尤其是近代的，我一無所知。一來覺得不好看，二來中國的還看不完。什麼卡夫卡、笛卡兒，加上你那個什麼卡，都卡住了，沒轍。」

網友：「倪老……笛卡兒是數學家好不好……」

先生：「誰叫他名字中有卡字啊，順手拿來用了，管他是什麼家。我不是說了一點也不懂嗎？」

那一天，先生在微博教大家讀古文的竅門：

「第一年，先看舊體文。一步跨入古文，很難，經舊體文過渡，事半功倍。所謂舊體文，就是半文不白的那種文體。從小說看起：四大名著、《金瓶梅》、《封神榜》、眾多的演義、公案小說、《官場現形記》、《三言兩拍》、《蜀山劍俠傳》、《四傑傳》，兼讀清、民國正史和野史，若根本沒興趣，那便休了。若看出味道，就有一分光了。」

「第二年，正式進入文言文的世界，當讀的書仍以趣味為先，它們是：《聊齋志異》、《世說新語》、《清朝野史大觀》、《明季北略》、《明季南略》。《聊齋》是世界上最好看的短篇小說集，內容包羅萬有，文字簡潔流暢，是文言文入門必讀書，可先揀短的看，更易漸入佳境。看這些，若覺並無是處，那事便休了。若大覺有趣，二分光矣。」

有網友忍不住抗議：「倪老，你好！你推薦我們學文言文的這兩個微博，最後那兩句，怎麼像是王婆教西門慶去勾引潘金蓮的語氣？」

先生大笑：「哈哈，你看出來了？這就是如今流行的所謂『二次創作』啊！」

網友：「倪大叔，你敢再可愛一點兒麼？來，捏捏臉！」

先生：「嘿，還真是，上年去澳門，一出碼頭，就被一師奶書迷衝上來捏臉，還真痛。不過也不怪人，我也差不多。那年香港書展見到劉心武，撲過去抱住他大叫，劉老師那次真的嚇着了！」

又補充：「我那次還大叫一聲：你就是劉心武啊！因為才讀了他對紅樓夢的新發現，實在佩服，接着又叫：你太了不起！叫完，自知孟浪，落荒而逃。」

網友：「老頑童是不是按您的形象獲得了靈感呢？哈哈！」

先生：「當然不是，嚴正抗議，金庸寫老頑童時，我才二十出頭啊！」

大家和先生玩得正歡，突然有一天，先生發了一條微博：「哈哈哈哈，不知何故兮博文被刪——由他去吧。各位不妨猜着玩，我還會再寫嗎？」

網友們紛紛議論，以為先生在和大家鬧着玩，停寫幾日還會再復出。但時間一天天過去，先生始終沒有更新微博。

我和鳳衛覺得奇怪，問先生，先生笑道：「微博不知何故刪了我的發言，正好趁機罷手。不然整天泡在網上，雖然好玩，但也覺疲累。這情形很有點王先生雪夜訪戴君的意境。上海話叫：好白相就白相白相，勿好白相就勿白相哉，哈哈。」

名士瀟灑自適，先生仿古也仿得逍遙。只是苦了一眾網友，還在那裏日復一日地留言，懇求先生回來再續前緣。

先生寫微博不過短短一個月，便如狂風過境一般，引十七萬網友競折腰。魅力之大，竟至於斯。直堪稱作「倪旋風」！

先生寫微博不過短短一個月，便如狂風過境一般，引十七萬網友競折腰。

第五篇

諸友

諸葛是個很好玩的人。

她是真正把我也當作朋友了。

誰說 CEO 就一定要看世界名著？

我就是小郭。不是大偵探的小郭。

朋友之間不開點玩笑，那還有什麼意思！

我曾立下心願，期盼有朝一日，能替衛斯理記述一兩個故事。

她叫貓仔，很是可愛。

這個紫戒，和我想像中的紫戒，完全不一樣！

第三十三章　諸葛

諸葛是個很好玩的人，從他的外表到他的內在，都很好玩。

初見諸葛，是書友老六的介紹。老六說：「你們那麼喜歡倪匡先生，我介紹一位朋友給你們認識。」

聽說能認識新朋友，我和鳳衛自然大聲叫好。

那一晚，老六設宴，我和鳳衛做東，招待諸葛。

在包廂中枯坐良久，只是不見人來。鳳衛放下茶杯，起身往窗外張望。街上車水馬龍，霓虹閃耀。鳳衛看不出什麼名堂，只好再坐下。過了一會兒，又忍不住起身張望，街上情形和剛才沒什麼兩樣。

鳳衛實在耐不住，問老六：「這位諸葛先生，怎麼如此不守時？」

老六也覺得奇怪：「不會啊，他平時從不遲到，今天是怎麼了？」

我見氣氛有些尷尬，忙道：「大概是因為下班高峰時段，路上堵車吧。」

鳳衛不同意：「每天這個時候都會堵車，早該考慮到。讓我們在這裏傻等，不是對待朋友的禮節！」

老六趕緊打圓場：「你們稍安勿躁，他遲到一定有原因，我打他手機問問。」

電話接通，一陣鈴聲突然在包廂中響起。

我們都是一愣，這是什麼情況？為什麼手機鈴聲會出現在包廂中？三個人不由自主循聲看去。

只見包廂的角落裏有一扇不起眼的小門緊閉着，手機鈴聲就是從門內傳出來的。

還沒等我們想明白是怎麼回事，門內忽然又傳來一陣沖水聲。接着，門打開，走出一個魁梧的胖子來。

胖子甩甩手上的水珠，滿臉堆笑向我們走來。

老六一見這胖子，趕緊起身，指着他對我們道：「這位就是我跟你們説的諸葛！」

什麼？這胖子就是諸葛？

我和鳳衛猶豫着站起身，定睛打量胖子。

只見他頭髮油光鋥亮，整齊地向後梳着。鼻樑上架着一副金絲邊眼鏡，眼睛雖小，但眼神鋭利，透過鏡片直射而出。

他身穿一件筆挺的西裝，配着白襯衫。下面着一條西褲，皮鞋亮得可作鏡子。手中提着一隻真皮公文包。

雖然身材略胖，卻一絲不苟，一派成功人士模樣，頗顯中年男人的魅力。

我皺了皺眉。我向來對這種所謂的成功人士沒有好感，覺得這個群體的人大多市儈又勢利，很難真心以待，不由得對這位諸葛先生存了輕視之心。

諸葛當然不知道我在想什麼。他快步走過來，向我們伸出手，笑容可掬，大聲道：「不好意思，讓你們久等。」

他的握手熱烈而又有力，可以感受到這是一個精力充沛的人。

老六撇了撇嘴：「你到底是怎麼回事？」

諸葛不好意思地笑笑：「其實，我早就到了。但是，大概因為之前喝了一杯冰凍飲料，剛坐下就覺得肚子疼，只好趕緊去上廁所。」

我有點好笑，轉頭看鳳衛。他向我眨眨眼，我則朝他聳聳肩。

諸葛渾不在意，又道：「我在廁所聽到你們進來，但不方便出聲招呼，想趕緊解決完再出來見你們。偏偏越急肚子越不爭氣，一時半會解決不了，很無奈地讓你們等了那麼久，實在不好意思。」

原來是這麼回事，我們錯怪諸葛。

鳳衛怒意頓消，拱手笑道：「人有三急，刻不容緩，諸葛兄不必在意。」

我也假客氣一番：「來來來，諸葛兄趕緊坐下，我們慢慢聊。」

大家入席坐定，老六向我們正式介紹：「這位諸葛慕雲，是倪匡先生的書迷，也是武俠小說專家。」

又轉過頭對諸葛道：「這兩位是藍手套和大鱷魚精，倪匡先生的忘年交，衛斯理專家。」

諸葛點頭道：「他們二位我早有耳聞。在微博上風生水起，只要是倪匡先生的書迷，幾乎都知道他們的事跡。」

鳳衛笑道：「哪有什麼事跡，那都是江湖朋友錯愛。」

我也笑：「只不過緣份湊巧，識得倪匡先生。」

老六突然問我們：「你們可知諸葛這個名字的出處嗎？」

鳳衛略想了想：「諸葛兄既是武俠專家，這名字自然與武俠有關。」

我也想到了這一點，便接着鳳衛的話道：「我們雖然武俠小說看得不多，卻也知台灣有位著名的武俠小說家名喚諸葛青雲。」

諸葛一本正經地道：「你們猜得不錯，我正是因為酷愛諸葛青雲，所以才取了這樣一個網名。」

老六怕我們不明白，又解釋道：「諸葛慕雲，就是仰慕諸葛青雲的意思。」

諸葛彷彿想起什麼，起身從包中取出兩本書，遞給我們：「兩位兄弟，初次見面。這是一點薄禮，敬請笑納。」

我們接過一看，是兩本先生的武俠小說。我們平時衛斯理小說看得多，但先生的武俠卻從未涉獵。諸葛的這兩本書，倒是替我們打開了一扇認識先生的新窗口。

我頓時收起輕視之心。看來這位諸葛先生，熱情有禮，與一般的「成功人士」並不相同。

收了禮物，當然要回禮。

我和鳳衛早就有所準備。鳳衛遞上一罐上好龍井，諸葛笑道：「鱷魚兄倒是未卜先知，知道我喜歡喝茶。」

鳳衛擺擺手：「一般來說成功人士都愛喝茶，僥倖猜中，慚愧慚愧。」

我則將自己拍攝的數百張「我的衛斯理」印成一盒明信片送給諸葛。

諸葛面露驚訝之色，賞玩良久，嘆道：「手套兄實乃有心人，不是真心喜愛倪匡先生是絕對做不出這些的。」

我嘴上說着「過獎過獎」，心中卻頗有得遇知音之感。

幾杯酒下肚，諸葛打開話匣子：「我第一次知道衛斯理這個名字，是在八十年代。上海的一家書店裏，有賣《眼睛》、《迷藏》等幾本小說。」

鳳衛忙道：「就是文聯出版社的那幾本！」

諸葛點頭：「對！不過那時候我只迷武俠小說，對科幻小說並無特殊愛好，所以和這些書失諸交臂。」

我嘆道：「可惜可惜。」

諸葛續道：「直到後來，我才陸續看了很多衛斯理小說。但我最喜歡的一個故事，卻不是衛斯理系列中的。」

鳳衛道：「莫不是原振俠故事的《血咒》或者《寶狐》？」

在我們的心目中，唯有原振俠的這兩個故事堪與衛斯理故事相媲美。

然而諸葛卻搖頭：「哈哈，猜錯！我說的那部小說在倪匡作品中比較冷門，是『公主傳奇』系列中的《四條金龍》！」

我恍然大悟：「《四條金龍》雖然算是科幻小說，但去除其中的科幻元素，不折不扣是部現代武俠小說！」

諸葛一本正經道：「正是！對於喜愛武俠的我來說，

這部小說真是好看得不得了。我當年在德國留學，旅途中花了三個小時將這部小說一口氣看完。由於過於投入，坐姿一直保持着一種緊張狀態，結果看完後發覺自己竟然站不起來，嚇得以為自己癱瘓了！」

說完，揉了揉自己的腰，哀號幾聲，彷彿真的癱瘓了似的，我們立刻送上笑聲一片。

「我認識許多香港作家，唯一沒見過的就是倪匡先生。」諸葛忽又嘆道。

「諸葛兄認識哪些作家？」鳳衛忙問。

「像馬雲、馮嘉、西門丁他們，都和我非常熟悉。」諸葛有些得意。

這些作家，我們並不很熟悉，但名字總還是聽說過的。

「你是怎樣和這些作家認識的？」我問。

「也是以書會友。我喜歡看他們的小說，便給他們寫信，他們居然也回我信。一來二去，就成了朋友。」諸葛笑道。

原來和我們認識先生的過程幾乎一樣！

「我們倒是只認識倪匡先生，其他香港作家一概不識。」我也笑。

「那你們正好互通有無，資源共享。」老六終於找到機會插上一句。

「先生也酷愛武俠小說，和諸葛兄一定投緣。」鳳衛道。

「聽說倪匡先生現在已經變成個大胖子，我要去和他比比，看看到底誰胖。」諸葛拍着自己的肚子，「砰砰」

作響。

才第一次見面，這諸葛，竟如此不拘小節，倒是和先生頗有幾分相似。我盯着諸葛的肚子，不住偷笑。

鳳衛邊笑邊道：「眼看七月香港書展在即，不如我們計劃一下，去探望先生，順便也去書展逛逛。」

諸葛拍手道：「這主意好！我也去和那幾位作家朋友聯繫，約他們出來吃飯，介紹給你們認識。」

想想又能認識不少作家，我們當然高興，不知不覺喝到大醉。

諸葛是個很好玩的人，從他的外表到他的內在，都很好玩。

第三十四章　琁姐

轉眼已到七月。

香港書展在即，我們正興奮地制定着出行計劃，鳳衛突然接到公司命令，要北上出差半個月。

鳳衛非常鬱悶，不住在我們面前埋怨老闆：「偏偏這種時候安排出差。去深圳也罷，還能抽空溜去香港。北上出差，真是一點機會也沒有！」

我本已想好和鳳衛一同去會見諸葛的那些作家朋友，也在腦海中演練了好幾遍和他們見面的場景。老友突然不能同往，我的失望不亞於鳳衛。

諸葛安慰鳳衛：「這次不能去，還有下次，不要難過。」

鳳衛勉強點點頭，算是接受了現實。

諸葛又安慰我：「鳳衛雖不能同往，還有我呢。」

想想也是，諸葛是個好玩的人，有他一起，旅途應該不會寂寞。

不過，兩個人畢竟不熱鬧。我又在微博上廣撒英雄帖，邀請有興趣一起參加香港書展的朋友同行。一開始報名者眾多，但臨近出發，真正行動起來的人卻寥寥無幾。最後，只有一位廣州的書友小郭，和我約定在香港書展見面，當真是雷聲大雨點小。

七月的上海暑氣沖天，沒想到七月的香港更熱過上海。空氣中濕氣極重，即使已近黃昏，只穿短袖恤衫，出門依然滿頭大汗。

諸葛先請我在一家有名的飯店吃飯，待得兩人飽嗝連連時，他看看手錶，向我點頭道：「現在時間正好，她應該已到了。走，我帶你去一家書店。」

我聽到有書店可逛，頓時來了興致：「哪家書店？哪家書店？」

諸葛眨眨眼：「你猜。」

我一愣，還要我猜，一定不是普通書店。腦子一轉，有了答案：「是不是傳說中都是貓的那家書店？」

諸葛挑起大拇指：「既然來到香港，怎能不去看看那家書店。」

我又問：「你剛才說的那個『她』，又是誰？」

諸葛神秘一笑：「貓書店的老闆娘。」

北角的夜，又是另一番光景。不同於銅鑼灣或尖沙咀，這裏沒有閃耀的霓虹，也沒有喧鬧的人群。走在街上，可以感受到一種恬靜的美。

我們沿着英皇道轉到大強街，諸葛一指：「就是這兒。」

我抬頭一看，面前有一個亮着燈的招牌，上面寫着「森記圖書」四個字。

再看諸葛，已沿着階梯往下走去。

我不禁疑惑：「難道這書店在地下室？」

諸葛邊走邊笑：「香港寸土寸金，開書店不易。像這樣的小書店，不在二樓，就在地下室。」

我不禁感嘆：「原以為如此有名的書店，一定地處鬧市繁華處。沒想到竟會在這樣的小街一角。若非熟人帶路，還真不好找。」

階梯盡頭，是一條長長的通道。通道兩旁，開着各式各樣的商舖，有美容店，有寵物店。而森記書店，就在階梯轉角處。

書店門口擺放着一排矮書架，堆着一些舊書和舊雜誌。有一隻灰色的貓正懶懶地躺在上面，聽到人聲，抬頭瞥了我們一眼，又低下頭去，顯是對我們興趣不大。

諸葛掀開門簾，走進店中，我緊隨其後。

一個身材瘦削的女子持着一本書，正從書店的裏間款步走出。諸葛一見，大聲叫道：「琁姐，我來看你了！」

女子抬頭見是諸葛，微微一笑：「好久不見。」

我定睛望向那女子。只見她一身素裝，簡單樸素。長髮披肩，帶着一個頭箍。臉上未施粉黛，以致臉色顯得略有些蒼白。鼻樑上架着一副眼鏡，薄薄的嘴唇簡單地塗着顏色淡雅的口紅。五官並不動人，但卻自有一股沉穩的書卷氣。

諸葛指着我向她介紹：「這位是我的好朋友藍手套。和我一樣，也是個超級書迷。他一直聽我說起你的書店，很想來看看，所以這次我就帶他一起過來。」

又轉頭對我道：「這位琁姐，是森記書店的老闆娘，我認識她已快十年。」

我趕緊伸出手去：「琁姐你好！」

琁姐放下手中書，微笑着回禮：「大家都是愛書人，不用客氣。」

我早就聽諸葛説過這位森記書店老闆娘的種種事跡。最著名的一樁就是當年資助落魄的溫瑞安，為他在香港出版武俠小説，使得溫瑞安有機會鹹魚翻身，終成一代武俠宗師。

眼前這位瘦小的女子竟擁有如此俠義心腸、如此傳奇的故事，實在令我難以想像。

忽然聽到一聲輕微的貓叫，我低頭一看，一隻小貓跟着琁姐跑了出來。依偎在腳邊，撒嬌似地緊貼着她。

琁姐蹲下身去，撫摸着小貓的頭。小貓似是舒服極了，索性躺下來，閉起眼睛享受着。琁姐看看小貓，眼中滿是溫柔的笑意。

過了一會兒，站起身對我們道：「這些流浪貓無家可歸，非常可憐。我收養牠們，本想給牠們一個安穩的窩，沒想到反而成了書店的招牌，真是始料未及。」

諸葛拍拍我：「你看書架頂上。」

我抬頭一看，嚇了一跳。

書架頂上，幾乎到處都是貓！

一隻黑貓，綠油油的眼睛直盯着我們，眼神不善；那隻白貓蜷縮在窩中，始終不曾睜開眼；另一隻黃貓則晃動着自己的尾巴，不時伸出爪子往身上撓幾下，其狀甚趣。

跟着琁姐來到裏間，書更多，貓也更多。環顧四周，書架頂上、櫥櫃底下、犄角旮旯，懶洋洋地躺着七、八隻顏色各異的貓。

書架旁，還豎着一塊紙牌，上面寫着「請勿與貓玩耍」幾個字。

琁姐嘆了口氣：「很多人慕名而來，不為買書，只是來看貓。有的客人，會去逗弄貓咪，反而驚擾了牠們。所以，我寫了一個告示，請客人不要隨意打擾貓咪們。」

諸葛道：「曾經還有偷貓賊，趁半夜無人時，將一隻小貓偷走。害得琁姐着急不已，一面登報尋找，一面和幾位好友組成偵探網，花了好幾天，終於將貓找回。」

琁姐臉上現出怒意：「這些偷貓賊賣一隻貓給中國內地的食肆，不過三百元，但一條小生命就這樣沒有了。生命不應該被買賣！」

諸葛又道：「好在經過報紙的報道，警方加強了關注，偷貓賊總算收斂許多，不敢再動手。」

我又看了看這些貓咪。能有一位這樣關心牠們的朋友（琁姐堅決不認為自己是牠們的主人），何嘗不是牠們的幸福。

琁姐調整了一下情緒，微笑着問我：「絕版書都在這邊，不知道你喜歡哪位作者的書？」

我還沒開口，諸葛已搶着替我回答：「這位藍手套，最喜歡倪匡先生的書，他也是倪先生的忘年交。」

琁姐笑笑，指向左邊那排書架：「倪先生的書都在那裏，你慢慢挑。」

整個書架上陳列的，赫然都是先生的書！舊版衛斯理小說並不難買，我看一眼便算，但先生的散文集和早期奇情小說卻牢牢抓住我的眼球。在網上尋覓多年，總有幾本書怎麼也找不到。諸葛說森記好書不少，我就來碰碰運氣。

《說人解事》，我已經有了；《沙翁雜文》，我剛從網上高價買到；《倪匡三拼》，鳳衛去年託朋友淘到兩本，送給我一本。

眼光掃了一圈，突然停留在最底下一層，我看到了一本《眼光集》！

我不由得頭腦開始發熱，瞳孔開始收縮，心跳開始加速，呼吸開始急促。

先生於一九八二年至一九八六年間，曾在《明報》開闢散文專欄，以獨到的眼光評論各種電視節目。這本書，就是該散文專欄的結集，故而名為《眼光集》。

我的收藏中，散文集獨缺這一本。突然見到，怎不心喜？趕緊把書從書架上抽出，緊緊抓在手中，唯恐它飛走。

諸葛在一旁笑道：「又沒人和你搶，你急什麼！」

轉過頭對琁姐道：「藍手套看到倪匡先生的書，就像老鼠跌入米缸，什麼都顧不得。」

琁姐看看我，一臉微笑。

諸葛對我道：「琁姐不僅是書店老闆娘，而且自己也酷愛看書。所以見到同樣愛書的朋友，總會覺得很高興。」

結賬時，琁姐給我打了個比普通客人便宜得多的折扣。我知道，那是諸葛的面子。但後來，當我每次獨自來森記買書，琁姐都會給我同樣的折扣。我這才知道，她是真正把我也當作朋友了。

這些流浪貓無家可歸，非常可憐。琁姐收養牠們，本想給牠們一個安穩的窩，沒想到反而成了書店的招牌，真是始料未及。

第三十五章　仁哥

回到酒店，急不可耐打開《眼光集》挑燈夜讀，直到很晚，才迷迷糊糊睡去。朦朧中聽到諸葛悉悉索索不知在做什麼，也不去管他，翻個身繼續睡，直睡到天光大亮，才揉揉眼起來。

看看旁邊那張床，被子已然收起，環顧四周，不見諸葛蹤影。瞥見桌上有張紙條，拿起一看，原來是他的留言：「兄弟，見你渴睡，我便先去黃大仙燒香拜佛，你也可自找節目，晚上再一起行動。」

我苦笑，這傢伙，也不等我，讓我何處去找節目？

細一思量，既然只剩我一人，不如去找先生聊天。一個電話打去，起初還擔心先生沒空，沒想到先生聽說有天可聊，連聲叫好，估計也是寂寞難耐，哈哈。

我在樓下超市買了早餐，便匆匆趕往先生家。隔了一年，大廈管理員竟還記得我。見到我，就笑嘻嘻地幫我開門：「搵倪生吖？」

我笑着點頭：「係，我同倪生約咗。」

熟門熟路摸上樓去，按下門鈴，先生的聲音自門後響起：「來啦，來啦。」

門打開，看到先生笑嘻嘻的臉，我一陣激動，上前就是一個大大的擁抱。

客廳裏，倪太坐在按摩椅上，菲傭站在她身後替她揉肩。

我趕緊施禮：「倪太您好！我又來叨擾先生了。」

倪太微笑着向我點點頭。

先生興沖沖地把我拉到書櫃前，從上面取出一本厚厚的書遞給我：「我剛看完這本書，非常精彩，推薦給你！」

我接過書一看，是一本叫做《金庸武俠小說完全手冊》的簡體版書。

先生道：「內地一家出版社的編輯前不久來拜訪我。知道我喜歡金庸小說，就帶了這本書送給我。」

我翻開看了幾頁。這是一本如同辭海般的金庸小說工具書，將小說中的內容分門別類做成條目，以便讀者查閱，內容非常豐富，難怪先生會喜歡。

先生接着道：「那位編輯還帶了一本，去送給金庸。結果馬屁拍到馬腳上，反被金庸大罵，說誰允許你們編這本書的！」

大笑了一陣又道：「其實這有什麼好生氣的？如果有人幫我編一本這樣的書，我高興還來不及呢。金庸對這種事情太認真了。」

我聽了也覺好笑：「日後有機會，我替先生編一本《倪匡小說完全手冊》，保證比這本更精彩。」

先生又是一陣哈哈大笑。

我們正聊得起勁，門鈴聲突然響起。

先生挑了下眉，喃喃道：「會是誰？」

我搶着起身去開門，門外是一個身形壯碩的漢子，身後還跟着一位矮小的女士。

那大漢舉着手中的一大包塑膠袋，朗聲道：「先生，我給你們兩老帶午飯來了！」

先生見到大漢和女士，頓時眉開眼笑：「啊，啊，是你們呀。快進來，又給我們送吃的，太謝謝啦！」

那大漢看看我，問先生：「這位是——」

先生笑道：「他是我的上海小友藍手套。這幾天正好來香港玩，順便陪我聊聊天。」

又指着大漢給我介紹：「這位是施仁毅，我的鄰居。後面那位是他的太太。」

這名字好熟悉！

我頓時想起在新浪微博上，先生所關注的好友，排在第二位的，正是這位施先生！

趕緊上前和他握手：「施先生，久仰久仰！」

施仁毅咧嘴一笑：「藍手套，我也久仰，微博上見過！」

我又向施太太點點頭：「施太你好！」

施太太笑着回禮。

這夫妻倆，外形迥異。施仁毅高大魁梧，施太太體態嬌小，一前一後，對比甚是強烈。

先生打開塑膠袋，將菜盒一個一個取出，突然叫道：「叉燒飯，好啊！」

施仁毅笑道：「我太太知道先生愛吃叉燒飯，特意去買的。」

先生顯得極為開心：「我還記得當年剛到香港時，吃到的第一碗叉燒飯。紅彤彤油汪汪，肉汁澆在白飯上。我當時感動得幾乎掉眼淚，怎麼天底下會有這麼好吃的東西！」

施太太從丈夫身後探出半個身子，靦腆地一笑：「先生，你中意就得。」

說完，施太太來到客廳，拉着倪太好一陣親熱。倪太似乎也很喜歡施太太，緊緊拉住她不放，像撒嬌的小孩。

先生笑笑，回過頭對我道：「施仁毅也很喜歡看我的小說，你們倒是可以聊聊。」

施仁毅看看我：「我看過你的微博，你寫了不少關於衛斯理小說的評論，很不錯啊。」

我臉一紅：「那些都是我胡亂寫的，施先生見笑。」

先生笑着對施仁毅道：「藍手套很厲害的，他是衛斯理專家。很多故事細節，他記得比我還清楚。」

施仁毅聽聞大喜，對我道：「我有個計劃正在醞釀中，到時候要麻煩你幫忙！」

我不知施仁毅有什麼計劃，但聽起來，似乎是件和衛斯理有關的事。和衛斯理有關，我當然大有興趣，連忙一拱手：「施先生有需要幫忙的地方，儘管開口就是！」

想了想又道：「我還有個好兄弟鳳衛，網名大鱷魚精。他也是先生的超級書迷，到時可叫他一起來幫忙！」

先生插嘴道：「大鱷魚精和藍手套，還有台灣的葉李華，我稱他們為宇宙三大衛斯理專家。你找他們幫忙，真是有眼光！」

施仁毅大是高興：「好極好極，大鱷魚精我也在微博上見過，到時就仰仗你們了！」

我被先生誇得不好意思，趕緊道：「施先生太客氣，我們都是衛斯理書迷，互相幫忙是應該的。」

施仁毅憨憨一笑：「既然大家都是衛斯理書迷，那就不要客氣。我比你年長，你叫我仁哥好了。」

「仁哥你好！」我立刻遵命。

「我從小就愛看衛斯理小說，當年住板房的時候，到租書店租來看。現在有能力，就自己買了一套，放在書架上，隨時可以翻閱。」仁哥往皮沙發上一靠，舒服地翹起二郎腿。

「我也是我也是！我小學時就接觸衛斯理小說，簡直愛不釋手。後來機緣巧合，認識了先生，也開始收藏起各種版本的先生作品。」一說起衛斯理，我的話題就源源不斷。

「我因為工作關係，和倪震是好朋友，經他介紹認識了先生。後來得知先生在這裏買房居住，我也趕緊在隔壁買下一套，這樣就可以和先生作鄰居。」仁哥輕描淡寫地說道。

我不禁「嘩」了一聲。買房這樣的大事，仁哥居然說買就買，實在厲害！

「你最喜歡哪個衛斯理故事？」仁哥又問我。

「當然是《頭髮》！」我毫不猶豫。

「那麼巧，我最喜歡的也是《頭髮》。」仁哥咧嘴大笑。

「《頭髮》這個故事，最令我佩服的地方，就是先生居然把世界四大宗教的創始人，設想為外星人。在這之前，從未有人這樣寫過。」我認真地說出自己的看法。

「好像很多人都喜歡《頭髮》這個故事。但其實我當時寫這個故事的時候，對世界上的各種宗教根本沒有認識，不然也不會那樣寫。」先生笑道。

「管他有沒有認識，大家都喜歡，說明故事是真的好看！」仁哥總結道。

先生笑而不語，但看得出心中很是自得。

仁哥站起身，去廚房倒了三杯水，遞給我和先生。

喝了一口，坐下繼續說道：「之前有一次，記者採訪我，要我推薦一部喜歡的小說。我立刻就說喜歡衛斯理小說。結果那個記者瞠目結舌，說這樣回答不好吧。我反問他有什麼不好？他說，至少應該說幾本世界名著，才符合上市公司 CEO 的身份。我哈哈大笑，誰說 CEO 就一定要看世界名著？我就是喜歡看衛斯理小說不可以嗎？那個記者無奈，只好由得我。」

這時，仁嫂走過來，把手擱在仁哥肩頭，微笑着對我道：「他呀，一直自詡為衛斯理忠實信徒。」

仁哥回頭看看自己的妻子，憨憨一笑。

仁嫂俯下身，在仁哥耳邊輕聲說了幾句。仁哥點點頭，站起身對先生道：「先生，差不多該吃午飯了，我們不打擾你和倪太用餐，先走一步。晚上再來接你們去飯店。」

先生緩緩起身：「好，好。我吃完飯也要睡一會兒。」

我趕緊道：「先生，我和仁哥他們一起走，我也要去找地方吃午飯。」

先生笑笑：「好，那我就不留你們了。」

突然想起什麼，又對我道：「今天晚上施仁毅約我吃飯，你要不要也一起來？」

仁哥聽了，忙道：「是啊，你沒有安排的話，就一起過來吧。」

我喃喃道：「我若是一個人倒也無所謂，但我還有一個朋友……」

仁哥笑道：「有什麼關係，大家都是朋友，叫他一起來！」

先生也道：「是啊，一起來，人多熱鬧。」

我心中高興，趕緊打電話給諸葛。今晚，注定又是愉快的一夜！

仁哥從小就愛看衛斯理小說，當年住板房的時候，到租書店租來看。現在有能力，就自己買了一套，放在書架上，隨時可以翻閱。

第三十六章 小郭

仁哥在聯邦金閣酒家宴請我們。我不好意思，想要請纓作東。仁哥一把攔住我：「不要跟我客氣。」

我爭不過仁哥，厚着臉皮接受他的一片好意。

席間除了先生倪太、仁哥仁嫂、我和諸葛，還有兩位不認識的朋友。

一位光頭眼鏡先生，一位油頭粉面先生。

仁哥給我們介紹：「光頭那位，是香港小説會秘書長何故。因為酷愛火鍋，江湖人稱『火鍋何故』；油頭粉面那位，是香港飛碟會的創始人江濤。他們都是先生的書迷，所以今天邀請他們一起過來。」

我笑笑：「怪不得包廂門口貼着一張『倪匡書迷會』的標籤。」

仁哥憨憨一笑：「這是我特地請飯店工作人員貼上去的，顯得隆重一點。」

我和諸葛上前同何故、江濤握手。雖然不認識他們，但大家都是先生的書迷，親切感油然而生。只可惜這兩位國語實在糟糕，而我們的廣東話也沒有好到可以隨意交流的地步，所以當晚並沒有説太多。不過大家在臉書和微博上互加了好友，約定日後多多交流。

仁哥和我，今晚退居二線，將和先生交流的機會讓給諸葛、何故與江濤。畢竟對他們而言，第一次見到心中的偶像，一定有很多話想對先生説。我樂得和仁哥在一旁陪坐，吃吃喝喝，聊一聊有關衛斯理的話題。

這一晚，大家可算是盡興而歸！

走出酒家，夜風一吹，有些微醺。

諸葛興奮地道：「終於見到倪匡先生，也算圓了我一個夢。沒想到先生竟如此好玩！」

拍拍肚子又道：「本來還想和先生比比，不過，看到他以後我立刻認輸，先生比我胖多了。」

我笑道：「你説先生胖，先生還説你胖呢。把你叫做『那個戴眼鏡的小胖子』。」

諸葛大笑：「我是小胖子，先生是大胖子，沒毛病。哈哈！」

我正回味着剛才聚會時的情景，突然間手機鈴聲大作。一看，是個陌生的電話號碼。

誰不合時宜地在這種時候打擾我愉快的心情？我不耐煩地接通電話，聲音顯得有點兇：「誰啊？」

電話那頭的聲音倒是顯得很平靜：「我是小郭，現在已到酒店，你在哪裏？」

我一愣，小郭？小郭是誰？

諸葛見我發愣，問道：「是誰啊？」

我捂住話筒，低聲道：「大概是打錯了，他自報家門説是小郭，我又不認識什麼小郭。」

諸葛突然笑起來。我奇怪：「你笑什麼？」

諸葛道：「你真是貴人多忘事。你在網上廣撒英雄帖，邀請別人一起去香港書展，最後回應你號召的那位不就叫做小郭？」

我頓時想了起來，一拍自己的腦袋，趕緊對着手機道：「哦，哦，是小郭啊。不好意思，我和諸葛在外面，剛吃完飯。」

小郭道：「我也剛到香港，和你們住在同一家酒店。你們如果快回來的話，我在大堂等你們，先互相認識一下，要不我就去睡覺了。」

我忙道：「千萬等着，我們馬上就回來。」

小郭和我，是在微博上認識的。

一開始只是普通的書友，聊得久了，才知道他也喜歡衛斯理小說，喜歡先生的作品。天下衛迷本是一家，我們的距離一下子拉近許多。聽說我要去香港書展，他便從廣州特地趕來。

小郭的照片我見過。在微博上，他的頭像，是個瘦瘦的男生，我自信一眼就能認出他。但是，酒店大堂內，我環視一周，並未見到和照片相符的瘦子。倒是有個年輕的矮胖子，斜挎着一個小包，晃悠晃悠向我們走過來。

走到近前，矮胖子出聲招呼：「手套兄你好！」又轉頭對諸葛道：「這位應該是諸葛兄吧？」

我一愣，聽這口氣，眼前這位矮胖子便是小郭。但為什麼會是個矮胖子？我努力想從他的臉上找出照片中小郭的痕跡來。

矮胖子呵呵一笑：「我就是小郭。不是大偵探的小郭。」

諸葛伸出手去和小郭相握，道：「我是諸葛，仰慕的是諸葛青雲，不是諸葛孔明。」

我對着小郭大叫：「你怎麼變成胖子啦！」

小郭又是呵呵一笑：「原來的確是瘦子，只是這兩年發胖得厲害。」

我揶揄他：「胖了也不改改頭像照片，你這根本就是『照騙』嘛！」

小郭撓撓頭，只是呵呵地笑着。

我道：「明天我和諸葛打算去香港書展，你有沒有興趣一起？」

小郭點頭：「當然！我這次來香港，一來和你們見見面，二來就是要去書展買書。」

頓了頓又道：「不過，聽說去書展要排很長的隊才能入場，我們得早點出發……」

還沒等他說完，諸葛已經在一旁偷笑起來。

我疑惑地看着諸葛，不知道他葫蘆裏賣的什麼藥。

諸葛笑道：「明天你們跟着我走就是，包管不要排隊。」

我和小郭看着諸葛，將信將疑。

第二天，當我們來到港鐵灣仔站時，就已經被擁擠的人群嚇了一跳。望着密度如此之高的人群，根本不知道如何跨出腳去。

我們被人潮簇擁着，慢慢向前移動。越過一座長長的天橋，又穿過一間寬廣的大廳，一路上雖然擁擠，卻始終秩序井然。

會展中心附近，更是人山人海。火辣辣的太陽底下，排着好一條長龍，蜿蜒曲折，根本望不到尾。幸好一路上有涼棚遮蔽，不然只怕會中暑。

小郭看看諸葛：「真的不用排隊嗎？」

諸葛不說話，從包裹掏出兩樣東西，遞給我和小郭：「掛在脖子上，跟我走。」

我接過一看，竟然是書展參展商的工作證件。不由得大喜，問諸葛：「這玩意你是從哪裏弄來的？」

諸葛故作神秘：「佛曰，不可說，不可說。」

既然他不說，我也不便多問。沿着工作人員的通道，毫不費勁地進入到書展內場。

第一次來香港書展，心中多少帶了些朝聖的心情。

香港書展之所以會成為亞洲最大的書展，根本原因就在於它的多元化。而這種多元化來自於包容，各種題材各種類型的書籍在這裏都可以買到。

我抬頭望去，各大出版社的攤位依次排開。商務印書館、中華書局、三聯書店、天地圖書的攤位向來是本地大熱門，而台灣的城邦集團則是寶島出版界大佬，精美的台版書猶勝港版書一籌。

每家出版社的攤位上，都滿滿地堆放着各種書籍。有的出版社，還製作了新書推薦的紙牌，放在顯眼處，以吸引讀者購買。

雖然人頭攢動，擁擠不堪，但讀者們卻在這狹小的空間中小心移動，彼此借位，隱隱自有一種秩序存在。

我和諸葛、小郭約了集合時間，便各自去逛。

逛了沒幾個攤位，偶一回頭，突然發現小郭緊跟在我後面。

小郭有點不好意思：「手套兄，可以一起逛嗎？」

我笑笑：「當然沒問題。」

查了書展地圖，明窗出版社和勤＋緣出版社在展廳的中間位置。

這兩家，是衛斯理小說的專屬出版社。在我心中，有着不一樣的份量。我和小郭按圖索驥，一路找去。

但是，當看到這兩家出版社的攤位時，我卻有些意外。

原以為明窗和勤＋緣也算是香港有名的出版社了，沒想到他們的攤位竟如此不起眼，也沒有工作人員戮力宣傳，有的只是讀者寥寥，門可羅雀。

我懷着淡淡的憂傷，看着攤位上那一本本孤獨的衛斯理小說，再看看熱門攤位上那些被搶購的快餐讀物，百感交集。

小郭倒是毫不在意，自顧自地從攤位上挑起書來。轉眼間，竟疊起厚厚一大摞。

我吃了一驚：「你要買那麼多書？」

小郭呵呵笑道：「是啊，我雖然看過不少衛斯理小說，但基本都是國內盜版書。這次來香港書展，買正版衛斯理回去收藏，是我的主要目的！」

我再問：「你這個背包，怎麼裝得下？」

小郭依然呵呵一笑：「我還有行李箱，而且行李箱裏面又套了個小行李箱。兩個箱子，足夠我放書。」

路過的讀者，看到小郭捧滿書的模樣，有些好奇，也三三兩兩地過來翻閱起書架上的衛斯理小說，漸漸地，人越來越多。

我心中頓時湧起了一股暖流。

衛斯理小說畢竟還是有着讓人一捧起就放不下的神奇力量，雖然看起來這裏比其他攤位冷清，但喜愛衛斯理小說的讀者仍然一代又一代地成長起來。仁哥是第一代，我和鳳衛算是第二代，到小郭這裏，已是第三代。有了這些讀者，衛斯理小說就能一直地傳承下去。

所謂經典，不就是這樣誕生的嗎？

想到這裏，我笑着拍了拍小郭的肩膀。小郭扭頭看看我，不明所以。

我並沒有將心中所想告訴他，只是向他扮了個鬼臉。小郭呵呵地笑着，又低下頭，繼續挑選着書。

香港書展之所以會成為亞洲最大的書展，根本原因就在於它的多元化，而這種多元化來自於包容，各種題材各種類型的書籍在這裏都可以買到。

第三十七章　鱸魚

帶着滿背包的書回到上海，鳳衛急不可待地約我們吃飯。我知道老友的心思，吃飯不是目的，主要是想聽我和諸葛講講這次香港之行的經過。

我把認識仁哥的事一說，鳳衛頓足捶胸，連呼遺憾。

我拍拍老友：「別難過，下次我們一起再去香港，我介紹仁哥給你認識。不過，別的作家，我沒有那麼大的面子，還是要仰仗諸葛。」

鳳衛雖然點着頭，臉上的沮喪神情卻一點也沒有減少。

諸葛見狀，不由得笑道：「當然沒問題，只是要等到下次再去香港才好介紹。不如我先介紹另一位妙人給你認識，你一定喜歡。」

鳳衛眼睛一亮：「是何方神聖？」

諸葛並沒有立刻回答，只是用筷子戳着桌上的那盆「松鼠鱸魚」，夾起一塊魚肉放進嘴裏，邊嚼邊笑道：「就是他。」

我和鳳衛有些摸不着頭腦，諸葛指着鱸魚，那是什麼意思？

諸葛悠然道：「那位妙人網名叫作『鱸魚膾』。東北人氏，長住北京。他飽讀詩書，對武俠小說的研究，遠勝於我。尤其是對倪匡先生武俠小說的研究，更是達到專家級別。」

我們這才恍然大悟。

「趕緊介紹！趕緊介紹！」鳳衛大叫。

「別忘了我！」我也急道。

諸葛哈哈大笑：「你們兩人孟不離焦焦不離孟，當然是一起介紹！」

自從開始研究先生的武俠小說，才了解到這個領域水深無比。

先生寫武俠小說，遠早於科幻小說。那是武俠小說的黃金時代。許多作者紛紛投入武俠創作，有名的無名的數不勝數，先生當然也不例外。幾年下來，竟也創作了數量極為可觀的一批武俠小說。其中最著名的，要數曾經改編成影視劇的《六指琴魔》。

可惜的是，由於年代久遠，這些作品大多失傳。而且，當年沒有版權的保護，又滋生出許多偽作，有些武俠小說如今很難考證是否為先生作品。要整理出一份完整的倪匡武俠小說書目，難度可想而知。

自從諸葛引領我們進入先生的武俠世界之後，我們就一直在研究。可惜成果極為有限，也是無可奈何。

如今聽說諸葛可以介紹一位武俠小說專家給我們認識，我和鳳衛的激動可想而知。

一個月後，諸葛打來電話：「鱸魚不日將啟程南下，二位若是有空，周末不妨一聚。」

有空，當然有空！

諸葛講究情調，我們四個大老爺們，他卻偏偏約在一家優雅的小咖啡館。

我和鳳衛甫一進門，就看到兩個胖子比鄰而坐，正聊得起勁。

諸葛身材本已魁梧，旁邊那位更不遑多讓。兩個人坐在一起，猶如兩座大山，只可憐那張小沙發，被壓得吱吱作響。

我心中暗道：「諸葛稱鱸魚飽讀詩書，怎地這胖子臉上一點也看不出書卷氣？」

不由得用手肘輕輕撞了一下鳳衛，衝着那胖子努努嘴，小聲道：「那就是鱸魚？」

鳳衛也是一臉茫然：「我也沒見過他，大概就是吧。」

諸葛見到我倆，起身相迎：「來來來，我給你們介紹，這位就是我上次説的武俠小説專家鱸魚膾。」

果然，那胖子就是鱸魚！

諸葛回頭指指鳳衛，對鱸魚道：「這位是衛斯理專家，大鰐魚精。」

鱸魚站起身，身子微微前傾，伸手和鳳衛相握。又望向我，問諸葛：「這位白頭仙翁就是藍手套麼？」

諸葛笑道：「好眼力！」

鱸魚盯着我看了幾秒鐘，突然嘿嘿一笑。

他的眼睛本來就小，這一笑，更是眯成一條縫。眼縫中透出一道精光，令人不能逼視。

我摸了摸自己從少年時便已花白的頭髮，不知他這笑容裏賣的是什麼藥，心中有些發毛。

鱸魚伸手與我相握，手勁十足，看來這一身並非全是肥肉。

一杯咖啡下肚，諸葛開始興奮，指着鱸魚對我們道：「鱸魚全稱鱸魚膾，又稱肥鱸、胖鱸，不過我還是喜歡叫他死胖子，哈哈！」

鱸魚臉上毫無表情：「大哥別説二哥，論胖，你還真不輸給我。」

我和鳳衛面面相覷，諸葛這樣説鱸魚，也不怕他生氣？

諸葛像是知道我們在想什麼，一面捏着鱸魚的臉，一面大笑道：「我最喜歡和鱸魚開玩笑，他也最喜歡被我開玩笑。」

鱸魚被諸葛捏着臉，居然還是面不改色，我們不禁嘖嘖稱奇。

諸葛繼續道：「別看鱸魚長得醜，家裏卻有兩套住房。」

鱸魚道：「你這是給我登徵婚啟事呢？」

我看他倆一搭一檔説得有趣，忍不住插嘴：「就這張臉，有房我也不敢要。」

鱸魚扭頭一瞪我：「你要也得我肯給呀！」

鳳衛笑道：「有兩套住房，條件不錯，我要。」

鱸魚又一扭頭：「不給！」

諸葛見我們幫腔，更是樂不可支。

鱸魚擺擺手：「你們三張嘴，欺負我一張嘴，不算好漢。」

玩笑過後，開始聊正經事。

諸葛告訴我們，鱸魚家中藏書逾萬。其中，先生的武俠小說就佔了很大一部份。

我和鳳衛巴巴地看着鱸魚，差點要流口水。

先生的武俠小說，絕版半個世紀有餘。據說在舊書市場上偶有露面，也都炒成天價。鱸魚擁有那麼多，需要多大的精力和財力？

我不由嘆道：「真是有錢人！」

「沒錢。」鱸魚道。

「沒錢能買得起那麼多先生的武俠小說？」鳳衛不信。

「誰説我是花錢買的？我收集倪匡先生武俠小說，大部份靠自製，價廉物美。」鱸魚嘿嘿一笑。

自製？那是什麼意思？

諸葛在一旁解釋：「鱸魚交友廣闊，很多書友買了書，願意借給他掃描。他將掃描文檔自印成書，以便隨時賞玩。」

我道：「那不成了盜版？」

鱸魚連連搖頭：「不一樣，我這自製不為盈利，僅供三五知己閱讀。」

我還想再說什麼，鱸魚已搶着道：「你如果嫌盜版無恥，大可不要我的自製書。」

說着，從包裹取出幾本書來，舉在手中：「這是我自製的幾本倪匡先生武俠小說，市面罕見。這次帶來送給你們。」看看我，一臉壞笑，「藍手套嫌是盜版，他那本我就再帶回去。」

我一下子從沙發上跳起來！

先生的絕版武俠小說，怎麼能沒我的份！我不由得伸手就去抓搶。鱸魚把手一縮，將書藏到背後。我見搶不到，只好悻悻將手收回。

鱸魚似乎為了故意氣氣我，將書慢慢遞給諸葛：「這本給你。」

又緩緩遞給鳳衛一本：「這本給你。」

明明手裏還有一本，卻衝我壞笑：「沒有了。」

我知道鱸魚在開玩笑，苦笑着搖頭：「你這傢伙，太不厚道。」

鱸魚得意洋洋：「我沒賣你高價，已經很厚道了。」

那時還不知道，原來鱸魚的厲害並不只在嘴上，他的文筆，更見特色！

初見我時那嘿嘿一笑，原來早有預謀。

鱸魚後來把我們初次見面的情形全都寫在他的博客中。對我的形容是：「藍手套頂着一頭富士山進來，他名不符實，沒戴藍手套，不過很有滄桑味道的白髮也算標誌了。」

我笑着留言：「裝酷而已。」

鱸魚回覆：「裝酷就是比裝逼更能突出氣質。」

我再回覆：「無逼可裝，只好裝酷。」

鱸魚佯作自言自語：「這也是一個幽默風趣的傢伙，但是我不告訴他。什麼都告訴他，太沒有意思。」

我被他逗樂，回覆道：「總算說了句動聽的話，你還真有意思。」

鱸魚又回覆：「朋友之間不開點玩笑，那還有什麼意思！」

我一笑，這話倒是說到我心裏去。

第三十八章 教授

那一日，鳳衛興沖沖打電話給我：「你看到新聞嗎？」

我不知老友何所指：「什麼新聞？莫言獲諾貝爾獎？」

鳳衛哈哈大笑：「莫言得獎不關我事，我剛才看網上新聞，台灣的葉李華教授應內地出版社之邀，要來上海舉辦一個小型的讀友會。」

我渾身一激動：「太好了！什麼時候？」

葉李華教授是著名的衛斯理專家，我們早有耳聞，但始終無緣識荊。先生還曾將我倆和葉教授並稱為「宇宙三大衛斯理專家」，我倆何德何能，敢和葉教授並稱？先生實在太給我們面子。

鳳衛道：「新聞中說是本周六下午，怎麼樣，有沒有興趣一起參加？」

我握着電話沉吟不語。

鳳衛奇怪：「怎麼？難道你沒有興趣？」

我嘆了口氣：「當然有興趣，但是周六我正好有事，脫不開身。」

鳳衛叫道：「什麼事不能改期？葉李華教授可是非常難得才會來一次上海的呀！」

我再度嘆氣：「我也知道見葉教授的機會難得，但是，領導要安排你加班，你能拒絕嗎？」

鳳衛停了片刻，也嘆氣：「真是工薪族的悲哀。自從我倆都升職以後，一起行動的機會少了許多。」

我心中非常失落，但還是打起精神：「見到葉教授，替我問個好，有可能的話，請他幫我簽個名吧。」

鳳衛道：「沒問題，你把要簽名的書準備好，我晚上來拿。」

掛上電話，我來到書櫃前，取出葉教授寫的那套《衛斯理回憶錄》，細細摩挲着。

這十本書，是葉教授的心血之作，也是向先生致敬之作，更是令我有着如同過山車般閱讀體驗的作品。

先生曾和我聊過葉教授的這套書：「衛斯理是我創作的小說人物，小說人物而又有回憶錄，大概衛斯理是第一人。」

我撇撇嘴不以為然：「衛斯理所有的故事都在講述他一生的經歷，還需要什麼回憶錄？」

先生笑道：「你看了就知道，我一開始也怕葉李華只是把原來的衛斯理故事縮寫，那樣沒意思，所以和他說要三七開，三分老故事，七分新故事。」

說着，遞給我一本書：「這是最新出版的第三集，葉李華寄給我的，我已經看完，你拿去看吧。」

我接過一看，書名叫作《蓋世》，旁邊還有一行小標題「衛斯理回憶錄 3」。

隨手翻看了幾頁，我不由得叫道：「葉李華的想像力太豐富，居然讓衛斯理加入英國的軍情七處，還說 Ian Fleming 寫 007 小說是以衛斯理為原型。」

先生笑道：「葉李華計劃要寫十本，剛寫完第三集，就已經那麼誇張，連我都想不出最後的大結局會是什麼樣子。」

只有第三集，看不出名堂，於是自己在網上買來第一集和第二集，後來，又慢慢將十冊書全都收齊。

等到十冊書看完，我長出一口氣。葉教授的這套《衛斯理回憶錄》，真是一部讓我很難用一句話作出評價的小說。

前五集的故事，雖然沒有很出彩，卻也無過無失，可以看下去。

但是，到了第六集，故事變得愈發拖沓和囉嗦。我實在看不下去，只好將這套書束諸高閣。

過了很久，才又鼓起勇氣，拿起最後四冊，再次進入到故事中。

沒想到，這最後四冊，竟如此精彩！

故事結尾以一個大反轉，將我之前累積的鬱悶一掃而空。葉教授畢竟是物理學博士，他用紮實的科學知識，描述了一個穿越時空、穿越宇宙，波瀾壯闊的衛斯理故事，令人無比信服。

我掩卷長嘆：「葉教授啊葉教授，你如果能把最後四冊的精彩，分一點給前面六冊那該多好。真不知有多少讀者和我一樣，因為難以忍受前六冊而中途放棄。這樣一來，如此精彩的一個故事，就會被湮沒在浩瀚書海中，那又是多麼可惜！」

晚上，鳳衛來我家取書，看到一大摞十本書，嚇了一跳：「你不會讓我把十本書都帶去簽名吧？」

我笑道：「當然不會，我只是取出重溫一下而已，要簽名的只有第一集。」

鳳衛拍拍胸口：「那還好，簽名的事就包在我身上。」

到了周六，加完班回家後，我急忙打電話給鳳衛：「和葉教授會晤情況如何？」

鳳衛笑道：「很好很好，詳情等我晚上來你家再聊。」

難得老友要來，我趕緊下廚，犒勞一下他。鳳衛看到滿桌佳餚，食指大動，筷如雨下。

他邊吃邊道：「葉李華教授的書友會，到場的讀者不少……」

之所以會有這樣一次書友會，是因為有一家內地出版社，引進出版了葉教授翻譯的一套俄國作家艾西莫夫的科幻小說。為了宣傳這套小說，出版社特地從台灣請來極少露面的葉教授，跟讀者聊聊科幻小說的翻譯和創作。

葉教授面對讀者侃侃而談，從他的言語中便可以聽出他對科幻小說有着極度的熱愛。

等到散場之後，鳳衛走近葉教授，對他道：「葉教授您好！」

葉李華教授抬頭一看，是一位不認識的讀者，但他很有禮貌地向鳳衛點點頭：「你好！」

鳳衛從包裏取出先生當年給我們的回信，遞給葉教授。葉教授有些疑惑，接過一看，臉上頓時露出一絲驚喜。

鳳衛這才開口自我介紹，又對葉教授簡單講述了我們和先生相識的過程。葉教授顯得有些激動，連聲問鳳衛：「先生最近還好嗎？我已經很久沒有和他聯繫，很是掛念。」

鳳衛將先生的近況說了一遍，葉教授感慨：「老人家畢竟年事已高，看來我得抽空去香港看望一下他才是。」

鳳衛又取出《衛斯理回憶錄》，請葉教授簽名，葉教授欣然在書上為我們題寫上款。

鳳衛趁機問道：「葉教授，你是如何想到要寫這樣一部回憶錄的？」

一談到《衛斯理回憶錄》的話題，葉李華教授開始滔滔不絕：「這件事，必須從我十八歲的時候說起。」

「十八歲……」鳳衛嚇了一跳。

「對，十八歲。」葉教授微微一笑，「那時，我就已經是衛斯理書迷了。」

「我和藍手套也是在很小的時候就成為衛斯理書迷的。」鳳衛忍不住插嘴。

葉教授笑着點頭，繼續道：「我曾立下心願，期盼有朝一日，能替衛斯理記述一兩個故事。」

「哇，葉教授了不起！」鳳衛咋舌。

「只不過是我年少輕狂罷了。」葉教授笑笑。

「有這樣的想法已經很了不起，我和手套就從來沒有想到過。」鳳衛佩服道。

葉教授笑笑：「我知道這個心願完全是異想天開，就把它埋在心底，只是做些比較可行，當然多少也會帶來成就感的事情。包括讀完研究生、創作科幻小說、完成終身大事、主持科幻網站等等。」

「葉教授的人生真是規劃得很好啊！」鳳衛一臉羨慕。

「不過，在我認識倪匡先生以後，這心願漸漸有了實現的可能。」葉教授回憶着往事，情緒變得有些激動，「有一天，在和先生的聊天中，我突然產生靈感。」

「難道就是創作《衛斯理回憶錄》的靈感？」鳳衛忙問。

葉教授點點頭：「那是二〇〇三年的夏天，我記得非常清楚。那一天，我對先生說，我要將衛斯理一生的精彩故事，濃縮成一套回憶錄。」

鳳衛頓時瞪大了眼睛。

「聽了我的主意，先生表示，主意雖好，但如果一律回憶舊事，老讀者不會有興趣。換句話說，回憶錄中，新故事絕對不能少。」葉教授繼續道。

「我們也曾這樣對先生說。」鳳衛一拍大腿，笑道。

「英雄所見略同。」葉教授爽朗地笑着，「於是從那天起，我一邊複習所有的衛斯理故事，一邊苦思冥想構思該如何來寫回憶錄。我想了很多方案，又一一推翻，最後終於選定一個足夠『衛斯理』的創意，然後開始動筆……」

我聽鳳衛娓娓道來，彷彿也和葉教授進行了一番靈魂交流。

原來在這套《衛斯理回憶錄》的背後，還有着這樣的心路歷程，錯過這次和葉教授見面的機會，真是令我遺憾不已。

鳳衛拍拍我：「不用遺憾，葉教授對我說，他明年還會來上海，到時再和我們相聚。」

我大叫：「太好了，我一定不再錯過！」

鳳衛笑道：「到那時，宇宙三大衛斯理專家齊聚一堂，足可令天地失色，日月無光！」

我推了他一把：「牛越吹越大。」

鳳衛哈哈大笑：「反正又不交稅。」

第三十九章　貓仔

第一次見到貓仔，是在鳳衛的「別館」中。

所謂「別館」，其實就是鳳衛公司租來辦公的一間公寓套房。

自從鳳衛榮升為華東地區的銷售主管，辦公環境也得到大幅提升。公司全權委託鳳衛負責尋找既能辦公又能當作倉庫的場所，鳳衛便在離家不遠的地方，租下一間寬敞的公寓套房。客廳裏擺着幾張辦公桌充當門面，兩間臥室則用來堆放貨物。

由於手下的銷售人員常年在外奔波，所以整間屋子幾乎只有鳳衛一個人留守，自然也就被我們戲稱為「別館」。

我和諸葛，還有另外幾個好朋友，有空時常會到鳳衛的「別館」小坐。鳳衛做的是餐飲行業，不知不覺中練成一手絕活。每次我們去，他都會在「別館」的廚房裏，親自調製各種好喝的飲料招待我們。

這次，為了迎接貓仔這位新朋友，鳳衛特地研發出幾種飲料新配方，此刻正在廚房裏忙着調製，我則坐在他的辦公桌前，捧着一本書翻看，但心思卻全不在書上。

就聽到鳳衛在廚房一邊製作飲料，一邊自言自語：「不知這個貓仔，會是怎樣一個人物？」

我放下書，衝着廚房道：「既然她也是先生的忘年交，應該會是個好玩的人吧。」

鳳衛道：「說得有道理，如果面目可憎言語乏味，先生也不會介紹給我們認識。」

正說着，突然門鈴聲大作。我不等鳳衛催促，便從沙發椅上跳起來，三步併作兩步來到門前，一把將門打開。

門口站着的，是三位女生。這三位女生，每一個都長得高頭大馬，氣勢逼人。我不由得一愣，問道：「你們是……」

中間那個女生，顯是三人中的領頭人物，身材尤其魁梧。我的個子已算得很高，但是她站在我面前，卻幾乎和我平視。

她看了我一眼，也不搭話，逕自從我身邊擠進來，我不得不側身相讓。

那高大女生進得屋來，環顧了一下四周，回頭對同伴道：「這屋子倒挺大。」

我再次問道：「你是貓仔？」

高大女生像是才發現我的存在，朝我上上下下打量了幾眼：「你是藍手套吧。」

我這頭標誌性的白髮，很少有人會認錯。於是點點頭，剛想說話，那高大女生已經大咧咧地拉了張椅子坐下，並招呼同伴：「別客氣，你們自己找椅子坐。」

我瞠目結舌，雖然她沒有正面回答，但我知道，這位高大女生，一定就是貓仔！

原以為叫做「貓仔」的女生，不說身材嬌小，至少也會帶點貓性。沒想到面前這位「貓仔」，非但沒有貓性，而且根本就不像是個女生。

我心中不禁苦笑，這哪是什麼「貓仔」，分明就是紅綾！

熟悉衛斯理故事的朋友都應該知道，紅綾是衛斯理的女兒。自幼被人拐去，流落苗疆，在崇山峻嶺中由一雙銀猿撫養長大，身材魁梧，力大無窮。由於在苗疆長大，她的性格單純自然，毫無心機。對人情世故沒有一絲概念，只憑着一顆赤子之心行事。

眼前的貓仔，頭戴彩巾，身穿風衣。目光炯炯，威風凜凜。她反身跨坐在椅子上，拿起我放在桌上的書翻了翻，又放下。

貓仔有沒有紅綾的神力不好說，但不通人情世故這一點，看起來和紅綾卻是一樣的。

我絕沒想過，貓仔竟會是這樣一個女生。

鳳衛從廚房端出自製的熱飲招待客人。

貓仔看了看鳳衛，笑道：「大鱷魚精你好！」

鳳衛趕緊道：「你好你好！」一邊把飲料放在桌上。

貓仔取過杯子，看也不看就一飲而盡。轉頭問她的兩位同伴：「你們還要不要？」

那兩位女生有點不好意思，擺手示意不用麻煩。貓仔卻老實不客氣，把空杯往桌上一放，發出「咚」的一聲，衝着鳳衛吆喝道：「再來一杯！」

鳳衛一愣，臉上的神色微微有些發沉。我暗叫不妙，趕緊把他拉進廚房。

鳳衛低聲埋怨：「這個貓仔怎麼這樣沒禮貌？」

我勸道：「畢竟她年紀還小，看在先生面子上，不要跟她一般見識。」

鳳衛憤憤道：「我長這麼大，還沒有誰敢對我呼來喝去！好心請她喝飲料，竟如此無禮！」

我趕緊打圓場：「至少說明你做的飲料好喝，人家才會再要一杯。」

鳳衛悶哼一聲，並未說話，但臉上神色卻緩和不少。他拿起壺來，將壺中飲料緩緩注入杯中，又替貓仔做了一份。

貓仔喝着飲料問道：「先生說你們寒假的時候也會去香港？」

我點頭：「對啊，我們每年寒暑假都會去香港看望先生。」

鳳衛冷冷道：「先生怕你一個人去香港路上不安全，拜託我們和你同路，也好有個照應。」

貓仔聽了，只是微微一笑，並沒有什麼特別的反應。

我不禁好笑，似貓仔這般五大三粗的女生，誰敢招惹她？反倒是同行的我們，才有不安全之虞。

回想起上個月，先生發來郵件云：「我在上海有一忘年交小友，寒假會來港探我。她年紀尚小，我恐她孤身一人路上不安全。你們若有計劃來港，煩請與她同行，也可照應一二。」

先生囑託，我們當然不敢怠慢，鄭而重之答應，決定在寒假前約貓仔先見上一面。

我笑着問先生：「那我們該如何稱呼她才好？」

先生笑道：「她叫貓仔，很是可愛。」

哪裏可愛了？我不禁心想。

我端起飲料喝了一口，沒話找話：「為什麼你的網名叫做貓仔？」

「因為我是先生的小友，先生小名又和貓有關，所以我就叫貓仔嘍。」貓仔淡淡道。

「先生小名叫什麼？」我有些好奇。

「自己猜。」貓仔撇撇嘴。

「難道叫老貓？」鳳衛忍不住開玩笑。

「當然不是！」貓仔眼睛一瞪。

「那到底叫什麼？」我追着問。

貓仔詭異地一笑：「猜不出就算了。」

哼，你不告訴我們，難道我們就不會問先生嗎？

後來問了先生，差點沒把我和鳳衛笑趴下。原來先生的小名叫做「小咪」，真是嗲之已極！

鳳衛提議：「這次去香港，要不要試試坐火車？」

從未坐過火車去香港，我滿是好奇，立刻表示同意，貓仔也沒有異議。

鳳衛道：「我在網上查過，只要湊滿四個人，就能以極便宜的折扣，買到火車包廂的車票。」

我滿不在乎：「我們已經有三個人，再找一個又有何難。」

鳳衛點頭：「你們如果沒有異議，那我就負責去找人和訂車票。」

貓仔道：「沒問題。」

說沒問題，然而，問題還是來了。

我們身邊的朋友，包括諸葛在內，寒假裏竟然都沒有空！

這第四個小伙伴始終沒有找到，火車票的事只能一拖再拖。貓仔終於等得不耐煩，也不和我們商量，逕自上網訂了機票。

貓仔這一去，更是湊不齊四個人，坐火車去香港的計劃就此夭折。

鳳衛本來對貓仔就有不滿情緒，這樣一來，猶如火上澆油。氣呼呼地對我道：「到了香港，你去照顧她，我才懶得理她！」

我望着老友那一臉怒容，只能不住地苦笑。

第四十章　紫戒

十幾年沒有下過雪的上海，竟突然下起雪來。

一夜之間，地上就積了厚厚一層白雪。雪化而成冰，更是凍得人瑟瑟發抖。

然而，在浦東機場的候機大廳裏，卻一點也感覺不到寒冷。機場的大樓，彷彿將整個冬天都拒諸門外。來往奔忙的旅人們，額角還隱隱滲出汗來。

我和鳳衛，還有貓仔，三個人排着長隊，等候辦理登機。

鳳衛雖然嘴上説着不理貓仔，然而卻一個人拉着兩個行李箱，走在最前面。

貓仔空着兩手，走在中間。我則拖着自己的行李箱，跟在最後。

飛機準點起飛，三個小時之後，到達香港。

香港的氣溫，比上海暖和許多。我們已不是第一次來，當然早有所準備，除下厚厚的毛衣和羽絨服，換上輕薄的恤衫和外套，精神頓時為之一振。

我們住的宜必思酒店，離先生家很近。這是貓仔的主意，我們這次來港，並無他事，自然一切以方便見先生為首要選擇。

放下行李後便直奔先生家，一進門，就見先生正和一位客人有説有笑地聊着天，貓仔蹦蹦跳跳衝上前去，大聲叫着：「先生，我來看你啦！」

先生滿臉堆笑，招招手，示意貓仔坐到自己身邊來。

我到這時，才看清和先生聊天的這位客人，原來卻是仁哥。趕緊拉着鳳衛一起，上前打招呼。

我指着鳳衛對仁哥道：「這位就是我的好友鳳衛，網名大鱷魚精。」

又轉頭對鳳衛道：「這就是我上次和你提過的香港小説會的創辦者仁哥。」

先生指指鳳衛，笑着對仁哥道：「這位大鱷魚精，也是衛斯理專家。你剛才和我説的那個計劃，正好可以説給他們聽聽。」

仁哥顯得有些興奮，對我們道：「今年是衛斯理誕生五十週年。我剛和先生商量，打算搞一個紀念活動，再出版一本紀念冊。」

鳳衛聞言大喜：「這樣的好事，請仁哥一定要讓我們參與！」

我不由得感嘆：「衛斯理誕生竟有五十年了，真是沒有想到。」

仁哥道：「先生是在一九六三年三月十一日那天，開始在《明報》連載衛斯理故事的。今年是二〇一三年，恰好五十年整。」

貓仔好奇心起，開口問道：「仁哥怎麼記得那麼清楚？」

仁哥還沒回答，鳳衛已瞪了她一眼：「什麼仁哥，你得叫叔叔！」

先生聞言哈哈大笑。

仁哥憨憨一笑：「我太太前陣子剛認先生做契爺，貓仔年紀比我們小許多，叫叔叔倒也合適。」

鳳衛看看貓仔，面露得色：「所以，你也得叫我們叔叔。」

貓仔「呸」了一聲，臉一紅，低下頭去。

先生看看貓仔，滿是憐愛之色，對我們道：「你們看她紅撲撲的小臉蛋，多可愛！」

貓仔的臉更紅，頭更低。

我們從未見過貓仔這般模樣，不由得大笑起來。原來這個大大咧咧的女孩，也會害羞！

仁哥繼續剛才的話題：「我本來也不知道衛斯理寫於哪一年，正巧去年有事去圖書館查資料，偶然看到《明報》上有衛斯理故事的連載，心血來潮，順便查了一下。這才知道，原來是一九六三年的三月十一日。」

先生摸了摸自己近乎光頭的寸髮，感慨道：「當年寫衛斯理的時候，完全想不到會寫那麼久。一轉眼居然五十年了！」

仁哥道：「衛斯理是我們這一代香港人的集體回憶。而且，五十年是個大日子，所以我就想着是不是能夠組織一個紀念活動，再編一本關於『倪學』的書，重新喚起大家的回憶，也讓衛斯理的故事可以繼續流傳下去。」

鳳衛忙道：「不僅是仁哥這一代香港人，也是我們這代內地讀者的集體回憶！」

我問仁哥：「什麼是『倪學』？」

仁哥憨笑道：「就像研究金庸小說有『金學』，研究倪匡小說當然也要有『倪學』。」

鳳衛拍手：「『倪學』這名字好！先生著作等身，早該有人來進行倪學研究！」

仁哥點點頭：「對！所以我想趁着衛斯理五十週年的機會，推動一下倪學研究。不過我一個人力量單薄，所以要仰仗兩位幫忙。另外，我還打算再找幾位衛斯理專家，大家一起來共襄盛舉。」

我猛拍一下大腿：「說到倪學，我倒想起一個人來。」

仁哥笑道：「我知道，你說的一定是『倪學網』網主紫戒。」

我點頭：「就是他！」

鳳衛插嘴：「這位紫戒兄對衛斯理小說的見地不是一般人可以比的，如果能請到他幫忙，何愁大事不成。」

仁哥又笑：「我準備編的那本書，書名就打算叫做《倪學》，那正是受了紫戒的啟發。而且書中有一部份內容，也準備取材於他的『倪學網』。」

我突然嘆了口氣：「可惜這樣的奇人，我們卻沒有機會認識。」

仁哥一臉憨笑：「這個簡單。你們周末如果還在香港的話，我來組織一場飯局，介紹紫戒給你們認識。」

「當然在！」我和鳳衛忙不迭地回答。

紫戒開創的「倪學網」，在網絡上並不出名。甚至在和衛斯理相關的網站中，也不是很出名。

和別的衛斯理網站不同，「倪學網」並不提供衛斯理故事文本下載，也沒有論壇供大家討論，但是「倪學網」印有百餘篇由紫戒親自撰寫的研究衛斯理故事的文章。

別小看這些文章，每一篇都飽含了紫戒對衛斯理故事的推敲及深思。

有品評人物的「鑽石花——黎明玫愛衛斯理嗎」；有介紹寫作技巧的「『探險系列』的苦心鋪排」；有談論故事中科學原理的「叢林之神——淺談改變未來的可能性」；有指出文中矛盾之處的「迷藏——高彩虹打火機的小矛盾」；有抒發個人情感的「盡頭——看得最不舒服的衛斯理小說」；也有直言故事不足之處的「地圖——後勁不繼」。

對於熟悉衛斯理故事的讀者而言，這些文章的可讀性極強。紫戒的很多分析，都是我和鳳衛在看書時未曾深入思考過的。他的文章，帶給我們極大的啟發。

而不熟悉衛斯理故事的人，也不必望文生畏。紫戒的文章深入淺出，趣味盎然，是很好的敲門磚，足可引起讀者對衛斯理故事的閱讀興趣。

看完「倪學網」的所有文章後，我們對這位紫戒先生，簡直欽佩之極，同時也神往之極。若是有機會和他暢談關於衛斯理的話題，應該三天三夜也聊不完吧。

周末轉眼就到，我和鳳衛早早來到港運城二樓的聯邦金閣酒家。依然是上次那間包廂，只是門口不見了「倪匡書迷會」的標籤。取而代之的一張，上書「倪學研究會」幾個字。

我們進得包廂，發現已有不少朋友先於我們而到，圍着圓桌正在聊天。可惜的是，我們一位都不認識。

仁哥還未到，我們自行找空位坐下。

在我們左邊，是一位戴着寬邊眼鏡、正和兩位美女侃侃而談的男子。看起來機敏健談，很符合我心目中紫戒的形象。我大着膽子問道：「請問您可是紫戒先生？」

那男子笑着搖頭：「我唔係紫戒，呢位先係。」

説着伸手一指，指向對面一位略顯木訥的男子。

我臉一紅，還沒來得及説話，鳳衛已然用廣東話自我介紹起來：「我係大鱷魚精，呢位係藍手套。我哋都係仁哥嘅朋友。」

那位眼鏡男子對我們笑笑：「我係甄偉健，你哋可以叫我做 nel nel，好高興認識你哋。」

什麼？鳥鳥？好奇怪的名字。我心裏暗自好笑。

鳥鳥向紫戒招招手，道：「紫戒，快啲過來，大家一齊傾。」

木訥男子坐到我們旁邊，微笑着向我們點點頭，算是打招呼。

這個紫戒，和我想像中的紫戒，完全不一樣！

他看起來和我們年紀相仿，四方臉型，戴着眼鏡。大大的鼻子，厚厚的嘴唇，後腦勺還有一撮頭髮微微翹着，樣子顯得十分普通。

當真是人不可貌相！

第六篇

序幕

還有幾個月，屬於衛斯理迷的盛會就要開始，到那時，又會是如何一番光景呢？

第四十一章　計劃

我對紫戒說的第一句話是：「你為什麼叫紫戒？」

一直很好奇紫戒這個名字究竟有什麼含義，猜想着也許和衛斯理有些關係。只是我想破腦袋，也想不出衛斯理故事中，何時曾出現過和「紫戒」有關的情節。

這個謎一直埋在心裏，如今見到紫戒，終於可以親口問他。

紫戒微笑着道：「你還記得衛斯理的左手無名指嗎？」

我一愣：「衛斯理的左手無名指？」

紫戒保持微笑：「對，左手無名指。」

我思索片刻，猛然領悟，一拍大腿：「原來是那枚紫水晶戒指！」

紫水晶戒指乃是衛斯理的標誌性飾物，戴在他的左手無名指上。別人一看到這枚戒指，便可認出衛斯理的身份。但是這枚戒指，只在最初的幾個故事中出現，到後來，估計先生自己也忘了，就再也沒有在故事中提起過。

這是故事中一個極小的細節，難怪我怎麼也想不起來。

紫戒端坐着，繼續保持着禮節性的微笑：「紫戒兩個字，就是紫水晶戒指的縮寫。」

我不由得苦笑：「如此簡單，我居然沒有想到。」

紫戒笑而不語。

正聊着，門口一陣喧嘩，大家一起抬頭望去，原來是仁哥仁嫂來到。在他們夫婦倆身後，似乎還跟着一個人。

仁哥的個子已然高大魁梧，卻仍遮不住身後那人。只見那大漢腋下挾着一隻公文包，大踏步走進屋來。

「曹金福！」鳳衛突然大叫一聲。

仁哥聽了，回頭看看那大漢，哈哈笑道：「不知道衛斯理願不願意把女兒嫁給他。」

曹金福是衛斯理故事中的人物，被視作衛斯理女婿的最佳人選。他身材極為魁梧，和那大漢有得一拚。

那大漢小眼一瞇，低頭看了一眼鳳衛，並未說話。

我問仁哥：「這位是？」

仁哥拍了拍那大漢：「我來給大家介紹，這位龍俊榮，也是先生的書迷。」

大漢向大家點頭致意：「叫我阿龍就好。」

我仔細打量着阿龍。他站在仁哥身邊，比仁哥還高出半個頭。髮梢微捲，緊貼頭皮，但略顯稀疏。臉極大，眼睛卻極小。鼻樑上架一副金絲邊眼鏡，嘴很闊而唇很薄。

他穿着一件藏青色西裝，看起來並不怎麼合身。衣服被撐得漲鼓鼓的，胸前的鈕扣一看就知道不可能扣得上。西褲倒是非常寬鬆，走起路來，面料隨着步伐的節奏如波浪般流動。

也許是剛下班，急着趕來赴宴，額角竟有大顆汗珠淌落。阿龍從口袋裏掏出手帕，抹去臉上汗水，找了個空位坐下，把挾着的公文包放在桌子上，端起面前的杯子，喝了一口茶水，這才抬頭仔細打量我們。

鳳衛笑着伸出手去：「阿龍你好，我是大鰐魚精。」

阿龍也伸手：「原來你就是大鰐魚精。」

轉頭向我道：「那你就是藍手套吧。」

我一愣，我還沒有自我介紹，他怎麼知道我的名字？

阿龍那雙小眼睛中露出一絲狡黠的笑意：「江湖傳言，有大鰐魚精的地方就有藍手套。」

我看看鳳衛，他也看看我，兩個人一起哈哈大笑。

仁哥繼續介紹：「阿龍是台灣『倪匡科幻獎』第三屆的大獎得主，也是後來幾屆的評委。」

「是葉李華教授創辦並主持的那個『倪匡科幻獎』嗎？」我立刻問道。

「沒錯。」阿龍點頭。

「阿龍，你那篇得獎的小說叫什麼名字？我很想拜讀一下。」紫戒插口道。

「小說叫做《皇陵的秘密》。」阿龍瞇起眼睛搖頭道，「寫得不好，不值一看。」

仁哥憨笑一聲：「你就別謙虛了，前兩天我和先生聊到你，他還怪你創作速度太慢，不肯多寫點小說給他看呢。」

阿龍佯作一臉驚恐狀：「啊呀，被先生批評了，下次我親自去向他請罪。」

其狀甚趣，惹得我們大笑不止。

後來上網搜索，才知道阿龍這篇小説收錄於「倪匡科幻獎」得獎作品的合集中，趕緊買來細細讀之。讀後不禁感嘆，別看阿龍身形如此胖大魁梧，腦筋卻極為活絡。他的文筆精湛，構思奇巧，故事結尾的情節反轉更是出人意表，難怪得到先生大力讚賞。

仁哥招呼飯店夥計上菜，然後清清嗓子：「大家都到齊了，我來説説關於衛斯理五十週年活動的具體安排，這次的活動需要大家鼎力相助。」

大家屏息靜氣聽着仁哥説話。

仁哥道：「今年是衛斯理五十週年，我打算在七月香港書展的時候，和書展主辦方合作，做一個衛斯理的展覽。」

鳳衛率先舉手發問：「請問仁哥，這個展覽主要展出些什麼？」

仁哥憨笑一下：「這個展覽分三部份。第一部份是各種版本的衛斯理小説、衍生漫畫的展出。」

阿龍插嘴：「這部份交給我，我來負責。我的藏書應該可以應付展覽。」

仁哥點點頭：「早就聽説阿龍家中，先生的絕版書收藏極為可觀，這次也借機會讓我們飽飽眼福。」

阿龍小眼一瞇：「慚愧慚愧，我這點藏書算得什麼，仁哥不嫌棄已經萬幸。」

我和鳳衛互望一眼，心道：「看來，這位阿龍，也和我們一樣，是先生作品的收藏者。而且段數頗高，以後倒是可以多多交流，互通有無。」

仁哥繼續道：「這第二部份，是先生的手稿，以及各地漫畫家為衛斯理五十週年所作的賀圖。」

頓了頓又道：「這部份我已和不少漫畫家聯繫過，他們畫好賀圖，會陸續寄給我，應該沒什麼問題。手稿方面，我也已經和勤+緣出版社商量好，請他們出借給我作為展品。」

聽說還有手稿，鳥鳥有些激動：「我還從來沒有見過先生的手稿！」

仁哥憨憨一笑：「我會將其中的一部手稿，印成一本書。不公開發售，僅隨展覽贈送，數量有限，送完即止。」

鳥鳥叫道：「萬一去晚了，沒拿到手稿書怎麼辦？」

阿龍小眼翻翻，壞壞地一笑：「你可以提前一天晚上就去排隊，等着書展開門。」

鳥鳥一聲慘叫：「哪裏吃得消！」

仁哥笑着繼續道：「第三部份，是視聽方面的內容。我會請一些文化界名人各自錄一段朗讀衛斯理故事的小視頻，也會請先生講幾句話，錄成視頻在展會現場循環播放。」

說到這裏，仁哥停了下來。他環視一周，目光停留在鳥鳥身上：「最關鍵的，是要創作一首衛斯理五十週年展的主題曲。鳥鳥，我們當中只有你有創作音樂的經驗，這件事就交給你了。」

「沒有問題！」鳥鳥一臉興奮，突然又道，「仁哥，那本手稿書能不能留一本給我？」

大家一陣哄笑。仁嫂在一旁道：「你別急，這本手稿大家都有份，我早就替你們留好了。」

鳳衛摟着我的肩膀大聲叫好，我笑着附和；烏烏喜形於色，和身邊兩位女伴竊竊私語；阿龍照例瞇起小眼睛，也看不出他是什麼心情；紫戒則端坐一旁，保持着微笑。

鳳衛突然想起什麼，問道：「仁哥，那我們倆呢？我們可以做什麼？」

我也道：「是啊，展覽的三個部份，好像沒我們什麼事。」

仁哥笑了笑，並沒有回答。他夾了塊紅燒肉，蘸了蘸醬汁，放進口中，細細咀嚼了一會兒，然後才緩緩道：「有一件事，只有你們兩位才能做到。」

「什麼事？」鳳衛急問。

「去探尋先生當年的舊居。」仁嫂笑着代替仁哥回答。

我和鳳衛聞言大喜。果然，這件事還真的只有我們倆能做到。

先生出生在上海，他的舊居，當然也在上海！

紫戒、烏烏、阿龍，包括仁哥仁嫂，他們都身居香港，只有我和鳳衛，是土生土長的上海人。探尋先生舊居的事，必須由我倆出馬。

歡喜過後，鳳衛問道：「關於先生的舊居，仁哥有沒有地址？」

仁哥憨笑道：「正是因為沒有地址，才需要你倆去尋找。」

我吐了吐舌頭：「沒有地址怎麼找？」

阿龍在一旁壞笑：「有地址還找什麼？沒地址而又能找到，那才顯出你們的本事。」

仁哥點頭笑道：「沒錯。找到先生舊居之後，多拍些照片。再將先生還沒有到香港之前在內地的經歷，寫一篇文章。我打算將這些內容收錄在《倪學》一書中。」

我想了想，突然有了主意。

沒有地址怕什麼？既然是先生舊居，直接問先生就是。

沒想到，和先生提起這事，先生卻苦着臉道：「年代久遠，實在記不清了。只記得當年是住在霞飛路一個叫做『來什麼坊』的弄堂裏，具體的門牌號，連一點印象也沒有。」

先生記不得倒沒什麼，卻把我和鳳衛弄得叫苦不迭。

先生突然又道：「記得小時候，弄堂對面有一間電影院，我常去那裏看電影。」

「哪家電影院？」我追問。

先生搖搖頭：「小時候的事，誰還記得。」

我看看鳳衛，他也看看我，在一條長長的馬路上，去尋找一個弄堂，簡直如同大海撈針，我們面面相覷，這可怎麼辦？

第四十二章 探尋

辦法當然不會沒有，不過卻是個笨辦法。

先生舊居位於霞飛路。霞飛路是舊稱，如今已改名為淮海路。這條馬路，全長五千五百米，是上海市區一條東西走向的主幹道。在這條路上，有着不少電影院。

我和鳳衛上網搜索，將淮海路上所有的電影院列成一張表，再把後來新建的電影院剔除，最後，只剩下蘭生和國泰兩家電影院。

先生所說的電影院，會不會就是其中之一？不得而知，只能靠我們自己去找尋答案。

我們在上海努力探尋着先生的舊居，仁哥在香港，也如火如荼地進行着五十週年展覽的各項準備工作。

為了使展覽更有趣，更精彩，能吸引更多人來參觀，仁哥可謂絞盡腦汁，出盡八寶。

除了上次說的那些計劃，仁哥又請朋友刻了一尊衛斯理雕像。據說這雕像連底座有一人多高，準備放在展會現場，供大家欣賞。

我們都很好奇，畢竟誰也沒有見過衛斯理，先生在故事中也從未對衛斯理的相貌有過任何描寫，這個雕像究竟會是什麼模樣？

每個人心中都有一個自己的衛斯理。鳥鳥覺得，衛斯理長得應該像電視劇《衛斯理》中的羅嘉良；阿龍反對說，衛斯理應該像電影《原振俠與衛斯理》中的周潤發；紫戒則認為，衛斯理就是漫畫家黃展鳴筆下的那個模樣；鳳衛卻又只認同電影《衛斯理傳奇》中的許冠傑所扮演的衛斯理形象；而我始終堅持，唯有先生本人，才是我認可的衛斯理。

不過，無論大家如何追問，仁哥始終保持神秘。去問仁嫂，她和仁哥口徑一致：「大家不要急，等到展會開始，自然就會知道。」

衛斯理的雕像是什麼樣子，看來一時間無法知道。但是，探尋先生的舊居的事，卻漸漸有了眉目。

當我們還在蘭生和國泰兩家電影院之間搖擺不定的時候，鳳衛突然想起一件事：「你還記得先生曾在書中提到過他小時候常去『大世界』遊玩的事嗎？」

「當然記得！」我道，「衛斯理故事《地底奇人》中，先生還曾借衛斯理之口，提到他小時候在『大世界』遊樂園裏，看到過一種『飛身追影』的中國武術絕技呢。」

鳳衛點頭，指指地圖：「從地圖上看，蘭生電影院離『大世界』很近。先生既然常去『大世界』遊玩，住家也許也就在附近……」

還沒等鳳衛說完，我已興奮地拍着老友肩膀：「你的分析極為有理！」

鳳衛見我支持他的分析，也很高興，反過來拍着我的肩膀：「周末我們就去走一遭！」

可週五晚上，偏偏下起暴雨來。到周六早上，雨勢雖然轉小，但地上的積水卻很嚴重。來到蘭心電影院時，鞋子已然濕透，穿在腳上非常不舒服。不過，我們的精神卻很振奮。鳳衛興沖沖道：「我們就從電影院對面開始找起吧。」

我看看還在下雨的天，點點頭：「集中火力，速戰速決！」

然而，連續找了好幾個弄堂，都不是我們要找的「來什麼坊」，眼看離蘭生電影院越來越遠，鳳衛的臉色，也變得越來越難看。

偏偏這個時候，雨又開始大起來。我們的心情，也隨着這淒風冷雨，漸漸墜入谷底。

鳳衛有點垂頭喪氣，看着我道：「怎麼辦？」

老實説，我也沒有什麼好辦法。不過，眼下倒是還有一條路可走，我拍拍老友的肩膀：「先別慌，我們走去國泰電影院，將一路上所有的弄堂都探尋一遍。只要先生沒有記錯，沒理由找不到。若是萬一還找不到，再想辦法不遲。」

鳳衛臉上又有了笑容：「看你平時做事糾結不定，關鍵時刻還挺靠得住。」

我哼了一聲：「哪是糾結，分明就是考慮周到。」

有了目標，剛才沉悶的心情恢復不少。我們沿着淮海路向西穿過南北高架橋，走了半個多小時，終於來到國泰電影院。一路上並無收穫，但這本是意料中的事，我們倒也不怎麼失望。

國泰電影院位於淮海路茂名路口，多年未曾修繕，看起來頗為破舊。但這裏是淮海路的心臟地帶，車來人往，絡繹不絕，比蘭生電影院要熱鬧許多。

鳳衛深深吸了口氣：「成敗在此一舉！」

我抬頭看天：「但願老天爺保佑。」

穿過馬路，緊靠着百貨大樓，便有一個弄堂。我抬頭望去，弄堂口並無匾額，只是高掛着門牌。

光知道門牌號一點用處也沒有。上海的弄堂成百上千，不知道弄堂的名字，便無法確定這裏到底是不是我們要找的地方。

我還在猶豫，鳳衛已伸手一推，看似緊閉的鐵門應聲而開。

鳳衛對我嘿嘿一笑，推開鐵門，跨了進去。我收起傘，緊跟在後面。

這是一個很深的弄堂。左右兩邊，分別有着兩列建築群，中間一條大道直通到底。

左邊的建築群，每五棟房子連成一體，一字排開。從弄堂口到弄堂尾，大約有五、六排這樣的建築。右邊也是如此。

上海的弄堂，有大有小，但大致上不脫這樣的模式。中間那條豎的大道，叫做「大弄堂」，左右兩邊每排房子之間橫向的小道，叫做「小弄堂」。

弄堂是上海特有的民居形式，曾經與千千萬萬上海市民的生活密不可分。多少個故事、多少位名人，多少段記憶，與上海的弄堂緊緊聯繫在一起。可以説沒有弄堂，就沒有上海，更沒有上海人。

然而，時代的車輪在前進。弄堂這種民居形式漸漸被新式高樓所取代，如今還能留存下來的已然不多。在這不多的弄堂裏，又有不少被改建成商業社區以招攬四方遊客。不知道我們的下一代，甚或下下代，還有沒有機會見到這些弄堂？

我正沉浸於對弄堂的緬懷中，猛然間聽到一聲呼喝，我嚇了一跳，趕緊停下腳步。

只見鳳衛被一個門衛打扮的老頭攔住去路。

那老頭一臉怒色：「你們是什麼人？怎麼能隨隨便便進來？」

鳳衛一瞪眼：「門又沒鎖，為什麼不能進來？」

老頭更怒：「這裏是居民社區，外人不可以亂闖。」

鳳衛道：「我找親戚不可以啊？」

老頭一愣，隨即冷笑：「親戚？你親戚叫什麼名字？」

鳳衛哼了一聲：「我親戚姓倪，你認識啊？」

我眼見不是道，鳳衛和老頭越説越僵，豈非要壞大事？趕緊上前拉開老友，向他使個眼色，然後對老頭賠笑：「老師傅，我們不是壞人。我們在找一個叫做『來什麼坊』的弄堂，不知道這裏是不是？」

老頭上上下下打量着我。我保持微笑，努力使自己看起來不那麼可疑。老頭的神色總算緩和下來：「你們找那個弄堂幹什麼？」

我繼續微笑着，用一種非常誠懇的語氣緩緩道：「老師傅您好，事情是這樣的，我們是上海作家協會的會員，這次為了寫一本書，需要尋訪一位老作家的舊居。我們只知道他當年在上海的時候，曾住在一個叫做『來什麼坊』的弄堂，而這個弄堂的對面是一家電影院。我們從蘭生電影院一路找來都沒有收穫，好不容易才找到這裏。但是這個弄堂沒有匾額，所以想進來問個究竟。我朋友脾氣比較急躁，剛才不小心冒犯到您，請您千萬原諒！」

鳳衛在一旁聽到我這般胡扯，差點笑出聲來。我暗暗地踢他一腳，關鍵時刻，千萬不能露餡。

也許是我長得的確不像壞人，也許是我們渾身濕嗒嗒的樣子讓老頭動了惻隱之心，老頭的臉色終於恢復平靜，點點頭：「這個弄堂叫做『來德坊』，不知道是不是你們要找的那個？」

鳳衛在我身後突然低聲道：「不如拍幾張照片，讓先生確認一下。」

這個辦法不錯，我們徵得老頭同意後，取出手機，喀嚓喀嚓連着拍了好幾張弄堂的照片，然後發郵件給先生。

等了一會兒，先生沒有回音，想是不在電腦旁。乾等下去不是辦法，我向老頭道了謝，説聲改天再來拜訪，便拉着鳳衛離去。

當天晚上，收到先生回郵：「這弄堂舊貌未改，虧你們有心，辛苦了！」

我大喜，一天的辛苦沒有白費，「來德坊」確是我們要找的目標！

我趕緊回郵：「先生客氣，替先生探尋舊居乃一大樂事，何苦之有。只是先生可還記得，當年住在弄堂裏的哪一棟樓？」

先生道：「門牌號不記得，只記得是弄堂走到底，左邊第一棟樓的一樓。」

我更喜，有先生這句話，這下連具體的屋子都能找到。立刻打電話告訴鳳衛，鳳衛的激動，猶在我之上！

先生道：「門牌號不記得，只記得是弄堂走到底，左邊第一棟樓的一樓。」

第四十三章　舊居

昨日的大雨早已退去，換上一片燦爛陽光。我和鳳衛的心情，就像這天氣，晴空萬里。

這次，「來德坊」門衛室那老頭見到我們，倒是非常客氣，笑嘻嘻道：「你們又來啦，問過沒有，這裏是不是你們要找的弄堂？」

我連忙點頭：「那位老作家説就是這裏。他還告訴我們，他當年住在弄堂走到底，左邊第一棟樓的一樓。」

老頭笑笑：「我知道，那是金老伯家。」

鳳衛趕緊問：「能不能讓我們去採訪一下金老伯？」

老頭愣了一下，看看鳳衛，又看看我，想了想：「這樣吧，我帶你們去找他，至於他願不願意接受採訪，要看你們的運氣。」

我忙道：「那是那是，當然要屋主同意，我們才會採訪。」

老頭又關照：「如果他不願意，你們可得立刻離去。」

我連聲答應。老頭願意帶我們去見金老伯，已是超出預期。做人得識趣，不可強求。

老頭帶着我們，往金老伯家走去。

鳳衛偷偷拍了我一下：「這老頭人還不錯。」

我回頭瞪了他一眼：「你還好意思説，昨天差點跟人家鬧翻。」

鳳衛吐吐舌頭不説話。

我們跟着老頭，來到那棟樓前。老頭敲敲門，見沒人應答。老頭自言自語道：「奇怪，金老伯平時這個時候應該在家的呀。」

又加大力氣敲了一通，這下屋內有動靜了，一個蒼老的聲音道：「誰啊？」

老頭隔着門喊道：「金老伯，是我，老張。」

不一會兒，一個花白頭髮的老者打開門，探出半個身子來，嘴裏兀自還在嘟囔：「誰啊？」

當他看到老頭後，頓時換了張笑臉：「原來是老張，什麼事啊？」

老張向身後指指：「金老伯，這兩位是上海作家協會來的。他們為了寫一本書，要來探訪一位老作家的舊居，據説那位老作家以前就住在你這間屋。」

金老伯看看我們，略顯疑惑。我趕緊上前打招呼：「金老伯，不好意思，打攪您了。我們要探訪的老作家姓倪，他説小時候就住在您這間屋。」

金老伯歪着頭想了一下：「你説姓倪，我有印象。」

我和鳳衛互望一眼，心中高興。

金老伯又道：「我記得當初買下這間屋子的時候，賣家好像就是姓倪。」

鳳衛忙問：「金老伯，您還記得當時的詳細經過嗎？」

金老伯靠着門，認真地想着。老張在一旁開口道：

「金老伯，他們兩位就交給你啦，我還得去弄堂口執勤呢。」

金老伯笑着擺擺手：「你忙你的，我來接待他們，沒問題。」

說着，又向我們招招手，示意我們進屋詳談。

我大喜，本來只打算在門外聊幾句，拍幾張照就算，沒想到還能進到屋內去，真是意外收穫！

屋子不大，屋內的陳設也很簡單，一看就是獨居老人的家。

金老伯指指飯桌旁的椅子，讓我們先坐，然後轉身去廚房倒了兩杯水，遞給我們。我們趕緊起身接過水杯，不住地道謝。金老伯笑笑，搬了張椅子，坐在我們對面。

金老伯道：「我記得別人告訴過我，那戶姓倪的人家，在這個弄堂裏也算有點小名氣。」

鳳衛問：「怎樣的名氣？」

金老伯道：「倪家是個大家族，人口很多，家裏也算富裕。據說他們家的老爺樂善好施，弄堂裏的居民對他們也很是尊敬。」

鳳衛不由得讚道：「那是當然，倪家很了不起。倪家後來出了兩位大作家，寫科幻的倪匡和寫言情的亦舒……」

金老伯笑着打斷鳳衛：「我不太看書，你說的名字我都不知道。」

看鳳衛的樣子，像是只要金老伯說一句看過，就準備和金老伯好好聊一下衛斯理，沒想到金老伯卻連先生和亦舒的名字都不知道，不免有些悻悻然。

我看着老友一臉窘樣，不禁好笑。

金老伯又道：「倪家把房子賣給我以後就搬走了，那時好像是四十年代末期。」

我問道：「倪家搬去哪裏您知道嗎？」

金老伯搖搖頭：「這我就不知道了，他們沒跟我說。」

鳳衛又問：「您還有倪家的聯繫方式嗎？」

金老伯又搖搖頭：「都過去幾十年，早就沒有聯繫啦。」

看來，經過半個多世紀，很多往事已被湮沒在時光的灰燼中，再也無人能夠知曉。我們可以找到先生的舊居，實在是一件非常幸運的事！

金老伯站起身，對我們道：「來，我帶你們參觀一下。你們如果想拍照的話，隨便拍就是，不用客氣。」

聽金老伯介紹，這個弄堂裏的房子，三十多年前經過修繕改造，外觀雖然保持原樣，但內部卻已大為不同。屋內原有的天井被拆除，裝上自來水管。廁所換了抽水馬桶，以取代原來的木便桶。工程量雖然巨大，但居民們總算過上現代化的生活。

金老伯帶着我們繞過客廳，左邊有一道木梯通向二樓的臥室。木梯口的柱子上有一個木球，表面泛着一層油光，看起來頗有些歲月的痕跡。

金老伯笑道：「家裏很多地方都重新改造過，唯有這個木梯，一直保持原樣，怕是比我的年紀還要大。」

頓了頓又道：「樓上是我睡覺的地方，就不帶你們上去了。」

我笑着道：「那是那是，已經很麻煩您，真不好意思。」

金老伯笑道：「這沒什麼，我一個人在家也寂寞，你們來陪我聊天，我還要感謝你們呢。」

回到家，難抑心中興奮之情，直接打電話給先生，將我們探尋舊居的情形，事無巨細講了一遍。

先生好一陣感慨：「少年時的往事還歷歷在目，一轉眼已半個多世紀過去了！」

我好奇問道：「有些什麼少年往事，先生不如說來聽聽。」

先生道：「小時候，男孩子總是比較調皮一些。那時，弄堂裏有一戶人家，女人每每大清早就在陽台上練嗓子。我們這些小孩被她吵得忍無可忍，最後由一個大孩子帶頭，糾集了一支隊伍，我也是其中之一。」

我笑道：「先生打算幹什麼？」

先生道：「我們那天特地起個大早，埋伏在她家陽台下。當她剛走出陽台，還沒開口時，我們一群孩子就用彈皮弓將準備好的小石子紛紛向她彈去。」

我大叫：「要闖禍哉！」

先生哈哈一笑：「小孩子哪想得到那許多。一陣石子雨過去，那女人還算動作敏捷，尖叫着逃進屋，但是她家的窗戶玻璃，全部被砸碎。」

我道：「這下麻煩了。」

先生又笑道：「那女人的老公出來大罵，但是大家早已逃走，沒有一家的小孩承認是自己幹的。最後，只好不了了之。不過弄堂裏所有小孩的彈皮弓從此都被家長沒收，不許再玩。」

我道：「總算沒造成嚴重後果，還算萬幸。要是打傷了人，估計就不是沒收彈皮弓可以解決的了。」

先生笑笑：「對了，把你們拍的屋內照片發來給我看看。」

我趕緊打開電腦，將照片傳送過去。

先生深深感嘆：「本來還想在照片中尋找往日記憶，但變化實在太大，除了那道木扶梯，一切全不是以前的樣子了！」

先生深深感嘆：「本來還想在照片中尋找往日記憶，但變化實在太大，除了那道木扶梯，一切全不是以前的樣子了！」

第四十四章 旅人

三月中旬，我和鳳衛突然又有了一次香港之行。

說「突然」，是因為完全沒有想到會在短短兩個月後再去香港，根本就是臨時起意。為什麼會臨時起意？這事還得從仁哥身上說起。

仁哥腦子靈活，點子又多，眼看七月的衛斯理五十週年展時間越來越近，他腦筋一轉，決定錄製一套「衛斯理傳奇」清談節目，放在網上播出。一來讓更多讀者了解衛斯理小說，二來為展覽打廣告作宣傳，預熱氣氛。

至於節目內容，仁哥請我們這幾個參與衛斯理五十週年紀念活動的朋友群策群力，共同決定。為了方便討論，仁哥建立了一個網絡群，美其名曰「倪學研究同學會」。

大家在群裏熱烈討論，各抒己見，最後從衛斯理故事中提煉出十三個主題，分別為：解構外星人、時空之旅人、探索靈魂學、衛大預言家、電腦的奴隸、生命的配額、人類的起源、人類劣根性、暴政與人禍、宇宙生死戀、衛斯理族譜、衛斯理影視、衛斯理未來，再加上總結，一共十四集。從四月起，每週播出一集。節目完結之時，也正是衛斯理五十週年展開始之時。

主持人當仁不讓由仁哥擔任，阿龍作為搭檔，一唱一和才不至於冷場。鳥鳥擔任其中幾集的嘉賓主持，紫戒則負責畫外音解說。

另外，仁哥還計劃邀請一些香港文化界人士，作為每一集的特邀嘉賓，參與到節目中來。

我和鳳衛眼見如此熱鬧，不由得心癢難耐，懇求仁哥讓我們也過過當嘉賓的滋味。

仁哥憨憨一笑：「當然沒有問題，你們想選哪個主題？」

挑來揀去，還是覺得「時空之旅人」最吸引我們。仁哥爽利地笑道：「好，那這一集就留給你們，下個月來香港錄製節目吧。」

這一聲「好」，讓我們興奮不已。於是，兩個月後，我們再次踏上旅途。

到了香港，第一件事自然是去看望先生。

先生見到我和鳳衛，顯得非常高興：「那麼快就又見面了！」

我倆一邊一個攙着先生，笑道：「只可惜我們不住在先生隔壁，不然每天都可以來見先生。」

先生哈哈笑着，隨口問道：「這次你們住在哪裏？」

「朋友介紹我們住重慶大廈，所以就嘗試一下。」鳳衛道。

「那麼可怕的地方，你們居然也敢去住！」先生聞言大叫。

「哪裏可怕？我們覺得挺正常的呀。」我不解。

「那裏魚龍混雜，如何不可怕？在我印象中，重慶大廈是只有像衛斯理或者亞洲之鷹羅開這種冒險家才敢去住的地方，你們膽子也太大一點。」先生搖着頭。

「先生放心，我們會注意安全。話説，介紹我們住重慶大廈的，還是一位女性朋友呢。」我笑道。

「居然有如此大膽的女子！莫不是白素木蘭花乎？」先生大驚。

誇張的模樣逗得我們哈哈大笑。

又和先生聊起當嘉賓的事，我嘆道：「雖説是自己吵着要當嘉賓，但臨近錄影，心裏卻緊張得要命。」

先生安慰道：「你們不必緊張，想當年我錄製《今夜不設防》，就一點也不緊張。好幾次喝得酩酊大醉，被工作人員抬到現場。整個拍攝過程中，一直迷迷糊糊，根本不知道黃霑和蔡瀾在説些什麼，哈哈哈哈！」

我們又被先生逗樂，一陣大笑過後，緊張的心情倒是放鬆了不少。

吃過晚飯，仁哥開車接我們去節目錄製現場，紫戒和鳥鳥早已等在門口。好友見面，分外熱情，擁抱過後，大家一起上樓。

二樓門口，掛着一塊牌子，寫着「香港人網」四個字。阿龍正在攝影棚中佈置現場，見我們來到，大步迎上前來，遞給我們每人一份大綱。我接過大綱一看，上面僅簡單列了些重點，我完全沒有錄節目的經驗，看完後仍是一頭霧水，根本不知道一會兒要如何開口才好。

仁哥拍着我的肩膀：「真的不用緊張，説是錄影，不過就是朋友聊天，你對衛斯理故事那麼熟悉，隨便説點什麼都可以。」

我看看鳳衛，他一臉興奮，正和阿龍討論着待會兒要說的話題，我不禁佩服他，畢竟是做銷售的，臨危不亂。佩服之餘不免更加緊張。

攝影棚中，背景是一幅巨大的綠幕，綠幕前，擺着一排沙發。仁哥和我坐在正中，阿龍和鳳衛則分坐兩側。面前的茶几上，放着幾本和「時空之旅人」主題相關的衛斯理小說。

我轉頭看看四周，紫戒隱藏在攝影機拍不到的角落，烏烏則和幾個工作人員在隔間操作着我完全看不懂的機器設備。

燈光「刷」地亮起，我的神經也隨着這燈光「刷」地緊張起來。

反觀仁哥，畢竟是老江湖，面對鏡頭鎮定自若，說起話來如同連珠炮般語速極快，這下苦了我！

雖說自己的粵語能力有所提高，但仁哥的語速還是讓我應接不暇，勉強聽明白仁哥在說什麼，但自己該如何應對，卻是無暇顧及。

仁哥向觀眾介紹：「今集我哋就要用國語了，呢兩個係好有文化嘅人，係倪匡先生喺上海嘅朋友。」

伸手一指我倆，終於開始說國語：「你們向觀眾介紹一下自己吧。」

我頓時神經緊繃，大腦一片空白，之前還想好要用廣東話來介紹自己，但事到臨頭，舌頭開始打結，結結巴巴也不知道自己在說些什麼。再看鳳衛，不慌不忙，說得有條有理。

事後，我和鳳衛交流了一下錄影心得，我道：「我當時緊張得不得了，看你還能侃侃而談，真心佩服你。」

鳳衛苦笑：「我倒是看你面不改色的樣子，心想不能輸給你，結果害得自己緊張得要命。」

我也苦笑：「哪是什麼面不改色，緊張到面部肌肉僵硬罷了。」

「倪生從未返過中國內地，咁兩位又係點樣同佢成為朋友嘅呢？」阿龍代表觀眾向我們發問。

我們便從開始看衛斯理小說，到如何與先生取得聯絡，最後和先生成為忘年交的經歷大致地講了一遍。

這段經歷，再過多少年也不會淡忘，再說多少遍也不會厭倦，我們徐徐道來，一時間倒忘了緊張。

接着，紫戒的畫外音響起，將話題切入今天的主題。我們先由《叢林之神》中有關預知能力的情節聊起。

人有預知能力到底是好是壞？以往的小說中，大多持肯定態度，但是，先生在《叢林之神》中卻塑造了一個完全相反的角色。故事主角因機緣巧合獲得預知能力，從此便開始了噩夢般的生活。

他每天的日子，就像在看一張連分類廣告都已看了無數遍的舊報紙，苦悶無比，忍無可忍之下，明知自己會為了消除預知能力而死在手術枱上，最後還是義無反顧地走上手術枱。

我們都認同先生的意見，有預知能力，絕不是什麼幸福的事！

話題漸漸正式轉入時空旅行，阿龍手舉《原子空間》一書向觀眾展示：「呢個係衛斯理故事裏面最著名嘅一個同時空旅行有關嘅故仔，我哋就請兩位嘉賓嚟傾吓呢個話題。」

鳳衛搶先發言，介紹了一番《原子空間》的故事情節以及他對時空旅行的看法。等他説完，仁哥轉過頭看向我。

趁鳳衛發言的機會，我趕緊醞釀好腹稿，向仁哥點點頭，緩緩道：「其實我們每個人，每一分鐘，甚至每一秒鐘，都在進行着時空旅行。」

仁哥看看我，表示不解。

「只不過我們的時空旅行，只能向前，卻無法後退。」我趕緊解釋，「比如我們這次來香港錄製節目，也相當於經歷了一次時空旅行。時間從昨天到了今天，空間則從上海到了香港。」

仁哥終於明白了我的意思，哈哈大笑，點頭稱是。

到了這個時候，先前的緊張已經煙消雲散，我們聊得興起，倒也捨不得就此結束。

一個小時不知不覺過去，隨着仁哥一句「各位觀眾，我哋下個禮拜再見」，這一集的節目也就告一段落。

兩個星期之後，這一集「時空之旅人」在網上播出。

鳳衛特地趕來我家，一起欣賞這激動人心的時刻。他看着看着，突然笑起來：「我們四個人就數你最搶眼。」

我仔細一看，果然如此。仁哥、阿龍、鳳衛三個人都穿黑色短袖，只有我，穿了件顏色非常鮮艷的恤衫，不出挑才怪。

不一會兒，鳳衛又取笑我：「你怎麼看起來像睡着了一樣？」

我苦笑：「為了聽懂仁哥説的話，我費盡心力。你看我似乎低頭閉目，其實大腦正在高速運轉。」

這一個小時中，鳳衛的吐槽聲不絕於耳。但我知道，他雖然嘴上吐槽，心裏還是很感自豪的。

節目尾聲，烏烏作詞的衛斯理五十週年主題曲音樂緩緩響起，還有幾個月，屬於衛斯理迷的盛會就要開始，到那時，又會是如何一番光景呢？

光是這樣想着，熱血又漸漸沸騰起來。

攝影棚中，背景是一幅巨大的綠幕，綠幕前，擺着一排沙發。仁哥和我坐在正中，阿龍和鳳衛則分坐兩側。

第四十五章　母校

鳳衛利用空閒時間，將我們探尋先生舊居的經過，用他那生花妙筆，記諸於筆端。這些文字，被命名為「科幻小說大師成長足跡」，將會收錄在仁哥主編的《倪學》一書中。不過，既然是「成長足跡」，探尋舊居當然只是第一步。接下來，還要去尋找先生的母校。

母校和舊居不同，屬於公共建築，只要知道校名，找起來並無難度。

先生的母校連網上都有記載，那是江南四大名校之一的上海中學，遠近聞名。只要輸入「上海中學」的名字，很快就查到校址。

還想再繼續往下發掘，尋找先生的小學。然而先生搖頭道：「小學並無意義，不必費神尋找。」

這是先生自謙，對我們而言，要寫先生的成長足跡，當然資料越豐富越好。在我們的追問下，先生回憶道：「小學的地址真不記得在何處。只記得日偽時期叫做勤業小學，校匾由馬公愚題字。」

我和鳳衛在網上查遍先生舊居附近的小學，始終找不到「勤業小學」的名字。又擴大搜尋範圍至整個市區，亦沒有結果。

鳳衛有些遺憾：「先生的成長足跡中缺少小學這一部

份，總覺得可惜。」

我卻笑笑道：「宇宙那麼大，我們不知道的事還少嗎？」

小學找不到，那就集中精力去上海中學採訪。

我們挑了個天清氣爽的日子，坐地鐵前往上海中學。

上海中學成立於一八六五年，前身為龍門書院。它的原址位於漕河涇吳家巷，後來幾經搬遷，最後搬至徐匯區。

徐匯區在上海屬於繁華熱鬧的地區，上海中學獨處一隅，鬧中取靜，別有一番風味。透過鐵門望去，校園內一片綠意盎然。

我們大搖大擺地從正門走進校園，立刻被保安攔住：「你們是幹什麼的？」

鳳衛一愣：「來參觀。」

保安連連擺手：「你們不是學校裏的人，不能進去。」

鳳衛一瞪眼：「我們又不幹壞事，參觀一下怎麼了？」

保安的頭搖得像撥浪鼓似的：「這是學校的規定，不行就是不行。」

我苦笑，這情形彷彿似曾相識。之前去先生舊居，也遭到如此待遇。

舊居的門衛尚可渾水摸魚，學校的保安卻無法矇混過關。

我趕緊拉住鳳衛，先離開保安那不善的視線再說。

鳳衛突然打量起學校的圍牆來。我暗自好笑，拍了老友一巴掌：「你想幹嘛？學衛斯理翻牆嗎？」

鳳衛轉頭看看我：「我有辦法了！」

我將信將疑：「你又有什麼餿主意？」

鳳衛瞪了我一眼，道：「我突然想起來，我有個遠房親戚在教育局當小領導。我回去請他幫忙開一張採訪證明，看那保安還敢攔我們不。」

我大喜：「你有門路，那自然最好不過。」

隔了幾天，鳳衛來找我，得意洋洋地道：「證明到手，我們再去一次！」

還是一個艷陽天，還是那個保安。他看着鳳衛手中的採訪證明，又上上下下打量我們一番，一時拿不準主意，是不是要放我們進去。

鳳衛不耐煩起來，大聲道：「我這可是正式的採訪證明，事先也已經和你們校長打過招呼，趕快放我們進去。」

保安猶豫着給校長打電話彙報情況，只聽他不停地「是，是」答應着，最後對我們賠笑道：「對不起對不起，不知道你們是記者，實在不好意思。」

我心中好笑，我們哪裏是什麼記者了？真不知道鳳衛是如何跟他親戚編的理由。

鳳衛理都不理那保安，頭一昂，快步走進校園。我有些不好意思，向那保安點點頭，也跟着進了校園。

眼前一片開闊！

這裏雖然只是中學，可校園環境卻幾乎及得上大學！

教學樓分佈在學校的四周，中間是大片的草坪，透着盎然生機。

沒走幾步，迎面開來一輛小電瓶車，停在我們身旁。

車上跳下來一個年輕人，對我們道：「二位是來採訪的吧，教導主任讓我帶你們過去。」

鳳衛點點頭，我們坐着這小車，來到一幢教學樓前。

年輕人將我們帶上二樓，敲了敲門。裏面傳來一個渾厚的男子聲音：「進來。」

年輕人示意我們進去，他則轉身下樓。

只見屋內沙發上坐着一個中年男子，見了我們，笑着起身相迎，道：「歡迎二位來我們學校採訪，我是學校的教導主任，不知二位如何稱呼？」

鳳衛老實不客氣地在沙發上坐下，道：「我是衛斯理研究學會上海分會的秘書長，姓董。」

又一指我：「這位是衛斯理研究學會上海分會的王會長。」

我差一點沒笑出聲來，這算是什麼頭銜？虧鳳衛想得出！

教導主任卻不知這「衛斯理研究學會」根本就是鳳衛隨口杜撰的，一時倒也不敢小覷我們，給我們倒茶端水，頗為殷勤。

鳳衛道：「有一位香港老作家，名叫倪匡。他年少時曾就讀於上海中學。香港方面今年計劃搞一個關於他的紀念活動，所以拜託我們來他的母校看看有沒有什麼資料可以發掘。」

教導主任一臉茫然，顯是沒有聽過先生的名字，但卻又連連點頭，一本正經道：「是的是的，李匡先生名氣響亮，我是知道的。」

我心中暗自偷笑，連先生的名字都搞錯，還好意思說知道。於是故意問教導主任：「那請問您最喜歡他的哪一部作品？」

教導主任一時語塞，支吾道：「那個，那個……不好意思，我平時瑣事繁忙，實在沒空看書……」

彷彿為了轉移這個讓他無法應付的話題，教導主任慌忙起身，在一旁的書架上找了一會兒，取下厚厚一疊校誌，遞給我們道：「這是學校以前的校誌，你們看看有沒有用？」

我和鳳衛各取一部份，仔細翻閱着。

鳳衛翻完他那一部份，轉頭問我：「我這裏都是民國初期的校誌，和先生沒有關係。你那邊什麼情況？」

我翻着手中的校誌，搖搖頭：「我這裏都是六十年代之後的，也和先生沒有關係。」

鳳衛扭頭看向教導主任，教導主任嘆了口氣：「中間那段時期正值戰亂，很多資料就這樣散佚了。」

先生在上海中學求學，是四十年代後期至五十年代初期的事，可是偏偏就缺少那段時期的校誌。

「難道一點也沒有留下來？」鳳衛忙問。

教導主任搖搖頭：「所有的校誌都在這裏，要是沒有，就真的沒有。」

我們又仔細地查找了一遍。這些校誌雖然也是很珍貴的歷史資料，但缺少和先生相關的記載，對我們而言，卻是一點用處也沒有。

我把校誌還給教導主任，搖搖頭：「這裏面沒有我們需要的資料。」

教導主任見我們毫無收穫，倒有點不好意思起來，對我們道：「我實在也幫不了你們什麼，要不讓小劉帶你們參觀一下校園吧。」

我無奈地點點頭：「也只好這樣。」

小劉就是之前帶我們進來的那個年輕人，他一邊開着電瓶車一邊為我們介紹。

「這是我們學校的主教學樓『龍門樓』，取鯉魚躍龍門之意。」

「那是『先棉堂』，學校第一次遷址時，無意中損壞了原址的黃道婆墓，所以將這棟樓命名為先棉堂，以紀念這位宋朝的手工紡織業名師。」

「那裏是校史陳列室，有着歷任校長的照片。」

我們仔細聽着，鳳衛不時在筆記本上作着記錄，我則拿出相機，拍了許多學校的照片。

先生看了我們發去的照片，感慨道：「先棉堂還是原來的樣子啊！」

一會兒又道：「龍門樓是後來新建的，我那時還沒有。」

一會兒再道：「學校比以前大，環境也好得多。」

過了一會兒，又道：「校史陳列室的照片中，第三排右二的沈亦珍校長當年曾任我的校長。他是傑出的教育家，中國內地變色前夕來到香港，執教於香港的蘇浙中學。沈校長有一句名言，『沒有不合格的學生，只有不合格的老師』，我後來還常去拜望他……」

先生沉浸於回憶中，鳳衛則迅速地敲打着鍵盤，記錄下這珍貴的一字一句。

徐匯區在上海屬於繁華熱鬧的地區，上海中學獨處一隅，鬧中取靜，別有一番風味。透過鐵門望去，校園內一片綠意盎然。

第四十六章　猜謎

衛斯理五十週年的活動尚未正式開始，便已在香港掀起一陣熱潮。

仁哥好手段，又是策劃展覽，又是編寫《倪學》一書，又是錄製「衛斯理傳奇」清談節目，把香港衛斯理書迷的熱情全部帶動起來。

反觀內地，卻是冷冷清清，毫無動靜。

我和鳳衛私下商議，要想讓內地的衛斯理書迷活躍起來，必須有人帶頭，那就由我倆來投下第一顆石子吧。

自從「最愛衛斯理」論壇漸漸式微乃至關閉以後，百度的「衛斯理貼吧」就成了匯集內地衛斯理書迷最多的地方。

先生也時常會來這裏發帖留言。每次發帖，總會引起書迷們的轟動。

我們的第一個方案，就是在「衛斯理貼吧」組織一場有獎競猜活動。由我和鳳衛出題，所有的題目，都和衛斯理有關。答對者，便可獲得一份珍貴的獎品。

這獎品，對衛斯理書迷而言，極具吸引力。那就是先生親筆簽名的衛斯理小說一冊！

簽名書從何而來？當然是找先生幫忙。

「衛斯理貼吧」的書迷們一聽説有簽名書可得，頓時活躍起來。很多平時潛水不發帖的人也紛紛冒出頭，但求分一杯羹。

我和鳳衛非常理解網友們的心情。

想當初，我們也曾懷着這樣的心情，給先生寫下一封又一封的信。如今有機會幫助更多衛斯理書迷得到先生的簽名書，我們絕不會吝於分享。不過，若是要滿足所有書迷的願望，恐怕先生簽到手軟也簽不完。所以，我和鳳衛商量後，請先生簽了三十本衛斯理小説，其中二十本作為獎品，獎給答對題目的書迷。

書少人多，題目當然不能簡單。

先出一題試試水：衛斯理故事中有位「神一般的人物」，他是誰？

這種題目，看似簡單，其實並無一定標準答案。

我心中當然有合適的人選，端看書迷們如何發揮。只要有答案能讓我信服，即使和我的答案不同，也可以算答對。

一時間各種答案紛遝而來。

有人猜白老大、有人猜揚州瘋丐金二、有人猜最高領袖、也有人猜衛斯理父親，甚至還有人猜是先生本尊。

這些人物，自然是人中龍鳳，但説是神，卻還差得遠。

猜先生的，是個好答案。但可惜審題不清，衛斯理故事中並無倪匡其人。

收到的答案雖多，卻並未有一個可以使我滿意。

一週後，我公佈答案：這位「神一般的人物」，就是衛斯理所擁有的那間出入口公司的經理！

網友高呼上當，紛紛抗議，這位經理再平凡不過，哪裏能稱作神？

我哈哈一笑，緩緩道來：

「這位經理，在衛斯理故事中，一共出場了七次。

「每次出場，都好似神龍見首不見尾，匆匆露一面就走，絕不拖泥帶水，絕不痴心流連，絕不因為自己在故事中出場次數少而耿耿於懷。

「這位經理的輩份很高，是衛斯理的父執，整間公司的業務，全是由他負責的，衛斯理不過掛個董事長的虛名。在他的主持下，公司的業務蒸蒸日上。

「平時，在故事中基本上看不到這位經理的人影，但是，每當衛斯理需要預訂機票（透明光），或者異地匯款（鑽石花），或者急需現金（仙境），總之，最需要金錢支援的時候，這位經理，不管他身處在世界的哪個角落，都會神奇地及時出現在衛斯理最需要他出現的地方。

「這位經理雖然給予衛斯理無條件的金錢支援，卻也懂得勸誡衛斯理不可沉溺於賭博（鑽石花）！他對衛斯理的關心，是發自內心的。

「對衛斯理而言，這位經理既是公司的頂樑柱，又是私人的好褓姆，需要的時候隨叫隨到，不需要的時候蹤跡皆無，辦事利索又口風緊實，實在是不可多得的一位全天候人才。」

最後得出結論，這位經理，是「神一般的人物」！

被我這麼一說，大家倒也頗為信服。

順便替這位經理寫了一篇小文，發給先生。先生讀了我的文章，回覆也非常幽默：「哈哈，這位如此重要的人物，竟然五十年來首次被閣下提到，真是異數，代他說一聲謝謝謝謝。」

繼續想題目，越冷門越好。

鳳衛突然想出一個：衛斯理故事中有兩個名叫「傑克」的角色，分別是誰？

傑克上校作為警方秘密工作室的主任，又是衛斯理的歡喜冤家，那是人人皆知的。但是另一個「傑克」，估計沒人能猜得出。

鳳衛很得意，先把這道題目給先生猜，先生納悶：「沒有啊，只有那個上校。」

哈哈，連先生也猜不出，看來一定能難倒一大批書迷。

於是告訴先生：「在《鑽石花》中，還出現過一個傑克。那是『死神』唐天翔的寵物，是頭雪白色的長臂猿。」

先生大呼：「佩服佩服。這問題，只怕連葉李華都答不上來！你將這問題上網，讓大家去猜，看有誰猜得出。」

結果，沒過幾分鐘就有人答出。鳳衛非常鬱悶，本以為能難倒大家，沒想到被人輕鬆破解。

過了幾天，又有書迷留言，指出衛斯理小說中還有第三個叫做「傑克」的角色。這下輪到鳳衛大驚，思索再三，回答不出。問我，我也一籌莫展，只好虛心求教。

那位書迷告訴我們，在《茫點》這個故事中，安普蛾類研究所的兩個研究員，其中一個就叫做「傑克」。

我一翻書，果然如此。我的天，高人太多了！

再過幾天，又有書迷告訴鳳衛，還有第四個「傑克」。鳳衛差點昏過去，一問，原來這位「傑克」是美國大文豪傑克・倫敦。

我們都很奇怪，衛斯理故事中怎麼會有傑克・倫敦？書迷解釋：這位傑克・倫敦雖然不是先生筆下人物，但卻通過衛斯理之口提到過好幾次。

好吧，你們贏了。這幾位書迷，自然也得到了先生的簽名書。

為了出題，我將所有的衛斯理故事再次翻閱一遍，沒想到卻衍生出一項副產品來。

看書的過程中，我對先生筆下的一些人物有了新的認識，於是挑了一百零八位，分別給予短評。如同先生點評金庸小說人物一樣，將這些人物分為上上人物至下下人物不等，並將此文取名為「衛斯理故事一百零八將」。

仁哥看到後，覺得此文頗為有趣，便也收錄進《倪學》書中，給了我一個不小的驚喜。

再後來，我又將此文擴充為十幾萬字的書稿《倪匡筆下的一百零八將》，被香港天地圖書出版社看中並出版，更是當時的我無論如何想不到的。

這是後話，表過不提。

且說我絞盡腦汁，又想出一個問題，自覺得意，拿給先生猜：在衛斯理故事中，有三個同名不同姓的人，請說出她們的全名及出處。

先生表示惆悵：「想不出，真豈有此理！」

我忙告訴先生：「這三個人名字都叫作『芳子』。一、草田芳子，日本最有前途的滑雪女選手，出處：《藍血人》；二、時造芳子，精神病人時造旨人的妹妹，出處：《茫點》；三、黃芳子，十二金花中黃蟬的別名，出處：《還陽》。」

先生大呼：「外國人也算啊！」

我笑道：「外國人也是人啊。」

放到網上，以為可以難倒大家，沒想到又被書迷們秒殺，這下輪到我開始惆悵。

果然不能小看大家，網絡上的高手數不勝數。

我和鳳衛出的二十道題目，盡數被書迷們猜出。二十本簽名書一搶而空，晚來的書迷頓足捶胸，遺憾不已。

這時，我和鳳衛提出第二個方案：請大家以「我愛衛斯理」為題，寫一封給衛斯理的信。內容不限，字數不限，但必須是手寫的信。

一旦這封信能把我和鳳衛感動，那麼，寫信的書友也可以獲得先生的簽名書一冊。名額有限，一共十位。

寫了信而沒有獲得簽名書的書迷朋友不用氣餒，這些信，我們都會帶給先生看，讓先生也能感受到大家的熱情。

這個方案一出，家裏那幾十年來一直空蕩蕩的信箱，一下子被塞滿！

來自全國各地的信件如雪花般寄到我們手中。我們每天都要花大量的時間閱讀來信，每一封信都是那麼熱情洋溢，傾注了書迷們的真實情感。

讓我們感動的信件遠遠超過十封，沒奈何，只能以抽獎形式來決定十本簽名書花落誰家。

有意思的是，後來當先生讀完這些來信，也深受感動，竟選了其中的三封作親筆回信。

那三位書友，雖然沒能獲得先生的簽名書，但卻意外得到先生的親筆回信，也算是失之桑榆收之東隅。

第四十七章 大王

和先生互通電郵，向來是我主動的多，先生一般只回郵。但是，凡事都有例外，每當先生主動發來郵件，我就知道，一定是先生書癮又犯了。

平時和先生交流，關於書的話題，絕少不了。我們兩個老少書迷，一聊起書來，那真可以聊上三天三夜都聊不完。

先生看書的口味，和我極為相近，全無禁忌，什麼書都愛看。當然，其中最愛的，還是各種小說。每每看到有精彩的小說，我們都會互相推薦。先生推薦的書，很多我都是第一次聽說，而我推薦的書，先生也常常未曾耳聞。所以，在看書方面，先生對我這位小友，頗有種惺惺相惜之感。

有時，先生有想看的書，一時找不到，便會發郵件託我代為尋找。而每次，無論多麼難找的書，我總有辦法替先生完成心願。

猶記得先生第一次發來找書郵件，要我尋找的書，是上海作家金宇澄所寫的小說《繁花》。

這部小說，全由滬語寫成，講述上海的市井生活。先生是上海人，又離滬多年，思鄉情切，自然會對這本書產生興趣。

在那時，我對這本書一無所知，完全不可能預料在日後，作者攜這部小說在內地文壇掀起一陣不小的風潮。卻說當日，我接到先生委託，立刻上網搜尋，很快就有了線索。《繁花》這部小說刊登在《收穫》雜誌上。而《收穫》雜誌並不冷門，任何一個書報攤都能買到。

如此輕易就完成任務，我不禁有些飄飄然，對先生道：「尋找此書毫無難度，先生以後要找書，儘管放馬過來。」

先生喜道：「好極！好像衛斯理要找人，就託小郭，找書，託你。」

我繼續自吹自擂：「找書是小事，先生不用客氣。要知道我可是有名的『找書大王』！」

牛吹得有些大，先生不太信服，哼了兩聲：「真的還要找一部書，難度頗高，看你自誇大王，不知功力究竟如何？」

我嚇了一跳，本來是說着玩的，沒想到先生認真起來，立刻就要試驗我這個「大王」的成色。心中略感緊張，要是先生說的書我找不到，砸了自家招牌事小，讓先生失望那可不好玩。

戰戰兢兢等先生出招，先生道：「託你找一部書，《亭子間嫂嫂》，周天籟著，任何版本皆可。」

看到這個書名，我的一顆心頓時落回原位。

還以為先生會出什麼極冷門的難題來考我，沒想到要找的竟是這本書，真是撞在了槍口上。

這部小說，我在高中時就已讀過。故事描寫舊上海一位妓女一生的悲慘命運。作者對當時的社會環境有極細緻的描寫，人物心理刻劃也入木三分，是一部很好看的小說。雖然時隔久遠，仍記憶猶新。

我趕緊打開書櫃，在角落裏找到這本書，興奮地告訴先生：「書找到了，先生難不倒我，哈哈！」

先生終於服氣：「嘿，真了不起！」

我得意地道：「我這個『找書大王』的稱號可不是白給的。」

做人太狂妄，總有一天要吃苦頭。「找書大王」順風順水了幾年，這一次，終於遇到難題。

我看着先生發來的找書郵件，不住撓頭。

先生這次要找的書，極為冷門。書名叫做《復興記》，作者茅民。

我從未聽過這個作者的名字，也不知道先生從何處得知這本書的存在。然而這些並不重要，只要先生想看，我就盡力去找。

雖然撓頭，其實我卻並不驚慌。按我的經驗，先生要的書，多半能在我常去的幾個二手書網站找到。

一圈找下來，別說書，連個影子都沒見到。

這才略微有些緊張，但仍未到驚慌的地步。我繼續在網上搜尋，找到一些相關網站，但卻又多是些網友求書帖（居然也有網友想看此書），最好的也不過是該書的片段節選，並無實質性進展。

這下緊張程度升級，心中暗叫不好。

找書的正常手段已經用完，還是沒找到先生要的這本《復興記》，難道我「找書大王」的稱號，今日要毀於一旦不成？

當然不肯就此認輸，於是只好出動非常規手段。

小郭替衛斯理找人，都有一群助手幫忙，我替先生找書，當然也不會是光杆司令。

在我的朋友中，要説在找書方面最有辦法、也最能讓我感到佩服的，非鱸魚莫屬。

鱸魚這個人，在我的故事中已經很久沒有露面。但事實上，自從諸葛介紹他給我認識以後，我們就一直保持着密切聯繫。如今，正是需要他出場的時候。

一個電話打去，鱸魚用他那毫無感情波動的聲音道：「你又有何事？」

要求別人辦事，首先要笑臉相對。我趕緊賠笑：「託你找本書。」

鱸魚一陣冷笑：「你不是自稱『找書大王』，怎麼也有你找不到的書？」

我心中一通腹誹：「好你個鱸魚，趁機嘲弄我，看我回頭不收拾你！」但嘴上還是一頂高帽子拋將過去：「我只是小小的『找書大王』，你才是大大的『找書皇帝』。」

鱸魚依舊皮笑肉不笑的樣子：「『大王』好當，『皇帝』難做，你這是想坑我。」

我趕緊道：「哪裏哪裏，我是無計可施，只好來麻煩你。」

鱸魚嘿嘿一笑：「說，你要找什麼書？」

我趕緊將書名作者告知，鱸魚記下後，掛了電話。

半小時後，鱸魚來電：「找到了。」

我大喜：「就知道你本事大，替先生謝謝你！」

鱸魚哼了一聲：「我是看在先生的面子上，才幫你一把。該謝我的不是先生，而是你。」

我心中又是一通腹誹：「你這個臭鱸魚，我請你找書是看得起你，居然還要擺臭架子！」

當然，嘴上照例歡聲笑語：「那是那是，必須感謝你。有空來上海，我請你吃飯。」

鱸魚嘿嘿一陣壞笑：「吃飯可以，先把到上海去的機票錢轉給我再說。」

我悶哼一聲，既然說不過他，不如閉嘴不語。

鱸魚見我無語，總算不再趁勝追擊，笑道：「書是找到了，但是怎麼買，那是你的事。」

我一愣：「這是什麼意思？」

鱸魚道：「你打開郵箱，我剛剛發了一個鏈接，你自己看。」

我趕緊打開鱸魚發來的鏈接，卻出現「該頁面無法打開」的提示。

我怒道：「你搞什麼鬼！給我一個打不開的鏈接幹嘛！」

鱸魚嘿嘿一笑：「哦，對了，忘記告訴你，要翻牆才能打開這個鏈接。」

我恍然大悟，又在心中暗罵一聲。打開 VPN，這才看到鱸魚發來的鏈接，是一個專出售冷門電子書的海外網站。茅民寫的《復興記》，赫然列於書單之中。

我頓時大喜，不愧是鱸魚，手段不凡！

再看價格，一身冷汗。這本電子書，價格不菲，且以美金結算，這下要大出血也。

不過，為了先生，出點血又算什麼？

一番折騰，總算通過信用卡將書款劃轉過去，沒幾分鐘，便收到對方發來的郵件，正是《復興記》的電子書。

考慮到先生年邁，眼睛又剛動過手術，於是特地找了一家圖片社，將電子書打印成大字本，裝訂成冊，以便先生閱讀。

這下先生終於心服口服：「謝謝謝謝，大王就是大王！」

我卻暗自咂舌，好險好險，這個「大王」當得真不容易，不知先生下次又會出什麼難題給我？

第四十八章　新聞

我坐在餐桌旁，打開《新聞晨報》，一邊喝咖啡一邊瀏覽着當天國內外的各種新聞。咖啡香氣撲鼻，窗外晴空萬里，真是一個令人心情愉快的周末。

《新聞晨報》是上海本地的新聞報紙，內容豐富，很受讀者歡迎。今天的晨報，頭版並無什麼特別的消息，我快速地一翻而過。但是，當我翻到體育版時，突然被一張照片吸引住，不由得瞪大了眼睛。

在體育版的上方，赫然刊登着一張碩大的照片。

咦，那不是先生嘛！

我不敢相信，揉揉眼睛，再仔細看，的確是先生。

內地的報紙，怎麼會有先生的報道？而且還是體育版，真是太陽從西邊出來。

我趕緊看新聞標題，只見一行大字：「『晶剛寶寶』轟動，港媒百萬天價求照。」

我不由得撇了撇嘴，「晶剛寶寶」？這是什麼玩意？

急忙看內文：「自去年光棍節喜結連理以來，郭晶晶和霍啟剛這對伉儷一直受到媒體的『重點關注』。昨天有消息說，郭晶晶已經挑選吉時剖腹產下一名男嬰……」

我恍然大悟，原來這「晶剛寶寶」是指郭晶晶和霍啟剛的寶寶。郭晶晶是奧運會跳水冠軍，難怪新聞會刊登在體育版。然而，這和先生又有什麼關係？為什麼郭晶晶和霍啟剛的新聞要放先生的大頭照？

繼續往下看：駐守在養和醫院門口的數十家媒體嚴陣以待，等待着傳聞中的「晶剛寶寶」降臨……

這則新聞佔據了整個版面。但是，看完整篇報導，卻無半個字和先生有關。

心中納悶，一抬眼，突然發現在先生的照片旁邊還有一行小字，若不注意真的很容易忽略。小字曰：連倪匡也現身養和醫院。

我忍不住哈哈大笑起來，這群記者，拍不到「晶剛寶寶」的照片，卻拿先生的照片來搪塞讀者，也真是難為他們。

不過對於我來說，先生的照片，遠比「晶剛寶寶」有吸引力。能在內地報紙上看到先生，真是意外的驚喜。

然而沒有驚喜多久，我突然想起一件事，笑容頓時在臉上凍結。

先生為什麼會在醫院現身？難道先生病了？

我馬上打電話給鳳衛：「你看了今天的《新聞晨報》嗎？」

鳳衛的聲音聽起來不太清楚，似乎正處在一個嘈雜的環境中：「什麼……晨報？我沒……看……」

我道：「你趕緊去買一張，看看體育版！」

不一會兒，鳳衛回電：「我看到了，先生被記者拍了照片，真是搞笑，哈哈。」

我忙道：「你先別樂，看仔細，先生是在醫院被記者拍到的！」

鳳衛頓時也緊張起來：「對哦，難道先生病了？」

我道：「最近我和先生通郵件，並沒聽先生提起過生病的事。你呢？先生有沒有對你說起？」

鳳衛道：「沒有啊，先生前兩天發給我的郵件還有說有笑的，一點也看不出生病的樣子。」

我更是緊張：「不知先生到底怎麼了，真叫人擔心。」

鳳衛叫道：「趕緊給先生打個電話吧。我正忙着去見客戶，不太方便，這事就拜託你了，有消息後馬上告訴我！」

我懷着忐忑的心情，撥通了先生的電話。

不多時，先生的聲音自電話那頭傳來：「喂，哪一位？」

我忙道：「先生，是我！」

先生哦了一聲，聽聲音，有些無精打采。

我問先生：「先生，最近你可是身體有恙？」

先生奇道：「咦，你怎麼知道？」

我將報紙新聞之事一說，先生哈哈大笑起來：「我還以為你有讀心術，原來是看報紙新聞！」

聽到先生的笑聲，我的心情多少感到一點安慰。看起來先生即使生病，也並不嚴重，不然怎麼還笑得出來。

我又問：「先生到底是哪裏不舒服？」

先生嘆了口氣：「年紀大了，身體機能衰退，下樓時不慎跌了一跤。」

我大驚，腦中頓時浮現出好幾起健康老人因摔跤而摔出大事故的新聞來，趕緊問道：「先生沒有摔壞吧？」

先生哼了一聲：「若是摔壞，現在豈能和你打電話？不過，雖然沒有傷及筋骨，卻也難免皮肉受苦，糟糕得很。」

頓了頓又笑道：「本來只是去醫院治療，沒想到無端端搶了豪門風頭，真是有趣。」

我趕緊問道：「記者搶『晶剛寶寶』的新聞，為什麼要拍先生的照片？」

先生嘿嘿一笑：「你以為豪門的照片是那麼容易就能拍到的嗎？這班記者在醫院門口蹲了一夜，一無所獲。突然見到我，簡直像看到了救星，我還沒下車，他們就一擁而上，隔着車窗一通亂拍。」

我笑道：「先生倒也不惱？」

先生道：「為什麼要惱？這班記者也不容易，就讓他們拍好了。豪門照片拍不到，拍到我的照片，對他們來說，總算也可以有個交代。」

我道：「先生和『晶剛寶寶』毫無關係，這樣也可以？」

先生笑道：「只要有吸引讀者的元素，報紙能夠賣得出去就行，管他有沒有關係。」

我咋舌無語。

先生突然又嘆了口氣，我不知何意，趕緊詢問先生。

先生道：「這次之所以會跌跤，全是因為眼睛出了點小問題。」

我又是一驚，才放下的心一下子又吊了起來：「先生的眼睛出了什麼問題？」

先生嘆道：「前陣子我看書看得好好的，突然視線一陣模糊。原以為是看久了眼睛疲累，歇一會就好，沒想到第二天還是這樣。我有點緊張，準備去醫院檢查，結果下樓時心急慌忙，跌了一跤。」

我趕緊問道：「那檢查下來結果如何？」

先生的聲音微微有些顫抖：「醫生說是白內障，需要開刀。」

我不由得倒吸了口涼氣。白內障這種病，說輕不輕，說重不重。但是對於喜歡看書的人來說，還真是一種可怕的病。

果然，先生又道：「眼睛開刀不比其他部位，萬一有個三長兩短，雙目從此不能視物，那可糟糕之極。」

我忙問：「一定要去開刀嗎？」

先生哼了一聲：「能不開誰想去挨刀？但是醫生說一定要開掉。」

我忙安慰先生：「白內障是小手術，現在的醫療水平絕對沒有問題，最多忍個兩三天就能恢復正常視力。」

先生又哼了一聲：「兩三天？你試試兩三天不能看東西的滋味！」

我吐了吐舌頭，不敢再說。

先生道：「施仁毅還邀請我下個月去香港書展衛斯理五十週年紀念活動演講，我真是一點心情也沒有，正想着要不要婉拒他。」

我心中一動，原來仁哥還有這樣的計劃。能在書展上聆聽先生的演講，這也是我們大家的願望，我得幫仁哥一把，無論如何得讓先生答應。

想到這裏，我忙道：「先生應該去！」

先生道：「為啥？」

我道：「先生心情不好，去書展和大家聊聊天，正好聊以遣懷。再說我和鳳衛也會去現場，可以陪着先生，總比一個人在家裏悶着好。」

先生想了想：「你說的也有道理，我回頭打電話答應他吧。」

我頓時暗喜，笑道：「先生這已是連續三年去書展演講了。」

先生道：「其實我根本不會演講，都是下面的讀者提問，我回答而已。」

我道：「大家就喜歡這樣和先生互動，若只是先生一個人在台上講，不免少了許多樂趣。」

先生苦笑：「太累了，這是最後一次。明年無論誰來請我，我也不去了。」

体育 B12

昨日大批记者在养和医院门口等待郭晶晶生产喜讯

“晶刚宝宝”轰动 港媒百万天价求首

在體育版的上方，赫然刊登着一張碩大的照片。咦，那不是先生嘛！

第七篇

盛會

第一次接觸到衛斯理小說的時候，我們絕想不到日後會有這麼一天，能夠有資格替衛斯理舉辦這樣一個極具意義的紀念活動。

第四十九章　真跡

終於盼到七月的香港書展，衛斯理五十週年活動正式拉開帷幕！

事到臨頭，仁哥又出新主意。請先生親筆寫一首打油詩，然後又複製了九十九份，一共一百份，在書展的第一天，隨《倪學》一書送出。前一百位購書的讀者，便能得到先生的手稿。至於其中唯一的一份真跡，究竟花落誰家，那就全憑運氣。一百位讀者當中，總有一位會是幸運兒。

消息傳來，我和鳳衛開始蠢蠢欲動。雖然早已有了先生的簽名書和題詞，但先生的真跡對我們來說，是絕不會嫌多的。

正當我們打算躍躍欲試時，卻發現一個嚴重的問題。書展第一天，我和鳳衛，無論如何來不及趕到香港！

訂機票的時候，我們當然無法預料仁哥會突然安排這樣一個活動。現在知道，再想更改行程已然不及。我和鳳衛只能動腦筋想辦法。

首先想到的，是請阿龍鳥鳥紫戒幫忙排隊買書。沒想到這幾位當天上午都有安排，行程難定，無法應承我們。

我和鳳衛不禁苦笑，我倆苦於遠在上海而無法參加，阿龍他們倒好，有那麼好的機會卻還浪費，真是身在福中不知福啊。

繼續想，把所有認識的香港朋友想了個遍，突然想到一個合適人選！

猶記初識仁哥時，在宴請先生的飯店中，曾結識兩位新朋友。其中一位，是香港小説會的秘書長，外號「火鍋」的何故兄。

這位何故兄，工作範圍極廣。寫作、編劇、桌遊、動漫皆有涉獵，甚至偶爾還會擔任客座教師，指導學生們故事創作的法門。因此，何故兄也常來上海洽談工作。工作之餘，每每由我和鳳衛一盡地主之誼，請他品嚐正宗的上海本幫菜。相聚次數一多，自然也就成了無話不談的好朋友。若是請他幫忙，想來不會推辭。

鳳衛發去短訊，五分鐘後，便收到何故兄的 OK 表情，我倆總算吃下定心丸。

知道我和鳳衛要來香港，仁哥特地安排，晚上在香港著名的「東寶小館」，給我倆接風，順便也慶祝衛斯理五十週年活動的順利開幕。

一路無話，我和鳳衛平安抵港。到住處放下行李，又去旺角舊書店閒逛半天，便也將近傍晚。只是期間一直聯繫不上何故兄，不知道他有沒有去書展，也不知道他運氣如何，總是心神不定。

等到皓月初升，仁哥仁嫂親自駕車來接我們去東寶小館。

這是一家大排檔式的飯舖，曾得到蔡瀾先生大力推薦，於是，很多人慕名而來，也為沾一點名人的光。我們到時，店內已是人頭交錯，熱鬧非凡。

來到預定好的桌位，阿龍和紫戒早已就坐，正在閒聊，看到我們，趕緊揮手招呼。

不多時，鳥鳥也匆匆趕到。我和鳳衛對望一眼，怎麼何故兄還沒有來？心中不免着急。

仁哥吩咐夥計換大碗，不一會，八個印着「戰鬥碗」字樣的大號瓷碗擺上桌來。

仁哥在每個碗中倒滿啤酒，帶頭舉碗：「兄弟們，這次衛斯理五十週年活動能順利舉行，《倪學》一書能趕在書展前完成，多虧大家的努力，我先敬大家一杯！」說完，仰脖一飲而盡。

我們受到仁哥的情緒感染，群情激昂，也紛紛舉碗，乾了這碗酒。

仁哥得意地道：「昨天早上，我去書展現場巡視，發現《倪學》這本書銷量喜人，收銀台前排滿了人。」

鳥鳥道：「前一百名購書的讀者能拿到先生的手稿，當然要擠破頭啦。」

紫戒道：「雖然九十九份是影印件，只有一份是真跡，但也足夠珍貴。」

鳥鳥搖頭吟道：「餓食玅瞓冇時辰，睇書聽曲望浮雲。懶去淋花等雨落，忘咗餵魚又黃昏。」

紫戒鼓掌：「先生這首詩，寫古稀老人生活，是為一絕。」

阿龍在一旁喃喃道：「其實昨天上午我辦完事後，看看時間還早，便也去書展現場碰碰運氣。可惜運氣欠佳，只抽中影印件題詩。唉，不知真跡會被誰得去。」

鳥鳥笑道：「就知道你忍不住。我本來也想去，但一覺睡醒已是中午，想想前一百本書肯定搶不到，所以就沒有去。」

我和鳳衛相視一笑，對大家道：「我們也參與了。」

鳥鳥奇怪：「你們倆今天才到的香港，一百本書早就一搶而空，怎麼參與？」回頭看了仁哥一眼，又道：「難道是仁哥暗箱操作？」

仁哥笑道：「我要是暗箱操作，把先生題詩給了他倆，那麼多讀者豈不是要把我罵死？」

鳥鳥不解，望向我們。

鳳衛笑道：「我們拜託香港小說會的秘書長，何故兄幫忙排隊購買。」

鳥鳥恍然大悟：「原來找了他！」

阿龍急問：「結果如何？」

我一攤手：「我們也不知道。」

鳳衛補充：「我們一到香港就打電話給何故兄，但他一直沒有接聽，只好等他來了才能揭曉答案。」

仁哥笑道：「這傢伙，關鍵時刻，又遲到！」

阿龍撇撇嘴：「何故外號『火鍋』，我們今天不吃火鍋，他自然磨磨蹭蹭。」

吃罷一輪，仁嫂突然輕推一下仁哥，指指門口，小聲道：「來了。」

大家一起抬頭望去，只見一個漢子，正費力地從一桌桌的空隙間擠過來。看那一顆油光鋥亮的光頭，不是何故是誰？

仁哥喊道：「你遲到，罰酒一杯！」

何故二話沒說，端起桌上的戰鬥碗，一仰脖，一碗啤酒便灌下肚去，彷彿不是因為遲到罰酒，而只是口渴極了。

烏鳥比我們還心急，搶着問何故：「你幫他倆排隊買書，拿到先生親筆題詩沒有？」

何故放下碗，抹了抹嘴，長長嘆了一口氣。

我和鳳衛見狀，知道滿腔期待已然落空。雖然這是意料中事，仍不免有些失望。

阿龍問道：「真跡沒有買到，影印件總買到吧？」

何故搖搖頭。

烏鳥叫道：「影印件都沒搶到？難道你和我一樣也睡過頭了？」

何故又搖頭：「我命苦。」

烏鳥道：「你怎麼就命苦了？」

何故聳聳肩：「我每次參與抽獎活動，總是替人做嫁衣。」

烏鳥道：「這話怎麼說？」

何故又嘆了口氣，從包裹掏出兩本《倪學》來，對我和鳳衛道：「這是你們倆的書。」

我們懶洋洋地伸出手，各自隨便拿了一本，往包裹一塞。

何故突然道：「你們不打開看看？」

看看？既沒真跡又沒影印件，有啥好看的？

不對，若是真的什麼也沒有，為什麼何故會叫我們「打開看看」？

我和鳳衛互望一眼，心中疑竇頓生。這何故神神秘秘，到底在搞什麼鬼？

鳳衛急忙打開書，只見書中夾着一張信箋。鳳衛驀地吹了一聲口哨，欣喜地展開信箋。我趕緊湊上去一看，是影印件！

鳳衛笑道：「總算買到影印件，也是喜事，當浮一大白。」說完，舉起碗來，將酒倒入口中。

大家的視線又轉向了我。

我趕緊打開我那一本，書中也有一張信箋。展開一看，笑着舉起信箋揮舞了一下：「也是影印件。」

何故突然道：「你們再仔細看看。」

我一愣，慌忙將信箋攤放在桌上，鳳衛也取出他的那張，攤在我的信箋旁。大家湊上頭去，仔細觀瞧，這下看出區別來了。

我那張信箋上的字跡，明顯更水潤更清晰，赫然正是先生的真跡！

阿龍怪叫一聲：「我的運氣怎麼就沒那麼好呢？」

仁哥大笑：「他哥倆運氣好，你奈他們何？」

鳥鳥笑道：「沒想到那麼多讀者去碰運氣，真跡還是落到他倆手裏。要是不知情，還真以為仁哥暗箱操作呢。」

何故又假裝嘆氣：「我辛苦排隊，卻給他倆做了嫁衣。」

我們趕緊道：「何故兄高風亮節，將真跡給我們，實在感激不盡！」

何故正色道：「既然答應兩位兄弟，我又怎可奪人之美。而且，主說過，施比受有福。你們讓我享福，我還要謝謝你們呢。」

眾人一陣大笑。

大夥兒舉碗暢飲，恭喜我倆得到先生真跡。

可是，問題來了。我和鳳衛兩個人，真跡卻只有一份，到底給誰？

大家望着我們，想看我們如何解決這個問題。

其實，這個問題完全不是問題，我們兩人怎會為了先生的真跡而爭奪呢？

我和鳳衛耳語了一番，然後由鳳衛代表我倆發言。

鳳衛向大家一拱手：「雖然我們運氣好，抽中先生真跡，但真跡卻只有一件。我和手套都不願讓彼此失望，於是決定將這真跡送給另一位值得尊敬的朋友……」

大家目不轉睛地望着我們，鳳衛繼續道：「我們決定將這份真跡送給我們的好朋友，武俠專家諸葛慕雲。」

仁哥率先鼓掌：「好！」

何故在一旁喃喃道：「施比受有福。」

阿龍、烏烏、紫戒、仁嫂，都向我們投來讚許的目光。

仁哥再次舉起碗，大聲道：「來，為兩位兄弟乾杯！」

八隻碗碰撞在一起，濺起一片酒花。

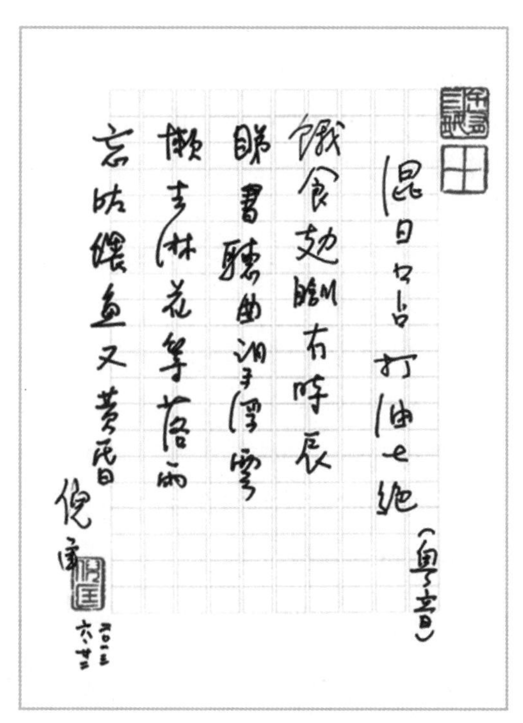

混日子打油七絕（粵音）

餓食攰瞓有時辰

睇書聽曲泅浮雲

懶去淋花等落雨

忘咗餵魚又黃昏

倪匡

二〇一三

六、廿二

我那張信箋上的字跡，明顯更水潤更清晰，赫然正是先生的真跡！

第五十章　展覽

香港書展雖然已不是第一次來，但這一次，對於我們而言，卻有着不一樣的意義。

我和鳳衛一大早就坐上港鐵，向會展中心出發。到了灣仔，人流漸漸多起來。大多數都是背着書包的學生，東一群西一群地邊走邊聊。也有一些中年知識分子和帶着孩子的父母，夾雜在學生的隊伍中，緩緩向前走去。這個時間，大家應該都是去書展的吧。

我和鳳衛在港鐵出口處，找個相對人少的角落佇足停步，望着如潮般的人群。以往看慣的情景，今天看來，卻另有一番感受。

鳳衛突然嘆了口氣，我有些奇怪：「今天是好日子，為什麼要嘆氣？」

鳳衛一指人群：「我不是嘆氣，我是感慨。想想以往，我們只不過是他們中的普通一份子，今天卻不一樣。」

被老友這麼一說，我的情緒也變得有些激動：「以往去香港書展，我們只不過是匆匆過客，但是今天，我們終於真正參與進去。」

鳳衛點點頭，拉着我的胳膊道：「走，看看我們的成果去！」

還在自動扶梯上，就已看到展廳入口處，貼着極大的海報，印着「衛斯理五十週年紀念展」幾個大字。走近看，海報旁邊，是先生的照片，下面則是生平簡介。

我們心中一陣激動，終於親眼見到這個展覽！

這個展覽能夠順利展出，殊為不易。其中，仁哥要記首功。若沒有他的靈光乍現，沒有他的策劃安排，沒有他向香港文化局申請展會執照，也就不會有衛斯理五十週年展。然後，大家群策群力，各展所長，辛苦創作，使這個展覽逐漸成形。

而我和鳳衛，就屬於「大家」中的一份子！

第一次接觸到衛斯理小說的時候，我們絕對想不到日後會有這麼一天，能夠有資格替衛斯理舉辦這樣一個極具意義的紀念活動。

回首往事，我倆一路走來，從一個普通讀者，進而和先生成為忘年交。這期間，需要多大的緣份，才能走到這一步？

這一切，如夢似幻，簡直就像奇跡一般。

我們無限感慨，卻也無比驕傲！

鳳衛拍拍我的肩：「走，我們繼續參觀！」

我看着老友，點點頭，笑着伸手勾住他的脖子：「走！」

進入展廳，首先映入眼簾的，是一長排的玻璃展櫃。它們安靜地靠牆而立，每個展櫃所展示的內容各有不同。

第一個展櫃，正中掛着一幅由著名作家董橋先生親筆題寫的卷軸。上書「衛斯理五十年展」幾個字，字跡娟秀清麗，正是董先生的風格。

卷軸之下，是勤 + 緣出版社出版的衛斯理小說，以及先生的手稿。先生的小說手稿，並不常見。這裏展出的，是衛斯理故事《前世》的手稿。

為了借到這批手稿，仁哥數次登門造訪勤 + 緣出版社，和社長傾談很久，誠懇相求，好不容易才得到社長首肯。箇中辛苦，自然不足為外人道也。

經社長允許，仁哥將手稿復刻成書，作為本次展覽的紀念品。幾天後，將在先生的演講會現場，留給廣大的衛斯理書迷們。

這批手稿復刻本，限量一百冊，是極珍貴的衛斯理收藏品。

我和鳳衛當然不用擔心拿不到書，仁哥早已給我們準備好，一人一本，留作紀念。

勤 + 緣的旁邊，是明窗出版社的展櫃。

衛斯理小說的香港版版權，一拆為二，由這兩家出版社瓜分。早期作品由明窗出版，後期作品則由勤 + 緣出版。

明窗的衛斯理小說，前後共出版過五個版本。

最初的版本，出版於上世紀七十年代末期。由著名插畫家王司馬繪製封面，一共只出版了十二冊。歷經數十年，早已絕版，偶有零星幾冊曾出現在二手書市場。要想覓齊全套，難度極大。有收齊全套者，無不視為珍寶，豈肯輕易予人。這時節，已不是有錢就能買到的了。

而這套初版衛斯理小說能夠出版，背後也有着相當的曲折。

本來，衛斯理故事只在《明報》連載，並無出版單行本的計劃。恰好明窗出版社整理倉庫，多出一批空白紙張，棄之可惜，便索性用來印刷衛斯理故事。

臨印刷之際，突然發現包括先生在內，沒人留有衛斯理故事的存稿及剪報。這下出版社編輯犯了愁，只好登報求助。幸而老天開眼，有位溫乃堅先生，是衛斯理的狂熱粉絲，集有大量衛斯理剪報。看到報紙啟事後，欣然將全部剪報贈予先生。先生大喜，想要好好答謝他，溫先生有名士風範，表示不必客氣。先生也非凡人，收起錢囊，以好酒好菜一頓相邀，遂和溫先生成了朋友。

事情至此，本應一片坦途，不料又生風波。出版社整理剪報時發現，溫先生的衛斯理剪報仍少一篇故事！

大家你望我我望你，毫無辦法可想。就在這個故事將要成為遺珠之際，卻又有好漢孫漢鈞先生攜該故事剪報來投。

千辛萬苦，衛斯理小說終於得以正式出版。這段背後的故事也成為佳話，在衛斯理迷中間廣為流傳。

繼續往前走去，展櫃中突然出現了一批內地出版的衛斯理小說。那種花裏胡哨的、用西方科幻插畫拼湊而成的封面，那種幾個故事合成一本書的排版，極具「共產」特色。

我笑着對鳳衛道：「這些盜版衛斯理小說，是你提供的吧？」

鳳衛也笑：「讓香港讀者見識一下亦非壞事，要不是這些盜版書，我們哪裏能看到衛斯理小說！」

我拍拍老友的肩膀，多年前的往事再次湧上心頭，不由感慨萬分。

鳳衛突然叫道：「好多衛斯理漫畫！」

我轉頭一看，旁邊的展櫃中，赫然全都是各種版本的衛斯理漫畫。一時間眼花繚亂，不知從何看起。

鳳衛嘆了一聲：「我只看過新加坡漫畫家黃展鳴的衛斯理漫畫，沒想到除了他，竟然還有那麼多人畫過。」

我嘴上應着老友，眼睛卻一刻不離那些漫畫：「利志達和楊孝榮畫的那十冊衛斯理漫畫我曾在阿龍那裏見到過，但利志達獨自畫的十七本薄本漫畫卻還是第一次見到。」

這些漫畫，令我們眼饞不已。衛斯理的世界，實在太寬廣！

看了一會兒，鳳衛又叫道：「你快來看，這裏有蔡志忠畫的先生肖像！」

我趕緊快走幾步，來到老友身邊。抬頭一看，果然，蔡大師的筆下，先生化身占士邦，握着手槍面帶微笑，一隻腳站着，一隻腳曲着，姿勢瀟灑。

那胖胖的身體，大大的腦袋，笑嘻嘻的模樣，還真有幾分先生的神韻。

再往旁邊看去，我不由也叫了起來：「老夫子！」

鳳衛聞聲扭頭，哈哈大笑：「先生被畫成大番薯了。」

只見王澤教授的賀圖中，先生活脱脱就是老夫子漫畫裏的大番薯，用手指着自己的腦袋道：「這裏邊還有很多東西！」

兩幅有趣的賀圖，把我們樂了好一陣子。

這裏展示的，是世界各地華人漫畫家為了這次展覽，以「我眼中的衛斯理與白素」為主題而作的賀圖，這當然又是仁哥的面子。

除了蔡大師和王教授，還有新加坡漫畫家黃展鳴、內地漫畫家夏達的作品，至於其他人，我們都不認識，猜想也許是香港本地的漫畫家吧。

然而，這些賀圖只是開胃菜，真正的主菜是台灣插畫家徐秀美老師當年為衛斯理小説所畫的封面原稿。這些原稿，也是先生本人最喜歡的一套衛斯理封面。畫風古怪、神秘、詭異，正合衛斯理小説的氣氛。

特別是《茫點》這幅畫，其中還有一段小故事。

先生當年在台北，參觀徐秀美老師的畫展，看到這幅題名為《茫點》的畫作之後，頓時靈感大發，立即也以《茫點》為名，寫下一個精彩的衛斯理故事。

同一個題目，誕生出一幅令人深思的畫和一個緊張曲折的故事。引來畫家和作者惺惺相惜，實在是一段佳話！

徐秀美老師的衛斯理封面畫原稿，端的是大師手筆，我看在眼裏，讚在心裏。最令人驚喜的，是徐老師特地為這次展覽所畫的一幅新作，題名為《飛越之心》。

畫中是一個人的側臉，臉上停着一隻飛鳥。他的眼睛，和鳥的眼睛重合着，彷彿心中所思，隨時會隨着鳥兒飛向遠方。

這幅畫被用作《倪學》一書的封面，而我和鳳衛的名字，也被印在《倪學》的封面上。

我不禁笑着問老友：「看到這幅畫，你有沒有什麼感覺？」

鳳衛轉頭看看我，不解地問：「什麼感覺？」

我笑道：「感覺這幅畫好像是專為我倆所畫一樣。」

鳳衛轉頭看看畫，又轉頭看看我，大笑道：「你的自戀狂又發作了。」

第一個展櫃，正中掛着一幅由著名作家董橋先生親筆題寫的卷軸。上書「衛斯理五十年展」幾個字，字跡娟秀清麗，正是董先生的風格。

第五十一章 欣賞

這是一座一人多高的雕像。

他戴着眼鏡，頭髮梳得整整齊齊；他一身西裝革履，裏面穿着高領毛衣；他一隻手插在褲子口袋中，另一隻手則握着一本書。

他站在一個金色的碗蓋形底座上，頭微微向後仰着，呈四十五度角望着前方；他顴骨高聳，嘴唇線條硬朗，一望而知是個性格倔強的人；他全身漆黑，氣度不凡。

他，就是衛斯理！

衛斯理雕像底座前端印着董橋先生寫的「衛斯理五十年展」幾個字，下面還有一個長方體基石。基石的四個面，密密麻麻地印着幾乎所有的衛斯理小說書名。比較著名的，像《尋夢》、《藍血人》、《老貓》這些，字體印得很大，不太著名的，字體就印得小一些。

我和鳳衛好奇地圍着他轉了好幾圈。

早就聽仁哥說，會製作一尊衛斯理雕像，在展覽中展出。但仁哥保密工作做得極到位，即使是我們這些紀念展的參與者，在事先也絕未見過這尊雕像。

我們滿懷好奇，一直在想像這雕像究竟會是什麼模樣？是根據某部衛斯理影視劇主演的樣子來塑造？還是完全憑空想像？

然而，當我們真的站在雕像前時，卻產生了一種說不清道不明的情緒。因為眼前的衛斯理，和我們的想像，差了十萬八千里！

鳳衛心中的衛斯理，是出演電影《衛斯理傳奇》的許冠傑，而我心中的衛斯理，則是先生本人。

我們努力將雕像和自己腦海中的衛斯理形象結合起來，但無論怎麼努力，他還是讓我們感到非常陌生。

眼前的他，雖然帥氣，雖然英偉，卻不是我們心中的衛斯理！

鳳衛苦笑道：「原來仁哥心中的衛斯理，是這個樣子的。」

我也跟着苦笑，問鳳衛：「要不要合影？」

鳳衛道：「當然要！好歹這也是官方正版衛斯理。」

雖然這尊衛斯理雕像並不能讓我們滿意，但我們還是繞着他，以各種角度拍了很多照片。

恰好有位中年讀者走過，鳳衛上前詢問：「能不能麻煩您幫我倆拍張合影？」

中年人笑着點頭。我倆趕緊一左一右，在衛斯理雕像旁擺好姿勢。

相機的快門聲響起，衛斯理專家和衛斯理的合影，也永久保留下來。

這樣的情形，多年後回想起來，想必也會忍不住會心而笑吧。

鳳衛突然發現了什麼，指着雕像道：「你看！」

我看不出什麼，問道：「這雕像又怎麼了？」

鳳衛在我背後猛拍一下：「不是讓你看雕像，是叫你看雕像後面的牆。」

我趕緊將目光越過雕像。咦，牆上貼着的，不就是我和紫戒合作撰寫的那份衛斯理病歷記錄？

鳳衛笑道：「為了編寫這份記錄，你們倆不知道把衛斯理小說翻了多少遍吧？」

我用力點頭：「那真是花了大工夫！衛斯理生病和受傷的記錄，散見於各個故事中。若不是看書時做好筆記，有跡可循，臨時到幾百個故事中去找，怎可能辦到！」

鳳衛道：「估計紫戒兄和你一樣，他做『倪學網』的時候，一定也收集了不少資料。」

我笑道：「想要做『衛斯理專家』豈是這麼容易的事？平時的積纍很重要！」

鳳衛吐吐舌頭：「和你們相比，我這個『衛斯理專家』只能算是充數。」

我搖頭，指指另一面牆：「你也別妄自菲薄，看看這個，全都是你的功勞！」

另一面牆上掛着的，是鳳衛辛苦製作的「倪地圖」，那是先生一生的成長足跡。

從上海到蘇北，從蘇北到內蒙，從內蒙到香港，從香港到美國，最後再從美國回到香港。

始於上海，終於香港。這一路的風風雨雨，構成了先生獨特的人生經歷，也造就了一位偉大的科幻小說大師！

鳳衛追隨着先生的足印，一路行去，記錄下先生一生的故事。

有些地方，如蘇北農場和內蒙農場，早已被時代淘汰，無跡可尋，只好從故紙堆中找來當年的照片；有些地方，如美國三藩市，並非説去就立即能去的，便借用葉李華教授的舊照。但上海和香港兩地，鳳衛則親自實地考察、採訪，獲得第一手資料。

最後，精心挑選出最具代表性的十二張照片，製作成這幅「倪地圖」。

已有不少讀者圍着「倪地圖」仔細地觀賞。有的讀者還不時指着上面的照片，眉飛色舞，和同伴竊竊私語，有一種發現新大陸般的興奮。

鳳衛的臉上露出欣慰的笑容。

「倪地圖」的對面，是一幅「衛斯理人物關係圖」。

在這幅圖前面，也圍了不少讀者，一樣在指指點點，議論紛紛。

我悄悄地來到他們身後，想聽聽他們在説些什麼。

一位女讀者對男友道：「哇，這麼多人物，線條畫得密密麻麻，看得頭都暈。」

我皺了皺眉，心想：你懂什麼！

她的男友看了她一眼：「你仔細看，能把那麼多人物的關係梳理得清清楚楚，很不容易的。」

我又高興起來，心道：還是你識貨！

鳳衛從後面勾住我的脖子，笑道：「可惜，本來彩色的圖，礙於成本，被做成黑白的。」

我嘆口氣道：「是啊，我為了區分不同的人物，特意用不同顏色把他們標注出來，就是為了讓讀者可以看得更清楚。」

鳳衛惋惜：「黑白圖看起來效果就差了不少。」

兩個小情侶似乎聽到了我們的對話，扭頭看看我們，一臉疑惑。

鳳衛看看我，壓低聲音笑道：「你是不是有一種很想上前告訴他們，你就是這幅圖作者的衝動？」

我笑着點頭：「是啊是啊，想得要命。」

邊笑邊欣賞，轉過彎，只見到四個大大的人形紙板豎立着，每一個紙板上都畫着一個漫畫人物。

我走近一看，不由得發出一聲慘叫。

鳳衛聞聲趕來，急問：「怎麼了？」

我一手捂着臉，一手指那漫畫人物：「你自己看。」

兩秒鐘後，鳳衛也是一聲慘叫。

我苦笑道：「你能相信，這就是白素嗎？」

鳳衛把頭搖得像撥浪鼓似的：「這哪是什麼白素，根本就是風塵女子！」

紙板上的白素，長髮披肩，穿着極短的白裙，上不遮胸，下不蔽體。偏偏又畫得豐乳細腰，眼神嬌媚。

再看其他的漫畫人物，衛斯理的樣子雖然和雕像差不多，但是，他的頭髮長到脖子，襯衫的領口又故意敞開着，氣質遠遠不及雕像。

鳳衛不住哀嘆：「你看白老大和藍血人方天，一個看起來一臉奸相，一個又哪裏看得出是外星人？」

雖然這四個漫畫人物被我們狂吐槽，但圍着他們欣賞的讀者卻一點也不少。我們觀察了一會兒，發現幾乎所有的男讀者都會首選和白素合影，而大多數女讀者，則選擇方天。

這個現象頗為有趣，其背後的社會心理為何，我們不得而知。但無論如何，這幾個漫畫人形紙板，受到讀者的關注，是不爭的事實。

時間已近中午，來看展覽的人漸漸多起來。

有的讀者獨自一人細細欣賞，有的三三兩兩聚成一堆。人越來越多，我和鳳衛被擠到一邊。鳳衛索性拉着我，再站得更遠一些。

有一對頭髮花白的老夫妻相互攙扶着，走進展廳。他們步履蹣跚，但神態輕鬆，悠然地欣賞着櫥窗裏的展品。老爺爺還不時指點着，向老奶奶說着什麼。老奶奶側着頭，笑眯眯地看着老伴。這些展品，是否喚醒了他們年輕時的美好記憶？

又有一位推着輪椅的讀者引起我們的注意。

那是一位年輕的讀者，然而在輪椅中坐着的，卻更年輕。

哥哥推着弟弟，慢慢地欣賞。大概是看到了有趣的內容，彎下腰，在弟弟耳邊輕聲低語。弟弟歪着頭，認真聽着，憨憨的臉上露出一絲笑容。

我看在眼裏，心中流過一陣暖意。

讀者們認真地欣賞着我們的心血和成果，他們一定不會想到，參與製作這些展品的人，此刻正激動地站在展廳一角，心潮澎湃地欣賞着他們！

我們努力將雕像和自己腦海中的衛斯理形象結合起來，但無論怎麼努力，他還是讓我們感到非常陌生。

第五十二章　長洲

香港的離島，聞名已久，卻始終沒有機會前往。

參觀完衛斯理五十週年展，到先生登台演講之間頗有幾天空閒，倒是興起想要去走一遭的念頭。

其時並非周末，仁哥、阿龍和紫戒都有工作在身，無法陪同我們。唯有鳥鳥，自由職業，有得是時間。聽說我們打算去離島玩，吵嚷着要一起去，我和鳳衛當然不會反對。

不過香港離島眾多，究竟去哪一個？

鳳衛想去南丫島，說網上最多人推薦。鳥鳥提議去大澳，說離天壇大佛比較近，可以順路一起玩。然而我卻提出不同意見，理由之充分，秒殺他們兩人。

我道：「既然我們是衛斯理迷，自然要去一個和衛斯理有關的離島玩才有意思。」

主意不錯，可是鳳衛和鳥鳥卻又都撓着頭問我：「不記得衛斯理故事中有出現過香港的離島啊。」

我哈哈大笑：「這個時候，專家和非專家的區別就顯示出來了。」

我打開手機，找出一張衛斯理故事原文照片，遞給鳳衛和鳥鳥看。

我呆呆地站在海灘上，心頭感到莫名的惆悵，石菊落在「死神」的手中，等於是一隻腳在鬼門關中！我並沒有考慮了多久，便決定我要到新加坡去，我的朋友是多方面的，從富豪到苦力，在長洲，我向一位畫家朋友，借到了一隻小快艇，向香港疾馳而去。

鳥鳥一臉佩服，鳳衛卻大叫起來：「《鑽石花》的故事我很熟悉，我記得這段情節。書中只說是一座小島，並沒有提到小島的名字是長洲島。你的這張照片，是從什麼書裏拍的？」

我伸手拍拍鳳衛的肩頭，笑道：「你記得沒錯，但是我這張照片，卻也不是假的。」

鳳衛好奇：「說來聽聽。」

我道：「你可知道衛斯理小說曾經修訂過一次？」

鳳衛點頭：「當然知道，先生在一九八六年的時候，將之前的衛斯理故事陸續修訂，有幾個故事修改幅度極大。」

我點頭道：「正是！你所記得的，是修訂後的內容。然而我這張照片，卻是翻拍自舊版《鑽石花》。先生修訂時，將長洲島的名字隱去，所以，我們倆誰都沒有記錯。」

鳳衛恍然大悟，道：「佩服佩服，你果然比我更專家。」

鳥鳥早已聽得目瞪口呆，抱拳道：「你們倆都是專家，該佩服的應該是我。」

鳳衛笑道：「到了長洲島，你才是專家。」

我們在中環的五號碼頭買了船票，上船找個靠窗的座位坐下。

由於是慢船，大約四十分鐘才能到達長洲島，有的是時間欣賞海中風景。

船緩緩開出，中環的高樓大廈在視野中漸漸變小。

我突發奇想：「若是日後有機會，將書中衛斯理曾去過的地方一一找出，然後跟隨着衛斯理的腳步，周遊全世界，倒也是件好玩的事。」

鳳衛大笑：「你簡直是痴心妄想，衛斯理曾去過天堂星，難道你也跟去？」

鳥鳥也笑道：「別說天堂星，就是地球上的地方，像《紅月亮》中出現的西班牙小鎮『蒂卡隆』，根本就是虛構的，現實中並沒有。這種地方，你如何去得？」

我瞪了他們一眼，道：「我好好的夢想，被你們破壞，太沒情調了！」

鳳衛和鳥鳥偷笑着，我不住地朝他們翻白眼。

海風吹過，暑氣漸消。說來也奇怪，在岸上的時候，心情還是激動浮躁的，但一到大海中，便突然平靜下來。

大海中的風景其實很單調，然而卻有種特別的吸引力。不時有海鷗飛過，低聲鳴叫着、盤旋着。海中的浮標一起一伏，為往來的船隻指引着方向。

二十分鐘之後，已望不到岸，又過了一會兒，隱隱見到小島的輪廓。

鳳衛「騰」地站起來，拍着我，指着小島道：「快看快看，馬上要到了！」

鳥鳥微笑着道：「別急，你看到的這不是長洲島，是南丫島。」

鳳衛復又坐下，喃喃道：「這些小島看起來長得都一樣。」

鳥鳥給我們科普：「長洲島位於南丫島和大嶼山中間，因為島的形狀是長條形的，所以才名為長洲島。」

約十來分鐘後，船速漸緩，靠着慣速，慢慢靠岸。

鳳衛笑道：「衛斯理初到長洲島時，前有強敵後有追兵，何等淒惶，哪像我們這般悠閒。」

我也笑：「不知道島上是不是真的像故事中所寫，有位畫家？」

鳥鳥道：「島上居民將近三萬，不乏藏龍臥虎之輩，就算有畫家也不足為奇。」

我們邊走邊聊。只見臨碼頭的街上，停着一排自行車，看來是供遊客代步用的。不過對於我們三個要追隨衛斯理足跡的人來說，當然要靠自己的兩條腿和長洲島作親密接觸才比較有趣。

跟着鳥鳥穿大街走小巷，島上的路，除了靠近島緣的一圈比較寬，其餘都是些羊腸小道。小道兩旁，商店林立，其中最多的就是小飯店和紀念品商店。

鳥鳥帶着我們如走迷宮般繞來繞去，在一家小飯店前停住腳步。

這是一家叫做「甘永泰魚蛋」的小店，店面狹小，食客卻很多。有趣的是，這家店不賣別的食物，專賣魚蛋。

鳥鳥向老闆微笑着打招呼：「老伯，來三串魚蛋。」

戴着鴨舌帽的老伯爽朗地應着，遞給我們三串黃澄澄香噴噴的魚蛋。鳥鳥指着旁邊的各種醬汁對我們道：「來，魚蛋要沾醬汁更好吃。這裏有燒烤汁、黑椒汁、咖喱汁，你們隨意。」

一顆魚蛋入口，先是覺得鮮甜嫩滑，等牙齒咬將下去，更是彈性十足。連吃三顆，意猶未盡。

鳥鳥笑道：「別急，這裏好吃的東西很多，我們一家家吃過去。」

芒果糯米糍、巨型薯片、蝦丸、蠔仔粥，一路吃來，只恨自己肚子太小。

吃得興起，拍照片與大家分享。不多時，仁哥回覆一個驚訝的表情：「你們在長洲島玩啊，那家魚蛋店我也吃過。」

鳳衛豎起大拇指回覆：「對，仁哥好眼力！」

阿龍流着淚回覆：「我好餓，你們拉仇恨！」

我一臉壞笑回覆：「阿龍請想想自己的體型，控制一下情緒。」

紫戒微笑着回覆：「祝你們玩得開心。」

鳥鳥得意地回覆：「待會我們還要去海灘看日落。」

仁嫂不說話，只是發來一個笑臉。

過了片刻，仁哥又傳來一張照片，我們仔細一看，是從當天報紙上翻拍下來的一段新聞。

新聞標題奪人眼球：長洲島著名鬼屋東堤小築又發生

自殺事件！

烏烏突然一聲怪叫，把我和鳳衛嚇了一跳。不就是一則新聞，用得着那麼大驚小怪？

烏烏伸手指指前方，我倆抬頭望去，只見一棟小樓鐵門緊閉，鐵門旁的牆上，掛着一個木牌，赫然寫着：東堤小築。

鳳衛大笑，居然有這麼巧的事，偏偏仁哥傳來照片的時候，我們正好就走到這裏。

我覺得有趣，拿出手機對着小樓拍下照片，發給大家：「真巧，我們現在就在鬼屋探險。」

才剛傳完，突然覺得背後一陣陰風吹過，無端端打了一個寒顫。這下輪到我和鳳衛頭皮發麻，怪叫連連，轉身撒腿就跑。只聽得烏烏在後面大叫：「等等我！」

三個人直跑出一百多米才停下腳步。大着膽子回頭看看，小樓依舊好好地立在那裏，什麼異樣也沒有。

我們三人互相望着，哈哈大笑起來。

前方便是海灘。

長洲島的海灘非常美麗，尤其是日落時分。據說很多TVB電視劇都曾在這裏取景拍攝。我們找了片無人的區域坐下，享受這難得的寧靜。

太陽漸漸西沉，落日的餘暉替雲朵鑲上一條金邊，金燦燦紅彤彤，煞是好看。

海面如起了一層霧，又好似一層薄紗，將遠處的海島襯托得如同瑤池仙境一般。

風吹浪湧。

風是微風，浪是淺浪。

柔和地擁抱沙灘，又柔和地退去。

我和鳳衛何曾見過這般夢幻般的景色，不由得呆呆望着大海，像是被眼前的美景，施了定身法。

風是微風，浪是淺浪。柔和地擁抱沙灘，又柔和地退去。

第五十三章　故事

我和鳳衛，肩上背着重重的背包，手中提着沉沉的袋子，興沖沖地按響先生家的門鈴。

菲傭開門，我們大步跨進屋去，大聲喊着：「先生，我們又來啦！」

抬頭一看，咦，先生人呢？

以往每次進門就能看到先生坐在飯廳的沙發椅上等我們，但是這一次，椅子上卻是空蕩蕩的。

我們正感奇怪，先生的聲音卻從玄關後響起：「你們來啦，自己找地方坐吧。」

我們應着，將背包和袋子靠牆放下，然後繞過玄關。只見先生正坐在客廳的沙發上，身旁斜倚着一位中年女子，神態頗為親昵。

那女子見到我們，微笑着招招手，就像見到老朋友一樣。

我一愣，她是誰？我不認識，但怎麼看起來如此眼熟？

遲疑了幾秒鐘，猛然醒悟，指着她大叫：「倪穗！」

我們面前的倪大小姐，熱情大方，親和力十足。

她笑着對我們道：「成日聽老豆話，你兩位好鍾意佢嘅小說，直頭就係衛斯理專家。」

我笑道：「依家人人都話自己專家，呢個專家好唔值錢喎。」

大小姐奇道：「你嘅廣東話講得幾好喎，喺邊度學㗎？」

我還沒開口，鳳衛已搶着代我回答：「佢從小鍾意聽廣東歌，又愛睇 TVB 電視劇，係自學成才。」

先生在一旁也跟着加油添醋：「藍手套嘅廣東話講得比我好多了。」

倪大小姐哈哈大笑：「老豆，當年黃霑阿叔話你嘅廣東話係『十分流利，一點不準』，你就唔好出醜啦。」

倪太坐在旁邊，聽我們閒聊，此時也忍不住跟着笑起來。

又聊了一會兒，大小姐起身陪倪太下樓散步，她向我們揮揮手，把先生留給我們。

先生拄着拐杖，緩步從客廳來到飯廳，在他的沙發椅上坐下。

猛然看到牆角堆着的背包和袋子，奇道：「這些是什麼？」

我笑道：「都是帶給先生的書。」

先生大呼連連：「那麼多書，重也重死了，你們怎麼背得動？」

鳳衛笑道：「我們年輕，有的是力氣，這點書還難不倒我們。」

先生驚嘆連連：「你們太厲害！」邊說邊往袋子裏張

望。

我暗暗好笑，趕緊將書一一取出，堆滿桌面。

先生拿起最上面那本茅民寫的《復興記》，隨手翻了幾頁，笑道：「找書大王，果然名不虛傳。」

我不太好意思，畢竟靠鱸魚的力量才找到。

放下《復興記》，先生又拿起《蜀山劍俠傳》，不停地撫摸着，喃喃道：「這是我最喜歡的小說。以前的一套早就不知道扔到哪裏去，一直想重看，這次你幫我帶來，真是太好了！」

看到下面還有都梁的《大崩潰》、丹・布朗的《地獄》等書，先生喜形於色，大呼道：「又可以看好一陣子，實在太謝謝你們！」

我和鳳衛齊齊笑道：「只要先生開心就好！」

正聊着天，電視機裏播出的一則新聞吸引了我們的注意力：某明星在北京因涉嫌吸食大麻被捕。

鳳衛嘆息：「最近好多演藝圈明星因吸毒被捕，真不知道這是怎麼了。」

先生搖搖頭：「搞不懂為什麼要把大麻當作毒品？大麻其實不是毒品，只是一種興奮劑。我年輕時也吸過大麻的。」

我和鳳衛聽聞先生此言，也像吸了大麻，頓時感到一陣興奮，忙道：「先生說來聽聽。」

先生笑了笑，道：「想當年，我為了寫小說找靈感，就開始吸大麻。幾公斤幾公斤地買回家，堆放在牆角，把倪太嚇壞了。」

我吐吐舌頭：「這樣吸法，身體不會弄壞嗎？」

先生笑笑：「當然對身體不好，所以我吸了一段時間以後，就再也不吸。」

鳳衛好奇：「大麻到底是什麼味道的？」

先生笑道：「沒有味道，吸了以後只覺得渾身舒暢，感覺很好。唯一的麻煩就是事後口乾得要命，需要大量喝水。」

頓了頓又道：「講一樁好玩的事給你們聽。」

我和鳳衛趕緊豎起耳朵，全神貫注地聽着。

先生道：「有一次，我和蔡瀾去新加坡，住在一家五星級酒店。酒店有規定，房間裏不能吸煙，當然更不能抽大麻。但是，那時我們兩個年輕貪玩，故意不理睬這些規矩，躺在床上抽起大麻來，整個房間被我們弄得雲山霧罩。」

我擔心地問道：「那酒店沒有發現嗎？」

先生回首往事，苦笑道：「還好沒有發現！新加坡的法律非常嚴厲，要是被發現，肯定要坐牢！現在想想真是後怕，那時年輕，膽子也大，簡直為所欲為。」

鳳衛突然笑道：「年輕不怕火，只怕沒有燃燒過。」

我拍着老友大笑：「你怎麼把廣告詞都搬出來了。」

鳳衛笑道：「先生年輕時的行為，太符合這句廣告詞！」

先生微笑着看看我們，道：「你們喜歡聽，那我再講一樁好玩的事。」

我們當然鼓掌歡迎。

先生道：「有一年，我去台灣。那是八十年代初期，台灣還沒有解嚴，海關對遊客查得很緊……」

端起水杯喝了一口，續道：「那次，我恰好隨身帶着一小瓶人參磨成的粉，當藥吃的。結果，開箱檢查時被海關發現，頓時引起一陣騷動。」

我不解：「人參粉有什麼值得大驚小怪的？」

先生哈哈大笑：「我知道這是人參粉，但是海關不知道啊，瓶子上也沒有貼任何標籤。」

鳳衛笑道：「他們大概以為是什麼毒品吧。」

先生一拍大腿，笑道：「還是你聰明。那些海關人員非常緊張，臉都繃得緊緊的，拿着瓶子交頭接耳。」

我問：「他們說什麼啊？」

先生道：「我也好奇，就湊上去聽。聽到一個人小聲問另一個人，這會不會是三號海洛因？」

說到這裏，先生不由得發出一陣驚天動地的笑聲，幾乎連眼淚都快笑了出來：「我聽得他們這麼說，實在忍不住，便在他們背後笑道，這不是三號海洛因，是八號海洛因。」

我笑道：「先生真是調皮。」

先生繼續笑道：「然後，那兩個海關人員回頭瞪了我一眼，冷冷道：『一點也不幽默！』」

鳳衛大笑道：「台灣海關倒是真幽默。」

我好奇地問先生：「八號海洛因和三號海洛因有什麼區別啊？」

這下輪到先生瞪了我一眼，大笑道：「這個世界上根本沒有八號海洛因！」

說到台灣海關，先生來了興致，又給我們講起另一個故事。

還是在八十年代初，台灣尚未解嚴的時期。

先生道：「那時的台灣政府，對共產黨極為懼怕，遊客中若是有人攜帶和共產黨有關的東西，那罪行簡直比攜帶毒品還要嚴重。」

鳳衛點點頭：「蔣家父子吃過共產黨的大虧，會害怕也是很正常的事。」

先生道：「那次，排在我前面的一位遊客，行李箱中有一套貝多芬第九交響曲的磁帶，被海關看到，又開始緊張起來。」

我奇道：「這有什麼好緊張的？」

先生哈哈一陣大笑：「海關人員怕磁帶裏錄的不是交響曲，而是錄有親共言論的宣傳品。」

鳳衛笑道：「台灣海關太過神經質。」

先生連連點頭：「他們神經質得厲害，非要把所有磁帶都聽一遍，才肯放那位遊客入境。」

我不由得也笑起來：「那也不錯啊，先生正好順便欣賞一下音樂。」

先生盯着我看了半晌：「你和那海關人員一樣。」

我摸不着頭腦，我哪裏和台灣海關一樣了？

先生一陣大笑：「你難道也不知道貝多芬第九交響曲聽一遍起碼要三個小時嗎？」

「啊——」我大叫一聲，掩面而逃。

先生微笑着看看我們，道：「你們喜歡聽，那我再講一樁好玩的事。」

第五十四章　簽名

聊了一陣，又到「先生簽名時間」。先生甚至已不用我們開口，便笑道：「有什麼書要簽名的，快拿出來吧。」

鳳衛迫不及待地從包裹取出一本明窗出版社的舊版衛斯理故事《異寶》來，先生一見到封面，就大叫起來：「你從哪裏找到的？這個版本的《異寶》很罕見啊！」

鳳衛笑笑，指着我道：「還不是這位找書大王的功勞。」

先生抬頭看看我，哈哈大笑。

《異寶》這本書，原本並不稀奇，之所以稀奇，是因為突然換了封面繪者。

明窗出版社出版的衛斯理故事，封面向來由台灣插畫家徐秀美負責繪製。然而鳳衛手中的這本《異寶》，卻由另一人繪製，此人有一個非常古怪的名字，叫作「許抵死」。

我和鳳衛曾討論過，覺得這位許先生必定是個怪人，不然有誰會給自己起名「抵死」？但是無論我們在網上如何搜索，總是找不到這位許先生的資料，只能把好奇一直留在心中。

先生打開扉頁，先寫下「鳳衛老友」四個字，再簽上自己的名字。想了想，在空白處又加上一句：「此書存世不超過一百冊」。

鳳衛好奇心起，問先生：「這本書竟如此稀有？」

先生點點頭，將這本《異寶》翻來覆去，摩挲良久，突然長長嘆了口氣。

我問道：「先生為何嘆氣？」

先生突然掉了句文：「想起故人耳。」

我忙又問：「難道先生認識這位許抵死嗎？」

先生道：「豈止認識，我們是很熟的朋友。」

我和鳳衛互望一眼，靜待着先生繼續説下去。

先生道：「這位許抵死，原名許子賓，這個名字你們可能不知道，但要説起他的另一個筆名，你們大概聽説過。」

鳳衛好奇：「另一個筆名是什麼？」

先生道：「香港文壇，有位寫雜文的哈公，你們知道嗎？」

我連忙舉手：「我知道，我曾讀過他的《哈公怪論》一書，他學識淵博，文筆犀利。」

先生豎起大拇指：「找書大王果然看書也多，哈公，就是許抵死！」

鳳衛扭頭看看我：「《哈公怪論》回去借我學習學習。」

我拍拍老友，笑道：「當然沒有問題。」

先生道：「許抵死這個人，十分有才華。非但雜文寫得好，還擅長畫畫和設計，他甚至還懂篆刻，曾經替我刻過一枚名章。」

我和鳳衛向來佩服有才華的人，不禁對這位許先生悠然而神往。

剛想開口問先生，能不能把許抵死介紹給我們認識，先生卻深深嘆了口氣：「可惜他去世甚早，實在可惜！」

氣氛一時有些凝重，過了一會兒，先生吁了口氣，扯開話題，轉頭問我：「你要簽什麼書，也拿來吧。」

我趕緊答應着，從包裹取出一本書，遞給先生。

先生又是一聲驚呼：「這本書你也買到！」

我笑笑：「買到這本書，也是運氣，原本完全不知道先生還寫過這樣一本書，這次來港，抽空去了森記圖書……」

先生一邊幫我簽名一邊道：「森記我知道，老闆娘陳琁人不錯，有時還會送書給我。」

我笑着點頭：「對，琁姐是老派讀書人，知書達理。這次我去，剛進店門，她就興沖沖地拉住我，說有一本書，我一定喜歡的……」

還沒等我說完，鳳衛已搶着對先生道：「琁姐說這本書她也是最近剛收到，知道藍手套喜歡先生的書，便特地幫他留着。我問還有沒有，她說只得一本，我真是眼饞啊。」

我勾住老友肩膀，安慰道：「放心，我一定會再幫你找一本，你要相信我這個找書大王的實力。」

先生聽了大笑，對鳳衛道：「找書大王本事極大，你大可放心。」

這本書，看書名絕不吸引人：《陳果齊神秘的背後》。在封面設計上，也沒有什麼彈眼落睛的元素，只是一幅密宗上師的大頭照片，然而，作者「倪匡」二字，卻彷彿有着極度的魔力，使我一看到這本書，連半秒鐘都不考慮，就從琁姐手中搶了過來。

先生直直地看着書名，像是勾起了對往事的回憶，指着封面上的照片，喃喃道：「這位陳上師，我也有幾十年沒見過他了。」

鳳衛道：「我們趁這幾天晚上的空閒，已經輪流把這本書看完，沒想到竟如此好看。先生在書中描寫的人鬼大鬥法情節，是不是真的？」

先生笑道：「不要以為我寫的東西必定虛構，在香港，這類鬼魂附體的事件，屢有發生，所以我常說，現代科學其實非常落後，根本無法解釋這種靈異現象，隨意將其稱為『迷信』，是非常不科學的態度。」

我感嘆道：「看先生寫人鬼鬥法，非常熱鬧好看，想來這位陳上師也必定是位厲害人物。不知道他現在還在不在香港，我倒是很有興趣想見他一面。」

先生道：「人還是在香港的，可惜我和他不是很熟，沒法給你們介紹。」

我笑道：「看先生在書中所寫，好像和他很熟悉的樣子。」

先生笑道：「我是受朋友所託，才替他寫這本書，其實我只見過他一面而已。」

我和鳳衛聞言哈哈大笑，指着先生叫道：「只見過一面就寫一本書，先生竟如此不負責任！」

自己的書簽完，再替朋友們簽。照例從先生的書架上「取貨」，我邊挑邊自言自語：「要挑幾本好看的簽名才好。」

先生在旁聽到了，一瞪眼：「有不好看的嗎！」

我趕緊賠笑：「都好看都好看。」

當先生簽《身外化身》這本書的時候，突然停了下來，指着序言中的落款時間問我們：「你們知不知道這『第二十六天』是什麼意思？」

衛斯理專家這下遇到難題，也只好搖搖頭，老實承認：「不知道。」

先生得意道：「那是九一一之後的第二十六天。」

我恍然大悟，原來是指在美國發生的九一一撞機事件！

當時先生身處美國，自然對這件人類社會的大慘案有着深切的感受，於是把這個日期作為標杆，寫在序言中，作為一種紀念。

先生簽完名，順手把第二十六天的意思在後面標注了。

和先生聊了幾個小時，天色漸漸黑了下來，先生問我們：「這次你們又住在哪裏？」

鳳衛道：「依舊是重慶大廈。」

先生笑道：「那種地方，你們也住不膩啊。」

我笑道：「住慣了，有感情。這裏除了房價便宜，還有免費 Wi-Fi，我覺得很好。」

先生有點驚訝：「還有那麼好的事？」

我道：「是啊，唯一不好的就是不管飯，得自己到外面去吃。」

先生又驚訝道：「你剛才不是説有免費晚飯的，怎麼一會兒又沒有了？」

我一愣：「我什麼時候説過有免費晚飯了？」

鳳衛笑着給先生解釋：「他是説免費 Wi-Fi，就是無線網絡。」

先生一拍腦袋：「原來如此，真是跟不上時代了。」

臨走前，我問先生借用一下洗手間，來先生家那麼多次，洗手間還從未去過。我關上門正摸索着尋找電燈開關，沒想到燈突然就亮了。

出來以後，我興沖沖對先生道：「先生，你家洗手間的燈好高級，居然還是聲控的！」

話音未落，一旁的菲傭突然小聲道：「開關在外面，是我幫你開的燈。」

我的笑容一下子凝結在臉上，先生和鳳衛卻早已笑得上氣不接下氣。

又到「先生簽名時間」。先生甚至已不用我們開口，便笑道：「有什麼書要簽名的，快拿出來吧。」

第五十五章　前輩

一大早，就聽到有人敲門。門打開，外面站着四個年輕人，兩男兩女。

為首的男生看看我，怯生生道：「請問藍手套和大鱷魚精前輩是住在這裏嗎？」

我點點頭：「你們是？」

那男生道：「我們都是衛斯理貼吧的書友，這次專程來香港參加衛斯理五十週年紀念活動，我們之前和兩位前輩也曾聯繫過。」

我趕緊側身相讓：「歡迎歡迎。」

鳳衛向他們一抱拳：「房間比較小，你們找空的地方隨便坐。」

四個年輕人魚貫而入，分別在床沿坐下。

那男生自我介紹：「我是失戀。」

指指旁邊的那個男生：「這是凱撒。」

再指指對面兩個女生：「這是小愛和豬豬。」

最後問道：「今天下午有先生的演講，不知道兩位前輩如何安排？」

「上午先帶你們去逛書展看展覽，下午再一起聽先生演講。」鳳衛笑着擺擺手：「不用叫前輩，我倆比你們也大不了幾歲。」

失戀連連搖頭：「前輩就是前輩。你們兩位在網上經常發佈先生的消息，也替大家爭取先生的簽名書，帶給大家那麼多福利，我們這些後輩都很尊敬你們兩位。」

我學着他的樣子，也連連搖頭，笑道：「如果你們真是衛斯理迷，就不該和我們如此客氣。衛斯理和溫寶裕之間，難道會以前輩後輩相稱？」

失戀不好意思地摸摸腦袋，靦腆地一笑。

我仔細地打量着這四個年輕人。

失戀雖然年紀輕，但顯得頗為成熟，看起來的確像是經歷過失戀的人，舉手投足間，有一股帶頭大哥的風範。凱撒則一副學生打扮，大概是因為害羞，低着頭，躲在失戀身後，不太言語。

小愛和豬豬，雖然也不多話，但卻好奇地不住用眼角的餘光偷看我們。偶爾對上視線，又趕緊撇開頭去。我不由得暗暗好笑。

他們四個，都是衛斯理貼吧上的活躍分子，他們的網名，也是我和鳳衛所熟悉的。

之前在貼吧舉行猜謎活動時，我們就曾號召貼吧上的書友們，有時間有條件的，都可以來香港參加衛斯理五十週年紀念活動。我和鳳衛，負責在香港接待他們。

可惜的是，這些書友大多是學生，缺乏獨立的經濟能力，來香港參加活動，對他們來説，只是一個美麗的夢想。所以，最後確定來香港的，就只有他們四位。

我笑道：「你們四位，可算是內地衛斯理迷的代表。」

鳳衛擺出一副一本正經的樣子：「衛斯理五十週年紀念活動是全宇宙衛斯理迷的盛會，有你們代表內地書迷參加，也是一種緣份。」

失戀很會說話，笑道：「更重要的是還能認識兩位前輩。」

鳳衛瞪了他一眼：「不是說不要叫我們前輩嗎？」

小愛笑着推了失戀一把，搶道：「是，是，兩位大哥。」

我和鳳衛帶着他們來到灣仔的會展中心。時間還早，就讓他們先見識一下香港書展的熱鬧吧。

四個年輕人初次到香港，對一切都感到非常新奇，不停地指東指西，嘰嘰喳喳說個不停。

我覺得有趣，不禁想起當年和鳳衛第一次來香港時的情形。那時候，我倆也曾如此激動和好奇。從他們身上，我彷彿見到了過去的自己。

在明窗出版社攤位前，我們停下腳步。豬豬雖然話不多，卻是最激動的一個。當她見到如此之多的衛斯理小說後，猛然歡叫一聲，跳起一米多高，然後拿起一本《老貓》，激動地將書舉過頭頂，又抱在胸前。旁邊的讀者，大有被她嚇到的意思，紛紛散開。

鳳衛笑道：「你才看到這些書，就如此激動，等下午見到先生，看你怎麼辦！」

豬豬這時也察覺到自己的失態，有些不好意思，總算不再歡跳，但臉上的喜悅卻完全掩飾不住。

那邊廂，小愛已然不聲不響地捧着一大疊衛斯理小說，走向收銀台，將書放下，又回來繼續拿。

我被她的舉動嚇了一跳：「你買那麼多，打算怎麼拿回去？」

小愛莞爾一笑，指指兩個男生：「他們會幫我的。」

失戀和凱撒聽到小愛的話，抬頭看過來，也吃了一驚。趕緊放下自己手中的書，搶上來幫忙。

小愛對他們笑道：「謝謝你們，待會兒我請你們吃冷飲。」

我看着他們，心中很是感慨。雖然這群年輕人來自五湖四海，之前絕不相識，但他們卻一見如故，極富俠義心腸。能認識他們，和他們一起參加衛斯理五十週年紀念活動，也是我們的榮幸！

我替他們將書寄放在儲物櫃，然後去二樓看展覽。

前幾天和鳳衛來看的時候，心情比較激動，有些地方被忽略過去。比如牆角放着的那副耳機，裏面到底播放的是什麼內容，我們就不知道。趁這機會，趕緊補聽一下。

我拿起耳機戴在頭上，按下播放鍵，耳機裏傳來一陣悠悠的音樂聲。我曾聽過這段樂曲，這是鳥鳥為了展覽特地創作的主題曲！

這首曲子彌漫着一種虛無縹緲的感覺，如夢似幻，會讓人不知不覺，沉浸到衛斯理的世界中去。

樂曲聲漸漸退去，一個渾厚的男聲漸漸響起，牆上的小螢幕也出現了影像。

那是蔡瀾先生，坐在長椅上，捧着一本書，緩緩朗讀着：「這是一個隆冬的天氣，在亞熱帶，雖然不會冷到滴水成冰，但是在海面上，西北風吹了上來，卻也不怎麼好受，所以，在一艘遠程渡輪的甲板上，顯得十分冷清……」

哈哈，我聽出來，他唸的，正是衛斯理的首本戲，《鑽石花》的開頭！

接着，導演陳嘉上、大才子陶傑一個個接龍將故事唸下去。不用說，這又是仁哥想出來的點子。

失戀的聲音突然變得響亮起來，我扭頭一看，原來，他們被牆上先生的照片所吸引，正在熱烈討論。

這是一組先生年輕時的「玉照」。上排中間那張，頭髮梳得整整齊齊，眼鏡戴得端端正正，神情肅穆，不苟言笑。

大家熟悉的先生，無不咧嘴大笑，抑或手舞足蹈。似這樣正經的照片，真是鳳毛麟角。

我笑着對他們道：「這張照片，是先生到香港的第二天，特地去照相館拍的身份證報名照。」

鳳衛接道：「從此，先生便成為香港的正式居民。」

失戀驚訝地張大嘴：「先生年輕時的樣子和現在相比，差別太大了！」

小愛笑道：「先生年輕時，真是個大帥哥。」

「這張才帥呢！」豬豬指着另一張先生在沙灘上穿着泳褲，赤裸上身的照片道，「看，肌肉多發達。」

凱撒聽着大家的討論，在一旁嘖嘖稱奇。

先生的這些照片，記錄了他年輕時的流金歲月。一轉眼，已是半個世紀過去！

在樓下的茶餐廳迅速吃完午飯。大家的心思明顯不在食物上，能早點去聆聽先生的演講，才是他們此刻最大的心願。

演講廳門口，讀者已排起長龍。一旁的長桌上，擺放着一大疊先生手稿版衛斯理小說《前世》。先生的筆跡潦草難認，可購買的讀者卻排起長龍，看來都是衛斯理的忠實粉絲。

走進演講廳，正看到仁哥陪着幾位朋友在寒暄，我們趕緊上前打招呼。

仁哥看到我們，很是歡喜：「兩位兄弟，你們來啦！」

我們和仁哥一陣擁抱，然後指指身後的失戀他們：「我們帶了四位小朋友，一起來聽先生演講。」

仁哥憨笑着：「我早就替你們預留了十個座位，保管夠坐。」

轉身指指遠處又道：「已經有三位先到了，我只認識諸葛。」

我們趕緊伸長脖子看去，只見諸葛、鱸魚、小郭三個人，有說有笑地聊着，渾然未覺我和鳳衛已經入場。

我們和仁哥道了謝，帶着四個年輕人，向諸葛三人走去。

鳳衛大聲道：「兄弟們，我們又見面了！」

鱸魚抬頭見到我們，哈哈笑道：「沒想到藍手套和大鱷魚精的名字還真管用，我才和門口的負責人員說起你倆的名字，人家就放我們進來。」

「哼哼，」我裝出一副兇狠的樣子，對鱸魚道，「要不是仁哥的面子，你報我倆名字，不被人打出來才怪。」

「對，他長得醜，挨打不奇怪。」諸葛開玩笑。

「我每次不是享受諸葛兄給我的 VIP 待遇，就是享受你們兩位大哥給我的 VIP 待遇，運氣真不錯。」小郭也笑道。

幾位年輕人乍見那許多「前輩」，又有些拘束起來。

諸葛笑道：「有什麼好緊張的，這裏沒有前輩，只有朋友。」

鱸魚搖搖頭：「要說前輩，也不是沒有。一會兒台上就會有個前輩登場亮相。」

這句話引來大家的一片笑聲，氣氛一下子輕鬆不少。

我們都知道，鱸魚口中的「前輩」，除了先生還會是誰？

這是一組先生年輕時的「玉照」。上排中間那張，頭髮梳得整整齊齊，眼鏡戴得端端正正，神情肅穆，不苟言笑。

第五十六章　演講

仁哥真是貼心，留給我們的是第二排的座位，離開舞台如此之近，台上的一切看得清清楚楚。

我環顧四周，熟人還真不少。除了仁哥仁嫂，阿龍、紫戒、鳥鳥、何故也都到齊。最邊上，甚至還看到了貓仔，原來這次盛會，她也偷偷趕來香港湊個熱鬧。大家一陣寒暄過後，場內突然安靜下來，主持人宣佈大會開始。

只見先生拄着鹿角拐杖，由禮儀小姐攙扶着，緩緩走上台來！

台下頓時響起一片如雷般的掌聲，經久不散。

先生邊走邊向大家揮着手，禮儀小姐攙扶着他坐到沙發上。先生滿臉堆笑，還沒開口，就引起台下一陣笑聲。

大家的笑聲，使得先生情緒高漲，跟着一起大笑。

笑了一會兒，先生拿起話筒道：「這已經是我連續第三年來香港書展演講，不知道大家有沒有聽膩？」

「聽不膩！」台下的讀者一片呼聲。

「你們不膩，我倒是有點膩了。」

說完，先生又大笑起來，神態可掬，令人發噱，台下讀者笑成一片。

先生道：「其實，我並不懂演講，不如我們以提問方式進行，大家隨便問，我隨便答。」

話音剛落，好幾位讀者同時出聲，七嘴八舌，各種問題紛至沓來。

「慢點慢點，一個個來，我記不住啦。」先生大呼。

主持人見狀，趕緊拿起話筒大聲道：「大家別亂，請一個個舉手提問。」

瞬間，台下密密麻麻全是舉起的手。

主持人隨手一點，一位男讀者站起身來，接過話筒。

未提問前，先習慣性地恭維先生一番：「先生您好，我小時候就喜歡讀您的小說……」

先生佯怒：「去年有個讀者也是這麼說的，為什麼你們都說小時候喜歡看我的書，真的好不開心。」

男讀者嚇了一跳，不知先生為何突然生氣，一臉惶恐，正不知如何是好，先生突然臉色一變，又變回之前嘻嘻哈哈的模樣，大笑道：「你們都說小時候喜歡看我的書，難道長大了就不喜歡看啦？」

頓時引起台下哄堂大笑。

男讀者愣了一下，猛然回過味來，原來先生是在開玩笑，趕緊道：「哪裏哪裏，我從小到大一直喜歡看先生的小說。」

先生開罷玩笑，樂滋滋地問男讀者：「你有什麼問題想問，現在可以說了。」

男讀者定了定神，問道：「先生，記得以前有人問過你，最滿意自己的哪一部小說？你的回答是《尋夢》，不知道那麼多年過去，先生的答案有沒有變化？」

先生想了想：「《尋夢》依舊是我最滿意的一個衛斯理故事，不過在之後的作品中，《一個地方》這個故事，我自己也很是喜歡。」

男讀者追問：「先生為什麼會喜歡《一個地方》呢？」

先生道：「我在《一個地方》的故事裏，設想了一個完美的國度，那裏沒有紛爭，只有幸福快樂，如果人世間真有這樣的地方，那我第一個就會去。」

鳳衛低聲笑道：「這和陶淵明筆下的桃花源有異曲同工之妙。」

我點頭：「這個故事以前看的時候並未很注意，回去後倒是可以重溫一遍。」

有女讀者提問，她自我介紹說是教育工作者，所以，提的問題也和教育有關：「請問先生，有什麼辦法可以杜絕學生偷上色情網站？」

先生聞言哈哈大笑：「這個問題根本不是問題！」

女讀者一臉不解：「這明明是個非常嚴重的問題，為什麼先生會說不是問題？」

先生笑畢，正色道：「小孩子不會對色情內容感興趣，如果感興趣，那說明他已經不是小孩子了，你去管他幹什麼？」

想了想，又補充道：「我親戚家有個小孩，大人在看電視，有男女親嘴的鏡頭，小孩子瞥見，半點興趣也沒有，立刻投入到他自己的遊戲中去，你就算拉着他看，他也不要看。」

女讀者一時無語，看來並不是很認同先生的觀點，但又不知如何反駁先生，只好悻悻然坐下。

鳳衛笑道：「先生向來崇尚個人自由，最反感以各種名義對別人加以管制，這位女讀者算是撞到槍口上。」

我也笑：「這位女讀者思想老派，倒也怪不得她，有多少人能像先生這般豁達？」

又有讀者提出一個老生常談的問題：「請問先生，您這輩子看過那麼多書，最喜歡的書是哪一部？」

這個問題不知道被人問過多少次，每一次，先生的答案都是一樣：《蜀山劍俠傳》。

先生對於《蜀山劍俠傳》的偏愛眾所周知。他趁機又向讀者們推薦起這部「天下第一奇書」來：「沒看過《蜀山劍俠傳》，不知道人的想像力可達到如此極致；沒看過《蜀山劍俠傳》，不知道有小說可以這樣好看！」

讀者將信將疑：「難道《蜀山劍俠傳》的想像力比您的衛斯理小說還要豐富？」

先生大叫：「衛斯理怎能和《蜀山劍俠傳》相比，還珠樓主的想像力比我強上百倍千倍！」

台下頓時傳來一陣陣的竊竊私語。在大家的心目中，衛斯理故事的想像力已然豐富之極，沒想到在先生口中，竟還有勝其百倍千倍的小說。一時間，倒也難以想像。

我和鳳衛都看過《蜀山劍俠傳》，也認同這部小說奇詭多變、場面宏大、想像力超群。但要說衛斯理小說不如《蜀山劍俠傳》，那我們也是萬萬不同意的，我們寧可認為這只是先生的自謙之詞。

在我們的心中，衛斯理就是衛斯理，獨一無二！

先生又笑着道：「這次，我的一位上海小友，特地幫我買了一套新版《蜀山劍俠傳》帶給我，讓我可以重溫舊夢。」

鳳衛不禁偷笑起來，伸胳膊肘捅了我一下，悄聲道：「嘿，說你呢。」

被先生當眾提到，我有點不好意思，但心裏當然是美滋滋的。

眼看提問的讀者越來越多，主持人無奈之下，只能宣佈，時間有限，最多再挑選十位讀者提問。

這樣一來，讀者更是群情激昂，一個個把手舉得高高的，唯恐被主持人漏過。

我們這群人中，突然也舉起了一隻手。仔細一看，原來是小愛。

看來，難得能有和先生當面交流的機會，她不願輕易錯過。

主持人在讀者中來回穿梭，被她點到的讀者笑逐顏開，而沒有點到的，則一臉沮喪。

小愛運氣好，恰恰排在最後一個。

她用一口標準普通話問道：「爺爺，請你用一句話概括自己的一生。」

聽到她喊先生為爺爺，我差點笑出聲來。

先生愣了一下，隨即脫口而出：「一個蠢人！」

這下大家都是一愣，不知先生何意。

先生補充：「不用一句話，只要四個字，就能概括我的一生，那就是『一個蠢人』。」

大家議論紛紛，還是不明白先生的意思。

先生見大家似懂非懂，發出一陣大笑，然後道：「其實我這個人真的很蠢，除了寫作，什麼也不懂。」

我們當然不同意先生的説法。

先生又補充：「不過，蠢人也分幾種。一種是知道自己是蠢人的蠢人，一種是不知道自己是蠢人的蠢人。我在蠢人中屬於比較高的級別，是那種知道自己是蠢人的蠢人。」

大家又是一陣大笑。先生就連自嘲，也自嘲得如此高水平。緊接着，從某個角落率先響起零星的掌聲，瞬間蔓延到了全場。

掌聲過後，隨着主持人一句「今天的演講到此結束」，全場燈光大亮。

讀者們散場離去的速度奇慢無比，大家都想再多看先生一眼，走一步停兩步，頻頻回首，依依不捨。

仁嫂突然向我和鳳衛招手，叫道：「你們快過來。」

我們不知仁嫂有什麼事，趕緊擠過去。仁嫂道：「走，我們一起上台去和先生合影。」

説完，拉着我們就往台上走去。

我腦子還沒轉過彎來，人已到了先生身邊。

先生拉着我和鳳衛，笑道：「來來來，今天有不少記者過來，你們站在我旁邊，大家一起合影！」

仁哥、阿龍、鳥鳥他們也紛紛上台，還沒等站穩，台下的鎂光燈已閃成一片。

我趕緊靠近先生，面帶微笑，望着台下的鏡頭，腦中卻思緒萬千，紛亂無比。

我何曾有過如此風光的時刻？能站在台上和先生一起，被記者拍照，彷彿大明星似的。

那一刻，我什麼都無法思考，傻傻的笑着，只覺得自己是天底下最幸福的人！

先生愣了一下，隨即脫口而出：「一個蠢人！」

第八篇

倪學

我倆笑着對先生道：「若從當年在那本衛斯理小說中，見到先生的照片時算起，四分之一個世紀都不止了！」

第五十七章　七怪

記者的鎂光燈對着我們閃個不停，台下的讀者一步三回頭依依不捨緩慢退場。

仁哥對着台上的大家喊道：「一會兒有慶功宴，大家都過去。老時間老地方，別忘記！」

說完，和仁嫂一起，攙扶着先生，往後台走去。

我本想大步跟上，突然想起諸葛他們還在台下，趕緊跳下台，找到諸葛：「兄弟們，實在抱歉。我和鱷魚晚上有慶功宴，不能陪你們了。」

諸葛笑着擺擺手：「哪裏的事，這次的展覽，你倆出了大力，自然要去慶功，我們自己會安排活動，不用在意。」

我又指指一旁衛斯理貼吧那幾位小朋友：「他們幾位，也要麻煩你和鱸魚、小郭照顧一下。」

小郭還在拚命點頭，鱸魚卻已笑着把我往前推去：「哪那麼多廢話，你就快走吧！」

我向幾位好友拱拱手，轉身離去。可是，等我轉身一看，頓時傻了眼。

台上已然一個人也沒有。才幾分鐘的工夫，先生、仁哥仁嫂、阿龍紫戒鳥鳥，還有鳳衛，大家全都不見了。

我趕緊跳上台去，打開帷幕後的小門，到後台一看，人群凌亂，沒有一個人是我認識的。剛想往前走去，卻被工作人員攔住，說這裏是後台重地，閒雜人等不能入內。

我一捂臉，先生才走，我就變成閒雜人等，真是世態炎涼！

我不欲和工作人員糾纏，轉身，再回到台前。諸葛他們也已散去，整個演講廳只剩下我一個人。

我定定神，仁哥既然說在老地方舉行慶功宴，那一定是我們熟識的地點，腦中轉了一圈，頓時有了主意。

我快步離開會展中心，穿過擁擠的人群，在灣仔搭上港鐵。不到二十分鐘，便已到了港運城聯邦金閣酒家。

仁哥在這裏宴請過先生多次，他口中的「老地方」，應該不會有第二種可能。

我一點也沒有猜錯，仁哥預定的包廂，仍是原來那間。我心中好笑，這包廂，儼然已成為先生專屬。

包廂內，先生和倪太坐在圓桌的上位，仁哥仁嫂正陪着兩老聊天。

鳳衛、紫戒、烏烏圍着一位中年女士，熱烈地說着什麼。他們的手中，各捧着一本《倪學》，請那位女士簽名。我心中奇怪，《倪學》這本書是我們自己撰寫的，為什麼要請一位陌生女士簽名？

先生見到我，大叫着：「你去哪裏啦？一轉眼你就不見了。」

我趕緊上前，拉住先生的手笑道：「我有幾位朋友一起來聽先生演講，我剛才去和他們去打招呼呢。」

先生道：「突然不見了你，我有些着急，人那麼多，兵荒馬亂的，也不好找。不過你倒蠻機靈，知道找到這裏來。」

我笑道：「我剛才找不到先生，也很着急。後來想起仁哥說在老地方，猜想大概是這裏，就趕緊過來。」

仁哥笑着對先生道：「我說吧，手套一定能找到這裏的。」

我悄悄問仁哥：「那位女士是誰？」

仁哥神秘地一笑：「你猜猜看。給你一個提示，她是台灣人，和衛斯理有着非常密切的關係。」

我上下打量着那位女士，只見她身着黑色及膝紗裙，外罩一件白色無袖外套。長髮及肩，戴着眼鏡，頸項處還圍着一圈珍珠項鏈。

我猜她五十歲上下，但看起來保養得很好，氣質典雅，很有藝術家的風範。

藝術家？我猛然想起一人，但又不太敢確定，她行蹤神秘，仁哥怎麼可能找到她，還把她請來香港？這樣想着，嘴裏喃喃道：「難道是……」

仁嫂笑着接過話去：「這位就是徐秀美老師！」

仁哥憨憨笑着：「徐老師替衛斯理畫了那麼多封面畫，堪稱是衛斯理的知己。五十週年盛會，怎麼能不請她來？」

這真是意外的驚喜！也不知道仁哥用了什麼法子找到的徐老師，我心中佩服不已。

徐秀美老師繪製的衛斯理小說封面，極具個人風格。線條簡單，色塊淡雅，氣氛詭異，早被讀者們認定為最佳衛斯理封面。

而徐老師本人，行事卻極為低調。在這個互聯網的時代，網上竟完全找不到她的消息。在大家的心目中，徐老師就如同神龍見首不見尾的世外高人，只能在心中默默仰望。

沒想到，在今天這場慶功宴上，竟有幸能見到她，仁哥實在太偉大！

我這才明白，鳳衛他們也算是見過大世面的人，為什麼還會像小粉絲一樣圍着徐老師，歡喜雀躍地請她簽名。我一邊在心中笑他們，一邊趕緊從包裹取出《倪學》，也加入到粉絲團中去。

熱鬧了一陣，忽見阿龍攙扶着一位老者，緩緩走進包廂。

老者身材瘦削，人又矮小，被高大魁梧的阿龍攙着，倒更像是被綁架一樣，我忍不住暗自偷笑。

阿龍扶着老者入座，回頭對仁哥道：「任務完成。」

仁哥點點頭，笑着對大家道：「大家一定很好奇這位老先生是誰。」

鳳衛和鳥鳥早已按捺不住：「仁哥你就趕緊揭曉答案吧。」

仁哥笑道：「如果沒有這位老先生，那大家也沒機會看到衛斯理小說。」

此言一出，大家一下子全都猜出了老者的身份。

在初版衛斯理小說《老貓》的扉頁上，先生曾寫過這樣一句致謝的話：「如果太陽系中沒有温乃堅先生，這些書就不能出版。」

正是這位溫先生，提供了大量的衛斯理故事剪報，才使得衛斯理故事能夠出版單行本，讓廣大讀者可以看到這麼多精彩的故事。

我看着仁哥憨憨的笑容，打從心底感到佩服。

請來徐秀美老師已經是個大驚喜，沒想到仁哥竟連溫乃堅先生也找了來，真的難以想像在仁哥的頭腦中，究竟還有多少令人驚喜的計劃正在醞釀中！

仁哥衝着大家笑笑，又從一個大袋子裏取出一堆衣服：「來，我們一起穿上它。」

我接過衣服，抖開一看，是一件印着衛斯理五十週年圖案的白色恤衫。

大家穿着統一的恤衫，站在一起，先生笑道：「你們七個人，倒像是七個武林高手。」

先生這一說，仁哥靈光乍現：「不如我們七個人起個外號吧。」

「我們是全真七子！」鳥鳥率先道。

「我們又不是道士。」阿龍看着鳥鳥，撇撇嘴。

「那可以叫做江南七怪。」鳳衛道。

「只有你倆是江南人氏。」紫戒笑道。

仁嫂推推仁哥：「你是帶頭大哥，你來想一個。」

仁哥略加思索，露出憨憨的笑容：「既然我們七個人合力舉辦了衛斯理五十週年展，又共同創作了《倪學》這本書，不如就叫做『倪學七怪』吧！」

先生大笑：「『倪學七怪』，這個名字好！」

「倪學七怪」每人手執一本《倪學》，齊齊站在牆邊，各自做着表情，擺出勝利的姿勢。

徐秀美老師笑着替我們按下快門，閃光燈過處，七怪留下了初次的合影。

先生看看我們，轉頭笑着對倪太道：「你看看他們七個人，多好玩！」

倪太看看我們，又看看先生，眼中滿是笑意。

溫乃堅老先生在旁邊一直聽我們說話，直到這時，才開口道：「我也要多謝阿龍能找到我，迷了衛斯理這麼多年，沒想到還有機會參加五十週年紀念，真的太難得。」

阿龍對大家道：「溫老的身體一直不太好，平時深居簡出，很少外出，這次能來參加我們的慶功宴，已經很不容易。」

先生也笑道：「當年我見溫先生的時候，他還剛結婚，我記得清清楚楚，我為了剪報的事，想酬謝他，但他堅決不肯收錢，我只好請他吃一頓大餐，以表心意。」

溫老笑笑：「倪生太客氣，這些都是小事。」

先生笑着舉杯敬溫老：「當年一別，我們也有幾十年沒見啦。」

大家一陣感慨，紛紛舉杯，一齊向溫老致敬。

仁嫂不知從哪裏捧出一個蛋糕來，那蛋糕上裱着「衛斯理 50」的圖案，五顏六色煞是好看。大家一陣歡呼，七嘴八舌又是一通熱議。

仁哥憨笑道：「這是施太太特意為這次活動訂製的蛋糕，大家一起來吃吧！」

眾人情緒高漲，紛紛圍上前，少不了對先生送上真摯的祝福。

蛋糕上插着蠟燭，火苗輕搖，先生鼓起腮幫用力吹了口氣。掌聲過後，先生持刀，切開蛋糕，仁嫂幫着一塊塊分給大家。

這蛋糕，滋味絕佳！

衛斯理五十週年紀念活動就此拉下帷幕，我和鳳衛告別大家，回到上海。

鳳衛感嘆：「我們總算也替先生做了一件大事，可算不枉此生。」

我笑道：「等到衛斯理六十週年，是不是又可以再紀念一番？」

鳳衛拍着我的肩膀：「人生有幾多個十年，有過這一次，我也滿足了！」

「倪學七怪」每人手執一本《倪學》，齊齊站在牆邊，各自做着表情，擺出勝利的姿勢。

第五十八章　拍賣

衛斯理五十週年的熱鬧散去後，着實過了一段平淡的日子。

但這並不是説我們七怪對倪學的研究就此沉寂，相反地，大家都在為下一次的輝煌默默積蓄着力量。

仁哥仁嫂一如既往地照顧着先生和倪太的日常起居；紫戒繼續在「倪學網」撰寫衛斯理的研究文章；阿龍閉關在家埋首創作科幻小説；鳥鳥則在各大網站對科普知識進行大力推廣。

身處上海的兩怪，絕不甘於落後香港的五怪。

鳳衛努力搜集着先生散落在各種報刊雜誌上的佚文；我則沉迷於整理先生的武俠小説以及版本研究。

每個人都以自己的方式，表達着對先生的熱愛。

自從認識了諸葛和鱸魚，我才知道先生創作過的武俠小説浩瀚如星海，從來沒有人整理出一份完整的篇目。他倆已是武俠方面的專家，然而對先生的武俠篇目，也僅僅只整理出一個大概（已然極為不易），還有不少未成書的武俠作品，等待着發掘。

這不由得激起了我的雄心，衛斯理專家的稱號已不能滿足我，我要做倪匡專家！

我的第一步，從收集先生的武俠小説開始。

不收不知道，一收集，倒是嚇了一大跳。沒想到武俠小說，在二手書市場上，價格竟如此昂貴！

無論誰的作品，只要是長篇武俠小說，價格動輒幾千。有些稀少的版本，過萬也是平常事。而且，淘書是一件非常講究緣份的事，很多時候，就算有錢，也未必能買到。

有些書，當無心收集時，到處可以看到，一旦開始收集，卻又怎麼也找不到。有些書，尋覓多年始終不見，偏偏快要放棄時，又突然從不知哪個角落冒出來。

先生的武俠小說，就屬於神龍見首不見尾那一類。找書專家如我，也全然無跡可尋。

久而久之，倒也養成一顆平常心，一切隨緣就好。

那天晚上，大概是緣份到了，我突然興之所至，進入一家網絡舊書拍賣場。

隨手輸入「倪匡」二字，跳出一大堆先生的書，大多數是我已經有的，掃一眼便過，但其中一本，卻吸引住我的眼球。

那是先生早期中篇武俠小說《天才殺手》，薄薄一冊，底價兩百。再看品相，八品以上，頓時心動。

先生的武俠小說難得一見。長篇的，價格貴，還要斟酌一番，中短篇，想也不用想，絕對不能放過。

不過，拍賣網站自有其規矩，想要參與拍賣，必須先存入一筆資金作為保證金。

買家所能出的最高價，端看存入的保證金有多少。存得多，就有機會和對手一路爭到底，存得少，便只能眼睜睜看着別人拍走自己心愛的書。

我很不喜歡這種規矩，然而不存保證金便無法參與拍賣。這種情況，讓我糾結不已。不過，很快就想出了辦法：我有那麼多愛看書愛買書的朋友，總有一兩個人會經常參與拍賣吧？

一念至此，趕緊廣撒英雄帖，以尋求幫助。

第一個給我回音的，是小郭。

別看小郭和我平時聯絡不算很多，但關鍵時刻，還是顯出我們的交情匪淺。聽說我想找人代拍先生的武俠小說，小郭拍拍胸脯一口應承。

我大喜，但有些話還是要事先交代：「先生的武俠，向來少見，這本《天才殺手》，我是勢在必得。」

小郭問：「手套兄最高心理價位是多少？」

我想了想：「目前此書底價為兩百。這書那麼薄，想來無論如何也不會超過六百。」

小郭嗯了一聲：「我也覺得六百差不多，可以得手。」

有小郭幫忙，我便可以高枕無憂，等待着第二天，拍賣最後時限的到來。

網絡拍賣不同於現實拍賣，在最後時限未到時，一般不會有人加價，只有在最後五分鐘，才是各路藏書者開始爭奪的高潮時段。

在那個時段，書的價格一路飆升。稍不注意，錯過那幾分鐘，可沒人會等你。

如果是錢不如人，倒也氣得過。若是自己錯過時間，而導致心儀的書被人奪走，那可是藏書人心中無法忍受之痛。

《天才殺手》這本書，將在晚上十點截拍。還剩十分鐘時，我就放下手中所有的事，專心捧着手機，緊盯着屏幕，密切注意着拍賣價格的變動情況。

目前的出價，還是兩百，領先者，區區在下也。

然而，我卻一絲一毫也不敢大意。在浩瀚的網絡上，天知道有多少雙眼睛，正緊緊盯着這本書，恨不得奪之而後快呢？

時間一分一秒地過去，終於進入最後五分鐘的緊要關頭。

突然，價格的數字跳了一下，從兩百變成了兩百十，緊接着，馬上又變成兩百二十。領先者的名字不停變換着，短短一分鐘內，價格就跳到四百。幸好，領先者依然是區區在下。

小郭設置的最高出價是六百，在這個價格之內，無論誰出價，系統都會自動加價使我保持領先。

還剩一分鐘，價格已變成五百五十。雖然還領先，但是，我卻隱隱覺得不妙，只剩五十元就要超過我預設的最高價，萬一被人超過了怎麼辦？

我之前對小郭說的「勢在必得」，當然不只說說而已，真的是打算勢在必得。六百的最高價設置，也不過為了方便，只要價格不是太離譜，多貴我都會買。

還剩半分鐘，價格已升至五百八十。我不能再等下去，趕緊召喚小郭。

平時幾乎隨叫隨到的小郭，偏偏在這個關鍵時刻，沒了蹤影。無論我如何呼喚，始終沒有半點動靜。

我最擔心的事終於發生了。

就在最後十秒鐘，我眼睜睜地看着價格突破六百大關，領先者換成了別人，卻什麼也做不了！

然而，還有一線生機。

拍賣網站有一個規定，時限到了以後，會給五分鐘緩衝。如果五分鐘內沒人出價，拍賣就此結束。如果五分鐘內有人出價，那從出價的一刻起，重新計算五分鐘。

也就是說，我還有五分鐘的時間來扭轉敗局。

我繼續呼喚着小郭，微信、QQ、微博、臉書，幾乎所有的網絡通訊工具都用上，然而卻還是毫無結果。

這小郭，不知消失在宇宙的哪個角落，讓我徒呼奈何。

最後五分鐘，價格還在不斷飆升。六百五十、六百八十、七百、七百三十……

就在我幾乎絕望時，突然想到，為什麼不能自己去交付保證金，然後再參與拍賣呢？

我慌忙打開網上銀行，將保證金存入拍賣網站賬戶，然後再回到《天才殺手》這本書的拍賣網頁。

倒數時鐘正在運行，八秒、七秒、六秒……

還好，正趕上！

我心中一塊大石放下，趕緊點下出價按鈕。

咦，怎麼沒有反應？

我又連按好幾下，還是沒有反應。

時間不等人，瞬間，倒數結束，拍賣結束，所有按鈕都變成灰色，一切已成定局。

我呆呆地看着手機屏幕，欲哭無淚。

為什麼我無法按下出價按鈕？我明明已經存入了保證金啊。我心中一百個不明白，一股無比失落的情緒頓時湧上心頭。

偏偏這時，手機「叮咚」一聲，有信息傳來。點開一看，是小郭。

在這種情形下看到小郭，我內心的情緒非常複雜。這傢伙，在我最需要他的時候，不知道去了哪裏。現在出現，又有何用？想責怪他吧，覺得他好心幫我，不忍責怪。不責怪他，又覺得他既然幫忙就該幫到底，半路離開算什麼名堂？

兩種不同的情緒在心中交戰良久，終於，我長長嘆了口氣。或許，這就是書緣未到，命中注定我和這本書有緣無分。

小郭也看到了拍賣的結果，叫道：「啊呀，居然拍到八百！」

我嘆道：「是啊，沒有得手。」

小郭自覺有愧，連聲道：「手套兄，實在對不起，剛才我恰好在上廁所，沒有及時關注。」

既然小郭已抱歉，我就不好責怪他。

不過，有一個問題我一定要弄明白，我問小郭：「為什麼我會無法按下出價按鈕？」

小郭沉思良久，突然道：「手套兄，你上拍賣網站是不是沒有登錄？」

我猛然一拍大腿，發出一聲慘叫！

越是心急越容易出錯，參與拍賣首先需要登陸這種簡單的步驟，在當時那種爭分奪秒的情形下，我竟完全沒有想到。

實在是天意！

第五十九章　意外

飛機在空中平靜地飛行着，我心中頗不平靜。

為了這次寒假去香港，我早早訂好機票和賓館，也早早做好了行程安排。當我問鳳衛要不要一起去時，鳳衛嘆了口氣：「去當然想去，但是我現在身不由己，升職後工作忙到飛起，一年三百六十五天，倒有三百天在全國各地出差。暑假去參加衛斯理五十週年紀念活動，向老闆請假時已經吃了十七八個白眼，寒假還去？哪敢再提！」

我拍拍老友的肩膀，陪他嘆了口氣，表示同情和理解。

鳳衛看看我，鄭重其事地交給我一個任務：「這次去香港，你一定要幫我到香港圖書館，查一些舊資料。」

我知道鳳衛這段日子以來，一直致力於搜集先生散落在各種報刊雜誌上的佚文。從他展示給我的影印資料來看，他的努力已小有成就。這一次，他一定是又發現了什麼新線索，才會託我去香港圖書館代查資料。

果然，鳳衛道：「先生告訴我，他於六十年代中期，曾在《明報》開闢一個雜文專欄『魚齋清話』，持續一年有餘，專寫養魚心得。這些雜文，從未出版過單行本。若是能從圖書館找到資料，對我們研究先生的作品，又是一大突破。」

鳳衛頓了頓又道：「如果能找齊整套『魚齋清話』，我們就去找仁哥，看看有沒有機會替先生出版。」

我聞言大喜，老友的想法，正中我下懷。能將先生的佚文，一篇篇從故紙堆中找出來，有系統地加以整理並出版，正是我們倪學七怪應該做的事。

而且，香港中央圖書館我聞名已久，卻從未去過，這次有機會一睹真容，想想就很興奮。不過，也有些問題在我腦中盤旋，比如查閱舊報紙該是怎樣一個流程？內地讀者有沒有資格查閱？我能不能找到「魚齋清話」？

正胡思亂想着，飛機已然到達香港赤鱲角機場。

之前和先生約好，一到香港，便去他家相會。我的行李中，帶了不少讓先生翹首以待的好看小說，他一定會很高興。

遠遠看到先生家大樓，心中激動一如往常，不由得加快了腳步。大廈管理員見到我，神情有些疑惑，但還是幫我開了門。我也沒有在意，轉身鑽進電梯。

來到先生家門口，我興沖沖按響門鈴，沒想到遲遲沒有反應。我突然回想起剛才管理員的神情，難道她疑惑的是先生不在家我來幹嗎？我搖搖頭，不會，和先生相聚那麼多次，先生從來沒有失過約，一定是午睡未醒，沒有聽到門鈴聲。

繼續按門鈴，足足五分鐘，始終沒人開門，我只能接受事實，先生真的出去了。

既然先生不在家，我也不必浪費時間，索性先去圖書館。轉念間，突然又想起一位久未相聚的朋友，猶記初見仁哥那天晚上，經他介紹，認識了香港飛碟會的創始人江濤，是不是可以找他陪我一起去圖書館呢？

我立刻撥通江濤的電話，他的聲音熱情而響亮：「喂，係邊位？」

我大聲道：「係我，藍手套。」

聽到是我，江濤有點意外。

我小心翼翼道：「不知道濤兄現在有沒有空？」

江濤大聲道：「當然有啊，我正好看書看得累了，打算出來走走，手套兄有什麼好建議？」

我笑道：「我想去圖書館查閱先生刊登在《明報》上的舊文，濤兄可願陪我走一遭？」

江濤爽朗地笑道：「好啊，查閱先生的舊作，我也很有興趣。」

銅鑼灣是繁華鬧市區，然而圖書館所在的高士威道，卻顯得寧靜安謐，非但路上行人稀少，就連過往車輛也不多見。

江濤帶着我直上五樓的微縮膠卷查閱室，這裏是一片開放式區域，一台台機器整齊地排放着，看起來像電腦卻又不是電腦。

我正好奇地四下張望，江濤已辦完登記手續，捧來幾盒微縮膠卷，在一台機器前坐下。他熟練地將膠卷塞入機器，按下按鈕，只聽得一陣「吱吱」聲，膠卷安裝完畢，機器的顯示屏上，出現了報紙內容。江濤繼續轉動旋鈕，將版面調整到適合閱讀的大小。

我一頁一頁地翻看着，這盒膠卷，記錄的是一九六三年至一九六四年間，《明報》的所有內容。

沒想到看似小小的膠卷，竟承載着如此多的報紙資料。我迫不及待先找到一九六三年三月十一日的《明報》，這一天，對於別人來説，並無特殊意義，但對衛斯理書迷而言，卻意義重大。

因為這一天，是衛斯理誕生的日子。

先生就是從這一天開始，在《明報》連載衛斯理故事的。起初只不過想創作一、兩篇現代武俠小説，沒想到卻一發不可收拾，連續創作四十餘年，內容也從武俠轉變為科幻，衛斯理從此名馳大江南北，風靡了一代又一代讀者。

《明報》的副刊上，密密麻麻全是各種連載小説和雜文專欄，我一眼就看到左上角「鑽石花」那三個字，豆腐乾大小的地方，正是衛斯理初次登場亮相的舞台。

文字下方還有插畫，畫中的衛斯理形象很令人發噱。也許那個年代比較流行那種造型，只見那衛斯理西裝筆挺，頭髮梳得鋥光瓦亮，身材健碩魁梧，胸肌發達，最有趣的是還有一小撮微微捲曲的劉海垂在額前。

我不由得笑出聲來，指着「衛斯理」對江濤道：「你看，這個衛斯理若是換上一套胸前印着字母 S 的衣服，分明就是美國超人。」

江濤也笑了起來：「看了那麼多年的衛斯理故事，沒想到衛斯理竟會是這樣一個形象。」

看完衛斯理，便該做正事。鳳衛拜託我查找的「魚齋清話」，刊登在一九六六年的《明報》上，我學着江濤，將膠卷換上，副刊上，「魚齋清話」四個字赫然就在眼前。

我問江濤：「想要把『魚齋清話』全部列印下來該如何操作？」

江濤聞言吃了一驚：「這專欄刊載了一年多，每一期都要列印？」

我看看他：「是啊，這是珍貴資料，我受老友所託，得把影印件帶回去。」

江濤道：「近四百期的內容，全部列印的話，價格可不便宜。」

我笑道：「要做倪學研究，怎能捨不得這點錢？」

江濤微笑着取出一張八達通卡，插入機器旁的一個小盒子，盒子上立刻顯示出卡裏的餘額。

江濤對我點點頭：「這樣就行了，只要選定想列印的版面，按下確認鍵，印表機便會啟動。每列印一張紙，那小盒子會自動從八達通卡中扣款。」

印表機連續不斷地工作，直到窗外天色轉黑，腹中開始咕咕亂叫，才算大功告成。

一年多的雜文，數量可觀，近四百張紙，厚厚一大疊。我望着這些辛苦勞動後得來的成果，感到非常欣慰。想要把錢還給江濤，沒想到他對我搖搖頭：「手套兄不用客氣，為倪學出一把力，也是我的心願。」

我有些感動，對他一抱拳：「好！濤兄是好朋友，我就不再客氣。不過，今天的晚飯由我請客，也請濤兄不要推辭。」

江濤笑道：「那是當然，恭敬不如從命。」

晚飯期間，和江濤聊到先生失約的事，我嘆口氣：「先生和我相約，從來沒有發生過這樣的情況，真不知道究竟是怎麼回事，讓我有點擔心。」

江濤看看手錶：「現在時間不早，說不定先生已經回家，不如打個電話去問問情況。」

我點點頭，撥通先生家的電話，先生用他那帶有上海口音的廣東話道：「係邊位？」

先生的聲音聽上去輕鬆愉悅，不像有什麼事，我鬆了口氣，趕緊道：「先生，是我。」

先生一聽是我，哈哈大笑：「你來香港啦，什麼時候到我家來聊天？」

我一愣：「先生，你不是和我約好今天下午見面嗎？結果我來你家，你卻不在。」

先生也是一愣，繼而大叫起來：「啊呀，實在抱歉之極！我老年痴呆症發作，居然忘記和你有約，還特地去接受了一家媒體的採訪。」

原來如此，我心中暗笑，趕緊道：「沒關係沒關係，先生不必在意。」

先生又急急問：「你後面幾天還有空嗎？」

我笑道：「當然有空，先生如不嫌棄，我明天下午老時間來和先生相會。」

先生大笑：「好極好極，明天下午我在家恭候大駕。」

頓了頓又道：「今天真的萬分抱歉，我平時很少爽約，唉，人年紀大了，很多事情轉頭就忘。這樣吧，為了彌補今天的爽約，明天我送一件小禮物給你，想來你應該會喜歡。」

我心中大喜，這真是意外的收穫！歡喜過後又有些好奇，先生會送什麼禮物給我？

想了一會兒，想不出答案。不過，我決定讓這份神秘感保留一個晚上，明天也許會有大驚喜呢。

明報　星期一

鑽石花　衛斯理著　雲君插圖

一：將鑽石拋入海的人

這是一個陰冷的天氣，香港雖然不會冷到滴水成冰，但是在海面上，西北風吹了上來，卻也不怎麼好受，所以，在一艘輪船的甲板上，顯得十分冷清。那天晚上又是一點月光也沒有，黑沉沉的天上，只有幾顆亮晶晶的星星。

我因為生性喜靜，那天晚上，我又穿着一件厚厚的大衣，可以不畏凜冽的西北風，我在甲板上躑躅地踱着，倒感到這樣的境界另有一番況味。

正當我以為是獨自一個人在甲板上的時候，忽然聽得「嗤」地一聲，我立即循聲望去，只覺得欄杆上，另有一個人倚着，望着海面，那「嗤」的一聲，正是從他那裏所發出來的。

我心中感到十分奇怪，因為剛才那一聲，曾經學過中國武術的人，都可以聽得出，那是以極強的指力，彈出一件東西的聲音，也就是如今一般武俠小說，所說的「暗器」嘶空之聲。

因此我停住了腳步，點着了一支煙的時候，我偷偷地抬起頭來仔細打量那個人。只見他左手一隻布袋，右手伸入布袋之中，拈出一粒小小東西來，向海中一擲，「嗤」地一聲，那粒東西便跌入了海中，濺起的水花並不高，那東西已然跌進了海水中。

在那粒東西劃空而過的時候，我看到那粒東西，發出一閃光。那一定是無聊的人，所以，我輕輕地來到那一個人，像是全然

我一眼就看到左上角「鑽石花」那三個字，豆腐乾大小的地方，正是衛斯理初次登場亮相的舞台。

第六十章　閒章

整個上午，我都在不斷猜着，先生要送給我的小禮物究竟會是什麼？

難道是簽名書？應該不是，我很快推翻了自己的想法。先生的簽名書，對我來說，已經算不上禮物。幾乎只要我開口，先生都會滿足我的要求。

難道是親筆信？想想也不是。誰會把親筆信當禮物送人？

那會是什麼？無論我怎麼猜想，總也想不出個所以然來。我的好奇心越來越濃烈，實在等不及和先生約定的「老時間」了，我現在就去先生家，我要早一點知道答案！

想到就做，我立刻放下手中的書，離開旅店，衝到最近的港鐵站，如風一般來到先生家樓下。

大廈管理員向我點點頭：「倪生今日係屋企。」

我笑着回禮，直奔上樓。門鈴響過，菲傭開的門。見到是我，指指內室，小聲道：「先生還在午睡。」

我輕手輕腳來到飯廳，逕自拉開一張沙發椅坐下。

剛想從包裏取一本書出來，邊看邊等先生，沒想到先生穿着睡衣，拄着拐杖，已然從臥室緩步走出來。

我見驚擾了先生，有些過意不去，趕緊上前攙扶。

先生笑道：「我就知道你會忍不住提早過來。」

我不好意思地笑着：「先生說有禮物送給我，我實在按捺不住好奇心。」

先生笑着，將左手攤開，就像變戲法一樣，手裏突然多了一樣東西。

那是一隻小小的錦盒。

它的外形非常普通，黑色的盒身，暗金色繡花的盒蓋。從先生拿在手裏的樣子來看，分量應該很輕。難道這就是先生要送給我的神秘禮物？

先生見我一臉疑惑的樣子，不由得笑道：「怎麼？不要？」

我連忙叫道：「要！要！」

先生哈哈一笑，在沙發椅上坐下，將錦盒擱在桌上：「昨天失約，十分不好意思。不過正好借機會送你一件小禮物，我猜你一定喜歡。」

直到此刻，我還是不知道錦盒中放的究竟是什麼。

先生猜我一定喜歡，那必然是我感興趣的東西，然而這錦盒這麼小，能放得下什麼東西呢？

我從桌上拿起錦盒，掂掂分量，果然非常輕盈。

小心翼翼打開盒蓋，映入眼簾的，是一塊長方形的物事。

我將這物事取在手中細細端詳。

這是一塊長方形的玉石，玉石的一端微微有些弧形，另一端，則刻着幾個蚯蚓般的字。

我不由得驚呼一聲：「這是一枚印章！」

是的，這是一枚印章。

先生笑道：「這是我當年刻的一枚閒章，怎麼樣？這禮物還滿意嗎？」

我大叫道：「豈止滿意，簡直太喜歡了！」

若不是先生此刻正深陷在沙發椅中，我真想給他一個大大的擁抱。

我轉動着印章，笑道：「沒想到先生竟然還會刻章。」

先生悶哼一聲：「你這是看不起我嗎？」

我知道先生是在開玩笑，但還是趕緊陪笑道：「不敢不敢，先生多才多藝，是天下聞名的。」

先生哈哈一笑：「亂拍馬屁！」

頓了頓又道：「不過，我自幼喜好刻章倒也是真的。年輕時曾刻過不少，送人的也不少。後來從內蒙南下香港，靠這技能，倒也一路矇混過關。」

先生的這段經歷，我早就知道，於是接口道：「先生膽子倒也大。從內蒙到香港，那麼遠的路，萬一路上被人識破通關公文上的圖章是偽造的，豈不糟糕？」

先生淡然一笑：「形勢所逼，哪裏顧得了那許多。好在要應付的十有八九是文盲，容易矇混。」

喝了口茶又道：「給你的這一枚，是我一九五八年剛到香港時，有感而發刻的閒章。我想你喜歡看書，對書畫印章之類的東西起碼不會討厭。送禮的學問太大，若是送了人家不喜歡的東西，那可是非常煞風景的事。」

我笑道：「知我者先生也！這印章我非常喜歡，只是不知道上面刻的是什麼字？」

先生笑道：「你自己認，實在認不出我再告訴你。」

我點點頭，將這枚閒章舉到眼前。

當我還是一個學生的時候，曾對篆刻產生過一段時期的興趣。雖然後來半途而廢，但是各種小篆字體，多少有一點認識。

先生刻的這枚閒章，字形並不複雜，我一眼就認出左上角那個「晚」字，接着，右下角那個「雪」字也被我認了出來。

但是其他三個字，我卻不敢確定。

左下角的字，看起來像個「本」；右邊中間的字，像個「谷」；而右上角的字，像三個足球球門從小到大套在一起，我認不出。

「晚、本、球門、谷、雪」，這是什麼意思？我完全不明白。

先生見我技窮，哈哈一笑，又從睡褲口袋裹摸出一樣東西，遞給我：「這枚閒章送給你，當然要附上一封轉贈說明。閒章刻的什麼字，說明上有寫，你自己看吧。」

我接過一看，原來是一封信。信封上，先生用他那熟悉的筆跡，寫着「王錚先生」四個字。

我的心狂跳着，握着信的手微微有些顫抖，小心翼翼地從信封中抽出信紙，將它展開。

先生在信紙上寫道：「閒章『晚來天欲雪』，五十多年前舊作，荒誕走板，不成樣子。雖敝帚自珍，總覺略具幾分酒意。今移贈王錚小友，聊作小禮耳。」

我這才恍然大悟，原來閒章上刻的字，是唐朝大詩人白居易的一句詩！

這首詩非常有名，題為《問劉十九》，是白居易寫給好友劉十九的。

劉十九，本名劉禹銅。聽起來似乎沒有什麼名氣，但要提起他的堂弟，卻是大大有名，乃是有着「詩豪」之稱的劉禹錫，也是位文豪級的人物。

這首詩的意境非常優美，詩曰：「綠蟻新醅酒，紅泥小火爐。晚來天欲雪，能飲一杯無？」

我抬頭看看先生，先生也正微笑着看我，彷彿在問：「你可知道我為什麼要送你這枚閒章？」

我心中暗忖，這句詩是描寫友情的，白居易問他的朋友劉十九：天色陰沉，看起來晚上將有大雪，你能不能留下與我共飲一杯？

先生挑刻有這句詩的閒章送我，想是對我們這份忘年友情的感懷吧。

先生依然帶着笑容看着我，我心情激蕩，一時間竟衝動起來，撲上去就給了先生一個大大的擁抱。先生被我的擁抱嚇了一跳，但立即回應了我，笑着拍拍我的後背，一股暖流頓時在心中湧起。

我拿着先生送我的這枚閒章翻來覆去觀賞個不停，簡直愛不釋手，先生看到我這個模樣，也覺得好笑，好笑之餘，卻也生出幾分感慨來，揮揮手道：「眼睛一眨，居然大半輩子過去了！」

這是一塊長方形的玉石，玉石的一端微微有些弧形，另一端，則刻着幾個蚯蚓般的字。

第六十一章 專家

帶着厚厚的「魚齋清話」影印件和充滿先生友情關愛的閒章，我回到上海。還在家門外，就聽到屋內電話鈴響個不停。我皺皺眉，連背包都來不及放下，趕緊甩脱鞋，衝到電話機旁。

電話那頭，鳳衛的聲音顯得頗為激動：「你終於到家啦！我已經打了好幾次電話過來，都沒人接，真急死人。」

我心中好笑，如此心急火燎，正是鳳衛的行事風格。但不知他如此着急，又為何事？

鳳衛繼續道：「告訴你一個好消息，葉李華教授明天要來上海，想和我們小聚一番。你明晚有沒有空？」

我大喜：「當然有空！上次錯過和葉教授見面的機會，我已經非常懊惱，這次無論如何也要見上一面！」

鳳衛歡喜道：「那太好了，我這就去預定飯店，明晚一起宴請葉教授。」

我還想説幾句，他已經迫不及待地掛了電話。我無奈地苦笑，這傢伙，預定飯店也不用急成這樣吧。

第二天晚上，我和鳳衛早早來到飯店。這家飯店離葉李華教授下榻的酒店很近，鳳衛特地挑選這裏，也是為了方便葉教授吃完飯可以早點回去休息。別看鳳衛平時大大咧咧，其實粗中有細，對這些細節方面的考慮，遠勝於我。

我們坐下不久，就聽得包廂外響起一陣腳步聲，抬頭看時，葉李華已然大步走了進來，身後跟着他的太太，我和鳳衛趕緊起身迎接。

初次和這位傳説中的人物見面，我不由得好奇地向他多看了幾眼。

少年子弟江湖老！

當年與先生那張合影中的瀟灑青年，如今也已步入人生的後半程。他臉上的皺紋日趨明顯，髮際線也越來越往後，不過，身材依然清癯消瘦，兩眼也炯炯有神。

葉李華向我們伸出手來，熱情相握。

入席就坐後，葉李華笑着對我道：「上次很遺憾沒有見到你，今天終於見到，幸會幸會！」

我趕緊道：「葉教授客氣，我對您仰慕已久，今天能夠見面，是我的榮幸。」

葉李華擺擺手：「哪裏哪裏，藍手套你太客氣。我們都是倪匡先生的書迷，不必這樣見外。」

鳳衛笑道：「藍手套就是喜歡假客氣，葉教授你不用理他。」

葉李華微微一笑，我則給了老友一個大白眼。

葉李華道：「近年來我忙着工作和搬家，與先生疏於聯絡，多虧你們常來郵件告知先生近況。今天見面，我們正要好好聊聊，我是知無不言，言無不盡。」

鳳衛首先發問：「不知道葉教授當年是怎樣認識先生的？」

葉李華揚了揚眉，看來很是自豪：「那是很多年以前的事了。」

我笑道：「我們就愛聽很多年以前的故事。」

葉李華笑了笑，繼續道：「我記得很清楚，那是一九八六年的年底，當時，我正在服兵役，突然聽說倪匡先生要來台北舉行讀友會的消息，內心非常激動。」

鳳衛嘆了口氣：「可惜我們在內地，沒有這樣的機會。」

葉李華道：「那一天，我特地和長官請假，早早趕到會場。因為時間還早，會場中人不多，我坐在第一排，一方面可以近距離接觸自己的偶像，另一方面，我也打算找個機會把一份禮物送給倪匡先生。」

我好奇：「什麼禮物？」

葉李華笑道：「不是什麼值錢東西，是我手工繪製的一份衛斯理故事人物表。」

鳳衛看了我一眼，笑道：「你看，你直到去年才做出衛斯理人物關係圖，葉教授三十年前就做過了。」

我不服氣：「三十年前，我們能夠偶爾看到衛斯理故事已經要額手慶幸，哪有可能做人物表？」

葉李華笑道：「手套這次做的人物關係圖我在網上也看到了，非常精美，比我當年做的詳細許多，一定花了很多心血。」

我扭頭瞪了鳳衛一眼：「還是葉教授說了句公道話，做這樣一張人物關係圖，所耗費的精力，真的十分巨大。」

葉李華繼續說他的故事：「大概就是因為倪匡先生收到了我的這份心意，所以，他答應了我和他通信的要求。」

鳳衛嘆道：「葉教授和先生通信，靠的是自身實力，我們能和先生通信，多虧了和先生同是上海老鄉。」

我表示不完全同意：「老鄉是一方面，我們對先生作品的熱愛，才是關鍵！」

「對！」葉李華笑了笑，繼續道：「一個多月後，我真的收到了先生的回信。直到現在，我依然清楚記得拆信時的激動心情。」

我忙道：「這種心情我完全理解！我們當年收到先生的回信時，也是一樣激動。」

葉李華看看我們，眼中有一種找到知音的神采，他繼續道：「但是展開信紙後，我卻傻眼了。先生的字潦草之極，乍看之下幾乎一個字也不認識。我花了很長時間，才全部辨識成功。」

鳳衛急急問：「信中寫些什麼？」

葉李華面露微笑：「先生在信中寫道，『寫作人最大的快樂，就是有人像你那樣喜歡他的作品，我很幸運，作品能有你這樣的擁護者。那天你忽然交上一張連我自己也排不出來的人名表，真是感動之極。我立即感到，我們當然可以做好朋友。』這段話，我到現在都能背得出。我後來在科幻方面所做的事，可以說都是因為這句話，它給了我莫大的力量！」

我不禁感嘆：「葉教授在倪學方面的成就，真是了不起。可惜衛斯理五十週年紀念活動時，你沒有來香港參加，實在太遺憾。」

葉李華嘆了口氣：「我也覺得非常遺憾。但那時我家人正好生病住院，我實在脱不開身。」

鳳衛道：「葉教授如果能來，那我們恐怕就不止『倪學七怪』，而要變成『倪學八怪』了。」

葉李華轉過頭笑着對太太道：「你還記得我們在美國時，住在倪匡先生家的事嗎？」

葉太太微笑道：「當然記得！我們在倪匡先生家住了一個星期，先生人真的很好，我從來沒見過這麼有趣的人。」

鳳衛忍不住道：「是極是極，先生也是我們見過最有趣的人。」

葉李華笑着接過話頭：「那一個星期，我們每天都和先生聊天，想到什麼就聊什麼，完全無所顧忌。整整五天，從早到晚，連大門都沒有出去過。到最後兩天，先生已經嗓子嘶啞，聊不動了。」

我吐吐舌頭：「能把先生聊成這樣，葉教授你也夠厲害的。」

葉李華道：「最後一天的早上，我們下樓和倪匡先生打招呼。先生以為我們還要和他聊天，嚇得趕緊擺手，不住討饒，求我們放過他，自己出去找節目玩。」

葉李華的描述極富畫面感，我和鳳衛笑得前俯後仰，先生實在太可愛了！

葉李華繼續道：「先生有個怪習慣，他每完成一部新作品，都會把文稿列印兩份。一份寄給出版社，一份自己留存，然後就將電子文檔刪除。先生説他對電腦總有一種説不出的恐懼感，實在不放心把重要東西留在電腦中。」

我道：「沒想到先生竟如此害怕電腦，怪不得在衛斯理故事中，把電腦描繪成一種極可怕的怪物呢。」

酒過三巡，菜過五味，葉李華從包裹取出兩個大信封，看上去非常厚實，但不知道裏面是什麼。我和鳳衛還在猜測，他已然打開信封，將裏面的東西取出。

那是厚厚兩大疊稿紙，上面列印的，赫然竟是衛斯理故事！

葉李華笑道：「這就是先生當年的留存稿，用聲控電腦寫成。雖然不是親筆手稿，卻也彌足珍貴。我特地複印了帶來，給你們一人一份，留作紀念。」

我和鳳衛大喜，趕緊謝過葉李華。

來而不往非禮也，我們也有禮物要送給葉李華。禮物是什麼？當然就是我和鳳衛有份參與撰寫的《倪學》一書！

葉李華接過《倪學》，也是無比歡喜，他是衛斯理書迷，自然懂得這本書的價值所在。

葉太太望着我們，笑道：「今天，你們三位衛斯理專家終於匯聚一堂。」

我們齊聲道：「是宇宙三大衛斯理專家！」

我們齊聲道：「是宇宙三大衛斯理專家！」

第六十二章　主編

久未露面的鱸魚突然打電話給我，神秘兮兮道：「有一個好消息，你想不想知道？」

我故意「哼」了一聲：「你想說，我不問你也會說，你若不想說，我問了你也不會說。」

鱸魚哈哈大笑：「上個月，我去了一次南洋，收穫頗豐，在當地一個書商處，買回了大量倪匡先生的武俠小說。」

我開始心跳加快，但還是裝作若無其事問道：「有多少？」

鱸魚掩不住的得意：「八十多本，花了我老大不少一筆錢呢！」

我故意冷冷道：「那也是你的書，與我何干？」

鱸魚見我反應不如他預計的那麼強烈，多少有些失望：「我打算影印一套給先生……」

我知道他還有下文，不搭話，只輕輕「嗯」了一聲。果然，鱸魚忍不住繼續道：「但是，我想親自交到先生手上，不知你能不能替我引見一下？」

這下輪到我哈哈大笑：「就知道你沒安好心，原來是想見先生！」

鱸魚有些着急：「行就行，不行就不行，給個痛快！」

我心中好笑，先生對武俠小說向來痴迷，鱸魚是武俠專家，兩人若是見面，必然相談甚歡，我焉有不引見之理？當即點頭：「引見歸引見，先生願不願意見你，那就看你造化了。」

鱸魚嬉皮笑臉：「似我這般可愛，先生豈有不願之理。」

我忍不住大笑，還別說，鱸魚這傢伙，有時候真的挺可愛。

鱸魚又道：「當然，我也不會讓你白引見，那八十多本書，我也會影印一套給你。」

我嘿嘿一聲：「用八十多本書換來和先生見面的機會，你這生意絕對不虧。」

鱸魚得意地大笑。

幾個月後，八十多本武俠小說的影印本寄到我手中，有了這些書，我醞釀已久的一個計劃，終於可以付諸行動。

記得在尚未認識先生的時候，我曾經拍攝過一套照片，照片的主題叫做「我的衛斯理」，以自己的方式來詮釋衛斯理故事。

我將這些照片印成畫冊送給先生，先生喜愛有加，把畫冊放在書架的顯眼處，每次我去先生家看到這本畫冊，總會感到非常自豪。

從那以後，我便開始對先生作品進行了一系列研究。

這些年來，陸續編輯撰寫了《倪匡妙語連篇》、《倪匡序言集》、《他人眼中的倪匡》、《倪匡筆下的一百零八將》等專題文章，並私印成冊，自稱為「倪學研究叢書」。雖然沒有正式出版，只是自娛自樂，卻也敝帚自珍，頗覺得意。

但是，「倪學研究叢書」中我最想編寫，也最具分量的一本書，卻遲遲沒有動手。

不是懶惰，而是因為缺乏資料，難以下筆。

我默默積蓄着力量，經過多年來的不斷搜尋，資料漸漸越積越多。鱸魚提供的八十餘冊武俠小説，又恰好為我送來最後一塊拼圖，這本書終於可以開始編寫。

我把書名暫定為《倪匡作品封面賞析》。

《倪匡作品封面賞析》聽起來好像沒什麼特別，但是，要知道，先生的作品總數驚人，各類小説雜文合計將近一千冊。每一部作品，幾乎都有着兩種以上的版本，最多的，甚至還有十幾種不同的封面。

我定下方案，計劃將這些封面做成三本畫冊，每一本畫冊都有不同的側重點。

第一冊，以衛斯理故事為主，包含原振俠、亞洲之鷹、非人協會等，主題為科幻小説；第二冊，以木蘭花故事為主，加上非系列的小説、雜文、鬼故事、他人衍生作品等，主題為冒險小説及其他；第三冊，則全部都是武俠小説。

足足花了將近一年的時間，才將這套畫冊全部完成。我自己設計封面，將畫冊印製成書，每一冊都用上好的銅版紙印刷，再做一個紙盒，將三本畫冊裝在一起，看起來又精美又氣派。

照例，要送給先生一套。先生拿到畫冊，驚訝程度比當年更甚，一邊欣賞一邊嘖嘖稱奇。

我趁機向先生提出，能否幫這本畫冊寫篇序言？

先生哈哈一笑：「序言沒問題，但不能急，讓我構思幾天。」

我大喜，這套畫冊若能得到先生的序言加持，那便更顯珍貴。

過了一個星期，先生發來郵件，正是寫給畫冊的序言。我急急讀了，先生的序言，熱情洋溢，言語間充滿了對我的愛護，直看得我心中熱乎乎的。

我將序言加入到畫冊中，日後若是有機會，能夠正式出版，那將成為我報答先生的最佳禮物。

這套畫冊尚未出版，沒想到卻有其他由我主編的書可以出版。

話說那一日晚飯後，我正在蘇州河畔散步，突然接到仁哥的電話。他在電話那頭笑嘻嘻道：「你送給先生的封面集畫冊我看到了，編得很好啊。」

被仁哥稱讚，我很是得意，但嘴上總要謙虛一番：「多虧各位朋友幫忙，我才能做成這套畫冊。」

仁哥的話題轉變得很快，突然又道：「想請你幫忙主編兩本書，有興趣嗎？」

我不假思索立刻應道：「仁哥需要幫忙，我當然願意之極。」

仁哥憨笑着：「要你編的書，其實是先生的舊作，絕版多年，我想將它們重新編輯出版，好讓新時代的讀者也有機會讀到這些優秀作品。」

我一聽要再版先生舊作，興致倍增，忙道：「仁哥打算再版的是先生哪兩本舊作？」

「一本是《倪匡傳奇》，一本是《靈界》。我知道這兩本書你一定有，所以找你幫忙。先要將它們輸入電腦，做成電子文檔，再請你代表讀者，問一些大家都會感興趣的問題，請先生回答。」仁哥道，「加入了新內容，書名便不宜和舊作相同，我們一起想想，改個新書名。」

經過一番討論，我們決定將書名改為《倪匡談往事》和《倪匡談命運》。

書出版後，各路好友紛紛發來祝賀，也紛紛買了書請我簽名。我何曾享受過這種眾星捧月般的待遇，頓感受寵若驚，顫抖着雙手，小心翼翼地給朋友們題詞留念。

也許是這一次合作比較愉快，仁哥緊接着又拜託我主編先生的另兩本舊作。要求非常明確，將先生當年散落在各大雜誌上的短篇武俠小說和奇情冒險小說，挑選精彩而又從未出版過單行本的，收集若干篇，彙編成書。書名和之前兩本相仿，叫做《倪匡寫武俠》和《倪匡寫奇情》。

我們當時都沒想到，這四本書的銷量竟如此之好。特別是《倪匡談往事》和《倪匡談命運》，短時期內竟一版再版。看着自己的心血得到大眾的認可，我們實在笑得合不攏嘴。

仁哥將盈利盡數送給先生，算是對先生的一點孝心。我也為自己有機會報答先生而感到高興。

然而，更令我高興的事還在後面。當我這個「倪學研究專家」的名聲傳出去後，香港出版界龍頭之一的天地圖書出版公司，居然也請我為先生主編一本散文集。這樣的好事，我怎會推脱？忙不迭地答應下來。

之後，我更是不斷接到各大出版社請我主編各類先生作品的邀請。就這樣，我的主編生涯，從此轟轟烈烈地展開了。

就這樣，我的主編生涯，從此轟轟烈烈地展開了。

第六十三章　尋根

鱸魚已經兑現了他的承諾，我當然也不能食言。

離暑假還有一段日子，我幾乎每天都會發一封郵件給先生，對他介紹鱸魚這位「武林怪傑」。把鱸魚的本事吹得天上僅有，地下絕無。先生好奇心大起：「你下次來香港，把這位鱸魚先生一起請過來，介紹給我認識一下。」

我暗自竊喜，要求未提，先生已然主動邀請鱸魚見面，我的任務也算順利完成。

大家聽聞這個消息，不住艷羨鱸魚竟有此等待遇，大有要我一起引見之意。這可把我嚇了一跳，這麼多人要見先生，讓我如何向先生開口？

諸葛計上心頭：「不如由鱸魚出面宴請先生，我們大家也好借光一起，豈不妙哉？」

眾人紛紛叫好，鱸魚也表示獨樂樂不如眾樂樂，有飯大家吃，有酒大家喝，有先生大家一起見。

我想了想，覺得此計可行，宴請先生的名目定為「武俠小說愛好者群英會」，先生一定有興趣。

果然，先生聽說能和一群年輕的武俠小說愛好者見面，很是興奮。不過，先生關照道：「我是路盲，不想去很遠的地方，飯店最好就選在我家附近。」

說起先生家附近的飯店，首選聯邦金閣酒家。這家飯店，幾乎已成為大家和先生聚會的最佳場所，環境好，菜味佳，值得信賴。

鳳衛見大家都去香港，心癢難耐，向公司百般爭取，終於爭取到一個去深圳出差的機會，可以溜來香港一起相聚。偏巧貓仔也正準備去香港看望先生，於是，這個暑假，群英薈萃，齊聚香港！

不過，大家的行程安排各不相同，並非同時出發。最早到達香港的，只有我和小郭兩個人，所以，先說說我和小郭的故事。

每次暑假來香港，除了去書展就是逛二手書店，漸漸有些乏味，於是想找點新節目。

小郭提議去離島，我想起去年的事，笑道：「上次去長洲，險些遇鬼，不去不去。」

小郭抓着後腦勺：「那你說去哪裏？」

我思索片刻，突然有了主意，故意慢吞吞道：「有個地方，作為衛斯理書迷，是必須去朝聖的。然而那麼多次來香港，我們卻始終沒有去過。」

小郭奇道：「什麼地方？」

我一字一頓：「衛——斯——理——村。」

小郭聞言，大叫：「好極了！先生當年就是偶然路過衛斯理村，突然有了靈感，才創作出衛斯理這個人物。這是衛斯理故事的起源地，值得去一次。」說着，邁開大步就向前走去。

我一把將他攔住：「你認識去衛斯理村的路？」

小郭指指前方的巴士站：「可以坐車去，司機應該認識路。」

「該坐哪輛車？」

「手套兄跟着我就是。」

我跟着小郭上了一輛巴士，找個座位坐下。小郭去向司機問路，不一會兒，一臉沮喪地回來：「這輛車不到衛斯理村，司機讓我們下一站下車。」

我差點吐血：「原來你不知道該坐什麼車啊。」

小郭不好意思地撓撓頭：「我本想隨便先坐上一輛車，問了司機再說的。」

我嘆口氣道：「衛斯理筆下的小郭是大偵探，而你這位小郭卻是個迷糊蛋。」

小郭不敢言語，只是低着頭。

我見他垂頭喪氣的樣子，倒也不忍再責備，笑道：「今天天氣那麼好，不如我們徒步走去，也是一種樂趣。」

小郭見我不再生氣，高興地點點頭，但隨即又停下腳步：「可是我不知道怎麼走。」

我道：「我也不認識。」

小郭一愣：「那怎麼辦？」

我從口袋裏掏出手機，揮了揮：「跟着導航走唄。」

從手機地圖來看，衛斯理村位於香港一個叫做「大坑」的地方。雖然看起來在很遠的山上，不過根據導航的預測，一個多小時，便也可以走到。

小郭笑道：「才一個多小時，濕濕碎啦。」

我看了看他，又看了看頭頂的大太陽，笑道：「要是跟着你走，恐怕走到渾身濕透水也到不了。」

我們下車的地點在銅鑼灣，馬路對面有一個籃球場，導航箭頭正直指籃球場旁邊一條叫做浣紗街的小徑，看來，這就是我們該走的路。

我和小郭一邊說笑一邊走着。浣紗街盡頭，有一道向上的石階，導航直直指向前，看來是要我們爬石階的意思。

可我總覺得有些可疑。石階不長，可以看到盡頭處是一堵高牆。高牆矗立，顯見無法通行，但導航卻指向這裏，難道說高牆附近另有出路？

正猶豫着，小郭早已三步併作兩步爬上石階，我不及多想，趕緊跟上。

爬到頂上，果然被高牆攔住去路。我四處尋找，並未見到有任何可供人繼續前行的通道，硬要闖的話，翻牆也不是不可以，但那真的是正確選擇嗎？

想也不用想，當然不是！

我拍拍小郭：「我們先退回去。」

回到原地，再看導航，還是直直指向前方。我不由得焦躁起來，四下張望，小郭突然一拉我：「你看那邊！」

我扭頭看去，才發現緊挨着浣紗街右邊的山壁，也有一條非常不顯眼的小徑通向上方。

小郭道：「要不走那條路試試？」

我表示同意，既然沒有別的路可走，那就試試吧。

這條小徑的石階比之前長了許多，我不顧熱辣的陽光曬得人汗水淋漓，興沖沖走在前面。小郭雖然矮胖，手腳倒也麻利，一步不落緊跟在後。

石階盡頭，是一片開闊的平地，前方又有道路繼續往前，看來是沒錯了。我心中歡喜，感覺像是解開一道難題。

扭頭往側下方看，又看到那堵攔路的高牆，不禁啞然失笑。

那高牆背後，竟然是一個大水庫！

我大笑：「還好沒有翻牆而入，不然就算不被當作小偷，跌進水池也是大大不妙。」

小郭呵呵笑道：「我會游泳，倒是不怕。」

我瞪了他一眼：「我不會！」

道路盤旋着向上，卻也不陡，與平地幾無差別。走了一會，樹木逐漸多起來，參天大樹將熱辣的陽光遮得嚴嚴實實。偶有山風吹過，涼颼颼的，又是另一番滋味。

繞過這片山道，前方是一大片空地，左右岔道甚多。

根據導航，我們走上一條叫做利群道的小徑。數十步後，眼前竟是一個私家花園，而導航也突然變了方向。我們知道走錯，趕緊折回。

緊貼着利群道，又有一條福群道。

試着沿福群道前行數百米，前方道路豁然開朗，再無岔道。我和小郭大是興奮，衛斯理村，我們來了！

導航的箭頭離衛斯理村越來越近，我們的心情也越來越激動。終於，導航顯示，目的地到了。

可是，非常奇怪，這裏周圍都是住宅社區，並未看到有什麼村落的存在。

這是怎麼回事？導航出錯了？還是我們又走錯了？

我們來來回回找了好幾遍，都沒有找到衛斯理村。

小郭道：「不如再往前看看，說不定就在前面。」

抱着且試一試的心情，又走了數百米，可是依舊不見衛斯理村的影子。

小郭沮喪地道：「實在找不到，看來只好回去了。」

我當然不願就此放棄：「好不容易才找到這裏，怎麼能回去！」

抬頭四顧，隱隱看到前方一個住宅區門口有保安人員在值班，便催促着小郭前去打聽。

小郭小跑着過去，比手劃腳了一陣，跑回來對我道：「那保安說，衛斯理村就在我們剛才走過的地方。」

我一愣，剛才走過的地方？我們都來回走了好幾遍，哪裏有衛斯理村？

小郭又道：「保安說，衛斯理村現在已經荒廢了，只剩下一塊門牌。」

我將信將疑，跟着小郭往回走，走了數十步，終於恍然大悟。

原來這衛斯理村，就在之前看到的一個被粗鐵鏈緊鎖的鐵門之內！

而衛斯理村的門牌，則高懸在鐵門上，被茂密的樹蔭遮蔽，難怪剛才我們沒有發現。

我望着這道鐵門和生銹的門牌，心中感慨萬千。

這裏就是衛斯理的發祥地呵！

斑駁的村名承載了歲月的痕跡，當年熱鬧的教會、青年人野營的場所，如今已不復存在。鐵門被小臂粗的鐵鏈緊緊纏繞，一把大鎖橫貫其上，外人再難進去。

透過鐵門看去，有一道石階蜿蜒通往山下，兩旁雜草叢生，亂石嶙峋，頗感蒼涼，看來荒廢已久。

我試着拉了拉鐵門，鐵鏈只晃了幾下，依然纏得很緊，根本拉不動。抬頭看看鐵門上方，更是鐵棘纏繞，幾乎沒有可以鑽進去的空隙，只好死了心。

小郭安慰我：「雖然進不去，但畢竟也算到過衛斯理村。」

我突然哈哈一笑：「幸好你不知道該坐什麼車，我們才會徒步走來這裏。雖然有點累，過程卻也充滿樂趣，不然輕輕鬆鬆坐巴士到這裏一看，只有一塊破爛的門牌寫着『衛斯理村』四個字，那該多洩氣！」

衛斯理村的門牌，高懸在鐵門上，被茂密的樹蔭遮蔽。

第六十四章　打賭

第二天午後，我正在森記圖書和琁姐聊天，貓仔打來電話：「我已經到先生家了，你要不要一起過來？」

那還用問？這個時間我會在森記，就是因為這裏離先生家很近，只要一接到貓仔到達香港的電話，便可立刻趕去先生家相會。

我趕緊拿着從森記選好的書，請琁姐結賬。琁姐笑着向我揮揮手：「你快去吧，我們下次再聊。」

剛到先生家樓下，就看到鳳衛在等電梯，他一定也是接到貓仔電話，匆匆趕來的。

我從背後拍了老友一下，鳳衛嚇了一跳，回頭見是我，立刻又露出了笑容。

我道：「自從衛斯理五十週年活動以後，我們好像還沒有一起去過先生家呢。」

鳳衛嘆口氣：「是啊，人在江湖身不由己。有時候還真羡慕你的工作，不用東奔西跑，作息時間也有規律。」

我勾着老友肩頭，笑道：「照你的脾氣，讓你像我這樣，整天坐在辦公室裏面對電腦處理數據，怕你連一個星期也堅持不了。」

鳳衛笑笑：「這倒也是，換你來做我的工作，估計你也受不了。」

門鈴響過，菲傭替我們開門。我一眼就看到貓仔依偎在先生身旁，撒嬌似地説着什麼。

我不由得有些好笑，貓仔的個子比先生還高，居然會貼着先生撒嬌，這場景，若非親眼看到，實難想像。

先生見我們來了，哈哈大笑：「來得正好，你們倆誰願意陪貓仔去書展聽蔡瀾的講座？」

我立刻大叫：「先生饒了我吧！我昨天去大坑找衛斯理村，爬山爬得腿到現在還酸脹，實在不想再去書展了。」

先生撇撇嘴：「衛斯理村有什麼好玩的？早就荒廢了，虧你還有興趣。」

説着，又對鳳衛道：「王錚不去，那就麻煩你陪貓仔走一趟吧。」

鳳衛一愣，雖然他和貓仔早就化干戈為玉帛，但由於他倆的性格始終並不十分咬弦，時常會有些小摩擦發生，所以，能避免單獨和貓仔相處，鳳衛總是儘量避免。

先生不知道箇中原委，拜託我們陪貓仔去書展。我一時失察，拒絕在先，這下苦了老友。面對先生的託付，鳳衛怎好拒絕，扭回頭瞪了我一眼，悄聲道：「你太狡猾了，搶在我前面拒絕。」

我連連作揖：「抱歉抱歉，我真的不是故意的。」

於是，由我留下陪先生聊天，鳳衛則和貓仔一起去書展聽蔡瀾演講。

陪先生聊天是人生一大樂事。我們有着共同的興趣，特別是關於書的話題，聊到興起時，渾然不覺時間的流逝，一個下午轉眼就過去了。

「叮鈴鈴……」

一陣急促的門鈴聲，打斷了先生的話頭。

先生笑着對我道：「快去看看，估計是他們回來了。」

我應聲開門，貓仔笑嘻嘻地走進屋來。

先生往貓仔身後張望了一下，道：「咦，怎麼只有你一個人？鳳衛呢？」

貓仔笑道：「我不知道呀。」

先生有點生氣：「我託他照顧你的，怎麼就和你分開了？」

貓仔撇嘴道：「我又不是小孩，幹嘛要他照顧。」

先生道：「你怎麼不是小孩，你又不常來香港，萬一迷路怎麼辦？」

我看着情況不妙，趕緊打圓場：「先生，你別生氣，反正貓仔也回來了，沒事沒事。」

先生兀自有些不快，一時間氣氛有些尷尬。

正在這時，門鈴又響起。

我趕緊去開門，門口出現的，是鳳衛一張氣急敗壞的臉，我趕緊把他請進屋來。

先生一見鳳衛，連聲埋怨：「你也真是，託你照顧貓仔，你怎麼讓她一個人走？她要是迷路怎麼辦？」

鳳衛漲紅了臉，大聲道：「先生，你可別怪我，是貓仔非要和我分開走的！」

剛說到這裏，猛然看到站在角落裏的貓仔，頓時瞪大了眼睛，下面的話再也說不出來。

我趕緊拍了拍鳳衛，讓他先坐下，別着急，有話慢慢說。

鳳衛一屁股坐下，大口喘着氣，滿是委屈地將之前發生的事一股腦兒地說了出來……

蔡瀾的演講座無虛席，貓仔和鳳衛都是蔡樣書迷，兩人聽得津津有味，自得其樂，倒是相安無事。演講結束後，還一起和蔡瀾合了影。本來事情到這裏，一切都很順利，偏偏出得會展中心，兩人有了分歧。

鳳衛要去坐港鐵，貓仔卻想坐巴士，於是開始爭執。

鳳衛道：「坐港鐵回先生家，最是快捷，為什麼要去排隊等巴士？」

貓仔則有她的理由：「巴士就在會展中心出口不遠，港鐵站卻要走很長一段路，為什麼要捨近求遠？」

鳳衛辯道：「我曾經坐過這巴士，又擠又慢，還是港鐵快。」

貓仔不服氣：「我以前也坐過這巴士，感覺比港鐵快。」

鳳衛不由得火起：「先生託我照顧你，你就得聽我的！」

貓仔臉一紅，撇嘴道：「我又不是小孩子，誰要你照顧！」

鳳衛愈發惱怒，但礙於先生面子，又不好發作，一轉身，便向港鐵站走去。他心中打着如意算盤：我這一走，貓仔無奈，必定只好乖乖跟上來。走了幾步，悄悄用眼角餘光一掃，貓仔非但沒有跟上來，反而朝着巴士站方向走去。

鳳衛急了，叫道：「喂——」

貓仔停住腳步，「哼」了一聲：「不如我們打個賭，你坐港鐵，我坐巴士，看看究竟誰先到。」

說完，扭頭就走。鳳衛氣得一跺腳，半晌無語。最後咬咬牙，向港鐵站奔去。

鳳衛這時，心中還在打着如意算盤：我坐港鐵，一定快過貓仔。只要在先生樓下截住她，再一起上樓，先生也不會知道我和她分開的事。

港鐵果然迅捷，不一會就到了北角。鳳衛飛奔出站，直衝先生家大樓。

衝進大堂，張望了一下，只有幾個住客在等電梯，其中並無貓仔的蹤影。鳳衛鬆了口氣，他對自己的行動速度很有信心，貓仔一定還沒有趕到！

鳳衛在大堂一側的沙發上坐了下來，開始等貓仔。時間一分一秒過去，不斷有住客走進大樓，但始終沒有見到貓仔。

鳳衛開始焦急起來，又等了一會，還是不見貓仔。看看時間，就算是走，也早該到了？難道真的迷路了不成？

一想到這裏，鳳衛心中不安起來，先生將貓仔託付給自己，可是卻……

鳳衛騰地站起來，復又衝到街上，在左近幾條街上迅速轉了一圈，依然不見貓仔的蹤影。鳳衛沮喪地垂下頭，無奈地上樓，準備接受先生的斥責。

説到這裏，鳳衛狠狠瞪了貓仔一眼。

貓仔倒是像個沒事人一般，掩口偷笑了一下。

先生轉頭問貓仔：「照鳳衛這麼説，他怎麼會沒有碰到你呢？」

貓仔笑道：「要説香港的道路，鰐魚是比我熟悉，但要説這幢大樓，他可就沒我熟了。」

鳳衛盯着貓仔，不知道她究竟是什麼意思。貓仔又看了鳳衛一眼，繼續笑道：「這幢大樓可不止一個入口啊。」

鳳衛這才恍然大悟，難怪始終等不到貓仔，原來她從另一個入口上了樓！

貓仔又道：「我坐巴士到北角，還沒走進大樓，就遠遠看見鰐魚翹着二郎腿，坐在沙發上。」

鳳衛又瞪了她一眼。貓仔不理會，轉頭對先生道：「先生，我來你家的次數可不少。有一次心血來潮，繞着大樓逛了一圈，被我發現正門不遠處有扇小門，裏面有架貨梯，可以不必經過大堂而直達樓上。」

瞄了一眼鳳衛，眼中滿是笑意：「本來我想上前喊鰐魚，但是，看他那得意的樣子，又忍不住想捉弄他一下，就繞到旁邊，坐貨梯上來了。」

鳳衛滿肚子的火氣無處發洩，臉漲得通紅。

先生聽完貓仔的話，哈哈大笑，起身對鳳衛作揖道：

「是我錯怪你了！」

鳳衛一陣惶恐，趕緊拉着先生坐下：「先生不要在意，這事我也有不對的地方。」

先生笑道：「説句公道話，這個打賭，應該還是鳳衛贏了的。」

貓仔不服氣：「明明是我先進屋的……」

我趕緊替鳳衛辯道：「你們賭的是誰先到，並沒説誰先進屋，所以先進大樓者為贏。」

貓仔還想爭辯，先生已然道：「你們的賭注是什麼？」

鳳衛和貓仔互望了一眼，齊聲道：「那倒沒有約定。」

先生笑道：「那好，我來決定，給鳳衛一枚閒章。上次送給王錚一枚，這次給鳳衛一枚。你們倆一人一枚，也算公平。」

鳳衛大喜，心中激動，一時説不出話來。我也着實替老友高興，拍了拍他的肩膀。

貓仔倒也不惱，笑着過來，給鳳衛作了個揖：「鱷魚哥，恭喜啦！」

鳳衛的神情有些尷尬，忙拱手回禮道：「承讓承讓！」

這一場打賭，總算是喜劇收場。而鳳衛和貓仔，是不是從此以後，就能相安無事呢？

只有天知道，哈哈！

鳳衛大喜，心中激動，一時説不出話來。我也着實替老友高興，拍了拍他的肩膀。

尾聲　群英會

當我和鳳衛攙着先生，貓仔扶着倪太，慢慢走到飯店的時候，諸葛、鱸魚、小郭、失戀他們早就恭候多時，齊齊起身相迎。

而佔據另一半飯桌的倪學五怪，更是嬉笑着擁上前來，將先生和倪太帶入主座。

倪學七怪平時分隔兩地，難得有機會相見。這次我和鳳衛同時來港，七怪終於能夠重聚，當然歡喜。

我和鳳衛早就通知那五怪，今晚將由一群內地武俠小説愛好者做東，在聯邦金閣酒家宴請先生，不如大家一同來聚。

仁哥大喜：「大家既然都是先生的書迷，那就是一家人！」

鳥鳥問道：「有沒有美女？」

阿龍嘿嘿一笑，反問鳥鳥：「貓仔算不算？」

紫戒緩緩道：「北京鱸魚，上海諸葛，我聞名已久，能認識他們，非常高興。」

仁嫂叮囑道：「晚飯的時間請安排得早一點，契爺契媽年紀大了，不能太晚睡覺。」

打電話預定飯店時，猛然發現參與聚會的竟多達十四個人，普通的圓桌很難坐得下，只好請飯店經理安排一張特大的桌子，讓我們大家可以齊聚在先生身旁。

先生和倪太坐定後，我和鳳衛把鱸魚他們幾個一一介紹給大家。

鱸魚從包裏取出厚厚一疊書，放在桌上。每一本都是嶄新的，開本大小一致，看起來甚是整齊。

我一眼就看到最上面那本《青劍紅綾》，正是鱸魚去南洋帶回來的其中一冊。

先生看到鱸魚突然拿出那麼多書來，頓時一驚：「你怎麼帶了那麼多書來？」

鱸魚笑道：「這些都是先生自己的舊作，我翻印了帶來送給先生的。」

先生好奇心大熾，取過《青劍紅綾》，隨手翻閱起來。邊翻邊嘆道：「這本書的內容，我自己已經完全不記得了。」

鱸魚連忙道：「忘記不要緊，先生可以當作新書看。」

先生哈哈一笑：「你說得對！」

頓了頓又笑道：「要是你不告訴我這是我以前的作品，我還以為是別人寫的，哈哈哈哈！」

阿龍在一旁突然笑道：「鱸魚兄，手套說你是武俠專家，我來考考你。《青劍紅綾》曾被某位名家大加讚賞，稱其為先生寫得最好看的一部武俠小說，你可知這位名家是誰？」

鱸魚見有人挑戰，興致頓起：「龍兄，這部《青劍紅綾》，最初連載於《武俠與歷史》雜誌。這本雜誌，就是這位名家創辦的，你看我説得對也不對？」

阿龍笑着鼓掌：「鱸魚兄果然是專家，佩服佩服！」

鳥鳥不耐煩起來：「你們兩個不要打啞謎了，這位名家到底是誰？」

紫戒拍了拍鳥鳥：「他們説的，是金庸先生。」

先生哈哈大笑：「你們都是專家，連這件事也知道。」

放下手中的書，又道：「我當年替《武俠與歷史》雜誌寫了不少武俠小説，可惜，具體是哪些已經想不起來了。」

諸葛在一旁道：「我記得的就有《南明潛龍傳》、《狂波俠影》這些。」

先生一拍大腿：「對，對，就是那幾部！」

仁哥突然問：「先生的這些武俠小説，有沒有出版過？」

我搶着道：「《青劍紅綾》、《南明潛龍傳》這幾部，曾由香港胡敏生書報社出版，但還有不少短篇武俠，散落在各大雜誌，從未有過單行本。」

仁哥喜道：「你幫我收集一下，我打算將先生那些沒有出版過的短篇武俠小説，結集出版，就請你來主編吧。」

我暗自竊喜，沒想到這一發言，竟又有了可以主編先生作品的機會，連忙一拱手：「仁哥叮囑，小弟定當盡力！」

鳳衛看看我，笑道：「恭喜你啦！可惜我工作實在太忙，不然倒是可以和你一起編書。」

我拍拍老友肩膀：「以後總有機會的！」

先生卻道：「啊呀，你們去出版這書幹嘛？寫得又不好看，會賣不出去的。」

貓仔在一旁笑道：「先生，都說你的小說即使是無字天書都能迅速售清，怎麼會賣不出去？」

先生苦笑：「那是出版社的廣告，哪可能無字天書還賣得掉的道理。」

仁哥憨笑：「我出版這書，並不為了賺錢，只要不虧就行。先生的讀者群比較穩定，保本應該沒問題。」

仁嫂也道：「相公主要是想將契爺的作品流傳下去，您不用擔心。」

先生雖然還在搖頭，卻也不再表示異議。

酒過三巡，大家漸漸有了些醉意，席間的氣氛也變得更加融洽。

今晚的主題是武俠小說，話題自然也圍繞着武俠展開。說起武俠小說，金庸這個名字是無論如何也繞不開的。

先生夾了塊魚肉在嘴裏咀嚼着，緩緩道：「我當年看《天龍八部》小說，有一個問題，一直到現在還沒想通。」

鳳衛忙問：「是什麼問題？」

先生皺了皺眉，眼神發定。看樣子，他正在將思緒融入到《天龍八部》的故事中去。

過了一會兒，先生才搖搖頭道：「喬峰誤殺阿朱那一節，於理不通。」

烏鳥推了推眼鏡，問：「哪裏不通？」

先生道：「喬峰的武功之高，在《天龍八部》中已近巔峰。有這樣高的武功，怎麼還會將阿朱誤認成段正淳？」

貓仔道：「書中說是由於阿朱易容術太高明，喬峰才會誤認的。」

先生搖頭，笑道：「你沒有注意到，喬峰誤殺阿朱的那天晚上，是個雨夜。」

鱸魚笑道：「先生果然是金學專家，也發現了這個疑點！」

諸葛勾着鱸魚的脖子，接口道：「我和鱸魚也曾討論過這個問題。喬峰誤殺阿朱的那一夜，風大雨大，即使放到現在，有傘可撐，也難免渾身濕透，何況古時？阿朱臉上的易容品，早就應該被雨水打濕打散，哪有可能保持得那麼好？」

阿龍把酒杯一放，點頭道：「是，阿朱臉上的化妝，哪怕只化開一處，憑喬峰的敏銳，立刻就能發覺，這的確是個大漏洞！」

先生喜道：「你們也都發現啦！」

頓了頓又道：「不過，我想了那麼多年，總是想不出一個好辦法，能彌補這個漏洞。」

鱸魚沉吟片刻：「若是改成月朗星稀的夜晚，不知道可不可以。」

先生想了想，搖頭道：「不好，喬峰誤殺阿朱，乃千古憾事。改成晴天，氣氛上就差了許多。」

諸葛笑着撞了鱸魚一下：「你以為你比金庸還強嗎？」

鱸魚回瞪諸葛一眼：「敢於提出設想，是解決問題的第一步，你連第一步都沒有邁出去，還說我？」

我和鳳衛相視一笑，諸葛和鱸魚這對活寶，他們之間的深厚情誼，看來也絕不亞於我們。

阿龍、鳥鳥、貓仔考慮良久，分別提出自己的解答，但也都不能讓先生信服。

坐在一旁的小郭和失戀，年紀最輕，對武俠小說的認識也最淺。他們倆看着大家熱烈討論，完全插不上話，眼中只有景仰和羨慕。不過，對他們來說，能參與這樣一場群英聚會，正是提升自身功力的大好機會，假以時日，他們也定能成為別人景仰和羨慕的對象。

一直沒有說話的紫戒，此時突然開口道：「我倒是有一個設想。」

鳥鳥忙問：「什麼設想？」

紫戒緩緩道：「我的設想是，將雨夜改成霧夜，不知可行否？」

先生一聽便大叫起來：「改得妙！」

又仔細想了想，笑道：「大霧之夜，再加上阿朱易容術高超，認錯人的可能性便大增。而且，在悲劇氣氛的渲染上，霧夜雖然不如雨夜，總比大晴天要好得多。」

經過先生的解釋，大家發現，紫戒這一改，果然妙極。

先生笑道：「你這一字之改，解了我多年疑惑！」

我們紛紛舉杯，以敬紫戒。

一時間，酒杯碰撞聲、歡聲笑語聲，在包廂中交織迴響，連綿不絕。

這本書，也就在這種歡樂的氣氛中，來到了尾聲。

書雖然已近尾聲，但是，我和先生的故事，卻仍將繼續。

從一名普通讀者，到成為先生的忘年交，這半輩子的故事，又豈是一本書能夠訴說得盡？

我和鳳衛各自端着酒杯，來到先生身旁。先生抬起頭，笑盈盈舉杯和我倆相碰：「從我們第一次見面，到現在，也有十年了吧。」

我倆將杯中酒一飲而盡，笑着對先生道：「若從當年在那本衛斯理小說中，見到先生的照片時算起，四分之一個世紀都不止了！」

先生聞言，哈哈大笑。

記得先生曾寫過這樣一句話：「世界上，宇宙間，奇妙的事雖然多到不可勝算，但是決不會有比命運更奇妙的事了。」

這一刻，我們終於相信！

我和鳳衛各自端着酒杯，來到先生身旁。先生抬起頭，笑盈盈舉杯和我倆相碰：「從我們第一次見面，到現在，也有十年了吧。」

番外篇

秘辛

三十年來，我和先生之間，有趣的故事其實還有很多。但這些趣事，或是由於篇幅較短，只是一兩句對話，或是由於主題瑣碎，難以歸類，最終並未能收錄在正文中。

本來覺得很是遺憾，然而，靈機一動，有了新想法。

不如索性再寫一章番外篇，將這些遺珠收錄其中，於我，也算功德圓滿！

第一部份　對話

藍手套：剛看完衛斯理故事《消失》，看完以後，想起一部美國科幻電影《蒼蠅》來。同樣也是把人分解成原子或比原子更小的單位，然後傳送到其他地方。只是由於傳送過程中不慎混入一隻蒼蠅，於是，人就變成了蒼蠅人。而且是逐步變化，恐怖莫名（又想起《仙境》裏面人變妖怪的情節來）。看了看創作時間，先生的設想顯然起碼比電影早了十五年，很為先生感到高興！

倪先生：謝謝。很多設想相同的故事，後發表的就會被當作抄襲了，其實有時候不是的。

藍手套：這些天，在網上下載了衛斯理的連續劇看，是羅嘉良演的。背景放在一九三五年的上海，正是先生出生的那一年，覺得非常不妥，有種時光錯亂的感覺。

倪先生：把原著改得不倫不類是影視編導的唯一生存價值，其行可誅其情可憫啊！

藍手套：記得在若干年前，在幾部電影中見到先生的身影。一、《原振俠與衛斯理》。先生演一個講故事的人，西裝領結，氣宇不凡，手執紅酒一杯，身後美女無數，令人羨慕不已；二、《老貓》。先生演那位借「老布」給衛斯理的怪人，白色長袍，作中裝打扮，倒也有幾分意思；三、《偷情先生》。先生演個廚師，拿切菜刀追殺貓貓狗狗，嘴裏還不停絮絮叨叨，這個形象最為不堪。

倪先生：還有一次做嫖客的，見者無不絕倒。龔定庵說：不作無聊之事，何以遣有涯之生，此之謂歟？

藍手套：《死去活來》已經看完，給先生提點意見。這個故事的前半部囉嗦之極，我看得甚至有點不耐煩，及至言王這個人物出場，才稍微有了點趣味。我同事也看了，認為先生的電腦知識很糟糕（他是電腦部門工作的）。我的電腦水準一般，不知其何所指也？當然，批評歸批評，先生的故事還是會一如既往的看下去，拍句先生的馬屁，衛斯理氣量之大，對於讀者的誠懇批評一定能虛心接受吧。哈哈！

倪先生：哈哈！貴同事對極了，電腦知識，我只屬於幼稚園低班，簡直無面目見江東父老！對小說的意見，我當然不會介意，因為我深信麻油拌韮菜，各人心裏愛，不能使所有人都喜歡的，——這種信念是對付批評的最好方法，哈！

藍手套：昨晚，鳳衛結婚，甚是高興，說與先生同樂！

倪先生：昨天發了電郵給他祝賀，想來他不會有空開電腦，哈哈！

藍手套：昨夜我偶得一夢，甚是奇特。一開始，我就處在一個飯局之中，主持大局的竟然是金庸先生。席間，金庸先生引來一人，介紹説是古龍。我甚是興奮，拉着古龍便有很多話想説，飯也不要吃了。後來，古龍開着吉普車帶我去兜風。他車技甚高，居然背對着車頭也能避讓行人，讓我不勝驚訝。

倪先生：真是奇怪，而且古龍和我一樣，不會駕車。

藍手套：最近在網上找到先生二十餘年前寫的《倪匡傳奇》，細細讀來，甚覺好看！先生講述親身經歷的事情絕不比小説差，甚至更令人有震撼之感。有兩段記憶最是深刻，一段是臭蟲的智慧。長這麼大，從來沒離開過城市，也從來沒見識過臭蟲這種東西，不知道這小玩意竟然如此聰明！另一段是先生在茅廁裏見到的長尾巴的蒼蠅的蛆，當真是想想就害怕。立刻聯想起美國電影《異形》裏那些無以名狀的怪物來，真不知先生當年居然親身體會過！這樣的人生經歷，想來平常人是斷然沒有的。先生的經歷太豐富，讓我覺得十分之有趣！

倪先生：如此可怕，你覺得有趣，真有趣。

藍手套：最近有幾本書讀來頗有趣味，可以給先生推薦一下，時報版的《富貴窯》（張大春）、皇冠版的《沒有神的所在——金瓶梅私房閱讀》（侯文詠）。

倪先生：富貴窯和侯評金瓶都是書中極品。

藍手套：終於把先生在散文集裏推薦的法月綸太郎的《一的悲劇》看完了，十分精彩！據說法月先生還寫了一本《二的悲劇》，不知如何，要找來看看。

倪先生：真是悲劇，我已經完全不記得這本書了！哀哉。

藍手套：近日在讀司馬中原的小說《狂風沙》，記得先生也曾推薦過這本書，果然好看！

倪先生：啊，到現在才看！關八獨闖羊角鎮，經典。幾十年印象猶深。古龍的小魚兒闖惡人谷，由此而來。

藍手套：前幾天在網上花了二十五元就淘到了先生舊作《説人解事》， 開心之極啊！

倪先生：有這樣的書？忘記脫了。

藍手套：那本《説人解事》就是先生給不少香港名人寫的小傳，包括「張國榮眉目如畫」、「溫瑞安英姿煥發」等等。前言部份還有「凡例十條」，寫得十分搞笑。在寫金庸那篇的時候，先生在文中自稱「偉大的金學家倪匡」，笑死我了，哈哈！

倪先生：真是，好像有點印象，不過凡例什麼的，真是茫然了。

藍手套：我摘錄了一段序言給先生看看，是不是能想起來呢？這本書中，先生文字詼諧幽默，很是有趣！以下是摘錄：的而且確，「凡例」那篇稿，是早上七時到八時寫下來的。睡不着，跳起來，下筆如飛。回想起來如在昨日；然而，一年多過去了。一百篇左右的人和事，其中，哈公是第一個寫的，他已仙去，整理稿子時，不勝感慨。所有稿件，排名絕對不分先後——本來想整理一番，按姓氏筆劃序，後來一想，那麼麻煩幹嗎？本書中所寫的，可作人物素描看，可作散文看，可作捧場文字看，可作由衷之言看，可作個人觀點看，可作大家同意看。隨便怎麼看，反正這是我寫下來的文字，都是我想寫的——好像已經可以不必寫不想寫的文字了吧——十分自傲地這樣說。

倪先生：文字流暢，言簡意賅，好文章！哈哈。

藍手套：我與鳳衛決定今年的香港書展時來香港探望先生，也順便感受一下香港書展的氣氛，這還是我們第一次參加香港書展呢。

倪先生：香港書展熱鬧過城隍廟，軋鬧猛也蠻好白相。

藍手套：原以為自己是收藏先生小説最多的人，即使不是最多，起碼也該排名前三。但這次網上一調查，嚇了一跳，沒想到能人真多！大家都喜歡先生的書，聊起來也特別起勁。能認識新朋友，真是開心得不得了呢！

倪先生：謝謝大家愛看衛斯理，寫作人能有這樣的讀友，無憾矣！請在各種場合代我致意，謝謝謝謝。

藍手套：突然想起一套書來，是楞嚴閣主的《神魔列國志》。楞嚴閣主，年紀和先生相仿，也是江南人氏遠走香江的，這套書極好看，不知先生看過否？

倪先生：啊，你的閱讀面真廣，你說的那書，連作者名，我連聽都沒有聽過。

藍手套：向來很仰慕王先生雪夜訪戴君的那種意境，可惜心有罣礙便學不像。不過先生仿古仿得倒是極妙，只是徒留眾多網友呼天搶地，看了甚是好玩。

倪先生：哈哈，他們並無損失，難過什麼。

藍手套：說起王先生和戴君，我又想起另一對王先生和戴君來，只是這一對，肅殺之氣太濃了！

倪先生：是怎麼一回事？我不知道。

藍手套：說出來先生肯定知道的，就是斧頭幫幫主和特務幫幫主唄，兩人先是結拜，後來斧頭幫幫主被特務幫幫主誘殺。

倪先生：這典太僻了！

藍手套：啊！王亞樵和戴笠的故事不算冷僻呀。

藍手套：又看到那個關於「冰比冰水冰」的對聯，到底有沒有那回事啊？這個疑問一直在我心中沒有解答。而金庸先生晚年極力否認此事，古龍筆下又有此事，如今只能看先生怎麼說了。

倪先生：哈哈，世事豈可細究！

藍手套：今天下午看了三年前轟動一時的美國科幻大片《阿凡達》，第一次看，雖然有些落伍，但還是很好看。

倪先生：網上説戲中頭髮功用似《頭髮》。

藍手套：有相似之處，但也不盡然。衛斯理故事《頭髮》中的頭髮，功能主要是靈魂的輸出。阿凡達中的頭髮則是起到和其他物種思想溝通的功能。比如主角需要一匹坐騎，就必須和外星馬進行雙向選擇，然後將自己的頭髮塞入馬背上一片和人頭髮一樣的頭髮中，讓兩個不同物種的頭髮糾纏在一起，然後就算配對成功了。接着，主角只需腦子想着要馬如何行動，馬自然就會明白。

倪先生：好設想。

藍手套：這電影還有一個有趣的設想：人類提取了外星人和地球人各自的基因，混合在一起，製造出外形和外星人很像的軀體。然後讓地球人躺入一部儀器中，進行同步，將地球人的靈魂移入混血軀體中，接着地球人就可以頂着混血軀體去做各種事了，地球人本身的軀體則毫無意識地躺在那個儀器中，直到把儀器關掉，靈魂才會回來，那時候，那個混血軀體就一下子變成沒有知覺的東西了。

倪先生：這我在《原振俠》、《年輕人故事》中都用過。黑紗就是這樣的混合人。

藍手套：突然想到一個問題，要請教先生。在《本性難移》和《天打雷劈》中，先生筆下，誕生了一個名叫「典希微」的女子。書中有提到，典希微這個名字是有典故的，但是何典故，卻未明言。我只想到《老子》裏有一句「聽之不聞名曰希，搏之不得名曰微。」不知道對不對呢？

倪先生：對之極矣！！

藍手套：先生，有件事想問一下。我有個朋友，是上海廣播電台故事頻道的。他們打算在明年衛斯理五十週年之際，挑一部先生的作品改編成廣播劇，然而不知道版權該與誰洽談，所以託我來問一下先生。

倪先生：我的版權代理人很不作為，若和他們聯絡，十年難以成事。據我所知，國內很多擅自改編了的，他們也根本不知。反倒是我，因為和他們有合同，不能授權。情況很是吊詭，請貴友自行斟酌處理。我知的有艾寶力講我小説多年無人理，濟南徐大力正講完了老貓講尋夢，也沒人理，我也懶理，有趣不？

藍手套：先生好！許久未有聯絡，只因近三個月來，我一直忙於整理衛斯理故事中的人物，花了三個月把一百四十五個故事重新翻閱了一遍，又花了兩個星期，終於整理出一千一百零四個人物。把這一千一百零四個人物的簡介發給先生看看。

倪先生：啊呀！單看介紹，已覺工程浩大，太偉大了。六十多年前，曾想如此對付《蜀山劍俠傳》，開了頭就放棄了，所以知道這難處啊。嘆為觀止，不能再詳盡了！

藍手套：先生好！我提前兩天來香港啦，哈哈。明天下午的飛機，到香港大概晚上六時左右。打算第二天早上來拜會先生，不知先生方便否？

倪先生：第二天上午我時間很緊迫，大約只有十一點到十一點四十分之間有空。下午則三時到五時可以。下崗老人時間老不夠用，亦怪事也。

藍手套：有個問題想問下先生，先生為什麼很早就將衛斯理與白素配成一對？有什麼道理嗎？

倪先生：haha, no reason.

藍手套：近日開始看起《紫青雙劍錄》來，之前居然從未看過，只覺熱鬧非凡，煞是有趣。只是往往看到精彩處，兩三句話就過去了，頗不過癮，是為一憾也。

倪先生：你可看原來的足本《蜀山劍俠傳》，有新出版的，我早就想託你買一套，正好現在去買。你先看，然後帶來給我。這是我託你買的，一定要給回書價，否則作罷。真高興你會喜歡看，那真是天下第一奇書啊！

藍手套：昨晚我做了個古怪的夢，施仁毅兄帶着我們倪學七怪一起到先生家玩，先生不在家，倪太負責接待。大家紛紛從先生的書櫃上挑自己中意的書帶走，結果倪太生氣了，罵仁哥：「施仁毅！你每次帶一大群人來，帶走那麼多書，搞得像抄家一樣！以後每人最多只能拿兩本書！」倪太一發火，大伙都嚇壞了，然後我就被嚇醒了。

倪先生：哈哈，可證明你日夜所思都是在我這裏拿書！

倪先生：網上看到有出讓一套盜版衛斯理的，甚罕見，不知你有收藏否？若無，又覺得可以一收，可去買來，我送給你，下次你來港，我連同蜀山書款，一起付清。你也要冒些風險，因為我已風燭殘年，可能隨時「哲人其萎」，你就血本無歸了也，哈哈。

藍手套：先生真好！我感到無比開心，學先生大笑四聲，哈哈哈哈！這套盜版衛斯理我以前買過不少，也算是盜版中做得好的了，再買整套，似乎不太划算。

藍手套：近日公司有新人來報到，其中有個人名字非常古怪，喚作「頔」，根本不認識。想讀成「頓」吧，又怕被人笑話，還是老老實實查了字典，原來是讀「狄」音，還好沒有亂讀。這個「頔」字，意思是「美好。古人名用字。」頓時一陣不爽，意思是美好的字多如牛毛，非要用一個古人才用的字做名字，豈非故意刁難我嘛。

倪先生：凡這種人，多半是沒什麼學問的。

藍手套：他們沒學問卻正好給我長學問，哈哈！

倪先生：這種死字《康熙字典》裏有四萬多個，你慢慢長學問去吧！

藍手套：真是一額汗。

藍手套：新認識了一個「還珠專家」，是學林出版社的老編輯周清霖老爺子。他也是武俠專家，曾編輯出版了一套四十多本的還珠全集。那日飯局，和他暢聊，愉快之極，哈哈！

倪先生：還珠專家極難得，必然有相當年紀，少了啊！

藍手套：這位還珠專家也已經是七旬老者了。

倪先生：還珠在四九年之後等於沒有新作，七十歲人應該沒趕上還珠創作盛期，如何會成為還珠專家？甚怪。（一九四〇年到一九四八年還珠全盛期，他還未識字啊。他一九四三年出生，算他十歲就會看，一九五三年已沒有還珠作品了也。）

藍手套：還珠雖然不創作了，但他的書還是可以看到的呀。我若花十年二十年鑽研還珠作品，一樣可以成為專家啊，先生何以覺得他不能呢？

倪先生：是，我想偏了，不一定要從小看起的。

藍手套：他最近還挖掘出一篇還珠的佚文，以前只在報紙連載，從未出過單行本，現在正在校對中，準備不日出版。

倪先生：好極好極。我記得四九年後還珠寫過《劇孟》，很精彩的。我仿了它的開始，寫在一個短篇中，這短篇後來又引用在《豪賭》的開始。

藍手套：原來《豪賭》還有這個典故，我要把《劇孟》找來看看。先生的那個短篇我記得很清楚，叫做〈輸家、贏家和莊家〉，哈哈。

藍手套：近日重溫女黑俠木蘭花故事，然後有個問題想問下先生。當時先生讓馬超文和穆秀珍談戀愛的時候，是不是沒有想到日後會創作一個雲四風呢？後來有了雲四風，相比之下，馬超文的書生出身極不適合在冒險故事中發揮，只好安排一場空難讓他退場，這樣雲四風才有機會和穆秀珍發展關係，是這樣的嗎？

倪先生：抱歉，真不記得了。

藍手套：哈哈，沒事，按常理來説應該是那樣的，既然先生不記得了，那我就那樣認為好了。

倪先生：連這人的名字都陌生。

藍手套：想起那本用上海話寫的小説《繁花》，不知先生看了沒有？我是看了個開頭就看不下去了，後來咬咬牙想再試一次，還是看不下去，只覺得囉嗦無比，把每一個生活細節都放大了來寫，反而失去了故事的緊湊感。

倪先生：繁花難以卒讀，連上海話都講勿清爽。看書一定要看自己喜歡看的，不可浪費生命。

藍手套：先生啊，聽説明窗出版社出版了你的口述自傳《倪匡傳：哈哈哈哈》，能否幫我和鳳衛向出版社各要一本呢？

倪先生：會留兩本。老生常談，只有我的代序精彩之至，哈哈。

藍手套：今日在網上聽人說起有種東西叫做「衛斯理沙發」。衛斯理和沙發發生關係，感覺非常滑稽。後來一問，原來是個沙發的品牌。日後如要換沙發，看來必須要換這個「衛斯理沙發」。身為衛斯理專家而家中竟無衛斯理沙發，成何體統，哈哈！

倪先生：有趣。

藍手套：後來我仔細一查，原來是網友以訛傳訛，把「衛詩理沙發」誤作「衛斯理沙發」。這一翹舌，樂趣全無。

倪先生：哈哈。

藍手套：先生先生，告訴你一個好消息！還記得以前我跟你提起過的那位七十來歲的還珠樓主專家嗎？他最近主編了一本《還珠樓主散文》的書，由香港天地圖書出版。我問他要了幾本，其中一本準備送給先生，想來先生一定喜歡！

倪先生：哈哈。七十來歲的還珠樓主專家這銜頭很有趣，依此，我是八十歲的還珠樓主專家啊。

藍手套：先生，我今日淘得日文版《老貓》一冊，原以為衛斯理小說只出過這一本日文版，但後來聽說還有其他的，不知先生可記得還有哪些嗎？

倪先生：你真本事，連這都找得到。僅此一本而已，此書稀少程度，堪比任何國寶。

藍手套：其實此書我買了兩本，一本給了鳳衛，真要買，還能買到，哈哈。

倪先生：真奇怪，三十幾年前印得很少，竟流到中國，怪哉。

藍手套：答先生，書沒流到中國，我是在日本的購書網站上買的。

倪先生：原來如此。我真老朽了，忘了如今已是地球村。

藍手套：近日看了幾本關於柬埔寨內戰和紅色高棉的書，了解了很多有關那段歷史的情況，書很好看，但故事太殘酷，令人黯然神傷。想起自己若干年前也曾去過這個國家，更是唏噓不已。

倪先生：這類書看多了人會變神經病。

藍手套：哈哈，先生也有以此為背景的小説呢，比如《愛神》、《尋找愛神》。

倪先生：就是為了寫這種背景的小説而接觸這類書，差點發神經。美國女作家張純如為寫南京大屠殺而看資料就看到發神經自殺了。我寫鬼子時幸虧草草了事，不然早已索我於枯魚之肆矣！

藍手套：我的那部書稿《藍手套與倪先生》(註：即本

書）先生看完了嗎？那是我花了兩個多月，利用業餘時間寫成的書稿，把自己從第一次看衛斯理小說開始，一直到認識了先生，然後成為老友的經歷回顧了一番，自覺非常滿意，也非常想將其出版，可惜不得其門而入。那日先生說願意幫我向出版社引薦引薦，我非常開心，但是又怕先生忘了，所以厚着臉皮來提醒先生，謝謝先生啦，嘻嘻。

倪先生：看完了，我覺得很好，但不知別人覺得如何，準備先向明窗試探一下。能不能成，我不能決定。

藍手套：先生早！我來打聽一下，明窗那邊可有什麼消息嗎？

倪先生：有，他們沒興趣。

藍手套：哈哈哈哈，果然如此。

倪先生：無可奈何。現在實體書出版處於寒冬期。

藍手套：先生說的沒錯，的確是這樣，我早有心理準備，努力過失敗總比試也不試就認輸好。

藍手套：近日看了一部關於日本戰國題材的劇集，突然對那段歷史感起了興趣，於是找來山岡莊八所著《織田信長》、《豐臣秀吉》、《德川家康》三部小說來一個三連讀。篇幅略小的「織田」與「豐臣」已然讀完，現在正在看洋洋十三冊的「德川」。雖然是巨著，卻一點也不枯燥，讀來趣味橫生。每日讀一冊，大樂趣也。乃與先生同樂，哈哈！

倪先生：日本的戰國史亂過亂葬崗，你能看明白，真不容易。

藍手套：先生好！昨日整理藏書，發現明窗版的那個黑封面珍藏版衛斯理我只有二十來本，還缺六十本，不知先生能否幫忙問明窗出版社再要一套否？

倪先生：去問問看。

藍手套：多謝先生也！

倪先生：明窗已將書送來，體積很大，且極沉重，要有攜帶非常困難的思想準備。

藍手套：回先生，我早已做好相當程度的覺悟，所以這次七月書展，我有幾個朋友會和我一起來港，每人幫我背一點回去，化整為零，難題便解決矣。

倪先生：做閣下朋友也不容易。

藍手套：哈哈，先生啊，我當然不會讓朋友白賣力氣，自然有好處給他們啦，不然只知索取不給回報，那還怎麼交朋友啊。

倪先生：深通為人之道。

藍手套：先生啊，你還記得那個寫《看不見愛情的房間》的作者安逸嗎？她最近寫了新書，她的編輯建議她在宣傳語上加一句「連倪匡也稱讚的作家」，她怕先生不樂意，託我來問問。

倪先生：沒有問題，可改成「作品好看，倪匡稱讚」，好像更有力。

藍手套：上個月某天晚上突然牙疼欲裂，去看醫生，說是牙髓炎，只能抽牙神經。不過抽了神經，這顆牙就「死」了，聽了竟有些悲涼之感，畢竟人到中年了啊。

倪先生：哈哈，時辰到了。

藍手套：網上看到一則新聞：由於全球氣候變暖，北極地區的冰層日益消融，北極熊捕食日益困難。加拿大「北極熊保護協會」近日決定，從本月初開始，將第一批二十五隻北極熊陸續搬到南極。但有專家擔心北極熊可能會讓南極的「土著」企鵝處於危險之中，也擔心牠們吃不慣。頓時想到被衛斯理殺掉的那最後一隻南極熊，這讓牠情何以堪，哈哈！

倪先生：哈哈，世事無絕對。

藍手套：周末在家看老電影，看到先生高唱叉燒包之歌，頓時笑翻在地，哈哈哈哈！

倪先生：哈哈哈哈，長留歡笑在人間，無限功德。

藍手套：我和鱸魚近日覓得先生昔年以「阿木」為筆名寫的「生飯集」的全部雜文，給先生看一下。

倪先生：趙兄本領通天，連這些都找得到，真望他能找到我在《武俠與歷史》早期發表的那個短篇。

藍手套：那個短篇還在努力找尋中，能否找到也只能看緣份不敢打包票的了。

倪先生：這文讀來彆扭，不像是我寫的，當時太年輕了，二十五歲而已。

藍手套：那先生有沒有用「阿木」做過筆名呢？

倪先生：有，只在《工商晚報》用過。

藍手套：那應該就是先生寫的了，我們考證過，哈哈。文筆雖然和先生如今的有差異，但還是能看出先生的影子的。

倪先生：這報紙當年銷路極差，竟然能傳到現在，也是異數。

藍手套：當時還有一位筆名「不名」，本名「任畢明」的名家，他的雜文和先生的「生飯集」在報紙上輪流刊登。據說這位任先生赫赫有名，在當時名氣遠超剛踏足文壇的先生呢。

倪先生：任先生是當時雜文第一把手，前輩高人，筆名甚多，以南蠻最著。惜早歸道山矣。我其時只是小孩而已。

藍手套：可惜前輩高人走得早，我等後輩無緣得見他的大作，可惜可惜。

倪先生：哈哈，他不死你也看不到，全是反 × 文章。

藍手套：先生啊，用來寫「虻居雜文」的「衣其」這個筆名有什麼含義呢？

倪先生：沒有含義，隨便取的。

藍手套：先生，有網友問我，先生當年寫了一篇六千多字的武俠小說，非常滿意。但看完古龍的《英雄無淚》之後深覺不如古龍，就把自己的那篇撕了，問是哪一篇？我說不知道，但依先生性格，能拿去換錢的文稿為什麼要撕呢，不符合正常邏輯嘛，哈哈！

倪先生：你確實了解事實，豈有撕鈔票之理，可見傳言之禁不起推敲。

藍手套：今天開始看先生另一部武俠《血掌魅影》，開頭就氣氛逼人，神秘大宅、古怪聾子，很有點衛斯理的感覺。算是好看的小說！

倪先生：多謝了！

藍手套：看到第三冊，居然出現解毒要服用有二十年內功之人的人腦這種情節，先生好重口味，哈哈！

倪先生：竟有這等事？

藍手套：有啊，具體情節是這樣的：少俠去魔窟赴約，不敵魔頭，女友為救他而失陷，少俠急赴女友舊居求助。舊居女僕（昔年實乃武林高手）誤以為少俠拋棄女友，不分青紅皂白就給他餵了一顆毒藥，後發現是誤會已然晚矣。幸舊居另有一武林高手隱居，雖內力超強卻因曾走火入魔而癱瘓，其人本乃魔頭之妻，願犧牲自己換取少俠誓殺魔頭之承諾。遂先將二十餘年內力渡於少俠，再命女僕取其大腦餵少俠服食以解劇毒。少俠當時不知所服何物，只覺血腥味撲鼻，事後才知竟是人腦，不由得驚呆了。如今讀來尚覺重口味，不知五十年前的讀者讀之會有何感？

倪先生：真是狗血之尤啊，佩服佩服。

藍手套：先生這是自己佩服自己啊，哈哈哈哈！

倪先生：沒聽説過人貴自重乎？

藍手套：聽過聽過，先生果然伶牙俐齒，哈哈！

藍手套：先生啊，鱸魚想考考你，問先生記不記得「南宮刀」這個人，據説他曾替還珠樓主續過書。

倪先生：記得。他另一筆名何行，寫社會現實小說，甚出名。本名陳耀庭。其人經歷非常複雜，早年曾是電影攝影師，自稱曾摸過 ×× （猜猜是誰）的奶子云云，十分有趣。我曾保存他開的空頭支票一張，現已失去。他逝世已久，還會有人想到，難得。

藍手套：難道是狄娜？

倪先生：那時狄娜還沒出世。

藍手套：再猜是江青。

倪先生：中。

藍手套：哈哈，猜中真開心！

藍手套：剛才我在臉書上發了一篇文，説自從我晚上開始節食以後，現在見到香噴噴的燒烤都沒什麼食慾了。然後鳥鳥看到，回覆我，你不聽先生教誨，應該食肉要食肥，吃雞要吃皮。然後我也用先生名言反駁他，人類之所以進步，就是因為下一代不聽上一代的話。然後鳥鳥説，你贏了。

倪先生：哈哈，你說的這句話其實很矛盾的。

藍手套：為了鬥嘴鬥贏鳥鳥，也就顧不得矛盾不矛盾了，哈哈哈哈。

倪先生：深得鬥嘴之道。

藍手套：剛看完一本武漢作家方方的小說《軟埋》，是描寫土改的，也是所謂「為地主翻案」的小說。本來根本不知道有這樣一部小說，近日卻傳出文化部要禁此書。一聽到禁書我就來勁了，趕緊買了一本看看。本想看完推薦給先生，結果很失望。就小說本身而言，寫得實在一般，和《白鹿原》根本不是一個等級的。只是因為寫的比較赤裸（不是色情的意思），才被上面盯上要禁，也是氣數。無形中反而增加了銷量。

倪先生：很想看看。我第一篇小說叫《活埋》，也是寫土改的，取其恐怖絕倫之意，這是巧合？我想這作者不會看過我的作品。可能的話請帶來看看。

藍手套：世上沒有不可能的事。

倪先生：大蒜絕跡了。

藍手套：菜場不是還能買到的嗎？

倪先生：給你買清了。

藍手套：哈哈，先生搞笑，我平時不吃大蒜的。

倪先生：哦，那何以說話如此大口氣，說什麼世上沒有不可能的事！

藍手套：那不是小說中常有的對白嗎，衛斯理也常說的。

倪先生：哈哈，能活在小說中，真開心。不過，衛斯理可沒說過這話。相反意思的倒說過。

藍手套：為什麼我總記得衛斯理說過類似意思的話呢？難道我的記憶也開始不行了？

倪先生：不信找一句出來證明。

藍手套：我將所有衛斯理故事都找了一遍，還真給我找到了，還不止一處，哈哈！一、誰知道，白素明白了我的意思，胡士卻不明白，兩眼一瞪：「本來，世界上就沒有不可能的事，什麼事都可能。」（神仙）二、我在呆了一呆之後，才道：「這……說明世上沒有不可能發生的事。」（廢墟）三、我無法反駁白素的話，只好長嘆一聲：「對，世上本就沒有不可能發生的事。再曲折離奇，都會發生。」（背叛）四、但這一次，我卻沒有說甚麼。因為有了最近的經歷之後，我覺得世上簡直沒有不可能的事。（圈套）

倪先生：佩服佩服，你贏了！！！

藍手套：哈哈哈哈，衛斯理專家可不是白叫的。

倪先生：衛斯理專家贏了衛斯理，照說實在沒有可能，然而又確實如此，真是「世上沒有什麼不可能的事」啊！

藍手套：剛看完一部先生客串的舊戲《群鶯亂舞》，先生演一個叫做「倪翁」的嫖客，哈哈哈哈！

倪先生：當年好評如潮，皆云本色演出，人間無雙。

藍手套：一字記之曰：嗲！

倪先生：一字記之曰：賤。李果珍女士言。

藍手套：可見男女差別之大，哈哈！

藍手套：又在《武俠與歷史》雜誌上覓得先生武俠《七禽鏢》一篇，未有過單行本，照例自製成書。封面圖片取材自雜誌連載時的插圖，又是多虧鱸魚，哈哈。

倪先生：啊，這篇倒記得的，因寫的時候正苦於河魚之疾，狼狽不堪。唉，正是字字有血淚啊！

藍手套：啊，此疾甚猛，俗話說「屎來刻不容緩」，倒真是非常狼狽的。

倪先生：真麻煩。

藍手套：昨夜得一怪夢，內容與先生有關。我來先生家玩，先生剛在菜場買回一隻活甲魚，打算蒸了吃，暫且將甲魚綁了掛在窗台旁。我提醒先生，莫要讓甲魚從窗戶逃走，先生說綁着無妨。但夢中情節無邏輯可言，甲魚偏偏從窗戶縫逃走，動作迅捷，人猶不及。我和先生趕緊追出去，屋外是一個山坡，種滿了樹。甲魚不知如何，竟爬上樹去。我和先生望着參天大樹，徒呼奈何。正徬徨時，忽聞一聲槍響，走近一看，甲魚已墜於地上，蜷縮着身子（甲魚有硬殼，竟能蜷縮，奇哉），表情痛苦地死去（還有表情，更奇）。我們看了一會，正想將甲魚拎回家去，忽然奔來一中年婦女，還帶着個小孩。婦女手中提着獵槍，看到甲魚，大聲叫道：「打中了，原來落在這裏。」說完，撿起甲魚就走。我和先生眼見那婦人將甲魚帶走，竟無法聲辯甲魚乃是從先生家逃出去的，就這樣眼睜睜地看着婦人離去。夢至此結束，醒來仍未遺忘，覺得好笑，說來與先生樂樂，哈哈！

倪先生：主何吉凶？

藍手套：不懂啊，我不識解夢。

藍手套：哈哈，先生啊，我終於知道那個夢主何兇吉了，原來主的是我感冒發燒！

倪先生：好極，甲魚越枊，主感冒。一大發現。

藍手套：我要去申請版權，哈哈！

倪先生：哈哈，利多休息。

藍手套：今日休假在家，昏睡一天，已好了許多，哈哈！

藍手套：近日又在舊報紙上找到先生的另一專欄「隨從雜記」，據說是先生當年陪柏楊遊玩的全程紀錄，先生還記得嗎？

倪先生：不記得內容了。傳來看看。

藍手套：先生久等，原文來哉！

倪先生：十分做作，硬作幽默，慘不忍睹，下等小學生作文。

藍手套：哈哈哈哈，先生太謙虛，小學生可寫不出來。

倪先生：我為什麼會有此行，真正原因說來笑死人，不要問，我不會說的。

藍手套：本來完全沒想到要問，先生這麼一說，倒惹起我的好奇心了，哈哈哈哈！

倪先生：此之謂釣胃口是也。

藍手套：釣胃口非常可惡也。

倪先生：真是可惡！

藍手套：突然又想起個問題要問問先生，先生當年做編劇時，除了給邵氏公司寫劇本之外，還有沒有給別的電影公司寫過劇本呢？

倪先生：當然有啊，極多。

藍手套：壞了，那沒法統計了，我手裏只有邵氏的資料，別的電影公司資料真不知哪裏去找。

倪先生：有辦法：問上帝。

藍手套：好辦法！

倪先生：的確是。

藍手套：就怕太麻煩上帝，這種小事也要管。

倪先生：哈哈，既然是小事，理它則甚！

藍手套：啊呀，先生口齒便給，吾不敵也，掩面奔走！

倪先生：找書大王：請求找《十月》雜誌（長篇小說）

二〇一二年第五期。內有三個長篇。一定要註明是長篇小說的那期。又，若困難就算了。

藍手套：先生提示的好，若非特別說明要長篇小說那本，必定買錯。又，找書大王找書怎會困難，不到五分鐘，已然搞定，而且便宜到簡直像白撿的一樣，哈哈哈哈！

倪先生：謝謝謝謝，大王即是大王！

藍手套：我差點以為先生要喊大王饒命，哈哈哈哈！

倪先生：有大王在，天塌都不怕。

藍手套：有女媧在，才不怕天塌，大王不濟事，哈哈。

第二部份　片段

（一）

和先生聊到台灣女星的嗲勁，當然會拿林志玲作例子。先生學林志玲説話的樣子，十分好玩，把我和鳳衛笑得前俯後仰。

先生學了一陣子，自己也覺得好笑，邊笑邊道：「實在太做作了，忍不住要罵句上海話。」

鳳衛好奇，問道：「哪一句？」

先生哈哈大笑：「滾係娘個蛋！」

我們笑得更加起勁。

（二）

鳳衛下了飛機，未去酒店，便直接拖着行李箱趕來先生家與我會合。

打開行李箱，裏面放了許多小零食，原來是鳳衛特地帶來給先生吃的。我笑道：「我帶書給先生，你帶零食給先生，這樣一來，精神文明和物質文明都有了。」

先生哈哈大笑，立刻就將零食包裝拆開，邊吃邊和我們聊。還打開他的電腦，給我們看他小時候的照片，真是個上海小開！

（三）

先生喜歡聽蘇州評彈，託我在網上幫他淘一套《三笑》的光碟。

我尋覓許久，只找到一套MP3格式的光碟，沒有影像。先生略有些失望，但總算聊勝於無。

先生取出光碟，放入影碟機，吳儂軟語的彈詞緩緩響起，然而電視機的背景圖案卻是香港影星胡杏兒，實在不搭調。

跟先生提出，先生大笑。

（四）

先生和我說起一件趣事。

有一次，先生去赴一個宴會，坐在他旁邊的，是女作家李碧華。

飯吃到一半，李碧華大概是要從包裏拿什麼東西，結果不小心帶出一把剪刀來。把席間眾人嚇了一大跳。

先生驚問：「你包裏放把剪刀這是要做什麼？」

李碧華有些不好意思，解釋道：「用來自衛。」

沒想到先生酒喝多了，一時聽錯，奇道：「你用剪刀自慰？」

周圍一群男人一聽就知道先生在說什麼，一個個色迷迷地大笑起來，把李碧華弄得面紅耳赤，作勢要打先生。先生自知失言，只好笑嘻嘻地接受粉拳。

（五）

在與仁哥他們討論衛斯理五十週年紀念活動的時候，仁哥原本打算出一本衛斯理畫集。選出衛斯理故事中最具代表性的三十個人物以及十個令人印象最深的場景，請漫畫家們來繪製（可惜這個計劃後來胎死腹中）。

我在自己挑選出的人物後面加了備註，發郵件給先生過目。其中，大富豪陶啟泉的備註，我是這樣寫的：陶啟泉，衛斯理的金主。

沒想到先生看到以後反應極為強烈，大呼道：「陶啟泉不是衛斯理金主，衛斯理沒有金主！」

我趕緊解釋：「先生莫激動，我寫的時候一時不知道怎麼介紹陶翁比較好，想想他是富豪，就順手將金主一詞拿來用了。」

先生把臉一沉：「哼哼！」

我趕緊道：「我向衛斯理道歉！」

先生立刻破涕為笑：「哈哈！」

（六）

先生問我喝什麼飲料，我說白開水就行。先生不以為然，從冰箱裏取出一罐青島啤酒給我，道：「你年紀輕，喝點酒沒關係，可惜我現在不能喝了，你就一個人慢慢喝吧。」

和先生聊着天，一罐啤酒很快喝完，先生笑讚我酒量不錯。我道：「我的酒量比鳳衛差遠了，只能慢慢喝，一喝快，立刻原形畢露。」

先生道：「喝酒就應該這樣，真搞不懂為什麼有人喜歡不停向別人勸酒，搞得一點樂趣也沒有。」

聊到黃昏，先生道：「我晚上有飯局，就不留你了，你一會兒準備去哪裏？」

我道：「之前買了郭富城演唱會的門票，我一會兒直接去紅磡體育館。」

先生大笑：「紅磡體育館我一點也不喜歡，那裏的座位像個沙漏一樣。我年輕時去聽演唱會，坐在座位上，感覺人就像要流下去一樣，嚇得要命，後來就再也不去紅磡了。」

我在腦中想了一下紅磡的座位，果然和先生說的一樣，像個沙漏。沒想到先生竟如此膽小，真是有趣。

（七）

在書房的書架上，見到一本勤 + 緣新版的《通神》，這本書我找了很久，不知道為什麼就是沒有找到。一度以為出版社沒有出版，結果卻在先生家看到。心中激動，想問先生要。沒想到這次先生卻有些猶豫，道：「書房裏的書，都是倪太放着的，不方便送人。」

我只好又把書放回原位，神色不免有些悻悻。

先生心軟，見我實在捨不得的樣子，還是把書送給了我。

我道：「那倪太要是看到書不見了怎麼辦？」

先生道：「我明天就讓出版社趕緊再送一本過來。」

鳳衛在一旁看着多少有些吃醋，因為他之前也看中書架上的一本書，先生就未曾割愛。

我拍着老友的肩膀，分析道：「大概是因為你看中的是黃霑的書，不是先生自己的書，所以先生沒有送給你。先生自己的書還能叫出版社送來，黃霑的書可就沒有人送啦。」

鳳衛聽了，覺得也有道理。

（八）

我的手臂上長了一塊黑色的東西，先生看到，問我：「這是什麼？」

我道：「我也不知道這是什麼，長了好多年。不過不疼也不癢，所以也就沒放在心上。」

先生道：「我和你一樣，身上也長了這樣一個東西。」

說着，撩起衣服給我看。

果然，在先生的腰際以上，長着一個又黑又大的疣子。

我笑道：「先生這個和我的完全不是一回事，那麼大。」

先生道：「我一開始發現長了這東西，有點擔心，去醫院檢查，醫生說不是癌，所以我也就聽之任之，讓它去也。」

說着，突然想起什麼似的，指指自己的左額角，道：

「之前，我這裏還長了一個硬塊。本來小小的，後來被我撓着撓着，越變越大，到後來竟然像一隻角一樣。」

我笑道：「這就是所謂的頭上長角嗎？」

先生也笑：「我去看醫生，醫生說要開刀，而且要先冷凍以後才能割得掉。我一聽這麼麻煩，就沒有開。後來有一天，我伸手去撓癢，碰到那隻『角』，沒想到它卻自己掉下來了，一點感覺也沒有，後來也沒有再長出來，真是奇怪。」

我又笑道：「也許是老天爺有什麼事要懲罰先生，罰先生做牛魔王，懲罰時間一到，角自然也掉了。」

我本是胡謅，沒想到先生卻點點頭道：「你說的有點道理。」

我不禁啞然失笑。

（九）

在先生家電視櫃的底下，發現了一大包好東西。

是當年先生和黃霑、蔡瀾一起主持的清談節目《今夜不設防》的影碟，一共四十多張碟片，我頓時兩眼發光。

先生笑道：「你喜歡就拿去好了，就怕你行李太多不好拿。」

我趕緊道：「沒事沒事，好拿好拿。」

回上海後，把這事告訴了鳳衛。鳳衛大叫道：「這套影碟，我之前去先生家，先生說送給我的。但我行李太多，不好拿，就先寄放在先生家。我明明請先生幫我留着的，沒想到先生卻又給了你！」

我笑道：「先下手為強，後下手遭殃，誰讓你不及時拿走？」

頓了頓又道：「不過你也不要怪先生，先生年紀大了，記性不好。他人又豪爽，人家問他要，他一般不會拒絕。幸好這次是給了我，和給你也沒啥區別，我替你複製一套就是。」

鳳衛總算破涕為笑。

（十）

我還在港鐵上，烏烏已來電相催。

他自去年初次見過先生之後，一直念念不忘，想再去拜望先生。但苦於無人相陪，自己又不好意思獨自上門。這次我來，烏烏大喜，知道我可以了他心願。他想得一點也不錯，我們是好朋友，我當然不會拒絕帶他一起。

烏烏非常興奮，提議買點好吃的帶給先生，我舉雙手贊成。於是我排隊去買雞蛋仔，他在隔壁水果攤買西瓜，一起去見先生。

先生午覺剛醒，正好吃下午茶。雞蛋仔新鮮出爐，熱乎乎的，先生扯下一塊塞進嘴裏，並招呼我們一起吃。

我們邊吃邊聊，很是熱鬧。正聊着，先生的電話突然響起。

一聽，原來是推銷電話，先生應付了幾句就掛斷。

先生笑道：「如果是平時空閒的時候，打推銷電話來的又恰好是聲音好聽的小姑娘的話，我就不會那麼快掛電話，和她聊聊天也蠻好。」

我道：「和推銷員有什麼好聊的？」

先生道：「你不知道，這些推銷員也不容易。她們打推銷電話有規定，電話接通的時間越長，她們能拿到的獎金才越多。我反正一個退休老人，又沒什麼事，多聊一會兒，幫小姑娘多賺點錢有什麼不好呢？」

原來如此，先生真是菩薩心腸。

先生又道：「有一次，我還接到過放債電話。」

我立刻叫道：「這種電話大多是欺詐電話，先生趕緊掛掉的好！」

先生笑道：「幹嘛掛掉？我一般會跟那個女生胡扯，『借錢俾我好啊，要不要還啊，不還得唔得啊……』」

先生邊說邊學着當時的情形，我早就肆無忌憚地大笑起來。烏烏在一旁想笑又不好意思笑，鼻腔裏不斷發出「嗤嗤」的聲音，臉上的肌肉也在微微顫抖，樣子非常滑稽。

（十一）

聊了許久，先生起身活動筋骨。他坐得久，頸椎痠痛，於是取出一枝藥，塗在肩膀處。然後轉動一下肩膀，大叫好舒服，回頭看看我，問道：「你要不要也塗一下？」

我雖然沒有什麼不適之處，但先生既然問了，我不忍拂先生之好意。

想了想，指着胳膊道：「這裏前陣子鍛煉過度，有些瘦脹。」

先生撩起我的衣袖，幫我塗上藥。一陣清涼感襲來，果然舒服。想想還是先生幫我塗的藥，更是舒服。

時間不早，我們向先生告辭。先生送我們到電梯間，神情頗有些不捨。

電梯門將關未關時，先生揮揮手，對我道：「保持聯絡哦。」

我大聲道：「好！先生也請多保重！」

心中一陣感慨，只恨自己身不在香港，不能時時來看望先生。

（十二）

鳥鳥取出事先買好的簽名版，請先生題字。

先生不知寫什麼好，鳥鳥說，就寫些和創作有關的話吧。先生想了想，寫下「創作泉源來自不斷地寫」。

我有樣學樣，也拿出簽名版，請先生題詞。

先生提起筆，自言自語道：「應該寫老友了。」於是，題字便成為「王錚老友：老友者，衛斯理老友也！」

被先生稱為老友，歡喜得我心中彷彿有十七八隻小猴子在上躥下跳。

（十三）

先生從書房裏拿出當年和馮寶寶的合影給我們看：「這是她小時候時跟我的合影，這是她三十歲時跟我的合影，這是最近巧遇她的合影。」

先生道：「我最喜歡可愛的小女娃了，當年看到馮寶寶，也不知道她是誰家小孩，只覺得可愛，就一起合影。問她名字，説叫寶寶。我大笑，説這算什麼名字，人人都可以叫做寶寶的嘛。後來才知道真的叫做寶寶。最近在街上偶然又碰到了，趕緊再拍一張合影。」

那三張合影都用相框裝了，排在一起，可以看出歲月的痕跡，頗為感懷。

（十四）

先生的壽宴，依舊擺在聯邦金閣酒家。

有趣的是，仁哥的生日和先生沒差幾天，於是兩個人便一起辦了。

仁哥之前告訴我和鳳衛，會有一位神秘嘉賓出席，讓我們猜。

我們猜遍蔡瀾、陶傑、亦舒等香港文化界名人，甚至很無厘頭的連當日在香港參與活動的不丹國足球隊主教練也猜了，但全部猜錯。

仁哥笑道：「要是這麼容易就能猜到，我還給你們猜幹嘛？」

所以，直到進了飯店包廂，才終於知道那位神秘嘉賓究竟是誰！

只見他胖胖的身材，圓圓的腦袋，和先生坐在一起，宛如兩尊彌勒佛。

看樣貌，似乎有些像我們都認識的一位名人。但相似度又不高，我和鳳衛都不敢亂認。

仁哥指着這位神秘嘉賓給我們介紹：「這位嘉賓，是金庸先生的二公子，查傳倜大哥！」

我和鳳衛恍然大悟，原來是他，怪不得看起來略顯眼熟。

先生笑着聊起往事，那是查二公子還是三歲小孩子時的事。

先生道：「當時，我們在金庸家喝酒。酒是烈酒，伏特加。小查看到了，奔過來吵着也要喝。金庸不讓，我看着好玩，就說，這有什麼要緊的，給他喝了一小口。」

扭頭看看查二公子，笑道：「不知道你還記不記得。」

查二公子笑而不語。先生繼續道：「沒過一會兒，小查又跑過來找我，說還要喝，我就又給他喝了一口。就這樣，陸陸續續竟喝完了一杯。」

說到這裏，先生照例停下來，自己先大笑一通，才續道：「結果，小查當然喝醉了，還在一旁哇哇亂吐。我當然也被查太狠狠地罵了一頓，哈哈哈哈！」

我們大家哈哈大笑，查二公子卻彷彿像是在聽別人的故事一樣，面不改色，穩如泰山。

（十五）

我和鳳衛陪着先生聊天，仁哥仁嫂突然來到，手裏拎着好幾個塑料袋，往桌上一放。先生走過去，打開袋子。

一陣菜香傳來，原來他們兩夫妻是給先生送晚飯來的。

先生向我們解釋道：「我家的菲傭回家結婚去了，所以最近沒人做飯。他們就買了給我們送過來。」

仁哥道：「先生，這是你們愛吃的艇仔粥，快趁熱吃吧。」

先生坐下，將粥碗取出。仁嫂也扶着倪太從裏間走出。

我們在一旁休息，兩老已在飯桌上吃了起來。

飯畢，仁哥提議我們一起和先生合影。於是我和鳳衛，還有仁哥和先生，四個大男人擠着坐在沙發上，請仁嫂幫我們拍照。

過了幾天，仁哥的微博上貼出了這張合影。合影下的文字說明，把我和鳳衛看得哭笑不得。

文字說明是這樣的：「原振俠、衛斯理、浪子高達、亞洲之鷹羅開」合影留念，攝影者「黃絹」。

這當然是仁哥搞的一點小趣味，他自己是原振俠，我是浪子高達，鳳衛是亞洲之鷹羅開，先生自然是衛斯理。而仁嫂，就搖身變成黃絹了。

照片傳到網上，引來笑聲和羨慕聲一片。

（十六）

先生初到香港時，有一次看到一家理髮店貼出廣告：「電髮免費贈送按摩」。

先生大喜，心想：電髮免費不算，還贈送按摩，真是天大的好事。

於是便進了那家理髮店，要求免費電髮和按摩，結果被理髮店老闆趕了出來。

先生不服，問那老闆，才知道原來是「電髮，免費贈送按摩。」

必須先花錢做電髮，然後才能享受免費按摩。一個逗號之差，意思相差十萬八千里。

（十七）

先生在幫江濤簽名時，看着那本《名人對談錄》非常驚訝，裏面有一篇先生的訪問。

先生詫異地道：「我什麼時候做過這個訪問？真是一點印象也沒有了。咦，這個訪問還是我和三毛一起做的呢，完全記不得這件事了。」

於是話題轉到三毛身上，先生道：「我和三毛是在香港認識的，她是一個非常神經質的人。」

江濤道：「虧得荷西能受得了她的脾氣啊。」

先生笑道：「那個荷西啊，是她編出來的。」

我奇道：「網上有很多荷西的照片，怎麼可能是編出來的？」

先生不以為然：「這種樣貌的西班牙人千千萬萬，隨便找個人來拍張照片還不容易？」

雖然先生說得如此肯定，但我總覺得還是有些將信將疑。事實究竟為何，看來也只有三毛自己才知道。

（十八）

江濤新買到一本許抵死封面的《異寶》，帶來請先生簽名。

猶記先生當年曾說此書存世甚少，導致我每次見到喜歡衛斯理的朋友就給他們介紹這個版本。結果經過這些年來，我身邊的朋友幾乎人手一冊，一點也不稀奇了。

先生又找出許抵死幫他刻的名章，蓋在書上。

邊蓋章邊道：「我當年對許抵死說，你這個筆名太難聽了。他卻反問我知不知道他這個筆名的意思。我說不知道，他就說，有個成語叫做『抵死纏綿』你沒聽說過嗎？我笑着搖頭，沒聽說過。」

我也沒有聽說，趕緊上網查詢，沒想到還真的有這個成語！

先生的印章盒裏，還有一枚名章，是篆刻名家易越石刻的，至於是什麼時候刻的，先生也記不得了。

先生又回憶起五七年在上海的時候，曾看到金石專家高甜心落魄街頭，賣印為生。覺得可憐，便請他刻了一枚章。那時先生還小，但對這件事卻印象極深。

先生在印章盒裏翻了半天，突然叫道：「啊呀，有一枚我自己刻的『晚來天欲雪』閒章不知道放到哪裏去了！」

我一聽，也叫道：「先生啊，那枚閒章，你送給我了呀！」

先生大呼：「原來送給你了！哈哈！」

（十九）

又說起一件趣事，那件事，鬧得沸沸揚揚，曾在報紙上也刊登過。

先生道：「有一次，我突然接到一個電話，對方說，『倪匡，我是張系國，你最近身體好嗎？』我一愣，我和張系國雖然認識，但不算很熟，而且很多年沒有聯繫了，他怎麼會突然打電話來問我身體好不好？」

我忙道：「會不會是騙子？」

先生嘿嘿一笑，繼續道：「我想人家既然關心我，總是好事，就跟他寒暄了幾句。然後他說，他最近打算出版一套自己的作品集，想請我來幫他主編。我想他既然那麼看得起我，也不好推辭，就答應了。然後他說，會讓兩位自己的學生來和我討論編書的事，讓我接待一下。」

我笑道：「那兩個學生定是騙子無疑了，套路都是一樣的。」

先生又是嘿嘿一笑，繼續道：「過了幾天，果然有兩個年輕人摸上門來，說是張系國的學生。還送了很大兩個果籃給我。我們聊了很久，聊得還蠻開心的，他們還跟我合影留念。但是，這次以後，這兩個人再也沒來找過我。你說他們是騙子吧，真不知道他們要騙我什麼？」

我笑道：「估計是拿跟先生的合影去騙人吧。」

先生笑道：「一張合影算什麼？我看他們送來的果籃價值還不菲呢，足足吃了我兩個星期才吃完。要是騙子都像他們那樣，虧也虧本死了。」

後來和阿龍他們猜測，阿龍認為可能這兩個年輕人是和朋友打賭先生會不會上當，或者賭先生會不會為此事撰文登報之類的。

先生嘆道：「世界之大，真是無奇不有。」

（二十）

先生有一次說到溫瑞安：「那時溫瑞安還沒有出名，來香港賣書賣得很辛苦，有一次在一個作家協會的宴會上，他也參加了，看到我和金庸，非常高興，但又感嘆說還有一位作家可惜沒有見到。我就問他是誰，溫瑞安說，就是寫木蘭花故事的魏力。金庸聽到，哈哈大笑，指着我對溫瑞安說，這位就是魏力。溫瑞安聽了，臉上的表情古怪之極，真是好玩！」

（二十一）

先生對我們說，有一次，仁哥的女兒施小妹盯着他看了一分鐘都不止。他覺得好玩，但不知道施小妹在想些什麼，就也盯着施小妹看。

結果施小妹突然道：「你真的好老！」

先生大笑：「這麼小的女孩子居然知道什麼是老。」

（二十二）

鱸魚帶來一位新朋友，名喚林遙，據他介紹，也是一位作家。

我們去先生家，這位林遙無處可去，鱸魚讓他自己去逛街，他說就在先生家樓下等我們。

我想想和他也不熟，不方便帶他去先生家，所以就不管他了。

鱸魚將林遙寫的一本武俠史話送給先生。先生對武俠的興趣本來就很大，看到這本書，非常高興。急急翻了幾頁，連聲讚道：「寫得好！我當年也想寫武俠史，但是到現在也沒能寫出來。這位作者真了不起，他是誰？這個名字好像沒有聽說過？」

我笑道：「這位作者，現在就在先生家樓下坐着呢。」

先生大叫：「你們不夠朋友！怎麼能讓他在樓下待着，趕緊請他上來！」

我忙道：「我和他也是第一次見面，想想不能貿貿然帶陌生人來先生家。再加上我們這次已經有五個人了，也怕先生家坐不下。」

先生連連搖頭：「你們太欺負他，衛斯理是不會欺負朋友的，趕緊叫他上來！」

我和鱸魚相視一笑，林遙運氣真好！

（二十三）

廣州書友昏君拿出他十八歲那年，手抄的一本筆記本來。上面抄了三個先生的故事，分別是《狐變》、《追龍》、《幽靈星座》。

字雖然難看了些，但卻深深把我感動到了。

我從昏君身上，看到了自己昔年對先生的熱愛。於是果斷答應昏君，這次去香港，一定會帶他去見見先生。

先生看到這本手抄本，也是大為感動，馬上拾筆在本子後面寫下三個大字：太偉大！

大家紛紛請先生題字，先生便取出自己的專用稿紙來，寫着寫着，突然想起了什麼，對昏君哈哈笑道：「你可以拿點空白稿紙去，以後再抄我的小說，可以用這稿紙。」

昏君驚喜莫名，又有些哭笑不得。

（二十四）

先生說起一件往事。

那是在上世紀七十年代，富豪葉謀遵替父親招聘長隨，要求熟悉上海的各種事物。葉本是上海人，來港多年，臨老思鄉，要找人遣懷。

先生一想，這差事要得！自己本是上海人，對上海的熟悉程度當然遠超他人，便特地去照相館拍了報名照，想去應聘。

結果被倪太知道了，一通大罵：「你去做人家的長隨，萬一陪同外出吃飯，在飯店裏遇到邵逸夫怎麼辦？」

先生笑着對倪太道：「邵逸夫如果問我，咦，倪匡，怎麼是你？我馬上就回答，對不起，你認錯人了。」

不過，後來因為葉富豪不要戴眼鏡的人作長隨，先生才絕了此念。

（二十五）

正值鳳衛生日，便請先生錄一段小視頻，替鳳衛祝賀一下。

我拿着手機，準備錄像。錄完一看，非常模糊，像蒙了層紗似的，只好重錄。連續幾次，都是如此。

心中焦急，一方面怕先生會不耐煩，另一方面又不想讓鳳衛失望。

越急越找不到原因，一開始以為自己手機壞了，後來才發現，原來是有髒東西黏在手機鏡頭上。趕緊擦拭乾淨，再請先生重新拍攝。

先生在一旁見我折騰了半天，最後竟是污物作祟，不禁哈哈大笑。

這一笑，拍攝出來的視頻，效果自然大好！

（二十六）

我將收集齊的全套王司馬版衛斯理特地帶去香港請先生簽名，題詞都已想好：若集齊全套十二冊，便可召喚衛斯理。

先生依樣畫葫蘆，幫我在第一集《老貓》的扉頁上寫下這句話，想了想又加了一句：雖然不知道召喚來有何用。

哈哈！

其中《不死藥》、《蜂雲》幾本品相非常新，先生嘖嘖稱奇。後來發現原來出自同一個賣家之手，在扉頁左下角，用很小的字寫着這些書原擁有者的名字。

先生特地拿了放大鏡來研究，這個人是什麼名字，最後認為，那是周恕恒三個字。於是在這名字下，又寫下：周先生你好。

我也真是服了先生。

（二十七）

仁哥説起今年的香港書展，主題是「愛情小説」。問先生：「不知道亦舒會不會回港參加？」

先生搖頭不知，但又想起一樁亦舒的趣事來：「亦舒五十歲的時候，打電話給我。在電話裏哭擦嗚啦，一邊哭一邊説，怎麼辦啊，一轉眼都五十了，那麼老了。我大叫，什麼怎麼辦，我都已經六十了！」

笑了笑又道：「現在她都七十多了，不知道又會怎麼想。」

（二十八）

我想讓先生多留些墨寶給我，在前一天晚上，苦思冥想了幾句打油詩，請先生題寫。

先生一看就大叫：「這是什麼亂七八糟的東西，我才不寫，不然人家以為這是我寫的，太傻了。」

我紅着臉道：「這是我寫的。」

先生哈哈大笑：「你這打油詩寫得太爛了。打油詩也有打油詩的寫法，我前幾天剛寫了一首，正好寫給你。」

說着，攤開稿紙，寫了起來。

寫到最後兩句的時候，先生突然停下來，想了半天，道：「最後兩句我忘記了，先空着，下次再補寫給你吧。」

想想還是去書房電腦查了，然後出來，將那兩句補上。

我道：「先生索性也幫鳳衛寫一張吧。」

先生笑道：「好，我照抄一份給他。」

剛提筆想抄，卻又搖頭道：「不好不好，照抄的話，鳳衛看了會生氣，還是等我再想一首打油詩，下次再寫給他。」

沒替鳳衛求到先生題詩，我有些失望。但能讓先生替鳳衛重新想一首全新的打油詩，我又有些高興。

（二十九）

杭州書友潘潘也託我向先生求墨寶，說上款要寫「武俠收藏最帥的人」這幾個字。

潘潘是我的好朋友，我當然不會拒絕，便請先生落筆。

先生看了這個上款，哈哈大笑，在「武俠收藏最帥的人」之上，又加了「自稱」二字。然後在下面還加上一句：「還珠樓主的書有幾本？」

大有如果武俠藏書中還珠樓主的書不多便枉稱武俠收藏之意。

（三十）

我替香港的天地圖書編先生的散文集。收錄了大約幾百篇先生的舊文，但由於涉及版權因素，「明報系」的文章一概付之闕如，很是遺憾。

不過，遺憾之餘也有驚喜，鱸魚不知從地球的哪個角落，找到一批先生當年在《真報》發表的影評專欄「觀影隨筆」，一共三十餘篇，都是從未出版過單行本的。鱸魚慷慨交給我，讓我可以將這些文字編入書中。

本想請先生寫篇序言，沒想到先生大叫：「大王饒命！」

我便知道先生年紀大了，力所不逮，不想再動腦寫東西，於是不再勉強先生。

先生大概覺得有點不好意思，道：「可將今日來往電郵照錄，亦頗有奇趣。」

我大喜，便加了一篇編後記，將自己和先生的往來郵件照實摘錄。

過了一個多月，天地圖書將書送入印廠付印，來和我商洽版權費事宜。

按出版社的意思是，版權費先生可以獲得三分之二，另三分之一則是給我的。

我是第一次遇到版權費這種事，完全不懂。反正我對錢也不是很在意，出版社給我機會主編先生的散文集我就已經很滿足了。而且，天地圖書是香港的大出版社，想來應不會虧待作者。

不過，屬於先生的那部份版權費金額，則還是要先生點頭同意才行，我不能越俎代庖。

沒想到，先生聽到後大叫道：「你編的這本書，我半分力也沒有出過，不能坐享其成，所以全部應得酬勞都歸你！」

我一愣，這怎麼好意思，剛想推辭，先生又道：「你要是推辭，就枉我們十餘年至交了。」

我心中頓時湧起一股暖流，先生把我當作至交，這是多麼讓我開心的事！

趕緊道：「好！先生既然這樣說，我絕不推辭。給先生一個大大的擁抱！」

先生哈哈大笑道：「這樣就對了！」

影像篇

這些照片，都是先生留給我的紀念。
這本書，也是我寫給先生的「情書」！

鳳衛又取笑我：「你怎麼看起來像睡着了一樣？」

進入展廳，首先映入眼簾的，是一長排的玻璃展櫃。它們安靜地靠牆而立，每個展櫃所展示的內容各有不同。

這裏展示的，是世界各地華人漫畫家為了這次展覽，以「我眼中的衛斯理與白素」為主題而作的賀圖。

我轉頭一看，旁邊的展櫃中，赫然全都是各種版本的衛斯理漫畫。

另一面牆上掛着的，是鳳衛辛苦製作的「倪地圖」，那是先生一生的成長足跡。

鳳衛看看我，壓低聲音笑道：「你是不是有一種很想上前告訴他們，你就是這幅圖作者的衝動？」

轉過彎，只見到四個大大的人形紙板豎立着，每一個紙板上都畫着一個漫畫人物。

那是蔡瀾先生，坐在長椅上，捧着一本書，緩緩朗讀着。

先生大笑：「『倪學七怪』，這個名字好！」

仁嫂不知從哪裏捧出一個蛋糕來，那蛋糕上裱着「衛斯理 50」的圖案，五顏六色煞是好看。

銅鑼灣是繁華鬧市區，然而圖書館所在的高士威道，卻顯得寧靜安謐。

先生笑道：「哈哈，可證明你日夜所思都是在我這裏拿書！」

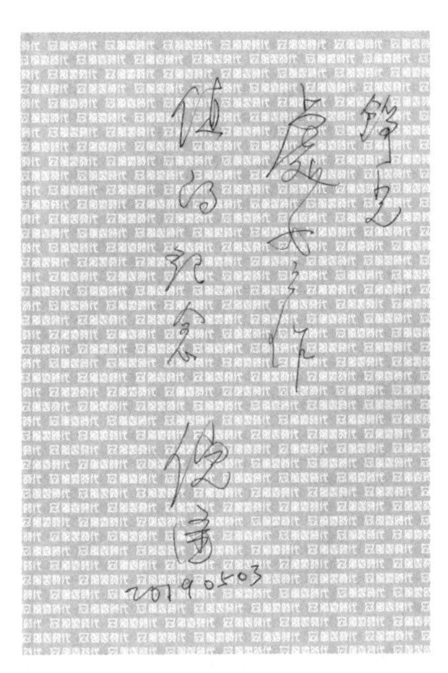

我的新書《來找人間衛斯理》台灣版出版後，先生直替我高興，在書的扉頁上寫下「錚兄，處女之作，值得紀念」幾個大字。被先生稱為「錚兄」，我簡直受寵若驚！

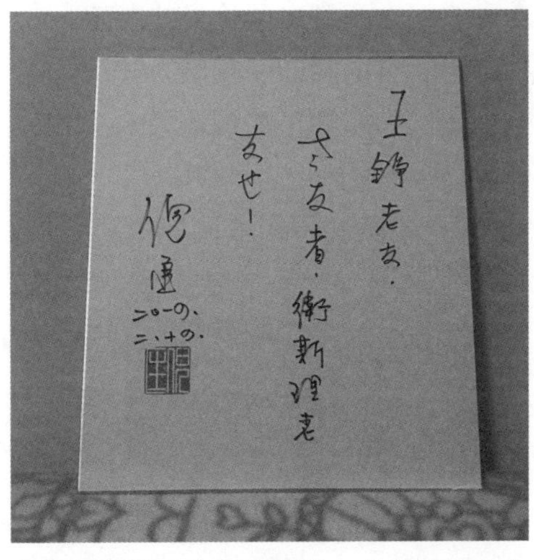

先生提起筆，自言自語道：「應該寫老友了。」於是，題字便成為「王錚老友：老友者，衛斯理老友也！」

後記一

花了兩個月的時候，完成了這部書稿。

從學生時代，一直到現在，四分之一世紀過去了，我也從青葱少年，漸入中年。

在這說長不長　說短不短的歲月裏，先生和他的作品始終陪伴着我。

你相信緣份麼？我相信。

若不是緣份，我又怎能和先生相識相知相交？

若不是緣份，我的人生，肯定會變成另一種模樣。

還有我那親愛的老友，人生中最美好的歲月，是你陪我一起度過。

也是你，和我分享着與先生交往的點點滴滴。

我以這本書，紀念我們之間珍貴的友誼。

也要衷心感謝所有的我的朋友們。

是你們，讓我的人生變得如此精彩。

謝謝你們！

王錚（藍手套）

二〇一四、十一、十九

上海

後記二

兩年前，剛寫完《藍手套與倪先生》的書稿時，非常得意，大有完成一本恢宏巨著之感。當諸葛看完書稿，善意提醒我：「你的這些文章熱情洋溢，但可以再潤色一下，刪去一些較為『朋友圈』的文字，增添一些和倪匡先生交往的個人趣事，讓整部作品更緊湊些，讓不認識倪匡先生的讀者讀起來更輕快！」我卻不以為然，心想：「這書稿我已十分滿意，哪裏還需要修改。」

於是，四處找香港　台灣的出版社，想正式出版。

然而，在台灣，皇冠出版社收到我的郵件後，雖稱我「文筆流利頗具可讀性」，但卻以「這個題材市場接受度不夠」為由，婉拒了我。在香港，先生也幫我問了明窗出版社，對方也是毫無興趣。仁哥雖然答應有機會替我出版，卻也遲遲沒有消息。這本書稿，便因此被我放入電腦的某個文件夾，不再去想。

隔了兩年，突然想起這部書稿來，重又找出，細細讀之。

沒想到這一讀，頓時心生慚愧。暗自慶幸，還好當時沒有能夠出版！

為什麼？當然是因為自己都覺得寫得不好，宛如流水賬。

當時寫完書稿的那種自豪心情，頓時蕩然無存。不過，我和先生的故事，始終是我想正式出版的。既然初稿寫得不好，那索性就推翻重寫。

初稿時，我以散文形式來寫，其中不少篇章和先生完全沒有關係，只是我在香港的見聞，這部份，再重寫時，全部刪去。

另外，在寫初稿時，我過於追求事實，乃至於有些故事因此變得並不好看。這一次，我決定以小說的形式，來重寫我和先生的故事。

原來的一百四十篇文稿，經過篩選整合，最後決定，寫成八十章。

這次重寫，有些小細節和對話，是根據故事需要，加以虛構的。以符合人物性格為原則，力求每一篇都和衛斯理這個大主題有關，也力求每一篇，都盡量寫得生動有趣。

這樣一來，八十章的內容又被我分成了八個部份。每一個部份，都有其獨立的小主題。字數也從原來的每篇八百字擴充到二千六百字左右。全文寫畢，才發現，整部書稿雖然篇數減少了，但字數卻增加了一倍還不止！

其中自己最喜歡第五篇的十章。那十章，我每篇寫一位和先生有關的朋友。用這些朋友，來推動故事的發展。對於第一次寫小說的我來說，頗有難度，但卻也是我對自己的挑戰。所幸，完成得還算不錯。

從今年的一月份開始重新寫稿，足足花了五個月的時間，終於大功告成。

這一次，再也不敢自大自傲，請了當編輯的好朋友王困困幫忙把關，一章一章替我指出不足之處及可修改之處，讓我受益匪淺。另外，廣州書友小郭，他作為我的粵語指導，替我糾正了不少文中的粵語用詞錯誤。在這裏是必須好好感謝兩位的。

努力完成書稿，終於也體會到寫小說的不容易。很多技巧，不親自寫一次，是無法了解的。

這一次，有專業人士相助，在文字上結構和故事情節上，比初稿要強了許多，相信諸葛若是看了我的新稿，應該會感覺得到。

再去找出版社洽談，總應該有些底氣了吧。

王錚（藍手套）

二〇一八、六、九

上海

後記三

由好友許德成牽線，我結識了台灣風雲時代出版社的陳曉林社長，蒙社長厚愛，替我這樣一位素人出版了這本書。緊接着，香港天地圖書出版社的主編孫立川老師和編輯惠芬姐替我出版了另一本書《倪匡筆下的一百零八將》，圓了我的心願。

當時絕對沒想到，五年後，我的生活會有極大的變化，和先生的交往也有了新的經歷，於是重新修訂本書，刪了一些內容，也新增了一些內容，將舊版的二十四章恢復成我原先設計的八篇六十四章版式，讀者如果看過舊版，應該可以發現新版的不同。

將新版授權予天地圖書出版，也是基於這幾年和天地圖書的良好合作關係，更是有孫老師和惠芬姐的私交在內，希望這次新版，可以做得比舊版更好。

王錚（藍手套）

二〇二二、六、廿一

上海

最後的致意

近年來，先生的身體狀況一直不是很好，多年的頑疾困擾着他，令他不勝其擾。又因為疫情的緣故，使得我三年未能赴港和先生相聚，單靠電郵聊天，又感受不到歡聚的快樂，心中非常牽掛先生。

上個月，我打電話問候先生，沒想到他的聲音聽起來竟非常無力。先生告訴我，他剛從醫院回家，動了一次大手術，在醫院住了二十六天，麻藥的效力仍未退去，人總覺得非常疲累，連説話都覺得很累，更別説看書了。我聽了很是哀傷，卻也無法為他做些什麼，只能説些場面上的安慰話。

先生説，很高興我打電話給他，只是實在無力繼續。我趕緊識趣地掛了電話。

隔了一個星期，想着再打電話給先生，看看他恢復得如何，結果比上一通電話時的情形還要糟糕，先生説的話，非常含糊，我幾乎一句都聽不清了，也只好再次安慰先生後，無奈地掛上電話。原想着先生早日康復，香港也即將開關，明年的衛斯理六十週年，我們又能相聚一堂，暢快地聊天，沒想到，那一通電話，竟成了我和先生的最後一次對話！

很不願意相信，卻又不得不接受，我敬愛的先生駕鶴西去了！

人間再無衛斯理！

當聽到這噩耗的時候，我整個人是麻木的，腦子裏一片空白，都說大悲無淚，大概就是我當時的狀態。

消息傳得很快，晚上的時候，網上已鋪天蓋地充滿了悼念倪匡先生的文章，很多親朋好友也紛紛發來消息，安慰我、勸我節哀，然而我的腦子裏還是一片空白和麻木，很沒有現實感，好像新聞裏的先生和我認識的先生不是同一個人。直到又過了一陣子，開始可以慢慢閱讀網上的悼念文章了，讀着讀着，我突然淚流滿面，再也無法抑制內心的情緒……

王錚（藍手套）
二〇二二、七、四
上海